全新
典藏版
COLLECTOR'S
EDITION

全职高手

15

三十七连胜

蝴蝶蓝 著
猫树/绘

羊城晚报出版社
·广州·

CONTENTS

Chapter 001

唯 有 胜 利

蓝雨战队虽然是8：2赢得了这场比赛的胜利，但因为最后那二十三分钟，导致集体情绪不高。赛后新闻发布会上黄少天企图用二十三分钟强烈谴责一下兴欣的这种行为，但被记者和蓝雨自家人内外夹击给阻止了。最后，记者们还是更愿意听队长喻文州来谈论一下对这场比赛的看法。

但是总能透彻分析问题的喻文州，这次也有些抓瞎了。他真的看不出叶修和莫凡两个要拖这二十三分钟的意义何在。真想寻到机会灭了他们五人？喻文州觉得叶修没那么天真。真就是故意恶心大家？喻文州又觉得叶修没有这么幼稚。

到底是为什么呢？

其实比赛后喻文州一直就在想这个问题来着，赛后选手互相致意时，他还问了叶修，结果叶修只给了他一个看起来莫测高深的笑容。

此时记者们问起他对兴欣拖那二十三分钟的看法，喻文州倒也诚实，摇了摇头："其实我也一直在想，但还是想不出他这么做到底有什么目的。"

"能有什么目的？就是诚心恶心我们！"黄少天立即说道。

喻文州苦笑，摇了摇头，表示他并不赞同这种看法。

"你不要总把他想得太高深。"黄少天说道。

"但至少要符合逻辑。"喻文州说。

"他恶心一下人这难道不是很符合逻辑的一件事吗？"黄少天说。

"平时他或许会，但比赛，应该不会。"喻文州说。

蓝雨的这两位大神就在记者面前直接议论开了，但到最后还是没个结果。那让无数脾气火爆的观众直接掀桌的二十三分钟，顿时成了未解之谜。

这当中到底隐藏着怎样的秘密？一些不怎么严肃正经的媒体纷纷这样报道，顿时在圈中引起了不少反响，各种匪夷所思的猜想层出不穷。

不知有多少人这一周就和这二十三分钟耗上了，但兴欣战队可是毫无自觉。二十三分钟打完就完了，叶修也根本没就这事和莫凡多说什么，这不过是对莫凡那种性子的一次成全。不过当中他声东击西帮莫凡突围后，那小子绕一圈，又返回助叶修突围，还是让叶修很欣慰的。事实上他的安排中并没有之后那一环节，他只是计划自己牺牲掉后，让莫凡能再躲多久就躲多久。结果莫凡却在脱身后又固执地回来救了叶修，这家伙，看来也终于知道队友是怎么一回事了，尤其后来助叶修突围那里，两人的配合相当不错。

看到兴欣的新人一个个都有成长，叶修心情很不错。不过兴欣近期的战绩可就远没有那段时间那么疯狂了。从第十九轮输给三零一度战队，再到本轮败给蓝雨，这七轮比赛中，兴欣输了一共有五场。

兴欣目前排名第六，在名次上来看，好像只是比之前保持的第五名略退一些而已，但要从积分上说，兴欣在第十八轮结束时可已经跻身仅次于轮回的第二梯队了。

但现在，轮回领跑地位不变，第二梯队180分档的，就只剩下蓝雨和微草两支战队。再之后，霸图、雷霆、兴欣都是160分档，再下来的百花和三零一度在150分档，和160分档差不多可以当成一回事。

前八的形势，顿时又变得复杂起来。一个三零一度战队突然在冬季转会窗后强势崛起，加剧了竞争。呼啸战队暂时就成了三零一度战队崛起的牺牲品，被三零一度战队从前八挤了出来。

不过目前分差暂时不大，呼啸战队必然也不会就此罢休。虽然他们现在状态糟糕得能让主场粉丝给客队喊加油，但他们毕竟有单人实力作为保障。就算团队赛始终找不出一个合适的体系，打好单人赛，再抢好那些弱队身上的分数，呼啸战队对前八的位置还是很有攻击性的。

在他们之后，虚空战队也不能太无视。烟雨战队的战术体系问题在得到很好的解决之前，看起来威胁总是要小一些。再之后，皇风、神奇这些队伍，这时都被前八甩开四五十分了，对前八已经基本没什么威胁了。至于要出局的两队，明青和临海，也是越看越没有守住席位的可能。

看点到底还是完全集中在了第八席这个位置。谁会从这里上来？谁会从这里出去？常规赛里最终能让人紧张、让人激动的，还真就只有这里了。

转眼，第二十六轮比赛即将打响。在第八席上上下下这一区域的队伍顿时成了各大媒体主要报道的目标。

其中第二十五轮刚刚摔出前八的呼啸，现在迫切需要重新归位，对于一支口号喊成是夺冠的队伍，最终如果连季后赛都进不去的话，那未免太丢脸了。

但是呼啸在赛程上的好运前段时间已经用得差不多了，在轻松愉快地虐过一堆弱队后，现在终于轮到他们经历坎坷的魔鬼赛程了。

第二十六轮客场挑战霸图。

第二十七轮主场迎战蓝雨。

第二十八轮主场迎战三零一度。

对战两个豪强，一个前八的直接竞争对手，对呼啸已不敢有什么信心的人们，都已经开始预测这三轮之后呼啸战队会掉到哪里去了。就是呼啸战队自己，在队内会议中也表现得有些心虚。可对外他们还得不住地公关，不住地向媒体、向粉丝表态，表示他们的情况正在好转。

他们就这样遇到了霸图战队。

赛前双方列队握手，望着眼前这支陌生的呼啸，林敬言感慨万千。他的离开，还可视为过了职业黄金年龄，状态下滑，不再具备担任核心的能力，算是正常的新老交替。可是这之后，呼啸又放走了以方锐为首的一批旧臣子，从外部挖来一个又一个的生面孔。

对呼啸，林敬言已经彻底陌生了，对选手陌生，对他们的打法陌生，对他们队伍表现出的气场，也很陌生。

林敬言不知道自己该抱着何种情绪才算妥当了。真要论战绩的话，上赛季的呼啸远比以前他在时要出色；这赛季，即便现在落到第九，却也是和昔日林敬言在时差不多的战绩。他们这支队伍，一直就是在第八席上下游走的。

由此可见，新呼啸的这班选手，也真的是很有实力的。他们其实已经做到了昔日呼啸一直做到的事，但是却被人看作状态不佳，这从侧面反应出现在人们对呼啸的期待有多高。

季后赛？不，现在看呼啸的人，都是希望他们冲着冠军而去的。而这，可是林敬言带了呼啸这么多年都没有达到的高度。从这一点上来说，他并不比现在这一代的呼啸选手强。

看起来，林敬言真没立场对这支呼啸评价什么。可是，他却为这支呼啸感到有些难过。一个又一个精英选手汇集在这支队伍当中，最终，却捏成了一个毫无特色的整体，到现在甚至没有一套成熟的战术体系。

“你们到底都在做什么啊？”和这现任的呼啸选手一个又一个握手过去的时候，林敬言真的很想问这样一个问题。他虽然已经离开了呼啸，但那么多年，怎会没有感情？看到呼啸战队的粉丝在主场提前离席，为客队加油，林敬言可以想到他们是多么失望。他可是最了解这些粉丝的人。

此时回身望去，霸图主场专为客队粉丝留出的席位上，观众坐得稀稀散散。呼啸的粉丝团，正在因为失望而涣散吗？

不过呼啸的旗帜依然在飞扬着。

是老路。林敬言看到了将旗高高举起的那位粉丝，一位跟了呼啸战队足足有九年的粉丝，他的资历，比现在呼啸战队的任何一位选手都要久，准确来说，也比他林敬言要久。他在第八赛季后，就告别了呼啸，将他在呼啸的资历，停留在了七年这个数字上。他走了，可老路还在呢，还像以前那样，举着呼啸的旗帜，时不时地就让旗帜飘扬一下。

林敬言朝他那边挥了挥手，老路也朝他点了点头。

他们的相识，也有九年之久了，和呼啸这支战队成立的时间一样长。不知道老路还记得过去的呼啸是什么样子吗？林敬言情不自禁地想着。

很快个人赛第一局开始，林敬言从座位上站了起来。这场比赛，他是个人赛第一个要上阵的。

现场响起掌声，是霸图粉送给他的。林敬言却不由自主地朝客队看台望了一眼。老路这时没有在挥旗，他似乎正在对呼啸那看起来有些萧瑟的粉丝团说着什么。

林敬言没有再去关心，这也不是他该关心的事，他迈步朝场上走去，同时抬头看了眼电子屏，看看他的对手是谁。

唐昊？这个名字显示出来时，林敬言稍稍怔了怔。

他回头朝呼啸选手席那边看了眼，随后确认了确实是唐昊即将出场。

呼啸，竟然不让他们的大将去擂台赛守擂，而是派到了个人赛？这是想干什么？先声夺人吗？队伍士气低落，所以想先用一个开门红来调动一下大家的士气？林敬言猜测着，脚下却没有丝毫迟疑，迈步登上了比赛台。

自那次全明星周末被唐昊击败后，林敬言就再没在个人赛事中遇到过唐昊，现在他的水准恐怕比全明星周末那次还要差些。

不过……

“难道还能比君莫笑更难对付?”林敬言嘀咕着。

上了场，林敬言就把对呼啸战队的那些感慨全都收拾起来了。眼下的他已是霸图战队的一员，面对任何对手，胜利都是他的首要任务。

但是等进入比赛，载入角色，迂回前进，在地图差不多中央的区域，流氓唐三打出现在自己视野的时候，林敬言还是忍不住心酸了一下。

有时候，他有点羡慕张佳乐——虽然转来了霸图战队，却没有和他的角色分开。

角色是属于战队的，这点林敬言当然明白。但是七年合作，他早觉得和唐三打像是融为一体了一样。

霸图战队为他打造的这个流氓角色冷暗雷，事实上也很不赖，不比唐三打差到哪去，甚至为了适应他的风格，如今的冷暗雷更像是昔日他所用的唐三打。

但是，还是不一样啊……不只是名字。和角色多年合作所养成的感情，林敬言很难因为一个属性差不多的角色就立即转移过来。这恐怕是现在的新人所不能理解的，让他们更换一个更强更合适的角色，他们大概都是乐意之至的。

终于还是到了这一步，林敬言心下叹息着。

离开呼啸之后，他就想过，有一天当自己要在场上面对唐三打时，会是如何模样。虽然之前就已在团队赛中遇过，可大家呼啦啦打成一片，感觉还不是特别清晰。但现在，个人赛，整个世界好像只剩下他和唐三打，林敬言百感交集。

唐三打在原地打着转，看来唐昊也猜到了林敬言会选择战术走位，此时他正在小心仔细地审视着周围的地形。

林敬言望着他，慢慢地，小心地操作着，让冷暗雷跟着唐三打的转动，细微地调整着位置。

就是这里了！林敬言心念一动，冷暗雷一甩手，一枚麻针甩出。

好简单的偷袭，大家都在想。

但是，中了！

麻针虽然无声无息，可是唐昊一直在不断变幻唐三打的视角，留下一个死角这么幼稚的错误，难道会发生在一个顶尖大神身上？

可是，结果就是如此，唐昊居然没有发现这枚麻针，这简单的偷袭，居然就这样甩到了唐三打的身上。

冷暗雷从藏身处跳了出来。

这是一张天气极好的图，阳光斑驳地照耀在大地上。冷暗雷已经快速朝着唐三打冲去，杂乱的影子在地上不住地晃动着。

被麻针麻痹的唐三打无法动弹，冷暗雷一把抛沙照面打在他的脸上。

麻痹之后，致盲……接连的异状态，唐昊纵是水平再高，也不至于在这种情况下还能应付得了林敬言这么一个老辣高手的攻击。

致盲的时间，林敬言算得也很准确，快结束时，一记板砖拍在了唐三打的后脑。

致盲之后，又是眩晕了。于是新一轮的攻势又展开了，在打到无以为继的时候，林敬言一点也不贪心，打翻唐三打后立即就又躲了起来。

唐昊有些抓狂，这一波攻击真是来得莫名其妙，自己怎么就中了根麻针呢？这血都被打掉四分之一了，他却还是一头雾水。

可怜唐昊没有转播或是现场电子屏的那种多方位视角，更没有回放。

观众原本也是不清楚这一麻针唐昊怎么就没发现，但在给出唐昊的主视角，反反复复地回放后，大家发现，那一瞬间，唐昊的视野里真的没有麻针。

麻针到哪去了？各种视角的综合解析，观众终于发现了蹊跷所在。

是阳光！是阴影！

林敬言这一次的选位，让冷暗雷的麻针在出手时处于一个阴影、阳光交错的位置，于是那么一个瞬间，麻针就好像消失不见了一样。

这也是荣耀里能做到的事吗？观众们都目瞪口呆了。

用博大精深这样的形容词来形容一个网络游戏真的挺不好意思的。即使是这个游戏的设计者们，也不可能设想到这么多的细节。是这些职业选手，处在荣耀顶端的家伙们，不断地挖掘这个游戏中的各种细微之处，然后在比赛中开创了这种即便是设计者恐怕都要瞠目结舌的事情。

这种事，唐昊知道吗？看着唐三打从地上翻起有些抓狂的模样，大家都有点同情唐昊了。这一上来就被莫名其妙打了一顿的感觉，一定糟糕透了吧？

唐三打疯狂地移动着，那莫名其妙就中了的麻针让唐昊摸不着头脑，再不敢让唐三打就那样原地站位，于是四下狂奔了一圈，却还是不见冷暗雷的踪迹。

猥琐流，又是猥琐流！唐昊咬牙。呼啸战队现在情况不佳，外界对于他们抛弃了猥琐流的打法诸多指责。

唐昊只希望能快点向人们证明，他们的打法远比猥琐流要强。可是现在，单挑赛场上，他却被猥琐流打得找不着北。而这对手还是林敬言，唐三打的昔日操作者，自己在新秀挑战赛上以下克上的那个老家伙。

“躲躲藏藏的！”唐昊心有不忿，在频道里说着。其实他不是一个太爱在比赛中和对手文字交流的人，他更喜欢用拳头，但现在找不到目标，他心里那个烦闷啊！

“躲躲藏藏也是赢得胜利的手段。”林敬言回道。

“看你能躲到什么时候。”唐昊说。

“你多当心就是了。”林敬言回着。

唐三打继续一步不停地转着，找着。林敬言的冷暗雷呢？在唐昊这样高强度地搜索下，这时也躲得不太安逸了。不过他明显对这图超熟，能搞出之前那种匪夷所思的状况，林敬言对这图的了解和利用，那还用说吗？

唐昊找啊找，找不到。林敬言却已经又一次调整完毕，冷暗雷手里再次暗扣了一枚麻针，就等合适的机会呢！唐昊这次让唐三打跑个不停，还真是不如上次那么好下手。

但是林敬言此时的视角，却没有锁在唐三打身上，而是等着唐三打突然闪进他视野的一瞬——

出手！麻针又一次飞出，唐三打的视角转动着，也明显朝向了这一方向。但是……

现场观众仰看电子大屏幕。唐三打的视角，虽然是转向了麻针方向，但是，一堵墙啊这里有！唐三打视角转过来，可针还在墙后飞呢，他压根就没看见！而等针出来时，唐三打的视角已经转走了，然后，中针……开场时的重复。

唐昊已经快疯了，但是他有什么办法？他的情绪也无法抵消掉角色身上的这些异状态。林敬言，将之前用过的一套攻击，很稳健地又来了一遍，全是对手完全无法破解的无缝连击。

唐三打的生命，又没了四分之一，一半生命已没了，林敬言的冷暗雷却毫发无伤。

所有人眼珠都快掉出来了。就说呼啸现在团队成绩不佳吧，但个人实力还是很强悍的。唐昊对林敬言，这对新老两代流氓高手，其实早在两年前的全明星周末上就已经分出高下了。大家都看得出，唐昊的水平，确实已在林敬言之上。

但是那个水平，事实上所指的只是操作技巧。在这方面，老将确实无法与新锐争锋。但是本场比赛，唐昊有机会施展他更强悍的操作技巧吗？没有，完全没有。两次都是被麻针偷袭，一击就中，角色都控制不了，还谈何操作？

林敬言就这样利用地形，一点生命不耗，打掉了唐三打半截血，若不是真实地发生在眼前，谁会相信这场比赛会打到这种程度？

唐三打又一次被打翻在地了，等他这次暴跳如雷地起身后，却发现，冷暗雷没有消失，而是就在他面前。

“怎么不跑了？”唐昊咬着牙说道，连忙就要抢攻。但是，冷暗雷早已经抢先一步冲了上来，他没跑，而是留下来继续发动攻势了！

“来得好！”唐昊精神一振。之前莫名其妙就中的两次偷袭真是让他郁闷无比，此时他一看林敬言竟然拉开架势要和他正面大干一场，顿时无比激动。这样打，我岂会怕？

两个流氓角色，挥拳战在了一起。

论操作技巧，唐昊确实更高。这样硬性的对攻，林敬言确实不占便宜。但是，最终倒下的，还是唐三打，而这一次，他无法再站起来了，因为他的生命已经为零。

“百分之五十的生命还收拾不了你的话，那我恐怕就真的应该退役了。”望着地上已被打倒的唐三打，林敬言最后丢下了一句。他的冷暗雷此时还有百分之十七的生命。唐昊用百分之五十的生命，打了他百分之八十三。很强悍，很霸气，不愧是第一流氓选手，但是，他输了。

现场的欢呼，送给林敬言。他虽然已不再是第一流氓选手，不再入选全明星，顶尖大神的光环也在褪去，但是，他赢了。

在这个竞技场上，无论名气，还是技巧，又有什么比得上胜利？只有胜利，才是最真实的。再高超的技巧，无法赢得胜利又有什么用？

现在的呼啸战队，就是囊括了一堆拥有高超技能的选手，可是，他们缺乏胜利，于是他们失去了支持者的信赖。

林敬言下场时望了一下客场看台那边，本就不满的座席，一片沉寂。老路握着他们呼啸的旗帜，也只是这样站着……

1：0，霸图主场领先。

这本是个不值得大惊小怪的结果，但是，呼啸输掉的是他们的核心选手唐昊，而霸图获胜的恰巧是呼啸过去的核心选手林敬言，这当中的意味顿时就变得很多很多了。

不过就现场来说，霸图粉丝们的欢呼鼓掌并不夸张，毕竟这场对决就是围绕呼啸的过去和现在展开的，霸图粉丝们的体会深刻不到哪去。但是呼啸粉丝呢？现场本就有些空荡的客队看台上，呼啸粉丝看起来都很落寞，甚至有人才看了整场比赛的第一场个人赛，就已经起身，默默地离开了赛场。

林敬言回到选手席，接受着队友们对他胜利的祝福，在很多人看来，他能击败唐昊，一定是一种很痛快的宣泄吧？可是林敬言并没有显得多激动，这个一向温和有礼的选手，只是微笑着，最后坐回了自己的座位。

呼啸那边？他没有再去看。虽然有些怀念过去，有些怀念本属于他的角色唐三打，但过去的终将过去，自己虽然已是职业暮年，但路既然未到终点，就还有未来。

自己的未来，是在这里啊……林敬言攥着他手中冷暗雷的账号卡。

同一时间，另一片赛场上，同样是个人赛第一局，此时也到了快分胜负的时候。

蓝雨VS微草。

卢瀚文VS高英杰。

两个新一代中最引人注目的选手，一个直接被扔上主力席位，在残酷的职业比赛中摸爬滚打；另一个则被小心呵护，循序渐进地适应环境。

不同的方式，但都未影响两人成长为优秀的职业选手。本赛季的二人已褪去青涩，成为联盟新一代中的两个标志性人物，此时，正在单挑场上为己队拼杀。

幻影无形剑！卢瀚文的流云释放着大招。作为联盟中少有的重剑剑客，流云的这一大招虽然剑速有些缓慢，但所笼罩的范围更为宽泛。银武重剑焰影，在这略慢的剑速下划出清晰的轨迹，硬是将正准备骑着扫把飞离的木恩从空中拖拽了下来。

“哪跑!”选手公共频道里还显示出卢瀚文发出的消息，这个少年仿佛有无穷的精力，永远都能让人感受到无限的激情。

相比之下，高英杰不如他这么锋芒毕露，但在呵护备至的环境中成长起来的他，更能感受到战队以及前辈对他的期待。求胜的信念，他一点也不会比卢瀚文少，而他在场上的表现则会显得更加周详。

被流云的幻影无形剑抓下，高英杰没有慌张。重剑剑客攻击更为强大，但为此做出的牺牲就是攻速上的下降。这是重剑剑客的短板，也是可以用来突破的地方!

驱散粉！木恩一张手，一把魔法粉末打出。

这技能不仅可以驱散状态，更要紧的是还可以降低目标的一切速度。虽然作为低阶技能，驱散粉的这点减速效果并不强力，但是对于已经相对较慢的流云来说，无异于在伤口上撒盐。

中！驱散粉打上，流云的攻势顿时一缓，但是为了这一击命中，高英杰也做好了让木恩吃一击的准备。结果就在这时……

仙人指路！幻影无形剑的攻击被卢瀚文果断中止了，换上的竟是一记仙人指路。

也中！强大的吹飞效果，一下子就将木恩送飞出去。

流云没有追上抢攻。驱散粉对流云这个重剑剑客来说有点难受，他正是想多点空当时间，赶快把这效果时间给撑过去。

只是这个效果不算强悍的低阶技能，时间真是有够久的，要长达十秒。

十秒啊!

仙人指路吹飞出去的距离，可不至于让木恩用十秒钟才能赶回。高英杰更不会随意地挥霍这十秒。果然，被吹飞的木恩受身操作落地，翻滚后还没直起身，扫把就已经横在了身边，他骑上就飞。

十秒?

木恩杀回，连两秒都不用!

寒冰粉！又是一抹魔法粉末被打了出去，不过这技能不是直接攻击，而是让自己的武器暂时涂上属性效果。

晨露，这是木恩手中这把银武扫把的名字，此时被打上寒冰粉后，隐隐闪起了一层蓝光，自空中挥过，都有细碎的冰晶在掉落。

攻击！魔道学者的近战能力可是很强的。

虽然主要依赖的就是普通攻击，但是通过任意修改武器属性的魔法粉，以及可以自由飞翔、且可在空中六次挥舞扫把保持浮空的扫把掌握，普通攻击在魔道学者这个职业手上，可一点也不普通。

“想这样就分出胜负吗!”频道里跳出卢瀚文的消息。

地裂波动剑！流云重剑挥舞，却是甩出了一个魔剑士的技能。紧跟着，剑光骤闪，又是一记拔刀斩出手。

竖线攻击的地裂波动剑，横线攻击的拔刀斩，再加上流云这重剑剑客非比寻常的攻击距离，这两个技能交错成了一个大大的十字，朝着木恩钉了去。这一出手够突然，两个技能的交错配合更是恰到好处。但是……

“攻速啊……”场边的喻文州叹息着。

慢……这个缺陷对于喻文州来说，是比较刻骨铭心的。而此时流云这漂亮的一击，也因为慢，留下了些许破绽。

不过破绽即便存在，对方，又是不是能抓住呢？有些破绽，那可是需要很高强的判断和操作才能捕捉住的。就比如眼下流云这两个技能交错的破绽，喻文州虽有眼力看出，但若让他操作此时的木恩闪过，可就让他有些为难了。

能不能闪过？没有问题的。微草战队这边，看到这一击时，王杰希心里也默默地做出了判断。

这个破绽，高英杰应该能看到，应该能抓住。不过，应该做到和做到，到底还是有着两个字的差别。

但是高英杰没有让王杰希失望。承载着微草期待和未来的他，准确地捕捉到了这一机会。木恩在半空中一个轻飘飘的摇曳，顿时从重剑劈出的两个技能当中穿了过来。

唰！晨露挥下，打在了流云的身上。

魔法粉末的效果不可叠加，但寒冰粉新刷上的魔法效果，依然是减速，还有概率冰冻，只会让流云更加难受。

胜负已分……关注这比赛的人们，心中都已默默做出了判断。而后有的叹息，有的高兴，胜负所带来的体验，总是这样划分两极。

两个新一代的选手分出了胜负，凭借高英杰的胜利，客场作战的微草先拔头筹。而在另一个赛场上，两位旧一代的前辈，此时却还未分出胜负。

咣！一声巨响。武器的碰撞，带出技能的冲击力和光影，两个角色被狠狠地弹到了两边，各自狼狈地摔在地上。

“真是凶残！这是用生命在战斗啊，不怕手碎掉吗？”君莫笑翻身站起，嘴角挺真实地挂着血迹，而后选手公共频道里跳出叶修发的消息。

“你的纪录到此为止了。”再睡一夏的剑锋指向君莫笑，孙哲平在频道里酷酷地回道。

“别吹牛皮，上轮老林也这么说来着，你知道后来怎样吗？”叶修说。

“老林？上轮你们打的不是蓝雨吗？”

“上上上轮。”叶修说。

血影狂刀！孙哲平干脆地结束扯皮，再睡一夏直接以强招开道。剑光化成一道血影，直朝君莫笑劈去。

君莫笑连忙闪身避过。血影狂刀劈在地上，碎石乱飞，朝着君莫笑急速射了过去。

旋风斩！再睡一夏的剑锋刮起旋风，卷带着这些碎石，狠狠地朝着君莫笑撞去。

兴欣的主场，叶修的选图，自然又是那种简简单单的单挑图。但是谁也没想到，这一次却是对手疯狂抢攻，一时间压得叶修有些透不过气来。联盟无人可挡的散人快打，这次居然一直没捞到机会展开。

退！再退！狂攻之下，君莫笑一路后退，一直退到无暇再退，再睡一夏的重剑终于狠狠地砸到了他身上。但是就在这一瞬间，君莫笑的身影突然花瓣一般地散落，再睡一夏这一剑斩中，却穿体而过，身前的君莫笑不过是个幻影。

影分身术？不，这次并不是，是剑影步！

四个君莫笑，将再睡一夏围在了当中，剑光挥上。哪一个是真身？此时判断这个似乎已经没了意义。关键的问题在于，君莫笑，终于开始了他攻击的节奏。

胜利最终到底还是属于叶修的。放下鼠标的那一刻，他长出了一口气。这一局被逼得真是有点紧张，险些就要输掉。

真难想象对手居然是个有着严重手伤的家伙。这家伙，打得越来越不顾一切了，是大半个赛季的征战已经彻底燃烧起他的热血了吗？但是真的好可惜，他每轮都只打一场个人赛，甚至有时还要休息。这样的比赛分量，根本就不过瘾吧？

是啊……不过瘾啊！孙哲平望着屏幕上的再睡一夏，倒在地上，望着天空，角色的眼神里，大概也是不甘吧！每场……要是能多打几分钟就好了……

第二十六轮比赛一场一场落幕了。

兴欣最终9：1战胜义斩，虽然两队场外关系颇佳，但一点没影响兴欣诸位在场上的残忍。

蓝雨对微草，客场作战的微草极其强势，在高英杰战胜卢瀚文先拿1分后，个人赛再胜两场，而后还拿下了擂台赛，竟然是以5分的优势进行到了团队赛。不过团队赛最终还是主场作战的蓝雨拿下了胜利，两队最终杀成5：5。

呼啸对霸图，唐昊败给林敬言的战况无疑是很扎眼的。不过最后他们到底还是抢到了2分，比分最终定格在了2：8，如此结果，对他们在积分榜上的排名帮助实在有限。

三零一度8：2战胜了贺武，百花战队10：0完胜明青，呼啸战队的积分和前八名的队伍顿时进一步拉大，而接下来的赛程继续对他们不利，第二十七轮，呼啸的对手是蓝雨。

呼啸坐拥主场优势，却还是被外界一致唱衰，呼啸战队在人们心目中已经越来越没地位。能不能在这一场里挽回颜面？这种事大家已经麻木得没有多少人去关注了。

第二十七轮，最引人关注的比赛是微草主场迎接兴欣的挑战。

赛季下半段走过几轮后，那些黑兴欣的家伙们终于找到了一个掐点。下半赛季就是上半赛季各轮的对阵双方交换主客场后的再现。

兴欣上半赛季的开局着实不佳，下半赛季虽然好了不少，却也远不及他们前段时间的强势。这些寻找兴欣掐点的家伙对比两个阶段的成绩，很快就挑出了那些在主客场都战胜兴欣的双杀队伍。

轮回、蓝雨、霸图……这三队，在两次和兴欣的对阵中都以比较大的比分胜出。

于是，一篇名为“看起来很美”的文章发表在了当月下半月发行的《电竞时代》上，作者正是从黑唐柔开始就走上了兴欣一生黑道路的《电竞时代》当家笔杆阮成。

在文中阮成详细阐述了兴欣战绩起伏和赛程之间的关系。上半段，因为开局时所遇强队较多，所以起步艰难。当这些都挺过去后，兴欣开始在弱队身上找自信，但是这种自信没法长久，因为双回合的循环赛制，兴欣又一次迎来了那些他们无力战胜的对手。而这一次，无论主客场，在这些对手面前兴欣依旧是不断败退。

“对兴欣抱有幻想的人真的可以死心了。”阮成在文章最后写道，“这支队伍根本未达一流水准，指望他们夺冠的人还不如去买买彩票。以他们的实力，能进到季后赛就该偷笑了。而在后半程各队都将为了季后赛门票发力冲刺的情况下，如果兴欣掉队，大家也不要太失望。常规赛三十八轮的赛程，靠运气可是留不到最后的。”

“这个阮成，怎么总是揪着我们不放啊！”看过本期《电竞时代》的陈果顿时被气得够呛。

“知道你还买什么《电竞时代》啊！”叶修嘲笑她。

“……”陈果无语。她为什么买？还不是因为她心里到底还是期待着所有黑兴欣的家伙最终都能被他们的出色表现折服？结果呢？一直没有，但凡兴欣有点表现不佳的地方，就被他们拎出来说说说说说个不停。这次倒好，根据被几支豪门双杀的情况，竟然就给兴欣贴上了一个伪强队的标签。这标签不是呼啸的专利吗！怎么转头就栽到兴欣头上来了？陈果着实气不过。

“不要和这些人生气，无论取得怎样的成绩，只要人家愿意黑，总是可以找到可掐之处的。”叶修说。

“呼啸伪强队成那样，也没见他说一个字，就会盯着我们。”陈果说。

“下场比赛，他大概会更活跃了。”叶修说道。

联赛第二十七轮，兴欣客场挑战微草。

第八轮时，兴欣主场2∶8不敌微草，唐柔的一挑三也是在这一轮失败，以至于赛后毁诺，阮成也就是从这里踏上往死里黑兴欣的征程的。

现在，常规赛走完了上半程，兴欣又站到了微草面前，这一次客场挑战，想胜无疑难度更大。阮成恐怕早已经举起了他的笔锋，这场兴欣再输，微草就是又一支双杀他们的队伍，兴欣伪强队的证据似乎就更足了，不知又有多少阴阳怪气的嘲讽要卷过来了。

陈果顿时忧心忡忡。如叶修所说不去理会这种人的刻意抹黑？这点陈果实在做不到。就算不能靠行动说服他们，陈果也希望可以打脸，狠狠地打脸。可问题是，这次要面对微草这样强劲的对手，又是客场，“一定要赢”这种话实在不好意思讲，那太给大家压力了。

“总之，加油就是了。”叶修说。

陈果叹气，她真羡慕叶修这种平静的心态。

联赛第二十七轮，阮成果然如叶修所说那样，很活跃，而且是前所未有的活跃。这一次，他竟然收到了电视台的邀请，和李艺博一起成了本轮直播比赛的解说嘉宾，而本轮要直播的比赛，正是兴欣客场对战微草。

“这次转播要给大家介绍一位新面孔，不过他的名字大家一定不会陌生。这位就是《电竞时代》的专栏评论家，阮成先生。相信很多玩家观众都看过阮老师的文章，尤其最近一期的《电竞时代》，阮老师那篇《看起来很美》，反响很大！对兴欣战队，阮老师似乎一直都有不一样的看法，今天的这场比赛我想阮老师一定会特别关注，所以干脆将您请到我们直播间来，一起来聊聊这场比赛。感谢阮老师今天能来。”潘林在比赛正式开始前的转播时间里，介绍着今天多出的这一位嘉宾。

“哈哈，不客气，潘林你好，李指导你好。”阮成在镜头中潇洒地和潘林、李艺博打着招呼。

“对于今天这场比赛，我们是不是先听听阮老师的看法呢？”潘林说道。

“呵呵，我当然还是坚持我所阐述过的那个观点，兴欣战队，比起顶尖一流的强队还是有着相当大的差距的。而今天的微草正是这样一支强队，再加上有主场优势，我想微草取胜的机会应该是非常大的。”阮成毫不介意地预测起了比赛。这和如今出言谨慎的李艺博相比，实在是大相径庭。

“明白，那么李指导呢？您怎么看？您最近似乎倒是挺看好兴欣的。”潘林没有因为新请的嘉宾而冷落了老搭档李艺博。

“呵呵，兴欣是一支新队，所以他们的提升空间很大。大半个赛季打下来，可以明显看到他们的提高。这样的一支队伍我想是有机会取得任何成绩的，所以这场比赛无论谁胜谁败，我都不会太意外。”李艺博的言论其实还是有他一贯的圆滑。不过在阮成那鲜明的立场和表态之下，他这份圆滑看起来已是对兴欣力度挺大的支持了。

“好的，听完了两位的意见，我们来看看现场，两队选手现在已经全部入场了。”潘林说着。

画面顿时给到了比赛现场，两队选手正在场上进行赛前的握手致意。

“不知道今天的微草会派谁第一个出战呢？”潘林说起了这个问题。这问题潜藏的意思，当然就是今天谁会来挑战叶修，叶修的连胜纪录是不是能在这里终结？

“每支队伍通常都会把自己最优秀的选手放去擂台赛里争取那2分，个人赛的人手安排还真不是件容易的事。”阮成在那感慨着。他字里行间暗藏的意思大家当然都听出来了，就是说因为各队核心都很少来打个人赛，所以叶修才能在个人赛里连胜至今。

若是早几轮，这么说说还算占点理，但现在，叶修已经连胜了足足二十五轮，强大得大家都没力气去数了。

就算一直没有在个人赛里遭遇最顶尖的大神，但能连胜二十五轮，那也相当于职业选手跑网游里打竞技场才能取得的战绩了。职业选手之间的差距还没大到随便谁可以碾压谁的地步，那些顶尖大神，也在无数对手身上栽过跟头。

而叶修，二十五轮，一次跟头不栽，诚然，没遇上多少顶尖大神也算是个理由，但总拿这个说事，那就纯粹是为了黑而黑了。

阮成似乎也知太强调这个说不过去，所以这话还是拿捏了一下分寸，没直接说透，好像是随口一提似的。

“好，双方选手下场。哈，叶修就直接留在了场上。现在大屏幕还没有公布出场名单呢！”潘林说道。

“让我们看看微草派谁上阵。”李艺博淡淡地说道。

许斌！终于，电子屏公布了两队首战出场的选手。兴欣叶修；微草则是许斌，骑士角色独活。

“是许斌。两位老师怎么看这一安排啊？”潘林说。

“叶修的散人打的就是快，磨王许斌那可是出了名的能拖能慢，这场对决，就要看两个人谁的节奏控制得好了。比赛最终被拖入谁的节奏，那么谁获胜的机会就将更大一些。”李艺博说。

“看来是很有意思的一场对决啊！阮老师你觉得呢？”潘林说。

“嗯……”阮成却只是这样应了一声。虽然他很想往死里黑兴欣，但也真没有被打脸的爱好。叶修已经连胜了二十五轮，他实在不敢在这里随便就去看好叶修的对手。

Chapter 002

无法分享的胜利滋味

二十五轮连胜的纪录很疯狂。何时会被中断无疑是让人挂心的一件事，而那个能打断这个超级连胜纪录的选手，当然也会显得非常了不起。于是但凡是兴欣客场比赛，主场观众都会对他们主队对战叶修的选手给予很高的期待，希望他能成为这个史上最传奇纪录的终结者。

微草粉丝也没例外。许斌的名字在电子大屏幕上打出后，现场立即爆发出疯狂的加油声。个人赛里就这么亢奋，那真是极为少见的。其实，只要有叶修的对决，都会因为他那疯狂的连胜纪录充满了噱头。

许斌在欢呼中起身，上场。另一端，他的对手叶修早已经入了比赛席。

选图的是主队微草，自然不会那么顺着叶修的意给他一幅简洁的比赛地图。

堕落的后花园。

花花草草，假山喷泉，凉亭回廊，一幅内容很丰富的图，是本场微草选来对付叶修的。

比赛开始，双方角色刷新。

选了这样的图，当然就是要来点战术走位。许斌上来就让独活绕道，迂回左路。行至某处，借假山搭脚，几个跳跃，上到了一旁回廊的顶端。

地图不大，就这高度已经足够一览无余。许斌转了视角一圈，轻松找到君莫笑的所在。君莫笑也正在从另一端迂回而来，看起来在这样的地图上叶修也不介意和对手玩玩战术走位。许斌看到他的同时，叶修倒也第一时间看到了回廊上的独活。

双方如此轻易地互相暴露，接下来的战术走位倒是不太方便了。许斌让独活继续在回廊顶上摆着造型，关注着叶修的举动。然后，就见叶修操作着君莫笑冲了过来。

就这么要相撞了？那这两人的战术走位岂不是毫无意义？毕竟谁也没能靠此占据先手。

直播厅里，一解说俩嘉宾也就这个问题开始了讨论。

“许斌的举动更为主动，他这样做不可能没想到这同时也会暴露自己，或许这就是他的目的。”阮成表示。

“接近了，现在其实已经差不多在君莫笑的攻击射程内了，但他还没有开始攻击。”潘林叫道。

君莫笑冲上，独活站在顶上却没有回避。但是君莫笑却也没有就这样埋头死冲，忽地，他的脚步停了下来。而就在那一瞬间，独活在回廊顶上的脚步也微微一移，只是在看到君莫笑这一急停后，他也连忙刹住了脚步。

“这个距离……”直播厅的三位开始研究君莫笑这一急停的意味。

“在骑士的英勇跳跃可以攻击到的范围外。”三人结合两人角色的技能，很快得出结论。

“哦？这里英勇跳跃的威胁有这么大吗?”潘林说道。

“借机抢个先手，问题应该不大。”阮成说。

“不过叶修看来是意识到这一点了。”李艺博说。

“两人真是寸步不让啊!”潘林感慨着，结果这时君莫笑站在骑士独活的极限距离外，居然开始大大方方地吟唱法术。

独活还是没动。

这个距离对法术来说也不算很近了，许斌认为完全可以等技能出手。

暴风雪!

君莫笑吟唱出了法术，冰雹、雪花落下。

独活两步跨开，闪过。就这样被这种技能打中，他还不至于。

君莫笑又接连吟唱了两个法术，有元素法师的有术士的。许斌还是只操作着独活简单避过，似乎没有任何反击的意思。

“许斌开始磨了……”李艺博说道。

潘林头痛。许斌的比赛慢慢吞吞不温不火，真的挺难解说的。此时就是一味闪避君莫笑那边威胁不大的法术，也不知道他到底打着什么主意。

“不准备下来吗?”叶修开始说话了。

“不急。”许斌淡定。

“那我上来了?”叶修说道。

“好啊!”许斌欣然接话道。

于是君莫笑一拉千机伞，伞骨外折，金属声铿锵作响，机械旋翼升起。

飞起！君莫笑骤然提起到了半空中，叶修死盯着独活的举动。

动了！就在答应对手上来，而对手也果真准备上来的时候，独活突然下来了。

英勇跳跃！许斌操作独活施展的还真就是这个技能。独活飞身而起，骑士剑劈出，但是，离君莫笑还有点距离呢！叶修控制着机械旋翼，更不可能将自己向前送去。

独活在轰然巨响中落地，带着这一击的冲击力，英勇跳跃掀起的气浪仿佛将周围一圈都压平了一般。

独活忽然朝着君莫笑招了招手，挑衅!

君莫笑不受控制，直逼独活，但是叶修也已经操作出了攻击。挑衅并不影响选手对角色的攻击操作。

独活却是左手一提，那面号称全荣耀最坚固的叹息之壁，直接迎上了飞落攻来的君莫笑。

“以守代攻!”阮成说道。

“守就是攻!”李艺博道。

中了挑衅的君莫笑看起来没得选择，只能是朝这面盾牌上撞了去。

盾牌可是不惧任何攻击的，而拦下君莫笑这一下后，独活立即就能开始反击。

机会！无数人心中叫着。

但是君莫笑的千机伞也打开了。

以盾撞盾。

顿时大家又摸不清接下来的情况了。

盾牌碰盾牌，谁也不会有多大伤害，而且都有盾牌掩护下发起攻击的优势，许斌原本占据的优势，瞬时就被对手拉回到了起跑线。

两面盾牌撞在了一起，君莫笑从空中回落，冲劲更足，但若论盾牌威力，千机伞顶多算面轻盾，完全无法和荣耀第一盾牌叹息之壁相比。

盾击！独活这一下，还用上了技能。

千机伞盾果然不敌，君莫笑被独活这一盾撞得悬停在了半空，但跟着立即就已经变成一团泡影了。

影分身术！

独活撞上的，赫然不过是个假身，君莫笑的真身，此时已经直接闪到了盾后，独活的面前。

挑衅的那种控制作用，叶修根本不在乎，他倒是正需要接近目标来着。于是顺着独活给他的仇恨直接就来了。

银光落刃！剑搭脚边，急坠，直接撞在独活身上，撞得他朝后仰去。

不过银光落刃的击倒效果并不是强制，可以用受身操作翻滚后直接站起。

但是谁也没想到，许斌居然没做受身操作，独活就这样直挺挺地翻倒在地。

“漂亮，准确的判断！”阮成在转播中赞叹着。君莫笑银光落刃之后，直接甩了一记拔刀斩过去，这独活若是受身翻滚，这一剑恐怕正好劈到他身上，谁想到许斌居然干脆让独活挺尸，这一拔刀斩的剑光，顿时从他面上擦过。这一刚过，独活立即朝旁一个骨碌翻了起来，盾牌在身前掩护着。

“慢了！”李艺博叫道。许斌的意识是准确的，可是这一瞬间的操作好像有点慢，即使有盾牌护体，但攻势依旧是掌握在叶修手中啊！这一骨碌起来，应该立即反击的。

结果君莫笑竟然没有趁这机会进行攻击。

一抹幽光自独活护卫自己的叹息之壁上划过。

“开了风暴反击了！”李艺博恍然，难怪独活没有反击，君莫笑也停止了攻势。

原来独活开了风暴反击——将一切攻击伤害用盾牌吸收再归还给对手的技能。

“慢本来就是许斌的特点嘛！”阮成笑道。

李艺博有点脸红，却无法辩驳。因为许斌两次应对攻击，确实都展示了他的慢属性。

“叶修的攻势好像被阻断了。”潘林说道。

“没错。许斌之前不做受身操作，还有这里开了风暴反击，硬是把节奏拉慢，叶修的攻势根本就没起来，被他压着呢！”阮成说。这种对兴欣不利的局面，他看得可高兴了，但表面上不好太过分啊！虽然他已经旗帜鲜明了，但更要表现得淡然。不能是“哈哈你果然不行”，而应该是“呵呵我就知道你不行”。

“是吗?”李艺博却在此时突然笑了笑。

就在独活面前的君莫笑突然消失!不,不是消失,准确来说,是从独活的视野里消失——君莫笑身形一晃，把自己藏到了独活叹息之壁所遮挡的视野范围里。

许斌连忙让独活将叹息之壁举低一点，但是，还是没见君莫笑，君莫笑居然跟着他举低盾牌的节奏蹲了下去。

许斌连忙再让叹息之壁横向移动，结果就在刚动的一瞬间，君莫笑人影一闪，竟是反着叹息之壁的移动方向横向移了出来。

技能移动!

“过了!”潘林大叫。

君莫笑瞬间绕到了叹息之壁之后，攻击开始朝独活身上着落。

“君莫笑像是足球里过人一样过掉了独活的叹息之壁。”潘林叫道。

“哈哈，小潘你这个比喻有点意思。照你这么说，君莫笑藏到盾后，还下蹲，那就是欺骗对方的假动作喽?”李艺博笑道。

“哈哈，你说得也很有趣。”潘林也回赞道。

两位老搭档开心解说，阮成此时郁闷。

虽然他赛前也没敢看好叶修的对手，但他真的希望有人能快点把这纪录终结了，想想兴欣有这么一个耀武扬威的战绩他就觉得讨厌。

但是这一次，恐怕又是不行了……

过人般晃掉叹息之壁之后，独活完全暴露在君莫笑面前，散人快打已经施展开，技能连数轰到独活身上，叹息之壁这种时候怎么也掩护不到他自己了。

“这种情况……我看许斌也慢不下来了吧……”潘林说道。

“慢不下来了。”李艺博开始没说话，直至看到独活试图将君莫笑关住，结果君莫笑施展移动技能，直接闪出接着攻击后，终于敢下结论了。

连胜纪录，终将延续。

1：0!

二十六轮连胜。

叶修的纪录终究还是未被阻止，再创新高。潘林和李艺博津津有味地就此进行着讨论，阮成在一旁时不时陪着笑两声，心情是阴郁的。

个人赛第二阵。

兴欣，乔一帆，一寸灰。

微草，高英杰，木恩。

当电子大屏幕上打出两队出阵选手的名字时，两队中起身准备上场的选手都是一愣，不由得都转身朝对方的选手席上望去。

在微草战队时，他们是最好的伙伴。只是一个在天，一个在地。

乔一帆一直挺羡慕高英杰，羡慕他的才华，羡慕战队对他的重视和期待。相形之下，自己到底会成为怎么样的选手，乔一帆一直都不怎么清楚。

高英杰也一直清楚乔一帆的处境，他挺想帮助他，却不知道该从何处着手。当战队宣布放弃乔一帆时，高英杰鼓足勇气找过队长王杰希，得到的答复是“战队不需要”。

答案有点冷漠，但很真实。高英杰清楚这不是过家家的游戏，战队不需要，没有什么比这个理由更充分。在微草战队，一切都是战队至上，战队不需要，纵然有千般才华万般技巧，一样没有存在下去的意义。强如王杰希，都需要改变自己的风格来服务战队，还有什么选手有资格将自己凌驾于战队之上呢？

一对好友，就这样各奔东西，各自走上了他们自己的荣耀之路。

高英杰在接下来的赛季，正式成为微草主力，入选全明星，星途无量。

乔一帆却加入到兴欣这支网吧战队，从挑战赛中一路闯关。

他们都在关注着对方的表现，注视着对方的成长，为对方取得的成绩感到高兴。

终于，兴欣在挑战赛最终夺冠，冲进了职业联盟。他们再度相遇，不过这一次不再是队友，而是对手。

第八轮兴欣主场对微草，乔一帆就曾在个人赛中出战，对手正是微草队中的鬼剑士选手周烨柏。他拿下了胜利，证明了自己，并以新创造的打法引发了很多关注。

高英杰心情很复杂。一方面为乔一帆如今的实力感到高兴，再一方面，乔一帆已是对手，他的胜利，可是给微草带来了失败。

而这次，两人都没想到他们居然要亲自完成一场胜利与失败。

在回头互望了一眼后，两人转回身，各自迈着坚定的步伐，走上了比赛台。

解说潘林和嘉宾李艺博此时也正很有兴趣地介绍着这两人。

“乔一帆是前微草选手，和高英杰同时入队，听闻那时两人关系就很不错。”潘林说道。

“相比起高英杰，乔一帆的职业生涯真是有够坎坷。职业生涯才三年，大概就已经尝遍了很多人没有经历过的冷暖。冷板凳，被放弃，无路可走加入兴欣这样的网吧队、经历挑战赛，再到现在重返职业联盟，看起来还要杀进季后赛了，没准打进总决赛也说不定呢！”李艺博说道。

“哈哈，别的我都同意，但无路可走加入兴欣这个网吧队，这说不定算是他的运气呢！”潘林说。

“哈，事先谁会想到一支网吧队能取得这样的成绩呢？”李艺博笑道。

“呵呵呵呵呵……”阮成继续在一旁干声笑着。兴欣目前还1：0领先呢，让他一时间没有依据来表达他的观点。他就盼着兴欣赶紧输掉一场，自己就有理由说说兴欣不行的道理了。

乔一帆，高英杰？阮成觉得自己的机会来了，高英杰早有天才之名，现在可都是全明星级别的选手了。乔一帆呢？被微草放弃的选手，纵然凭借自己的努力再次找到了位置，但是他和高英杰在天赋上的差距，恐怕不是努力就能追赶上的。因为被称为天才的高英杰也一直很努力。

比赛开始，两人角色分刷地图两角。

“我们终于有机会一起站在场上了。”消息很快地出现在了选手公共频道，先说话的是高英杰。

“是的。”乔一帆回道。上次两队对阵，两人都出战了个人赛，不过最终错开，而在最后的团队赛中，乔一帆并不在出场名单内。这一次，确实是两人首次在场上碰面。

“不过好遗憾，居然是对手。”高英杰说着。在之前，乔一帆还在微草战队，两位好友经常私下讨论在场上比赛的话，该如何如何配合，甚至做过不少的练习。但是因为乔一帆一直没有出场比赛的机会，所以两人根本没有在正式比赛中合作过。直至今天，两人终于一同站上了赛场，可惜物是人非，练习过的配合已无机会使用，两人现在是对手，最后只允许有一个人继续站在这里。

“加油，全力以赴。”乔一帆说着。

“我会的。”高英杰郑重地表示。他早已经不是当初那个怯生生的少年，双手毫不犹豫地操作着键盘和鼠标，木恩冲了出去。

乔一帆的一寸灰也已经迎上，这幅选图，有点偏向叶修喜好选择的那类，没有太过复杂的地形。

双方很快出现在了对方的视野内。在这种没有掩护，正面相对的局面下，阵鬼是不能让对方和自己逼得太近的。鬼阵需要吟唱，贴身短打的话吟唱技能基本没有机会出手，阵鬼的能力至少缩水七成以上。

这种属于荣耀常识一类的东西，高英杰又怎会不清楚。视野里看到一寸灰时，他就已经着手准备攻击了。阵鬼限制对手近身，当然就是靠设置鬼阵。但魔道学者也有中距离的攻击手段，一定程度上可以阻挠一下对方的吟唱。

但是……

“这么早？”解说潘林惊讶地叫道。

两人此时出现在对方视野内，但还远未进攻击距离，可乔一帆的一寸灰已经停步，并开始了鬼阵的吟唱。

“这谨慎得有点过头了吧？”潘林说着。

吟唱此时已经完成，木恩距离尚远，当然完全无法干扰。一寸灰放出的是一个暗阵，踏入暗阵者将百分百处于失明状态。这阵放的，却也不是一寸灰施法距离的极限，倒是离他自身要近一些。暗阵刚出，一寸灰立即抢步继续前冲。

转眼数步之后，停步，再次吟唱召唤鬼阵。

“哦！”李艺博看到高英杰的木恩在暗阵前无法向前，只能从旁绕行时，顿时明白了乔一帆这提前放出鬼阵的意义。

魔道学者虽然可以骑扫把飞行，但是鬼阵的封禁效果对空一样有效，这一片暗阵结印的空间，顿时就成了一片禁地。丢一个在这，逼木恩绕行，增长了他需要移动的距离。而一寸灰的第二个鬼阵，就在此时出手。

冰阵！又一鬼阵，拦到了木恩面前，和暗阵擦边相连。没有做出叠加，而是将两个鬼阵可以限制的区域放到了最大。

第三个鬼阵也要来了吗？眼看一寸灰又摆出挥剑吟唱的架势，木恩挥袖一抖，一枚星牌落出。

星星射线！星牌化为一道光，朝一寸灰疾射而去，一寸灰闪身避开，第三次召唤鬼阵的吟唱总算是被中断。

闪电锁链！

木恩再次挥手朝空中一抛，一道闪着电光的锁链朝着一寸灰落了下来。魔道学者的技能多是各种古怪的魔法道具，绝大部分不用吟唱，这是这职业施法的一大优势。如此才能成就王杰希那种魔术师般的高节奏变幻莫测打法。高英杰没有复刻王杰希的风格，但也努力发挥着魔道学者这一大特点。

接连两个魔法道具，都是中距离的攻击，一寸灰再无吟唱下阵的时间，木恩却一边攻击一边就要绕过鬼阵了。

一寸灰也不是就站在原地等木恩来捉，一边躲避了这些攻击，一边也在走位，木恩从左走，他便从右绕，中间隔了鬼阵，对方怎么也不可能直冲过来。

但是鬼阵也是有时效的，总不可能一直存在。高英杰紧紧注视着一寸灰，可不准备再给他吟唱的机会。但问题是……魔道学者有着施法大多不用吟唱的优势，同时却有着魔法道具攻击距离较短的缺陷。

一寸灰突然后退了几步，高英杰一看便知这是退出了自己可以攻击到的距离。随后一寸灰施施然地一个吟唱。又一鬼阵落在了木恩的面前。高英杰无可奈何地让木恩停下了脚步。

静默之阵。

在此鬼阵当中的角色的所有技能将被封禁。这种状况在实力相当的职业比赛中无疑是很致命的，木恩再一次被阻隔在了鬼阵的另一端。

“乔一帆控制得不错，不过他这么打，从一开始就将自己置身于被动了啊！”阮成总算是有机会来点点评了，果然一开口就点出兴欣方面的不是。

“呃，先保持场面上的平衡，再伺机而动吧？不然怎么打呢？被高英杰的木恩直接杀到身边的话，这场比赛直接就输了吧！目前的情况应该说是不错。以这两个职业的特性来说，阵鬼较被动一些也不算是什么意外吧？”李艺博说道。

“所以说，把阵鬼放到单挑阵容里，这个安排就有些不能理解啊！”阮成说道。

李艺博无语，这真是欲加之罪何患无辞啊！反正就是要找兴欣的茬嘛！阮成是坚定的反兴欣党，全荣耀都懂的。

阵鬼确实在团队中能起到更大的作用,但若就此认为其单挑能力较弱那就是无稽之谈了。或许有很多玩家会这样以为，但那只是因为阵鬼单打独斗的话，相对难度会比较大一点。再加上微草这张单挑选图偏单调，这也是不利于阵鬼发挥的地形。

就在这样的条件下，乔一帆却能很好地布置鬼阵，让高英杰一时间无法发动有效的攻势，这本该是非常值得肯定的。阮成强调落入被动什么的，实在有些鸡蛋里挑骨头。

阮成的水平不至于不知道这些，但现在就是要顽固地指出兴欣的不妥，因为在他看来，这一场，兴欣终于占据了较大的输面。

水平不及对方天才，阵鬼在单打独斗上的难度，以及地图的不利之处，有这么多的弱势，兴欣还能不输？

乔一帆目前的表现，是占据优势的，这有些出乎阮成的意料。不过这只是维系住了场面上的平衡，为此乔一帆就已经付出很多。高英杰呢？说是以逸待劳也不为过，乔一帆这边只要稍有漏洞，他立即就会发起强悍的攻势。

快点，快点出错吧！阮成心里不住地呐喊着。但是伴随着他心中呐喊的，却是场上的鬼阵一个接一个地绽放，像是一条永不消失的河流，横挡在一寸灰和木恩之间。

阮成的脸色渐渐也变了。

以逸待劳？局面恐怕没这么简单。能让乔一帆的操作如此细致缜密，高英杰可不是随便在那边动动而已，他也需要做出大量经常思考的判断和操作。

木恩的走位，木恩的远程攻击，一直在寻求破坏乔一帆的操作节奏。乔一帆确实处于被动，但是他以守代攻，本场比赛的节奏，却是握在他的手中。

“我一直觉得，兴欣的乔一帆，是一位被低估了的选手。”李艺博此时感叹着。

“可是他只是这样一直防守的话，能赢下这场比赛吗?”潘林提出了一个很关键的问题。虽然乔一帆以守代攻，控制着节奏。但是他的一寸灰到目前为止可完全没有任何攻击性，这样下去显然也是不可能赢得胜利的。

李艺博皱着眉，这个问题，乔一帆自己不至于不清楚吧？可他一直努力支撑着这样的场面，到底有什么打算？

正这时，一旁的阮成突然嚷了一声:“失误!”

能让阮成如此激动，当然是来自乔一帆的失误。一直无缝衔接的鬼阵，因为施法时机掌握得稍稍慢了些许，让高英杰立即抢到了这一空当。木恩在鬼阵拦截前，掠起一地的旋风，超低空飞了过来。

“我就说嘛！乔一帆这样被动的打法根本不是可以取得胜利的方法，稍有纰漏，倒是会马上被高英杰抓住。”阮成洋洋得意，嘴皮子耍个不休。潘林和李艺博都有一些为乔一帆感到遗憾，不过阮成说的也不是毫无道理，自然不好直接在直播里和他拌嘴。

木恩，穿过了鬼阵的封锁，一把寒冰粉已经撒在了扫把晨露上，一寸灰，却在此时一个横向的翻滚。

这幅图地形结构简单，没多少掩体，但是也不是完全没有。一寸灰这一翻，就是闪到了一截残缺的石柱背后，蹲下身后，身子立即被全部掩住。

这是？高英杰心念一动，在乔一帆利用地形来了一次掩护后，他连忙注意到了这一带的地形。

不对！高英杰连忙操作木恩一个熔岩烧瓶丢了出去。

烧瓶坠地，破碎，瓶中的熔岩瞬时化出一大片岩浆，藏在石柱后的一寸灰自然也在这范围内。

但是，就在岩浆烧到一寸灰之前，石柱后剑芒一闪，一道鬼阵，却抢先一步落了下来。

果然，看着兜头落下的鬼阵，高英杰似乎根本没有思考一般，木恩就已经窜向了某一方向。

“漂亮！”李艺博也大叫了一声，但这一声绝不是赞高英杰的反应机敏。因为当这一个鬼阵落下后，场面一下子清晰了很多。一寸灰先前布下的，再加上这刚刚落下的鬼阵，已将木恩挤在了一个不大的空间内。

那一个貌似失误的鬼阵操作，绝不是失误，那是诱饵！乔一帆是看准了这里有一处掩护，知道有这么一次吟唱召唤鬼阵的机会。

高英杰，也一定是在穿过来，而后看到一寸灰的举动后就有些反应过来了。只可惜木恩的熔岩烧瓶到底还是慢了一些。鬼阵先落，高英杰很无奈地只能让木恩去了那个乔一帆想让他去的位置。至于这时熔岩烧瓶再对一寸灰制造的攻击已经不那么重要，伤点血而已。

李艺博看了一眼一旁的阮成，心情愉悦。

打脸，多么熟悉的打脸啊！只不过以前被打脸的总是他，今天总算是来个堵枪眼的。有这位这样一烘托，自己不出声都显得特别的英明睿智。本来对于又多邀个嘉宾李艺博还有点小不爽的，但是此时此刻，他真喜欢阮成坐在场上，前赴后继地上去挡下这些凶险。

阮成的神情自然是难看得很，可是比赛也没有到此结束，接下来会怎样？李艺博、阮成那都是专业人士，场面塑造到这一步，两人都已看出接下来的重点。接下来，乔一帆需要再出一个鬼阵，才能将高英杰的木恩彻底陷入他的鬼阵之中。可是先前的地方已经化成岩浆，接连不断的伤害让一寸灰暂时无法吟唱。正面对木恩，也肯定会被打断。

掩护，一寸灰还需要一处掩护，于是所有人的目光都望向这片废墟之上，距离现在一寸灰藏身处八个身位格的地方的一根残柱。

“这些乔一帆都是早观察好的吧，他考虑得真的太周密了。”电视转播给出了这一关键位置的特写，潘林立即说道。

“大概他之前在用鬼阵控制场面平衡时，还有一大目的，就是找到这么一处可以展开他战术布置的地形。在这幅图上，真是难为他了。”李艺博淡淡地说着，一边用那种“你怎么看”的眼神示意了一下阮成。

阮成心里暗骂一句，李艺博这话，对他来说算得上是一记小打脸啊！

“从刚才高英杰闪避鬼阵时的果断，我想他已经看出了乔一帆的战术。八个身位格，高英杰会给他这机会吗?”阮成却还在力挺高英杰。

就在三人议论的时候，一寸灰已经突然冲出，目标，正是那八个身位格距离的残柱。

但是，高英杰的木恩已经更快一步，朝着那残柱顶上扔出了一团蓝飘飘的东西，很快，残柱上空出来了一团泛着蓝光的乌云，跟着，细碎的蓝色雨珠闪着冰光落下。

寒冰雨！高英杰没去和一寸灰赛跑，也没想要强冲，干脆就又一个技能丢了过去。残柱依然可以做掩护，可是想躲在它后面进行施法吟唱，有这持续攻击在，自然是不行了。但是谁也没想到的是，乔一帆的一寸灰，一共就朝那边跑了三个身位格，在那蓝色雨珠还未落地时，就已经抽身返转。

一寸灰居然又一次返回了他原本藏身的残柱，岩浆就在他的脚下，但是，没有哪个攻击技能的持续是无限的。一寸灰刚一退回藏好，地上岩浆就已经从鲜红变得黯淡，很快大地就沉寂了。

不好！高英杰这才刚让他的木恩放完了寒冰雨,没想到乔一帆是和他来了一个声东击西。高英杰慌忙操作木恩再出攻击，但是魔道学者这职业，技能瞬发是瞬发了，可那些个魔法道具，扔出去，再到展示出效果，这点时间，已经够乔一帆的一寸灰丢出一个鬼阵了。

星星射线！当木恩的星星牌扔到适合的角度，再变成魔法线射向柱后的一寸灰时，新招的鬼阵已经落下。

这一次，木恩变得无处可逃了。一寸灰布下的一个又一个鬼阵，在此时连接成了一个大阵体，将木恩困在了当中。

一寸灰站了出来。将对手关入自己的连环鬼阵后，对于一个阵鬼来说比赛就已经赢了一半了。

乔一帆并没有因为眼前的对手是好友而有丝毫留情，他一丝不苟地操作着，召唤着新的鬼阵，完善着构成。这时的他，拥有很多施法空当，不用再在这图上寻找什么可怜的掩护。他的鬼阵，终于成了他最可靠最结实的掩护。

这样的机会，乔一帆不会放过。他走到今天很不容易，若不是有遇到叶修，遇到兴欣战队成立，他或许已经不再是一个职业选手。

而现在，他从被一支战队放弃的小透明，变成另一支战队的主力成员，更有机会打败昔日战队里被称为天才的家伙。

这样的机会，怎能错过？乔一帆要做到，他要让所有人知道他可以。包括眼前他的对手，他最好的朋友。他只是很遗憾，这种胜利的感觉，曾经是他们一起经常谈论，却没有机会共同去创造的。而现在，他创造的方式，却是击败对方。

很遗憾，这个胜利的滋味，恐怕没有办法和你分享。

个人赛第二场，兴欣战队乔一帆胜。

兴欣2：0领先，这让阮成真有点焦虑了。

全荣耀圈都知道他是不看好兴欣的，这比赛要是兴欣和某支弱队，他绝不会跑这节目里来。就是看是打微草，又是客场，阮成觉着兴欣肯定得输，这才铆足了劲欣然跑来打脸。结果这一上来就出师不利。

叶修继续连胜，他忍了。结果乔一帆这种小角色居然也赢了微草的天才高英杰？

潘林和李艺博在这津津有味地谈论着这一轮比赛，阮成在旁听着却是各种不爽。

不会真是坐在这被围观打脸了吧？

阮成心中浮起不祥的预感，乔一帆对高英杰的胜利，让他有些坐立不安。

个人赛第三轮的对战选手却已在此时登场。

兴欣，莫凡，忍者毁人不倦。

微草，梁方，狂剑士竹沥。

一看这对阵表，阮成这心是真凉了。

莫凡自打和轮回那阵击败孙翔后所受关注就高了起来，而后兴欣这边给他安排的上场机会也有增长，甚至还进过团队组合。他的技术，已经得到圈内认可，就是对他这打打就跑的游击战法目前大家纷纷表示不理解。

而本场，莫凡的对手是梁方，一个性情很急躁的选手。莫凡这种游击战斗术，那对这类型选手真是太有情绪杀伤力了。

要3：0了吗？

阮成都有些不想看了，结果潘林和李艺博在分析这两人风格相克的时候，还偏要问他点看法。

“嗯……”阮成死气沉沉地应声道，“所以梁方需要牢牢把握住场上的主动权，这样才能限制莫凡的打法。”

看法还是有几分道理的，不过也差不多是空话。场上的主动权，那有几人不会去尽力争取的？把握住主动权就更容易取得胜利，这种事那还用说？

比赛开打。梁方是直扑地图正中，莫凡是战术走位。但是这场微草战队选这图，说简单不算太简单，说复杂也没多复杂。战术走位是打得起来，但毁人不倦迂回到中央，莫凡一看，可选择的偷袭点还真不多。

而梁方的竹沥呢？此时视角就正瞪着这边方向，这图，人早知道战术走位的话会从哪里绕出来了。莫凡是不缺耐心，但这种情况，耐心只会等到被判消极的黄牌。

于是这次，莫凡痛痛快快地让毁人不倦直接走了出去，二话不说，抢攻。

莫凡够直接，但梁方来得却更快。他这死盯着这几个位置，是料定了毁人不倦只能从这里战术走位。这一看毁人不倦现身，早备好的攻击，直接就劈过去了。

怒血狂涛！梁方开场第一击就是70级大招，也算惊天动地了。

莫凡真有点意外这人上来就这么奔放，连忙操作毁人不倦闪避，结果还是差一点点就被这澎湃无比的一击给伤到。

手里剑！毁人不倦攻击也已出手，直朝竹沥射去。

这怒血狂涛攻击澎湃无比，收招僵直也是相当夸张。手里剑射来时，竹沥还一动不能动呢，只能生受了这一击。然后，毁人不倦就已经杀到了面前。

倒斩！大招收招僵直正好结束，竹沥一个浮空技，朝杀到的毁人不倦挑出。毁人不倦轻巧一个后跳，避过。

火焰斩！毁人不倦迎风一刀火焰瞬间斩下，哪想竹沥不闪也不避，挥剑就是一记血影狂刀。而这一击，也压根没打算和火焰斩发生什么碰撞，竟是直接就和毁人不倦做起了攻击交换。

卖血？想到这词的人都有点目瞪口呆。

卖血虽然是狂剑士的常见套路，但真没有开局就卖的。因为血气唤醒的效果是要到生命百分之五十以下才触发。起初这百分之五十的生命，通常情况下狂剑士们都是正常消耗，顺便在这一阶段摸一摸对手的打法和状态。等到只有半血，血气唤醒激活，那像卖血这种打法才会真正活跃起来。上来就往百分之五十卖的，那很少见。

不过梁方倒也不是白卖，做的是攻击交换。不过开场就连开大招，这股不顾一切的架势，还真是有点疯狂。

两人的攻击，都落在了对方身上。

竹沥被劈成了一个火人，毁人不倦则是被这一记重劈给崩了出去。

再上！脚刚一触地，毁人不倦就已经挺身再上，哪想着对面的竹沥，也根本没等身上火熄了，差不多还半个火人的模样，就也拧身冲了上来。

当！

这一次，双方武器招架在了一起，而做出招架的，是毁人不倦。

梁方这边，又是想做伤害交换，但这次莫凡就不答应了。和一个狂剑士一起往外飙血，这实在有些不明智。人家飙到一定程度是有加强状态的，所以和狂剑士交换，那得多占到便宜才行。不能真就数着数字换。

结果，梁方却是得理不让，跟着的一击又一击，全是拉开了架势和对手一起卖血。毁人不倦对他做出的攻击，都不带闪避的，全是顶着伤害就硬上。

“梁方这打法……”李艺博有点吃惊。

梁方这打法，在他看来有些过头，但问题是，面对莫凡似乎效果极好。这一次又一次都是一起卖血的架势，莫凡无论是回避，还是进行攻击交换，显然他的既定思路都会被打断。他那套游击战法，竟然施展不开。

梁方用这样一种蛮横粗暴的方式将他死死缠住，打来打去，虽然也没见梁方这边占到多大便宜，但莫凡的节奏就是打不开。

“梁方今天状态不错啊！”阮成这时顿时就来劲了。

主动权？还真让他说着了。此时对战双方主动权就牢牢把握在梁方手中。莫凡这边无论什么攻击上来，他都和莫凡交换，甚至有些时候明显是他吃亏的交换，他也主动挑起。莫凡便宜是占到了，但是他的节奏呢？他的套路呢？打不开啊！

“微草对莫凡，做了有针对性的研究啊！”场边观战的叶修此时说着。梁方的打法，其实并不是因为他的职业是狂剑士所以肆无忌惮，这，大概就是微草所设计出来的，专门针对克制莫凡的打法。狂剑士可以攻击交换，其他职业也通通可以。但是莫凡不能，一交换，他那最有威胁的三板斧就施展不出来。

“被压制住了。”魏琛说道。

“看他有没有办法吧！”方锐说。

双方角色的生命看起来相差无几，真从数据上说莫凡还要占优，毕竟梁方这卖得肆无忌惮的。

可明眼人都清楚，此时占据主动的是梁方，他那点多流逝的生命，换走的不只是毁人不倦的生命，还有毁人不倦的节奏。

“杀！！”

梁方在选手公共频道里吼了一句。越打越来劲，越来劲越疯，一时间操作更快，攻击更迅疾，毁人不倦被他缠得更死了。

冲撞刺击！梁方再次操作竹沥使出了这一招，换在之前，避无可避的莫凡都会给他一个攻击尽可能强的技能进行交换，但是这一次……

噗！一大团烟雾喷开，竹沥的重剑顶到的赫然只是一个替身草人。

替身术？这家伙……居然跑了？梁方略略愣了愣，之前交换，双方换来换去，莫凡可没这样强行逃避过。

但是一退之后，就会回来！毁人不倦冲上，梁方回过神，不含糊，再次以最强硬的交换姿态顶上，哪怕是让自己多伤点血的交换！

噗噗！攻击命中的声音是那么的清晰，一次交换就这样干脆利落地完成了。

“再来！”打得兴奋的梁方，在选手公共频道里的话也变得多了起来。

“哈哈，打得很强势啊！”心情大好的阮成赞道，可是这一次后，毁人不倦不再和竹沥接着耗，莫凡选择了退开。

“哪跑！”梁方一愣，连忙重新调整攻势，结果这次冲上，莫凡突然又接待他了。

攻击，再次交换；再来时，毁人不倦却又跑了。

梁方怒了。这反正都是交换，跑开再来一下，有这个必要吗？他不解，他继续执行他的打法。

但莫凡现在是彻底改变方案了，他的三板斧被这样疯狂的换血攻击给压制了，于是他干脆上来打一下就跑，有时不打就跑，还有时心情不错会打两下。

这是个什么打法？这个莫凡对于这种打一下就跑的游击打法真是有爱啊，能这样不厌其烦地折腾？所有人都在感慨着，但是场边这些顶尖的职业选手们，却已看出莫凡此番折腾的内涵。

“嗯，不错！”场上刚刚完成一次交换后，方锐点头赞叹道，“梁方那个蠢货，不会还没发现吧？”

“该发现了。”叶修笑道。

是的，该发现了。不只是梁方，现场多多留意的观众，这时也都已经发现了。自从莫凡改变了打法后，这双方角色的生命正在进一步拉大，越来越大。

是因为梁方还在肆无忌惮地卖血？当然有这个原因。但更重要的是，莫凡开始精打细算。每次交换时，都会很仔细地盘算，是不是有便宜占，便宜够不够大。但凡不满意的，或是算不清楚的，立即不换走人。这就是毁人不倦有时候不打就跑的原因。

“梁方再这么换下去，可是要把自己给换死了。”李艺博笑道。

“这下他应该不敢换了吧？”潘林说。

“那他要怎么阻止莫凡呢？”李艺博说。

答案是他没能阻止莫凡。

一个技能一次进退，莫凡在之后赫然调整出如此烦琐的节奏，让梁方肆无忌惮的卖血顿时显得牛头不对马嘴，等梁方自己意识过来时，他过分卖出的生命已呈劣势。

输了。

个人赛，兴欣最终3：0全胜，整个现场都无语了。

Chapter 003

跳　动　的　A　P　M

“呵呵呵，兴欣今天的表现真是不错啊！”李艺博说。

“难道又准备横扫对手？”潘林说。

阮成心脏狂跳，这兴欣真要客场把微草打爆，自己坐在这儿的感觉那就像是被扒光了鞭尸一般。

你们这群混蛋在干什么啊！阮成此时比微草的老板还要焦虑百倍。

“兴欣这轮的个人赛苏沐橙没有上场啊，这是要留到擂台赛了吗？”李艺博说道。

“方锐、苏沐橙、唐柔？兴欣本轮擂台赛的阵容很强大啊！”潘林说道。

“第八轮的时候，兴欣只靠唐柔一个人就击败了微草守擂的两人，直接面对王杰希了呢！”李艺博说，“只是很可惜唐柔之后的两位选手发挥不够好，被王杰希一人守擂成功，一挑三完成了一次漂亮的逆袭。”

“不过就是那轮以后，唐柔就不再打擂台赛的1号位，改打3号位了。”潘林感慨着。

说完，两人一起斜视了一下阮成。

结果阮成在听到两人说到兴欣今天的擂台赛阵容异常强大时，肝又一次颤了。两人之后又讨论的两句愣是没听进耳。

“不知道今天会不会又让唐柔打1号位呢？”

最后，阮成就听到这么一句，而后双方参加擂台赛的选手就已经开始出场了。

兴欣，方锐、苏沐橙、唐柔——果然不出所料是这个相当强劲的阵容。

微草方面，则是派出刘小别、柳非和王杰希三人。

“唐柔还是没有打头阵啊！”潘林说着。

“嗯，方锐和唐柔一头一尾的这个擂台排位，兴欣已经很久没动过了。”李艺博说。

“比赛马上就要开始了，让我们继续关注双方选手的场上表现吧！”潘林宣布着。此时，双方的1号位选手都已经开始刷卡进入首回合比赛。

“唔，这地图……出现在擂台赛上真是挺少见的。”看到地图载入后，解说和嘉宾议论着。

微草的擂台赛选图，竟然也是本赛季叶修的那种标志性风格：简单粗暴。而选这种图，往往意味着要以比拼技术为主。在个人赛可以听凭个人喜好，可在擂台赛，一队要有三人出阵，需要三个人都对地图感到舒服，所以很少把地图风格选得这么极端，选择内容丰富一些的多样性地图会多一些。

“选这种图……对兴欣的方锐和苏沐橙会有一定影响，但唐柔明显也是很偏好这类图的。”李艺博说，“微草这边……阮老师你觉得呢？”感觉阮成已经沉默很久了，李艺博蛮好心地扔了个问题给他。

“啊……微草的话，应该没问题吧?”阮成说。

这是在说什么?李艺博目瞪口呆，看了一眼潘林。

潘林也很无奈，这阮成，心理素质也忒差了吧！不管你是赞还是黑，至少努力坚持啊！哪怕是死鸭子嘴硬也总比现在个人赛3：0后就魂不守舍的模样要强吧?

阮成这答非所问的，潘林和李艺博只好不再问下去。场上，因为是简单粗暴的图，也用不着玩什么虚的，双方角色相遇，开打。

唰唰唰唰！

飞刀剑的剑，快若闪电。

刘小别这赛季是有点郁闷的，原本想着凭借不停的努力和进步，今赛季应该能成为全明星选手了。结果，兴欣和嘉世这两支战队的选手大面积进入和回归，今年的全明星席位竞争一下子变得很紧张。很遗憾的，刘小别再一次未能入选。

唰唰唰唰！

刘小别将他的郁闷统统发泄在了他的操作当中。飞刀剑攻击很快，节奏却还是掌握得很完美。这样的水准，绝对已经够得上入选全明星。只可惜全明星从来不是单靠水准就能说了算的。

另一边刘小别的对手方锐，情况则和刘小别有些相反。刘小别是死活入选不了全明星，而他呢，则是连续入选了多届，直至本届落选。

而方锐对于无法入选这种事就看得很淡了，在某媒体访谈时他甚至表示，总是入选，今年好不容易掉出来了，挺好。

这种态度放在刘小别眼中那真是太欠了，很多人也认为方锐是在矫情。

这些或者都有一点吧，但是方锐的状态，真的完全没有因为这种事受影响那是真的。他的表现，随着他对气功师的融入，已经是越来越出色。而他的对手，对于他这种转型，却始终有些跟不上节奏。

但是本场比赛的刘小别却没有陷入这种被动，因为他一上来就抢攻，就爆手速。

于是最后的场面，和梁方打莫凡那局有点类似，都是通过抢攻，让对手无法拥有自己喜欢的节奏。

只不过相比起梁方的换招换血，刘小别的抢攻显得更没后顾之忧一些。梁方那局，成也换血，最终败也是在败在这换血上。

“这小子的操作越来越疯狂了。”魏琛看着刘小别在场上挥霍手速大为感慨，口气中不无妒忌。

“关键是不只快，还很稳定，一切都在自己的控制内。”叶修说。

“方锐这场，还真有点麻烦。”魏琛说。

“是的，地形不利。”叶修说。

叶修就靠这样的地形欺负了不知多少对手，他当然完全知道刘小别此时的优势建立在何种基础上，当然也知道方锐因为地形完全没有可利用的地方，所以想破坏刘小别的节奏是很艰难的一件事。

或许他可以从飞刀剑的攻势当中寻找到一些空当。但是，刘小别的操作真的太快了，快到这些偶有的空当都是一闪而过，当对方想要针对这来点什么的时候，空当已经是过去式了。

唯快不破。这话用在此时的刘小别身上，还真有几分贴切了。

“APM，快400了……”这时转播给出了技术统计中刘小别的APM数据特写，因为比赛还在继续，操作还在继续，这个数字不稳定，一直在跳动着，但基本就在不到400的地方浮动着。

技术统计虽然没有智能到可以区分出玩家的操作是有效还是乱拍键盘鼠标，但是就目前双方战成一团的情况下，显然不可能存在什么注水的操作，基本都是靠谱的有效操作。

控制单角色的对战游戏，即使荣耀的操作会繁杂细碎一些，但是直逼400的APM，还是有些骇人听闻。当现场观众也注意到这一技术统计时，全场响起了惊叹声。而这种声音当中，充满了自豪。刘小别，是他们微草的选手。

为了比较，方锐的APM技术统计很快也列在了刘小别的APM一旁。

289、290、291……

数字不时跳动着。

“方锐的APM也比平时快了许多！”潘林手里拿着方锐以往比赛的技术统计资料，说着。

“那是当然了，在刘小别这样彪悍的手速操作下，他不提速，恐怕早被打爆了。”李艺博说。

“不过相比起刘小别还是有着100的差距啊！”阮成接口道。

擦！潘林和李艺博看了一眼阮成，心里齐叫。

这还是方才个人赛打完时那个死气沉沉的阮成吗？这神采奕奕的模样，刘小别是个牧师吗？近400的APM是给这家伙加了血了？

“手速从技术统计上看是有差距，但从场面上来看，方锐并不狼狈。”李艺博说。

“呵呵，是还不狼狈，就是有点被动。”阮成说。

“方锐目前的APM，也不是他的峰值。”潘林翻看着方锐的技术统计资料，继续说着。

“他目前的APM非常稳定。”李艺博看着屏幕上跳动的APM说道。

APM的计时单位，是分钟。但在比赛中这种即时显示的，却是以秒计。这一秒进行的操作，如果放大到分钟，会是多少，如此的显示方式。

方锐的APM跳动基本就在290上下，这意味着他的手速保持得非常均衡。

“有机会的话，他会爆发。”李艺博说道。

“那刘小别呢？他的峰值就只是这样了吗？”阮成笑道。他到底也是专家，熟知很多东西。

潘林手中当然也有刘小别的技术统计，看了看后，摇了摇头：“也不只如此……不过，他的大多是有水分的，很多都是开场比赛的时候自己爆手速乱堆出来的峰值。”

李艺博此时却专注地看着比赛。

机会，方锐是在等待机会，等待一个他可以出手，可以打破刘小别节奏的机会。否则就继续这样下去，他会输。

机会什么时候会出现？李艺博已经顾不上去和那两位讨论了，这场比赛节奏是如此快，机会出现，也肯定是一瞬间……

出现了！

李艺博眼睛突然一亮。

“机……”他只来得及喊了一个字，因为他的发音远没有场上两位选手的操作快。

即时的APM统计，突然就是一次飙升。

方锐，372！

打破困境，在此一举了。

但是……

没有破。

就在方锐手速飙升的那一瞬间，刘小别的APM，一样狂升。

442！

本场比赛的APM峰值终于出来。

刘小别用他这彪悍的手速，硬生生将方锐的反抗给摁了下去。

擂台赛第一场，最终是微草的刘小别获得了胜利。

“这场比赛太激烈了！”

胜负分出，微草现场当然满是掌声，潘林和李艺博纷纷感慨着，阮成在一旁笑容满面。

刘小别获胜，飞刀剑的生命还有百分之五十二，微草擂台赛的开局算相当不错，阮成当然很开心，这一刻，他简直就是微草的脑残粉。

“刘小别这一场的发挥真的太神奇了！”李艺博点评着，“在这样高手速的持续操作下，居然控制得这么稳定，没有明显失误，真的很不容易。”

“是的，他的技术真的越来越扎实了。”潘林说道。

“我们看他接下来这一局的表现。”李艺博说。

“呵呵呵呵。”阮成又开始干笑，他像个不太懂的菜鸟似的做着幼稚的数学推理题：百分之四十八的生命，打掉了方锐；还有百分之五十二的生命，完全有机会再打掉苏沐橙；然后有王杰希坐镇，二打一唐柔，哈哈，擂台赛的胜利是属于微草的。

但是很快，残酷的现实给了阮成一记耳光。

“看来上一场比赛刘小别的消耗很大啊……”李艺博看着比赛说着。

“是的，失误明显增多了。”潘林说。

“而且靠手速爆发出的攻势再强，也得是在贴近对手的前提下。”李艺博说。

“苏沐橙很仔细地不给他这样的机会，甚至为此牺牲了很多输出。”潘林说。

“嗯，打得很聪明，不过，是不是有点过分谨慎了呢？刘小别这一局明显无法复制上一局的状态了，或许苏沐橙可以打得更强势一些，阮老师你觉得呢？”李艺博发现阮成又不说话了。

真特么废啊！阮成心里正在怒骂刘小别。

百分之五十二的生命击杀苏沐橙沐雨橙风的可能性正在不断趋近于零。非但如此，一直没找到贴身机会的刘小别，阮成真担心他连沐雨橙风的百分之一都伤不到就被杀出局了。

还好，刘小别没败得这么凄惨，他到底还是抢到了近身的机会。但是……

百分之十！这是飞刀剑最终带走的沐雨橙风的生命，阮成的嘴唇都开始哆嗦了，他好想在这无数人收看的直播节目中骂骂人。

“微草开局不错……不过良好的开局似乎没有被延续下去呀！”潘林说道。

“刘小别这样的打法消耗比较大，或许打擂台赛第二顺位的话会比较好呢！”李艺博提供建议。

“阮老师？好，让我们继续关注下一局。”潘林想问阮成看法，但一见他那愤慨的模样，怕他又是答非所问拉低节目的水准，干脆就没问了。

微草战队第二顺位的选手柳非上场，这是一位女选手，角色神枪手，ID：叶下红。

同为女性，同为枪系选手，柳非的名气比起苏沐橙真的要差太多了。她在微草战队甚至至今还都不算一线主力，只是轮换能有一些出场机会。本场她被安排在了擂台赛中出场，结果正遇到了女选手中的枪系第一高手。

“虽然沐雨橙风是百分之九十的生命，不过双方实力还是有差距的，这一场苏沐橙只要不发挥失常的话，应该是可以拿下的。”连对预测有了忌讳的李艺博，这次都大着胆子做了判断，可见这一局的胜负在很多人眼中真的都没什么悬念。

没悬念，但也不至于波澜不惊。

两位女枪系选手的对战非常精彩，柳非虽然不是大神，甚至连一线主力都不是，但能被两夺总冠军的微草留用，当然还是颇有些实力的。

而她本场比赛的发挥也是异常出色，李艺博说苏沐橙“不发挥失常就能拿下”，这话到底还是有些夸大了。

好在苏沐橙这次没有打他的脸。

“柳非发挥非常出色，但是很遗憾，她遇到了一个发挥更出色的对手。”李艺博最后做出如下点评的时候，心有余悸。苏沐橙如果不是发挥更出色，这场胜负可能真就倒转了。

苏沐橙胜出，沐雨橙风还有百分之二十一的生命，微草战队已经轮到他们的第三顺位，守擂大将，他们的队长王杰希出场了。

从第一顺位战结束时百分之五十二生命的领先，再到现在百分之二十一生命的落后，阮成都有夺门逃走的冲动了。但是，微草现场的气氛却依然热烈。这种大领先后被反超的郁闷，似乎并没有影响到这些粉丝们的士气，这实在是相当诡异的一件事。

“这种气氛，真是让人不爽啊！”陈果说道。

“哦？”

“看这些家伙，明明现在是他们在落后的，但是王杰希一上场，就好像他们一定会赢一样。”陈果望着现场观众，听着他们的呼喊声。

是的，此时微草主场给人的感觉就是这样，好像不是微草战队在落后，好像是他们已经妥妥地要获得胜利了一样。每个人脸上洋溢着的都是超级自信的表情，对接下来的对手，他们视若无物，只当是个气泡，他们的队长王杰希上去一指头就可以戳破似的。

“沐橙打爆他！小唐打爆他！！”明知已在比赛席中的选手是听不到的，陈果还是要嚷嚷两声。

苏沐橙，唐柔，此时场上的兴欣的两个姑娘，正好是和陈果关系最密切的两个。看到她们被微草粉这样视若无物，陈果分外不爽。

“微草的粉丝会有这样的自信，当然也不是没原因的。”叶修笑道。

“管他有什么原因。”陈果这次显然是不准备讲什么道理。

叶修又笑了笑，此时场上比赛开始，大家连忙都将关注投入到比赛当中。

简单粗暴的地图，那当然没什么太多前戏，两端角色前进着，频道里一片静悄悄。

今天的比赛，选手之间的交流比较少，当然也有一定的客观原因。比如方锐是喜欢在频道里喷几句的，不过今天遇刘小别，高强度的手速战斗，哪还有工夫打字？

而这局对决，王杰希和苏沐橙看起来也完全没有要聊几句的意思，双方很快在地图中央相遇，苏沐橙的沐雨橙风凭借攻击距离的优势，率先开火。

轰！炮弹飞出。

王不留行的移动速度却丝毫不减，甚至骑着扫把直迎着炮弹飞去，就在几乎就要相撞的一瞬，突然一偏，擦着边就抹了过去，整个过程一气呵成，这炮弹算是阻拦吗？感觉不到啊！

哗哗哗哗！

现场一片掌声，只是一个闪避，现场微草粉们都好像看到爆发一样激动。

“大惊小怪！”陈果咬牙说道。

“确实很精彩嘛！”叶修说。

陈果不语，因为她心底那个真实的声音告诉她，就在王不留行方才毫不减速潇洒地从那发炮弹身边斜身抹过的时候，她都差点抛弃立场跟着微草粉们尖叫了。

“煽动力很强的技巧。”魏琛说着，但完了又补充，“但不是噱头。”

当然不是噱头，王杰希的做法，是最最节省时间的闪避方式。让自己的角色保持最快接近对手的速度，这能说是在搞噱头？

反坦克炮！沐雨橙风后跳着，三角点射，三枚反坦克炮飞出。

三枚炮弹，当然还是有一些先后的。王不留行再次不躲，再次直冲。

这次他又要怎么做？

“你妹!!”伴随着全场更为疯狂的叫嚷声，魏琛骂了出来。

王不留行，竟然是以螺旋飞行的方式，钻入了三角点射的三发炮弹之间。然后，他那旋转着的身子正好就把先后飞来的三枚炮弹一个又一个地避过了。

快到不可思议，精准到不可思议。转播不顾一切地立即调出慢镜头回放，一遍又一遍，恨不得这场比赛干脆别转播了。

“真强!”就连叶修也由衷地赞叹，这个继他之后，险些再度完成三连冠伟业的人。

王不留行，以最快的速度，最完全无法阻挠的姿态向着沐雨橙风冲了去。

当然苏沐橙也没有那么简单地就让他贴近。王不留行在向前逼近，沐雨橙风当然就在向后逼退，一边退，一边开着火，只是阻挠起到的作用不大，双方的距离一直在逐渐拉近。

星星射线!

王不留行终于追进了魔道学者可攻击的范围，他一边继续飞，一边开始丢出魔法道具。

星星牌化成的星星射线，远比角色更为迅速地朝着沐雨橙风射去。

沐雨橙风闪避，移动因此小受影响，王不留行趁势就再逼近。

刺弹炮！苏沐橙试着用大范围的火力来阻挠。

王不留行骤然提升了飞行高度，从那些绽射落下的刺射弹中，极其妖娆地穿过，刺射弹落地盛开，一切却都与他无关。

不过距离越近，躲避攻击的难度当然就越大。

激光炮！这一次，王不留行终于再没直接闪过，激光炮擦了他一个边，冲得王不留行在空中一个螺旋，但是如此也没能阻挠他的冲势，在调整身形的过程中，王杰希都在注意着王不留行晃动的朝向，就好像是摔，也要摔得离目标更近一些。

“真特么的!”魏琛继续不住地骂着。虽然说点脏话对他来说根本就是司空见惯的事，但今天欣赏着王杰希的表现，他的脏话前所未有地多，前所未有地密集。

只有骂，能表达他的情绪，因为他根本找不到什么形容词。

王杰希和他的王不留行就这样不可阻挠地，扛着微草，向前飞去。

沐雨橙风倒下了。

王杰希就是这样一个人，在关键的时刻，他从来没有掉过链子。他也会输，但却从来不会让人失去对他的信心。所以即便他现在要面对一人多的对手，即便上次和兴欣对阵时他要面对的是近三个对手，微草的选手，微草的粉丝依然会对他充满信心。

那一次，是兴欣的主场。

而这一次，是在微草。

沐雨橙风倒下的一瞬间，陈果只能看到魏琛的嘴皮子在动了。估计他还在骂着什么，但是内容呢？可能连他自己都听不到。

而这，还只是击倒了眼前这个生命只剩下百分之二十一的对手而已，微草观众就已经把现场的所有声音给淹没了。这要真的拿下这场擂台赛的胜利，这些微草观众得兴奋成什么样？

陈果真希望有一盆冷水让这些家伙冷静一下，这时候，唐柔的寒烟柔刷新在了场上。

王杰希以王不留行百分之八的生命，击败了苏沐橙，相比起他强大的实力，这百分之八的损失恐怕会被太多人直接忽略不计。百分之一百的寒烟柔和百分之九十二的王不留行站在一起，所有人看好的几乎都是后者。

“王杰希，真不愧是王杰希!!”在苏沐橙击败刘小别和柳非后整个人都不好的阮成这时又激动起来了，情绪没比现场的微草粉丝们差多少，潘林和李艺博望着他，真怀疑这要不是上节目的话这货是不是就要直接扑上去抱着屏幕开舔了。

“只要有王杰希在，微草的擂台赛实在很难输掉。”阮成继续感慨着，那口气，像极了祥林嫂说“我真傻，真的”的语态。

潘林和李艺博完全无法接他的茬了，他们这是正经解说比赛呢，和一个脑残粉那是没办法沟通的。

好在比赛场上，寒烟柔和王不留行已经相遇。

“好！让我们关注一下比赛。”潘林精神一振。

“豪龙破军!”阮成叫。

潘林和李艺博发呆，哪来的豪龙破军?

“哈哈哈，居然没用豪龙破军吗?”阮成讥笑的口气。

潘林和李艺博继续发呆，唐柔确实是喜欢用豪龙破军开局，但这是正经比赛，这里是正经直播，你这个表述方式，太有问题了吧?

但是两人也没工夫多说什么，唐柔那多直接的风格啊，用没用豪龙破军真不影响开局。潘林和李艺博光听阮成在那瞎白活，这两人咋就战成一团的，这细节他们居然给忽略了……

解说顿时间就卡了，两人都有些恼火地瞪了阮成一眼。阮成倒是看得专注，而且神情兴奋。两个角色战成一团你来我往，但从攻防转换来看，王杰希是占据主动的。

“不愧是王杰希啊!”阮成又赞美上了。

吐吐吐！潘林和李艺博已经开始觉得阮成是给王杰希拉仇恨的了，他这一会一下赞叹，两人越看场上的王不留行越讨厌。

但是，目前王杰希占上风，这是事实。

又进步了。时隔半个赛季，这是王杰希在和唐柔再次交上手后，他的第一感觉。

尤其是在合理性上。唐柔好胜心极强，她的战斗中有胜，有败，但是从来不存在妥协和退让。可是往往有些时候，妥协和退让才是比较好的选择，但是到了唐柔这里，没有，她会继续选择一种方式，继续向前向前。这种选择，有时会出人意料，但有时也会起到反效果。

但是这一次交手的唐柔呢?

在赞叹她进步的同时，王杰希也得要苦笑一下。

她的选择变得更加合理的原因并不是因为她的选择中有了妥协和退让。而只是因为她在一路向前的时候，选择的方式更加准确。

她对技能理解得更为透彻了，她积累了更加多的经验，她用尽一切可能的办法，强化着自己一往无前的打法。

这姑娘，连提高自己的方式，都是一往无前，对此王杰希不得不表示一下赞叹。

但是……还不够！

在王杰希惊叹于唐柔进步的时候，唐柔却再次感受到了实力上的差距。这或许有一部分是装备的原因，但是唐柔不会把这些看作是理由。

她只想赢，她不想输。实力的差距，并不代表胜负，比赛是打出来的，不是比出来的。

但是王杰希比她更清楚这个道理，他不是一个看到对手怎样，就会放松心情的人。

砰！寒烟柔手中火舞流炎挥舞出去的时候，正赶上王不留行甩出了一个熔岩烧瓶。

一声脆响，瓶里熔岩飞溅。

熔岩烧瓶若是直接命中目标，那炸出的熔岩本就是要多算一些伤害的。王杰希，竟然是拿一个熔岩烧瓶当起了攻击招架的方式。

熔岩飞起，灭绝星尘跟着挥下。

当！

攻击招架，寒烟柔的火舞流炎抵住了灭绝星尘，但是那些飞溅在寒烟柔身上的熔岩，却迅速对她造成了伤害。

果然不退。攻击确实变得更加合理更加连贯更加有威力了，但是防守呢？

防守中要保持攻击性的做法有很多，直接硬吃伤害确实很豪迈很具攻击性，但是，选择的要求是合理，是效果最大，而不是一味追求某种特定的指向。

过分地使用硬吃伤害这种方式，有可能会像梁方那样卖血过多，最后赚不回来而导致败北呢！

如果能和喻文州单挑一次的话，她大概会更清晰地意识到这一点，但这种机会恐怕很难有。不过也没必要，叶修的话，肯定也会看出这一点的。

唐柔，已经不需要再过分进行攻击上的磨炼了，她现在该练的是防守。或许她的性格导致她不喜欢防守，不喜欢在那上多花心思。但现在的问题是，她在攻击端越进步，对比防守端就会显得越不平衡。

无论多么强大，也不可能百分之一百地主导进攻，总会有被对手逼迫防守的时候。优势大时，用硬吃伤害这种粗暴的方式大概就撑过去了，但是在优势不大，甚至是处于劣势的时候呢？不合理的选择将会很致命。

比如现在！一枚星星牌突然被甩出，正和寒烟柔视角持平。唐柔连忙操作寒烟柔略一斜身闪避，继续一步上前抢攻。

但是就是这一步上前，和星星牌的距离拉近，星星牌绽放成星星射线的那一瞬间，光芒填满了唐柔的一半屏幕。

寒烟柔没有被星星射线打中，但是接下来的攻击，她被命中了……

因为攻击来自那一半屏幕，而那一半屏幕唐柔看不到，全是星星射线的光芒，虽只是一瞬，甚至是观众需要看慢放后才能理解的一瞬，但在这一瞬，王不留行的攻击到了，命中了，延续了……

寒烟柔倒下。

输了。

唐柔又一次输了，输给了王杰希。

败给了这个联盟顶尖的大神，好像也没有什么太值得奇怪的。但唐柔不甘，输给任何对手，她都很不甘。

而对王杰希，她输了可不只一次。干脆点讲，根本没赢过。

“哈哈哈，王杰希，不愧是王杰希，这一手，太精妙了！”转播中全是阮成的声音，这家伙看起来恨不得跳到桌上现场来段舞蹈。尤其在看到唐柔从比赛席里走出，很是遗憾和失望地走下场时，阮成变得更兴奋了。

“距离联盟一线大神，唐柔还有很长的路要走啊！不知道观众朋友们还记不记得她那个一挑三誓言啊？不知道她现在还有没有这种打算呢！”阮成眉飞色舞地解说着。

“咳，很精彩的比赛。”潘林实在不能放任这家伙一直这么说下去。

“唐柔今天的表现也是不错的，但是到底还是王杰希更为老辣。”李艺博说。

“是的，擂台赛微草终于追回2分，王杰希再一次没有辜负他的队友，还有现场以及电视机前所有微草支持者的期待。”潘林进行煽情的点评。

“万岁！！”现场的微草观众连这种词都喊出来了，可见对王杰希的膜拜真是到了一定地步。王杰希也没有像唐柔那样立即下场，这是微草的主场，接下来距离团队赛的时间又比较长，他在场上多逗留了一会，朝四面八方的现场观众招手示意着。

唐柔回到了兴欣的选手席，向安慰她的队友们笑了笑，有些落寞地坐到了一旁。

“攻击做得不错。”叶修扭过头来，对她说着。

“不错吗？”唐柔苦笑，不错的话，为什么还是压制不住对手呢？

“但是一场比赛，不可能全是你的攻击，对手连一个技能都丢不出来吧？”叶修说。

“嗯。”唐柔知道叶修是有话要讲。

“这一场比赛里，你被王杰希丢出来的技能阻碍了多少次攻势？”叶修说。

唐柔望着电子屏的回放，正巧时不时就来一个这样让她郁闷的瞬间。

“怎样在这时候保持攻击的延续性，是你要非常非常非常在意的，不然你的攻势总是会被阻挠，然后几次之后，你就发现你没多少血了。”叶修说。

唐柔继续望着回放，那样的瞬间，再次一闪一闪地出现着。

“下场开始，你来打1号顺位。”叶修说，“多些实战练习的机会。”

“好的。”唐柔点了点头，明白叶修这样安排的道理。3号顺位，虽然承担着守擂重任，但有时候前边两位选手发挥出色，到3号顺位的时候已经没多少内容了，只有擂台赛的1号顺位，拥有单挑场上最充实的实战机会。

“你没问题吧？”叶修看唐柔没意见，回头问这边的方锐。

“当然没有。”方锐说。

叶修则是一脸的无奈：“本来想你在1号位多实战来磨合转型，她在3号位多重视防守的，折腾到现在，还是全得在1号位上练。”

“哈哈，这才是适合她的方式嘛！”方锐笑道，“1号位，其实也是可以练防守的，如果她还想着一挑三的话。”

“可惜只有一个1号位。”叶修叹息。

单人赛事全部结束，兴欣3：2暂时领先。但是王杰希在擂台赛中的登场表现彻底改变了全场的氛围。微草就是5：0领先，恐怕也不过如此吧？

这种氛围，再次让陈果感觉到不爽。

明明还是兴欣领先的，明明团队赛还未打的，但此时微草的粉丝，就好像他们已经拿到了最终的胜利似的。

就是因为王杰希吗？

陈果望着场边周围那些她可以看清的微草观众，他们视线所集中的焦点，果然还是他们的队长王杰希。因为擂台赛有王杰希出场，因为团队赛也肯定会有王杰希出场，他们顿时就有了不一样的自信。这种自信，陈果觉得真有点盲目，微草的擂台赛是打得非常出色，不过团队赛的话可称不上有多强势。

这种喧闹，差点就把整个单人赛事与团队赛之间的休息时间全占满了，让兴欣诸位在这场边交流都变得有些费劲。如果这中场环境总是这个样子的话，那休息时间回一趟备战室似乎就是很有必要的一件事了。

“这些莫名其妙在得意的家伙，必须让他们闭嘴！”方锐表态，大家当然知道他是在指什么。

“不要被这些情绪影响了，想想我在霸图战队主场的时候，多淡定。”叶修说。

“这事你能让我们来说吗？”陈果说。

“客观存在的事实嘛！谁说不都一样？”叶修说。

“但你这么一说，大家一点学习的动力都没有不信你问问。”陈果说。

“完全没有。”方锐说。

“呵呵。”唐柔说。

“包子你闭嘴！”看包子要说话，陈果连忙阻挡了一下。

“好吧，既然大家这么不爽他们的嚣张，团队赛我们就狠狠地打击他们一下吧！主攻王杰希。”叶修说。

“你也失去理智了吗！”陈果叫道。

乔一帆却在此时弱弱地举了举手问道：“这场比赛的备战，本来不就是练习的主攻王杰希吗？”

“嗯?”陈果一怔，发现自己好像又被绕进去了……

“准备上场吧!”叶修叫道。

兴欣客场挑战微草的比赛，终于到了最终决胜负的时刻。两方团队赛即将出场的选手纷纷登上了比赛台。

兴欣：叶修、苏沐橙、方锐、唐柔、安文逸、乔一帆。

微草：王杰希、许斌、高英杰、刘小别、袁柏清、梁方。

“呃，双方的团队阵容都没有太大调整，都是常用阵容。”看到电子大屏幕打出的双方出场名单后，解说潘林在节目里说道。

“兴欣有调整的一点是唐柔首发登场，乔一帆打第六人。”李艺博说道。

“这应该是要打强攻的信号吧!”潘林说道。

“看起来是的。”李艺博点头。

“哈哈哈，客场打强攻，有气魄。”阮成笑道，但谁也听得出他这笑声是在鄙视兴欣不自量力。

“微草这边，袁柏清今天使用的是牧师冬虫夏草，这应该也算是要主攻的信号吧!”潘林说。微草战队的治疗是一大特色，治疗选手会申挂两个治疗角色，然后在不同的比赛中选择使用牧师还是守护使者，从这个选择上可以大致看出微草这一场比赛的意图方向。

“微草主场嘛，没有道理优先防守。”阮成说道。

“嗯，看来这会是一场激烈的对攻战了，很期待。”潘林说道。

在这几位的讨论声中，场上选手也已经完成了赛前的致意，各自进入了比赛席，比赛进入倒计时。

“我们看看微草的团队赛选图。”潘林说道。

“天空角斗场!”李艺博看到最终载入的地图，顿时就是一怔。

“团队赛选这图……真的很少见啊!”潘林也惊讶了。

天空角斗场，是一幅在团队赛用图里来说算得上是极简单的地图。这幅图中唯一的地形变化，就是台阶。最外围是由高到低的看台台阶，正中间的赛台，则又是被由低到高的台阶给围绕。

“这幅图上……应该说不会有太多太复杂的利用地图做出的战术布置。”李艺博说。

“台阶高低差的利用，微草在这上面有什么特别的研究吗?”潘林说道。

“这个……”李艺博脑中搜索着微草比赛的细节，一时间却得不出什么结论。

“微草的强攻姿态，算是做得很彻底了吧!”阮成说道。

“让我们看看他们的强攻方向。”李艺博说道，显然这次对于阮成的看法也是比较赞同的。

很快，两队角色载入完毕，各自刷新在角斗场两端的斗士出场位置。虽然因为中央高高的角斗台的阻隔无法看到对面的对手，但就团队赛的刷新点来说，事实上双方的距离算是相当近了。

“天空角斗场，怎么说，直接上台决胜负吗?”叶修在频道里说着，兴欣战队的角色们却都没有立即开始行动。

“或者老王你干脆站出来，咱们打一场，输了的全队GG怎么样?”看对方没什么应答，叶修再挑衅。

微草战队方面还是没反应，但现场已经因为叶修的嚣张完全炸开锅了。

“霸图对他的仇视，我觉得我基本可以理解了。”陈果在场边对其他人说着。连败给叶修和嘉世三次，那也就忍了，关键是每次都在这样的嘲讽挑衅下还输掉，那可真够憋屈的。这么嚣张的姿态，一般那可都是出现在反派身上，然后等着被正派的主角击败打脸。结果现在主角打不过，反被这样的反派给灭了，想想观众得有多恶心？而且一恶就是三年，霸图战队痛恨这位实在太科学了。

眼下微草战队的现场粉丝就已经有些疯了，不过场上选手看起来都挺冷静，完全没人在频道里回应，微草战队的角色都在按照他们既定的战术前进着。

“总不能让我让你一只手吧?”叶修还在那说着。

“行了，这么多废话干什么?”王杰希总算是回了一句，对叶修的垃圾话充满了不以为然。

这边叶修却是发了一个“松了口气”的表情:“还当你们都不在呢!”

“我们在啊!”王杰希再次回复了消息。微草五人，瞬时就已经出现在了中间角斗台的边缘，居高临下，和兴欣战队的五人打了照面。

“都别动，让他们下来!”叶修直接在选手公共频道里指挥。

微草还真不含糊，立即就顺着台阶冲了下来。

“哎哟真下来了，我们撤!”叶修再次在选手公共频道里嚷。

于是兴欣角色开始反身攀登他们身后的看台台阶，居高临下的位置顿时互换。

“开火吧!”叶修消息发出的同时，苏沐橙的沐雨橙风发起了本场比赛的第一次攻击。

炮弹喷着火舌飞落，微草五人散开，当然谁也没被打中。不过就职业构成来说，微草战队并没有远距离的攻击手，没有人能够和枪炮师直接展开对攻。占据高点的兴欣，此时看起来好像挺有优势。

“居高临下的话，还是具备一定优势的。如果说是以抢高点来决胜负的话，那这图可就复杂了。一层一层的台阶，全场都是，利用高点需要延展到每一个攻防的细节，不是很多图里拿下一个据点就完全确立优势的。”李艺博开始评论目前形势。

“是的，目前兴欣暂居高位，但就这图的话，微草随便换个位置就能爬到和兴欣一样的高度。”潘林说道。

“所以这图真正会发生的战斗，不是台阶上的纵向作战，而是横向作战才对。”李艺博说。

“您说得对，微草已经在这样布置了。对于兴欣暂时占领的高位他们并没有太在意。”

“低位属于内圈，周长较短，兴欣也不可能占据高位一直压制。”李艺博说。

“没错，微草在绕内圈走位了，和兴欣拉开横向距离。”

“嗯，这个位置，差不多可以向上了。”

“好！微草向上了！双方即将在台阶上展开横向作战，这时候每一级台阶会产生的高度差，将影响到许多细节，微草想必在这方面做过专门练习，这大概就是他们选这图的原因了。微草冲上去了！靠！”李艺博兴奋地解说，但到最后，一时溜口，不雅词在节目里直接喷出了，弄得导播们一通手忙脚乱，但只一个字，说完就完，李艺博已经把自己的嘴捂了。

微草是冲上了台阶，但是兴欣战队，又从台阶上下来了……而从兴欣团队频道的指挥中，所有人也都看到了这一刻兴欣的意图。

中央的角斗台！

“中央角斗台……如果说是要抢高点的话，这里才是真正可以仰仗的。和外圈看台不同的是，这里内圈是高点，外圈是低点，所以处于高点的话，是不会像刚才那样被微草拉开横向距离直接突破的。”潘林叫道。

“啊！微草的反应也很快，他们立即也反退下来了。”

“双方的意图一致！他们都冲向角斗台了。”

“真正的决斗处原来是在这边吗？这边的台阶不如看台那边多，但是也足以成为一片十人对决的战场了。”

“哦不！还没到角斗台，双方同时发动了攻击！”

“这不是单纯的赛跑，双方都会用攻击来限制对方的意图！”

两队，终于正式交火。

Chapter 004

兴 欣 的 主 攻 目 标

轰轰！

拥有最远射程的沐雨橙风依旧是场上最先攻击的。但是轰鸣的炮火却未能阻挡微草前进的步伐，哪怕分毫。

许斌，独活，联盟第一骑士，手持号称最强之盾的叹息之壁，将沐雨橙风直线攻来的炮火直接拦下。

微草战队全线压上，两枚星星牌随即在叹息之壁后方升起，一高一低。微草，可是拥有两位魔道学者。

星星射线！碎裂的星星牌绽放出两道射线，直刺兴欣阵中。

但是……千机伞盾！君莫笑跳到了团队最前面，撑开了手中的千机伞，像许斌的独活防御沐雨橙风的炮火一样，阻挡了这未触即发的攻击。

双方随即就已全面进入中距离。

刺弹炮，轰天炮！

兴欣阵中沐雨橙风和海无量一起发动了进攻，这显然已经不是靠许斌独活一个人就可以护卫周全的技能。微草这边呢？两个魔道学者再次一起出手。

熔岩烧瓶，酸雨丁冰！

两个烧瓶自两个魔道学者手中刚一飞出，就听"砰砰"两声，君莫笑的千机伞已成枪形态，枪口冒着硝烟。

两个烧瓶还没来得及飞出多远，就已经绽放开来，熔岩和酸雨纷扬洒落，瞬间弥漫在微草阵中，虽然对自家队伍的角色不会有伤害，但显然两个技能对兴欣也几乎没什么威胁。倒是兴欣那边打来的刺弹炮，已经飞临了微草战队的头顶。

散！

微草战队的角色瞬间四散，躲开爆开落下的刺射弹的同时，高英杰的木恩继续沿台阶朝角斗台上疾冲。他们的攻击虽被拦截，但借着躲避兴欣攻势，反倒顺势抢先一步掠向高点。

而在这台阶之上，兴欣没有谁能像魔道学者这般流畅移动，他们似乎必须做出一些攻击来限制对手。

激光炮！沐雨橙风的炮口豪光一闪，一道激光瞬间打出，但是，居然不是轰向木恩。

王不留行！

沐雨橙风这一炮的目标，赫然是王不留行。因为四散躲避刺射弹，微草几位暂时都失去了许斌独活的掩护，沐雨橙风的攻击，居然立即送给了王不留行。

这是什么判断？此时的要点，不是抢占高地吗？对木恩，兴欣居然不做拦截？他们别有安排吗？

转播室里的三位都很诧异，可此时战斗的节奏，真没工夫让他们细说这个问题。

豪龙破军！兴欣阵中的寒烟柔已经离阵冲出，目标，竟然也是王不留行。

海无量、君莫笑，兴欣角色都已经开始发动攻击，但他们攻击的指向，居然是那样地清晰明确。

王杰希，王不留行。

微草最难对付的选手，微草最强大的角色。兴欣竟然一开局就冲着这最坚硬的一处撞了去。抢步冲上角斗台的木恩，竟然根本没有人去理会，兴欣似乎从一开始就完全没有要和微草抢这一个制高点的意图。

“不是吧？兴欣的主攻目标是王杰希？”潘林已在大叫。

“呵呵呵，这简直太可笑了。”阮成冷笑着。

“这……”对于这个看不太清的问题，李艺博沉默了。正因为他也觉得兴欣的战术安排很不理智，所以他更觉得兴欣应该是别有用心，还是多观望一下再做评论才好。

这是你的打算吗？王杰希望着朝他涌来的攻击，王不留行一侧身，激光炮从身边滑过，他骑上扫把一转，寒烟柔的豪龙破军也冲了个空，并被瞬间甩开了五个身位格。

这些明显的攻击，王杰希都未放在心上，他注意着兴欣接下来冲过来的两个人，叶修的君莫笑，和方锐的海无量，这两位，他们准备怎么做？王杰希看明了兴欣的意图，但是他非但不躲，反倒主动迎了上去。

气刃！海无量率先出手，一记气刃几乎是在所有人都没发现的情况下偷摸出手，但是，却没有逃过王杰希的眼睛。

没有丝毫迟疑，王不留行再次空中旋转飞行，气刃带出的那道气流就这样被精准地避过。君莫笑、海无量，他已经到了这两人的面前，驱散粉，一把抹上，但这两人又哪是那么轻易会被击中的人？他俩一左一右瞬时分开。

暗影斗篷！

君莫笑一抖手，一道暗影朝着王不留行盘出。王不留行空中一个诡异之极的变向，竟是从那团暗影中钻了出来。

暗影斗篷！

王不留行给予了一模一样的回敬，君莫笑后跳，但斗篷继续朝他卷了过来，看起来丝毫没有要放过他的意思，但是，仿佛就要卷上的那一瞬，斗篷甩出的那一团暗影，却好像是裂开了个洞一般，一道疾影穿出。

龙牙！君莫笑居然直接透过王不留行的暗影斗篷送了一记龙牙过来，这是何等大胆的操作和判断！

后发？能不能先至？太多人做不出这个判断，只能去等结果。

但是王杰希可以，他可以判断出这细微的先后，所以他不能让叶修得逞。就见王不留行立即卷袖子闪人，避开这一招，紧接着，一抹寒光掠进了他的视野，君莫笑，以一记弧光闪杀至他的身旁。

转！王不留行在空中再转，避过了君莫笑这一击，极快的飞行速度，更是让他立即和君莫笑拉开了两个身位格。

微草的其他人，也没有眼巴巴地围观他们的队长连遭围攻。这种时候，由王杰希牵动对手攻势，其他人伺机寻找攻击的手段正是每支拥有顶尖核心的豪门战队都会演练的打法。

冲锋！王不留行空中华丽旋转过后，许斌的独活已经撞了过来，君莫笑继续追杀的意图不得不中断。

三段斩！刘小别的飞刀剑，也在此时飞速切近了方锐海无量的身边，切断了他正在为王不留行准备的攻击。

只是高英杰的木恩此时明显有点脱队。兴欣暴露出的战术意图，让他抢占角斗台的意图像是调虎离山。可是，兴欣真的就是在集火王不留行？真的上来就硬踢微草的这块铁板？高英杰心中也有一丝疑虑，好难得抢下的高位，就要这样放弃吗？

斗破山河！高英杰还未做出决断，豪龙破军不中的寒烟柔却已经悍然出手。这75级的大招，就这样悍然朝着微草那聚集在一起的三人砸去。

轰！魔法斗气在破碎的地表缝隙中流窜着。

刘小别身形敏捷地避开了这一击，许斌依靠独活首屈一指的防御能力，硬生生消化了这一击，此时已经朝着处于收招阶段的寒烟柔攻了去。王不留行则更是潇洒，斗破山河落下的一瞬，他已疾飞出了攻击范围，但在魔法斗气释放殆尽的一瞬，他又已经反身飞回，和许斌的独活一道攻向了寒烟柔。

卫星射线！结果，一道枪炮师的大招就这样从天而降，将寒烟柔整个掩护了进去，细分出的小射线旋转着，要将二人切割在外。

但是独活举起盾牌，直接顶下头顶上落下的射线，硬生生闯了出去。王不留行更是以飘忽的走位，不痛不痒地便从射线旋转的缝隙中钻了出去。

扫把挥起，身侧却已有攻击袭来，王杰希不得不让王不留行再次闪避。君莫笑，已经闪身冲到了他的面前。

“英杰看住海无量，小别去打治疗。”

微草团队中，王杰希冷静地做出了团队部署，面对兴欣的战术，微草正式做出针对性的调整。

海无量吗？犹豫了一瞬，已经准备暂时放弃这高位优势的高英杰，在收到队长指示后立时在场中寻找起了这气功师的身影。

因为他的主人是方锐——猥琐流大师，他的存在，他的意图，在任何时候都有可能成为重大威胁。微草没有小瞧他的存在，派了专人去盯防。

唰！

木恩自角斗台上飞下，直朝着海无量那里逼去。方锐已有察觉，却不肯放弃已经出手的攻击。

地雷震！海无量双掌轰到地上，念气自地下扩散开去，冲向了围向寒烟柔的独活和王不留行。

寒烟柔的收招，也终于在此时结束，借着海无量地雷震抢出的这一空隙，霸碎！

退！独活和王不留行不得不后退避开这记横扫攻击，寒烟柔跟着就是一记天击挑出，斜飞出的角度竟是将这两人一起纳入了这一击的范围，结果独活又是横盾身侧，竟然直接将这一击给磕歪，王不留行随即抢步上前，一记清扫，扫到了寒烟柔。

但是魔道学者的这个浮空技能，是二十四个职业中浮空技效果最烂的一个，扫起的高度特别有限，魔道学者通常都需要继续飞身而起利用扫把掌握赋予他们的特别攻击手段和效果将目标越挑越高。但是此时，王不留行实在没有这个工夫，君莫笑的攻击已经又一次朝他招呼过来。

砰！王不留行的灭绝星尘和君莫笑的千机伞攻击招架在一起，此时一道人影此时飞快地从王不留行身后抹了过去。

是木恩！

高英杰虽然被王杰希指示盯好海无量，但是场上形势瞬息万变，虽然指挥下达的指示是不容忽视的，但更多的时候选手都需要自己阅读比赛做出决断。高英杰，看出此时王不留行需要一个攻击的延续，而木恩的位置又完全来得及，便立即疾飞过来，要来延续王不留行被君莫笑拦下来的攻击。

木恩，能不能攻击到寒烟柔？所有人都紧张地望着战场上的这一处，结果就听“噌”一声响，锐利的剑气，带着刀刃碰撞鞘的声响，瞬时就荡出了一个圈。

“拔刀斩？这么近！”李艺博惊叫。

是的，君莫笑和王不留行的距离是如此近，这种距离，在旁人的经验意识里拔刀斩是没有出手空间的，没等刀身出鞘，恐怕就会被眼前近距离的对手给封杀了。

但是此时，君莫笑的拔刀斩却成功地荡出了一个圈，近在咫尺的王杰希非但没有封堵，反倒是在闪避，而他身后的木恩，更是瞬间暴露在了这一拔刀斩的剑气之下。

高英杰反应可从来不慢，但此时再怎么也来不及了。一道血花飘散在了半空，气势汹汹冲来的他，顿时被君莫笑这一拔刀斩给斩了回去。

这拔刀斩是怎么出手的？

一切发生得太快，根本没人留意到那一瞬间，慢放？此时战况如此激烈，哪有工夫做慢放。所有人中，恐怕只有王杰希一个人清楚拔刀斩为什么能出手，因为……君莫笑手中的是千机伞啊！

上边的伞骨翻成矛形态荡开了灭绝星尘的攻击，同时底部抽剑转成剑形态出手拔刀斩，正是因为有着这样的空当，君莫笑才能完成如此近距离的拔刀斩。换作是一个正常的剑客职业，根本不可能做到荡开对手攻击的同时做出拔刀斩这种事。换言之，这是只有散人君莫笑才会拥有的攻击节奏，是目前无人可破的散人快打。

这种东西，不是亲身领略，真的很难注意到啊！

王杰希心下感慨着，却已在避开拔刀斩的剑光后立即反手再攻上来。

“小别身后！”与此同时他还送出一条消息。

噌！

又见拔刀斩出手，刘小别看也不看，他的飞刀剑就已半转身送出了一道剑气。而他身后，海无量正疾冲过来，王杰希的提醒方锐当然是看不到的，刘小别这一剑来得极其突然，只可惜并不是最完美的攻击距离。毕竟王杰希也是在激战中的，能消息提示已算不错，哪里有空暇连时机帮刘小别都算好。

略远的距离，让方锐有了足够的反应时间，海无量轻轻巧巧一个后跳，避过了这一剑。但刘小别总不能无视身后的海无量继续扑向小手冰凉，立即自行做出判断，提剑改朝海无量杀去。

而此时，小手冰凉拎起十字架开始了吟唱，十字架上跳起好似火焰一般的圣洁白光。

“小别身后！”场上微草五人，视角交互，看到这种偷袭是必然要互相提醒的。而此时看到小手冰凉施法吟唱的是微草的治疗袁柏清，他一眼就看出小手冰凉不是要治疗，而是要攻击，这是一个神圣之火。

刘小别再见提示，也知道自己身后是个什么角色。劈斩已是无法阻断对方攻击的方式，此时，只能闪避！

走位，转身！飞刀剑向旁疾闪，接下来，他不敢再将海无量和小手冰凉任何一人放出自己视野，他已经在寻找一个比较好的站位，至于小手冰凉的出手，自己毫无疑问是避过了吧？

是的，避过了，神圣之火丝毫没有粘到飞刀剑，就在圣白的火焰跳起的一瞬，袁柏清从小手冰凉偏转的姿势，意识到不妙。

“队长！”他没想到，小手冰凉的这一记神圣之火，竟然不是冲着刘小别的飞刀剑，而是王杰希的王不留行。

他之前错误的提示，非但打断了飞刀剑对海无量的攻击，而且让王杰希那边放松了对这边的戒备。

该死！袁柏清心下懊恼不已。可是即便重复刚才的一幕，自己又该如何做呢？小手冰凉对施法时机的掌握是如此精准，居然可以在法术出手的最后一瞬前刚刚好完成定位调整。就算自己方才意识到对方攻击的将是王不留行，给予提示，小手冰凉恐怕也会在那一刻将神圣之火调整成是冲着飞刀剑。

对方根本就是根据微草的应对才后发制人的，不提示不行，提示却又不会有用，恐怕只有事先打断施法才是唯一可行的，只可惜现在一切都迟了。

圣白的神圣之火瞬时燃起，正承受着散人快打的王杰希无暇他顾，安文逸的预判又是那般的精准，神圣之火仿佛刚刚跳起的一瞬就已经熄灭，但是所有人都有看到王不留行瞬时就被这圣白的火焰光芒铺满了全身。

干得真不错！王不留行的视角明显往小手冰凉这边略略偏了偏，似乎是看了一眼这边的这个年轻人。

但是，能有多大用呢？王杰希丝毫没有慌乱，甚至除了略略偏转视角看了小手冰凉一眼以外，他没有任何多余的动作，也没有任何停顿。先前的王不留行在做什么，现在还是在做什么。神圣之火三秒的技能封印对其他职业而言，可能会很致命，但是魔道学者在近战攻击上本就是用各种魔法道具来增加扫把的威力，他们并没有那种直接施展的攻击技能，道具强化的扫把威力，最终都是通过普通攻击才得以呈现的。

而现在的三秒，对于王不留行来说只是失去了魔法道具的辅助，是攻击力有些弱，也不会有太厉害攻击效果的三秒。神圣之火对魔道学者来说真不能算是什么撒手锏，甚至连攻势都不用中断，普通攻击，王不留行本来就是在用普通攻击啊！

灭绝星尘依旧是那样扫来，君莫笑挥舞着千机伞，招架！

但在招架住灭绝星尘后的一瞬，君莫笑突然一斜身子。一个看起来毫无意义的操作，但是一朵亮光却就这样出现在了王杰希的眼前。

热感飞弹！

扫开？灭绝星尘刚被千机伞招架到了一旁，来不及。

躲避？热感飞弹的攻击范围非同小可，而现在的王不留行还在神圣之火的封印下，没有扫把掌握的飞行能力。

其他队员，更赶不上帮忙。王杰希只能这样眼睁睁地看着火机掉到了他的脚边，热感飞弹喷着火舌，发出穿透云霄的呼啸声急速落下。

轰！翻滚着的蘑菇云将王不留行的身影瞬间吞噬，微草其他人都只能眼睁睁地瞧着却一点办法也没有，甚至还要小心注意不要被爆炸扩散开的冲击波给波及。

神圣之火的三秒效果也在此时结束，但是兴欣战队的所有攻击角色，却在此时一同对着那团在烟雾中摇晃，却还没有消逝的身影发起了攻击。

闪光百裂！

怒龙穿心！

悬磁炮！

三个角色，三个方向，再加上就贴在王不留行身边的君莫笑。兴欣的攻击是那样的不顾一切，可微草不是只有王杰希一个人，他们还有许斌，还有高英杰，还有刘小别，但是兴欣却完全无视了这三位攻击手，哪怕他们的攻击朝着兴欣的角色轰杀过来。

或许他们无法阻止，但是至少可以做到干扰，只要对方的合击阵势稍有空当，王杰希就一定能操作着王不留行脱身，所有微草的选手都无比坚信着这一点，他们各自选择了最快的方式进行着攻击。

星星射线！高英杰的木恩丢出了又一枚星星牌。

吼叫！许斌的独活一声嘶吼，放出了骑士的群嘲技能。

剑影步！刘小别的飞刀剑瞬间化成八个身影，蜂拥而上干扰兴欣攻击。

就连袁柏清的冬虫夏草，也在看到没人理会他后，开始悄悄吟唱起了一个催眠术。

谁的技能会更快？星星射线的星星牌绽裂后，星星射线飞出，在兴欣每位角色身上走了一遭。

但是，沐雨橙风的悬磁炮已经轰出，此时星星射线对角色的攻击，也无法偏转半空飞着的悬磁炮的角度。

寒烟柔，被射线扫中，身形一歪，但是手中的火舞流炎，却在她的操作下依然保持着之前的刺杀角度。

海无量，方锐再一次展示了猥琐流大师的算计能力，星星射线打来前，他有意将角色偏转了些许，于是这一击，算是帮海无量将他偏转的攻击角度给调整回去了。

君莫笑，那就更简单了，千机伞一撑，然后就不搭理了。

独活的吼叫呢？骑士这拉仇恨的技能那真算得上是这种集火时刻的克星了，但是许斌却没多乐观——他有骑士的吼叫，对手却也不是完全没有应对的方法。

气定神闲！方锐的海无量在独活吼出那一嗓子后，立即停止了他的闪光百裂，使用了气定神闲——为范围内的己方角色，解除和免疫恐惧、受嘲等异状态。

知道对方有气功师，许斌早料到会如此。但是，这至少让海无量中断了他的闪光百裂，也算是制造出空当了吧？

未散尽的浓烟中，王不留行的身影果然朝着海无量所在的方向疾冲出去。但是下一秒，君莫笑就已经闪到了他的面前。

变向！王不留行扫把一挑，空中变向，折身低飞。

弧光闪！一抹寒光闪过，君莫笑再次贴到王不留行身前。

再变向！王不留行直接跳转九十度。

冲锋，君莫笑斜插在了他面前。

再变！这一次，王不留行斜着飞向了高空。

嗡嗡嗡嗡……王杰希随即听到机械旋翼的声音，君莫笑也飞了起来。

太慢了！王杰希看着君莫笑用那技能飞起来拦截，觉得有些荒谬。

“队长身后！”但是随后他看到频道里队员的提示，足足四排，一人一条。

晚了。

怒龙穿心，穿心而过。鲜艳的血花在空中挥洒着。所有人都可以清晰地看到寒烟柔手中的火舞流炎是如何将王不留行给刺穿的。

怎么会这样？现场观众在一片惊呼后，都有些目瞪口呆。

先是被热感飞弹整个吞噬，现在又被区区寒烟柔给一矛穿心……这可是他们心中那个最可靠的队长王杰希，是他们队中最强横的角色王不留行啊！此时就挂在那个号称要一挑三的可笑家伙的战矛尖上，像是等待风干的腊肉，这真的太可笑了，怎么会这样？

这不是真的吧？现场观众有些无法接受眼前接连发生的这一切。但比赛哪有停顿？寒烟柔战矛抽回，王不留行手中的灭绝星尘却好像正要再度挥起，君莫笑，却已经飞到了他的上空，踩下，鹰踏！

王不留行被直接送向了地面。

气功爆破！海无量已经准备好了又一大招，澎湃的气劲，就这样点滴不剩地轰进了王不留行的体内，他的魔法袍在那一瞬间鼓胀了起来，被寒烟柔一矛刺穿的心口，似乎又有血花被催飞出来。

不动声色地，念气摧残着王不留行的身体内部，沐雨橙风的悬磁炮也在此时飞临，王不留行毫无抵抗地，被吸附了过去。

刘小别飞刀剑的剑影分身犹自在那闪啊闪，但是从头到尾，他这虚幻的干扰根本就没有对手正眼瞧过。

兴欣的诸位眼中根本就只有王不留行，他们会去应对一下的，无非就是那些会干扰到他们攻击王不留行的技能。比如此时，君莫笑自空中落回地面时，突然转身就是一枪。子弹飞出，直奔他们微草的牧师冬虫夏草。那个冗长的催眠术的吟唱，冬虫夏草几乎就要完成了，结果就在最后一刻君莫笑给了他一击……

轰！悬磁炮弹终于爆炸了，王不留行再一次被火光吞噬。观众们看不下去了，微草的队员看不下去了，场上的微草选手也看不下去了。

这是他们的队长，一直以来引领他们向前进的那个人，怎么可能被兴欣这样随意地拿捏？

幻影无形剑！刘小别的飞刀剑疯了一般地交织出一片剑光，就这样直接撕开了那片火光；高英杰的木恩也是飞速来到上空，扫把旋风，飞快降临；骑士精神！许斌开启了独活的觉醒技，骑士精神下的独活，以一个公正的英勇跳跃，地动山摇地落到了另一端。

微草的三位角色，就这样齐齐将他们的队长守护在了当中。但是……

蓄能火炮！

气贯长虹！

沐雨橙风和海无量，就在此时一同发动了攻击，所用的都是蓄力后的范围攻击技能，左右夹击。即便是独活的叹息之壁，也不可能完全封锁这两个技能。

这可是枪炮师和气功师这两个职业的觉醒技能，一大特点就是能蓄力，而蓄力之后的威力，实在非同小可。无论是蓄能火炮的爆炸，还是气贯长虹的念气爆发，都不是一面盾牌就能抵挡干净的。

闪是上策，可是他们的队长呢？此时能避过这一波攻击吗？

"闪！"

微草战队的团队频道里，清清楚楚地，出现了一条来自他们队长的命令。

所有人的精神顿时为之一振，现场的微草粉丝们也顿时开始了欢呼，而这，只不过是一条指示，微草还根本没做什么呢！

但是，既然队长已经这样说了，那自然就一定要闪！

许斌、高英杰、刘小别，各朝自己的方向连忙四散，并根据自己的观察和判断已经开始了下一步的反击。王杰希的王不留行，此时也已经架起了他的灭绝星尘。

“兴欣真的很大胆……”在转播间里，潘林目瞪口呆地欣赏完了这一段兴欣的表现后感慨着。

直接将王杰希作为主攻目标，兴欣的这一战术安排就已经够大胆了，但令人震惊的是他们居然完成得很不错。

“能把王杰希逼得这么狼狈的人可不多见。”潘林说道。

“或许，也就是他了……”李艺博回答道。

潘林当然知道李艺博所说的他是谁，叶修，当然只有叶修。那个在王杰希刚入联盟时，就已经是荣耀至高神的叶修。

相比起三连冠的称霸伟业，王杰希在第三赛季不过就是个最佳新人，打破新秀墙这一点倒是值得称道，但是在三连冠的王朝霸业面前，依旧是微不足道的小事。一个是如日中天的至高神，一个却只是最优秀的新秀菜鸟，叶修面对王杰希，又岂会有什么心理压力，又怎么会有什么心理负担？

没有，丝毫都不会有。所以兴欣可以做出这么大胆的主攻计划，因为兴欣战队的这一位，可是不会像普通选手那样对王杰希心存多少敬畏的。

攻击，只有不断的攻击。

当许斌三人的角色飞一般闪开时，王杰希却发现兴欣几人的角色动也不动，他们依旧死盯着合击的正中，他们的目标，居然依旧集中在王杰希的王不留行身上。

这有些过分顽固了吧？王杰希惊诧。兴欣这架势，仿佛只是要以击杀他为目的似的，这场团队赛的胜负，他们已经不考虑了吗？否则的话为什么打得这么不平衡？为什么这样认死理一般地不停地集中攻势，甚至冒着一些风险集中攻势？

他们的攻击或能得手，但是，肯定会付出更多的代价。这一点他们没想到？还是说，想到，但却无视了？

王杰希的王不留行已经坐上灭绝星尘准备飞离躲避兴欣那两位的恐怖攻击，但是叶修的君莫笑和唐柔的寒烟柔，却在此时冲了上来。

许斌三人的角色躲闪离开时，他们毫无反应，可当王不留行稍有异动，他们就立即展开了行动。

这个局面很不好！现在回援，他们也会被两大职业的觉醒技杀伤；不让回救，自己好像也很难脱开这两人的共同纠缠，两端的蓄力觉醒技，可就要到了。让三人躲避，难道是错误？

难道应该集中力量先朝一个方向突破?

瞬息间，王杰希的脑海中也闪过很多念头。这场比赛，不复杂的地图，却打出了让他觉得有些复杂的情况。他们赛前对于地图台阶的利用演练，甚至根本没用上。战斗就在这里触发，刻意地去追求练习过的台阶战可能反而会适得其反。

可是至少，得察觉到对方的战术意图啊!

轰！蓄能火炮的爆炸力十分惊人，声响掩盖了一切。而海无量气贯长虹的念气蓄得仿佛实质一般，最终一起轰到了王不留行身边。

这一次，他终究还是未能脱身。兴欣的诸位，根本就在无视微草其他三人的行动，只盯着王杰希，这实在不应该是比赛的常态。而这一次，这种不顾平衡的攻击终于让兴欣付出了代价，发现被无视后立即反转攻击的许斌三人，趁兴欣几位只顾攻击王不留行的机会，将他们加在王不留行身上的伤害几乎全数送回。

“兴欣有点太死脑筋了吧?”潘林有些想不通地叫道。

兴欣起初对王杰希的围攻真的很精彩很顺利，可是这一次，这明明是一个十分不等价的交换。兴欣却还是顽固地要优先处理王不留行，为此付出的代价，将之前好不容易积累到的一点优势都给败光了。

“想要随随便便就击垮对方的核心选手，兴欣真是够天真呐!”阮成笑道，浑然忘了就在刚刚王杰希接连遭到重创时他那满脸的阴郁。

“兴欣今天打得，真的非常强硬。”李艺博说道。

“呵呵，这样打原来是叫强硬啊？或许我们可以换个词，比如说，蛮干?”阮成那黑起兴欣来异常灵活的大脑又开始工作了。

“你们留意到方锐今天的表现了吗?”李艺博说。

“方锐，海无量?”两位都在沉思中。

“你们不觉得，今天的方锐，一点也不方锐吗？没有猥琐的走位，刁钻的偷袭，层出不穷的小手段……今天的他，根本没有用上太多他所惯用的战斗方式，今天的他，就像是一个正常的气功师一样大开大阖啊!

“他难道又想改风格了吗?”阮成说道。

“我想不是，我想只是今天他们的攻击部署，需要他扮演这样的一个角色。”李艺博说。

“攻击部署，那是什么?”阮成笑。

“不惜一切，打倒王杰希。”李艺博说。

“呵呵。”阮成又笑了，“好可惜啊，这是一场团队赛呢，击倒个人，并不代表击倒一支战队吧？哪怕这个人再核心。照兴欣这样蛮干下去，我真好奇当他们完成他们的‘攻击部署’时，他们还会剩几个人?”

还会剩几个人？这个问题兴欣真的好像不关心一样。强攻，抢攻。只要不妨碍到他们对王不留行攻击的一切，统统无视，哪怕这样会让他们的角色重伤，哪怕这样会让他们当中的某一人身处险地。

闪光百裂！

伏龙翔天！

最后一次，这是最后一次。

海无量的念气送达了王不留行的体内，而后便是伏龙翔天那化形为龙的魔法斗气咆哮着冲来将王不留行叼走。

纵横交错的剑网，在此时瞬间密布到了海无量的身上。方锐却没去理会自己的生命，只是最后转动了一次视角。他看到许斌的骑士剑重重砍到了寒烟柔的头上，她周身弥漫着的魔法斗气瞬间已经涣散；他看到大地距离自己的视角越来越近，而自己却无法进行受身操作；他看到远端的王不留行，被伏龙翔天的魔法斗气缠绕着，连同闪光百裂送入身的念气，爆散开去。

居然，真的被这些家伙给做到了！

在伏龙翔天和闪光百裂两个技能的最终爆发下，王不留行生命直接见底。微草的治疗来不及援手，王不留行已经无可挽救地倒了下去。

但是，兴欣也为此付出了极大的代价。寒烟柔和海无量，就是在送出这最终致命一击的同时，被微草战队疯狂攻来的角色给击杀了。

三个角色，居然同时阵亡？

这真是极为罕见的惨烈交换，现场全都是惊诧的眼神。直播间的三位，此时也是一句话都说不出来。

砰砰！

两声枪响。就在这一瞬，连场上选手都有些失神停顿，节奏略缓，只有一个人，一如既往地做着应该做的事。

如此惨烈的场面，似乎完全没有牵动他的分毫神经。倒下去的三个角色，他看都没看，他的角色就已经转火，冲向了下一个目标。

君莫笑，两声枪响，子弹送向了高英杰的木恩。

能顺利完成这样的击杀，自然少不了对对手治疗的控制。

微草的冬虫夏草被沐雨橙风的重火力轰得无力出手，兴欣的小手冰凉也被高英杰的木恩打得东倒西歪。

而现在，击杀场面刚刚告一段落，甚至还没有最终完成，叶修的君莫笑就已经转火。子弹开路，君莫笑技能移动，转眼就已经抢到了木恩身旁。高英杰明显因为那惨烈的场面有些失神，就被君莫笑轻而易举地轰飞出去。

所有人至此才回过神来，好像至此才清醒地意识到场上发生了什么。

王杰希，王不留行。他们微草的核心，最坚固的那一块，此时已经被兴欣给摧毁了。

现场变得很寂静。没有人对这个二换一的交换有什么衡量，观众此时第一时间注意到的只有一件事：王不留行倒下了，王杰希退离了这场团队比赛。

怎么办？无数人的脑中，立即浮起的竟然就是这样的念头。

王杰希不在场，他们忽然就开始不知所措了。他们习惯了看着王杰希率领着微草拿下胜利，争夺冠军，一年又一年，一季又一季，一场又一场。从职业联盟第四赛季担任队长开始，常规赛、季后赛、商业比赛、友谊赛、表演赛，微草战队共计三百九十八场比赛，微草队长王杰希无一缺席。

任何时候，他都会在场上率领着全队。任何时候，大家只要看到他在场上，就会觉得心安。但是现在，这一场比赛，王杰希居然第一个被对手攻破。

这么多年来，不是没有战队试图这样做过，但是在微草人的记忆里可从来没有人做到过。

但是眼下，这么多年没有发生过的事发生了，而且是在他们微草的主场，由一支初入联盟的新队做到的。

“比赛还没有结束！”电子大屏幕上，微草战队的团队频道，突然跳出一条消息。

高英杰，在木恩被君莫笑瞬间轰飞后，算是场上场外第一个清醒意识到“现在还只是队长被击杀，比赛还远未结束”的人。

而眼下形势，微草王杰希的王不留行阵亡，尚有许斌、高英杰、刘小别和袁柏清在场，第六人梁方将自动上场。

兴欣方面，却是阵亡了两位，第六人乔一帆将自动上场，此时站在高英杰他们视野前的，只有叶修、苏沐橙和安文逸。

队长是不在了，但微草还有着明显的人数优势，这时候怎能发呆愣神？反观兴欣，虽处劣势，却沉稳有加。叶修第一时间就把小手冰凉给救了下来，苏沐橙的沐雨橙风前去和他们汇合时一路上还在轰炸着他们微草的牧师冬虫夏草。

现在是四打三，我们占优！高英杰一次又一次地告诉着自己。

可是，该怎么做？告诉完自己，他又在问自己。是不是该部署一下接下来该怎么做？

高英杰知道战队对自己的期待，知道队长希望他所能肩负的未来是什么，他为此一直在努力，可是当这一刻就这样毫无准备地出现在他面前时，他却感觉到手足无措，在发了一句“比赛还没有结束”的消息以后，他竟然就已经不知道该做什么好了。

不应该是这样的！哪怕自己只是战队里的普通一员，也不应该这样茫然，这种时候必须要做点什么。

要肩负起微草的未来啊！

队长的声音是那么清晰地在耳边回响着，可是现在的自己，非但无法肩负如此重任，他甚至连像场上的普通一员那样做些该做的事都做不到。

“微草在王不留行被击杀后，士气动摇非常大。”连解说潘林都看出此时微草选手们的失态了。就在王不留行被击杀下场后，他们纷纷不知所措，比赛好像没了方向一般。

他们拥有人数优势，他们的对手就在他们面前，但是，先调整的，是兴欣三人，做出主动攻击的，也是兴欣三人。

“难道微草会就这样输掉？”两队迥异的姿态，让潘林都无法对有优势的微草抱有什么信心了。

“也并不都是如此。”李艺博冷不丁地说了句。

“什么？”潘林却没领会这句话指的是什么。

“许斌！”阮成叫了出来。

王杰希居然真的被兴欣送出场了，这点让阮成大感震惊，不过好在兴欣为此也付出了极大的代价，以二换一，虽打掉了对方的核心，却让己队处于人数上的不利，这个核心破得，看起来好像有些得不偿失。

但是阮成很快意识到自己错了。从全场微草观众的反应，和场外微草选手和场上选手的反应，他终于深深地体会到，王杰希于微草，那根本不是一般核心选手那么简单。

王杰希是这支队伍的主心骨、根基、希望、信心……但凡一切在场上需要的正能量，在微草战队里似乎都是王杰希带给大家的。

但是现在，他倒下了。

留给场上选手的，是惊讶，是未知，是迷茫，是紧张。

可是有一个人例外。

Chapter 005

新 的 未 来

许斌——第六赛季出道的选手，自三零一度交换转会来到微草，目前为止为微草效力一年半，在这里他获得了极大的提高，入选了全明星，成了荣耀第一骑士。

他在微草适应得很好。但毕竟他是转会而来，才一年半，相比起那些土生土长的微草选手，他对王杰希的依赖远没有那么强。

当王不留行被解决掉的时候，他虽然也同样感到震惊，但是，他没有因此失去冷静，更没有因此停顿。

他解决了寒烟柔，做好了继续攻击的准备，却没有想到自己的队友在这一瞬间行动都好像发生了延迟一般。

许斌本是想配合高英杰去围攻小手冰凉的，只要解决了兴欣的治疗，就大局可定。谁知兴欣的决断远比他要快，叶修的君莫笑飞快回援，苏沐橙的沐雨橙风也向那边汇合。但是最让许斌诧异的，还是高英杰的木恩三两下就被君莫笑给轰飞了。

正准备冲上去配合他的独活只好站住，而后他看到高英杰回过神来的消息，以为他会接着有点什么主意。虽然来到微草只是一年半，而且被任命为了副队长，但是许斌很清楚，微草未来的队长，将是高英杰，他是必然会在王杰希退役后，接手王不留行继续率领微草不断战斗的那个人。

自己从现在，到以后，都将是一个辅助者的角色。许斌没有太大野心，对于这样的安排没什么意见。

眼下，王杰希被打下去了，高英杰接管了比赛，所以他还是那个副队长，辅佐在核心身边的那个骑士。结果在许斌看来，接管了比赛的高英杰，在说了一句“比赛还没有结束”后，就没下文了。

倒是兴欣三位，调整果断，在迅速甩脱掉方才惨烈交换的场面后，倒是先一步开始了反击。

轰轰！沐雨橙风的炮火投射过来了。

高英杰再怎么茫然，职业选手的本能早已经养成，敌人的攻击到了面前，还不知道躲闪的话那可就真该死了。而后刘小别、袁柏清，也在兴欣的攻击中逐渐清醒过来，而且正视眼下的局面。

他们还是处于优势的。所有人都能清楚地认识到这一点。可是，接下来该怎么打？所有人望向了高英杰的木恩。

微草战队的核心，一直都是魔道学者，他们的团队战术，都是围绕此打开，他们需要一个主角来引领。

曾经的微草，只有一个王不留行，他是那样的可靠，一直在场上引领大家战斗。而现在，他们又多了一个木恩。双魔道学者的阵容，让他们有点双保险的感觉。不过所有人也都知道，这是核心开始逐渐转移过渡了。第三赛季出道的选手王杰希，职业生涯也差不多走到末段了。同期的优秀选手，赵杨已经退役，杨聪则让出了核心位置，改变了打法。

只有王杰希，还像第一天担任微草队长时那样，肩负着全队，让大家依靠着。而现在，似乎该换个人了，就从今天开始，另一个人，该试着站起来肩负起这支队伍了。

“英杰！”刘小别在频道里叫道。他们在兴欣的攻击下闪避着，虽然是四打三，但也总得有点战术配合，总得由某个人发动攻击来带动大家，这个人应该是高英杰。

可是……我该怎么做？高英杰望着眼前以少打多却还逼得很紧迫的对手。叶修、苏沐橙，哪怕是微草两夺总冠军的赛季，他们都是场上的最佳搭档。

自己能办到吗？高英杰望着前方，那边，仿佛就是他，以及微草战队新的未来。

“上吧英杰！我们会跟上你的节奏！”

微草战队的频道中，刘小别发出了消息。作为和高英杰相处更久的队友，他看出了高英杰此时的迷茫和彷徨。

如果他还不够自信，那么，就让我们来帮他建立自信吧！配合魔道学者，不就是我们的拿手好戏吗？无论是谁，我们都可以主动迎合。

“上吧！”许斌也读懂了刘小别的心思，一起对高英杰鼓励着。他们的治疗选手袁柏清也操作着冬虫夏草，做好了援助全队的准备。

收获了队友的鼓励，高英杰的心思终于渐渐坚定。他背负了这么多的期待，怎么可以让大家一一失望？自己，一定要扛起微草的未来啊！

“上！”频道里高英杰也发出消息，向队友表明了他的决心，而后，魔道学者木恩，再次起航。

目标——小手冰凉！

高英杰决定延续之前自己未完成的任务，此时他们人数占优，总该是有很多空当可以攻击到小手冰凉。击杀了对手治疗的话，大局可定。但是他这才刚刚启动，小手冰凉就已在后撤，叶修的君莫笑完美地截在了木恩飞行追杀的线路上。

“冲过去！”高英杰在频道里发出消息。他们有三人，自己缠住君莫笑，还有两人可以朝小手冰凉迫近。

冲锋！三段斩！许斌的独活和刘小别的飞刀剑，一左一右，辅佐在了这个微草新一代魔道学者的左右，并肩朝前冲去。

轰轰轰！远端苏沐橙的沐雨橙风横身拉开了一个角度，反坦克炮三角点射，三枚炮弹分指三人。

微草三人立即各施手段，高英杰的木恩空中变身，扭过；刘小别的飞刀剑的三段斩二段出手，变向；许斌的独活，则干脆一个英勇跳跃，一边飞身跳过，一边顺势就朝身前的君莫笑落了去。

结果……轰轰轰！距离更近，来自君莫笑手中千机伞的反坦克炮，同样是三角点射的技能，最终却是爆开了三团火花。

微草三人，居然全被命中。他们躲避沐雨橙风三发攻击的方式全被叶修看穿了。

木恩和飞刀剑是直接被爆炸的气浪给掀翻了，但是独活的英勇跳跃判定强势，加上骑士的高防板甲，被反坦克炮击中后，只是晃动了一下身形，攻势却丝毫不减。结果就在他急坠落下时，突然，周身泛起圣白的火焰，英勇跳跃的判定直接消失，竟然是被小手冰凉丢出的一道神圣之火直接给封印了。

“真是太不可思议了，封印过王不留行，现在又封印了独活。而且都是在这种高速移动下做出的预判攻击，我们甚至没有看到神圣之火燃起，只能说明安文逸这技能放得精准到了极限……”李艺博惊讶地叫着。他很意外，这样的称赞和溢美之词，他竟然会这样毫无保留地送给这个安文逸。

早在之前，这可是一个连是否具备职业水准都被质疑的家伙啊！

“兴欣不理会外界的质疑，坚持将安文逸作为主力牧师，现在终于收到回报了吗?”李艺博接着感慨着。

一旁的阮成脸自然又要黑了。对兴欣，无论是什么方面，但凡是质疑，那都缺不了他，而且他向来要往大里黑。比如安文逸，他不会单纯批评安文逸的水准差，他会以此来质疑兴欣战队的经营和眼光。但是现在，兴欣对安文逸的坚持收到了回报，自然是对他那种质疑最有力的回击。

阮成张着嘴，本是要说点什么的，但李艺博偏偏把话带到这了，让他完全没有办法接口，只能郁闷地将嘴闭上。

天击。君莫笑手中的千机伞已成矛形态，将从空中落下的独活接了正着，与此同时一发炮弹又在他身上炸开，显然是沐雨橙风也在远端帮助君莫笑输出。

没有太长的连击，因为高英杰和刘小别已经卷土重来。

轰！君莫笑最后一记落花掌拍出，独活直撞木恩。高英杰连忙就要操作闪避，不想一道激光炮却在此时又轰到了独活身上。顿时，得到激光炮助推之力的独活飞得更快，眨眼就到了木恩面前，高英杰未料到此，操作不及，两个角色撞成一团。虽然这伤害不会多大，但却再次阻碍了微草攻势，打得他们狼狈不堪。

微草三人的攻击组，面对兴欣两人居然毫无办法?

双方的第六人，终于在此时一同到阵。

微草，梁方，狂剑士竹沥。

兴欣，乔一帆，鬼剑士一寸灰。

不能让他们铺开鬼阵。这是高英杰这一刻的判断，但是，兴欣那边，君莫笑早已经掩护一寸灰开始了第一个鬼阵的吟唱。

沐雨橙风甩开格林机枪，子弹暴风般倾泻。微草众人四散躲避，独活借叹息之壁的掩护直突中路。

但是，还是慢了。当一堆近战职业杀上前时，一寸灰刀刃上的光芒早已经释放出来。

冰阵！就这样落在了君莫笑和一寸灰的脚底，贴上来的近战角色慌忙后退。

叶修的君莫笑却也趁此空当完成了一个吟唱，竟然也是一个鬼阵，强化自身的，被简称为刀阵的刀魂之力。

沐雨橙风和小手冰凉，也在此时踏入了刀阵和冰阵的范围，兴欣四名角色在鬼阵的守护下，不慌不忙地开始了阵地推进。

鬼阵，一道又一道地布在了场中，微草阵中许斌、刘小别、梁方都是以近战为主的职业，在被鬼阵限制在圈外后，攻击手段顿时显得很单调。高英杰的木恩倒是可以在鬼阵外就攻击到目标，可是只他一人的攻势，根本无法阻挠到兴欣的步步紧逼。

“先退！”高英杰做出决断。

鬼阵的最大缺陷就是不可移动，兴欣现在这端阵势已成，微草纵然多一人，却也硬拼不下。几次尝试靠治疗硬顶强冲，却都没好果子吃。

轰轰！苏沐橙拿炮火给微草的几位送行。微草诸位郁闷地躲闪着，结果就在这时，兴欣的小手冰凉，突然一举手中光明之证，一道仿佛可以牵走人所有注意力的璀璨光芒亮起，竟是放出了一记催眠。

冬虫夏草！微草的牧师，立即停止他移动的脚步，身体轻摇，竟然已经昏昏入睡。而这时，君莫笑的双手则朝外一张，一股念气汇集而成的气流扯出……

捉云手！看到是这一技能时，微草众人都是面若死灰。

兴欣的阵地推进需要鬼阵扶持，所以速度不可能快。处在大后方的袁柏清的冬虫夏草一直处于很安全的位置。所以微草都没有太在意对他的保护，在他们看来兴欣又不可能冲出鬼阵，只靠沐雨橙风或是君莫笑的远程火力不足以构成威胁。

谁想现在兴欣竟然是将冬虫夏草扯进了他们的阵中。微草疏忽了对冬虫夏草的保护，此时想打断这捉云手已无可能，他们这时哪里还能想着什么先撤再来，都不顾一切地反身杀回就要将冬虫夏草救走。

但是兴欣可也早有准备。一寸灰接连出手，鬼阵再落，接连成片的阻碍，让他们举步维艰，只能就这样眼睁睁地看着冬虫夏草被君莫笑扯进阵中，光一路滑过鬼阵，身上伤害啊异状态什么的就背了个遍。刚一落位，君莫笑立即毫不留情地开始攻击。沐雨橙风的重火力则继续照顾其他人，乔一帆的一寸灰保持鬼阵连环的完整性。

怎么会这样？高英杰发呆，明明是五打四，明明有着人数上的优势，为什么步步受制，最后竟是打出一个治疗被人抓走，而他们却无法救出的局面？

如果队长还在场上，怎么可能打得这么糟糕？说到底，还是自己没用啊！真的太没用了。微草的未来？众人的期待？自己这个样子怎么背负得起来？

啊!!!! 高英杰心底怒叫着，木恩，这个此时还能在鬼阵边缘发动一些攻击的角色冲了过来。

暗阵？冰阵？高英杰细数着地上的鬼阵区域，这些异状态控制过分强大的，无论如何也不能踏入。瘟阵？只是消减防御的话，倒也不是不能忍受。

但是……这是圈套。高英杰仔细观察兴欣几人的站位体系。从瘟阵这里贸然冲入，将得到对方最为顺手的集火攻击。在瘟阵削弱防御的状态下，攻击伤害和效果都会被放大，这个地方的冲锋，是肯定会被打退的，一个不好，还有可能直接死在里边。

高英杰只觉得自己脑子出奇地清醒，一切的一切，都能瞬间看清，做出判断。这三个鬼阵封锁的区域，都不可进入，那么还有就是……

静默之阵，封印所有技能的区域，换是别人大概也是想都不想就会跳过的选择。

但是，我是魔道学者啊！单凭普通攻击，也可进去扰乱一番，如果可以控制住一次一帆的鬼阵，自家队友就有可能趁势冲进反击了。

这有点难，但是，必须试一试了！

木恩，在所有人惊诧的目光中，踏入了静默之阵。技能瞬间就被封印，但是他的脚步没有丝毫停歇。

是否有疏漏的区域可以站位？是否有技能交换时的空当可以捕捉？高英杰，全神贯注地留意着一切，他的木恩冲向一寸灰，他要打断对方的鬼阵连环。

“身后！”结果这时，他收到来自队友的提示，连忙就要翻滚时，木恩颈间已经一串血花飘出，跟着就已被人提起，很随意地朝旁一丢。

然后，君莫笑的身影已经一个技能移动回去继续对冬虫夏草的攻击了，而木恩，就这样被丢到了一旁的暗阵当中。

整个世界都黑了。到此为止了吗？视角陷入一片漆黑的高英杰心下有些颓然地想着。

不！心底里一个声音马上升起，因为他好像又在耳边听到了那句话。

肩负起微草的未来吧！

还未结束。暗阵，毫无伤害，只是失去视角而已。落地时的身形，角色的朝向……木恩骤然站起，身子微转，直面鬼阵的正中，冲出！

什么？所有人大惊失色，一再确认着那个暗阵是不是已经消失。

没有，暗阵还在，失明的效果不可能这么快就解除，也就是说，高英杰此时的视角依旧是漆黑的，但是竟然还能做出这么准确的操作？这一切，全都是凭借记忆做到的吗？真是非常了不起的直觉和手感啊！

木恩飞向了半空，他抽出了身下的扫把晨露。

此时的他，不可能做出精准的攻击操作，他只能用席卷一切的技能，来扰乱对方。

扫把旋风！晨露挥起，木恩旋转着身子，卷出劲风……为了这场比赛的胜利，他已拼尽全力，哪怕身陷静默之阵被封印技能，在暗阵中失去视角，他依然没有放弃。

但是观众却都已经不忍看下去了。他们不忍心看到高英杰如此努力，最后却根本无法达到任何预期效果。

沐雨橙风的炮口早已经抬起，对准了空中的木恩，一道激光立时射杀出去。

轰……空中的木恩顿时被这记激光炮送飞出去。

到底还是不行吗？高英杰叹息着……对手到底还是远没有逊到可以让自己闭了眼睛瞎着打的地步啊！

木恩飞出暗阵结界范围的一瞬，视角恢复，高英杰连忙调整自己的身形，而后看到冬虫夏草所处的鬼阵正中，数个鬼阵交错重叠，各种状态和伤害爬满了冬虫夏草全身，光影交织成错，闪出的色彩都是黑色。

一寸灰手中的太刀，就在此时高高举起，那满地的鬼阵，像是听到什么号召一般，鬼神之力都变得躁动不安起来。

鬼神盛宴！所有的鬼神之力，就在这一瞬间爆开！鬼神之力疯狂流窜着，在鬼阵范围内寻找着目标。微草战队的选手，又哪敢在这时候上前？但是就在最正中，所有鬼阵重叠之上，微草牧师冬虫夏草，正在遭受所有鬼神之力的吞噬。

轰！又是一道卫星射线从天而降，和这些张牙舞爪的鬼神之力汇集在一起，将冬虫夏草彻底吞没得连个衣角都不剩了……

微草牧师倒下。这一瞬间，胜负已在无数人心中有了定数。微草战队的主场一片沉默，只有那客场看台上，随队而来的忠心的兴欣粉丝们，此时又是唱又是跳，迎接着这场即将到来的疯狂胜利。

“真的……太不可思议了。”这个形容词今天频频出现在比赛的转播解说中。而这次，看到兴欣击杀了微草的牧师，潘林再一次用了这个词来形容。

哪怕之前兴欣击杀了王杰希后，微草士气低落，有些慌乱，可是兴欣少一人的绝对劣势，依然让所有人更为看好微草。阮成一旁咬牙切齿地，就等微草干掉兴欣后他来好好挑一挑兴欣今天所犯的毛病。

但是现在，好像不必了。微草的牧师被击杀，这一击太有决定性了，接下来，应该不会再有什么逆天的奇迹发生了吧？

不会了。今天已经发生了足够多令人震惊的事。

在这之后，微草的四名攻击手试图强杀小手冰凉，但是一寸灰的鬼阵，很快给予了小手冰凉最好的保护。当安文逸可以安安稳稳地站桩治疗时，在最前方战斗的君莫笑是那么肆无忌惮。

没有逆转，没有翻盘，比赛到此为止，兴欣在客场，击败了微草，总比分8∶2。

太多需要消化的东西，让现场显得有些沉寂。双方选手相继走出了比赛席，像团队赛开打前那样，来到了比赛场的中央，只是此时，他们分出了胜者和败者，一方可以尽情地欢笑，另一方却要尝尽苦涩。

王杰希，本场对决中第一个被杀出比赛的人，平静地看着眼前的这一队选手。

叶修……这要真从自己进入联盟开始算起，双方也在一起竞争了有完整的七个赛季。只以结果论的话，自第四赛季以后就再没出现在总决赛战场上的叶修，似乎比起三进总决赛两夺总冠军的王杰希要稍逊一筹。

常规赛，十四次交手，互有胜负。

第七赛季季后赛，两队首轮相遇，微草将叶修率领的嘉世送出了季后赛。就是那一战之后，人们疯狂呐喊着，认为叶秋的时代已经彻底结束了。但是不知为何，王杰希总觉得自己并没有真的战胜这个对手。这不只是因为双方所取得的成就和奖杯，更有临场的感觉。那时嘉世在季后赛中所表现出的战斗力，涣散得可连王杰希这个对手都有些看不下去。

那一战，成了两人最后一次交手。第八赛季常规赛，还没等到微草和嘉世相遇，叶秋宣布引退。

初听这个消息，王杰希完全不能理解。虽然外界有这样的那样的说法，但是作为场上对手，他只知道一件事，叶修的竞技状态，那时候还远没到需要退役的地步，嘉世是队伍出了问题……

不过这一切，随着叶秋的退役都不重要了，他的职责，是引领微草走向不断的胜利。

而现在，这家伙回来了，叶秋变成了叶修，不知道是在搞什么鬼，反正这些都不重要。他用一年半的时间，凑出了眼前这么一队人，而后在比赛中再次击败了自己。

上次败给这家伙是什么时候？王杰希也记不太清了，他能清晰回忆起细节的，还得回到自己拿下最佳新人的第三赛季。所谓的新人王，在叶秋大神面前那真叫不堪一击啊！被外界称为天马行空般的魔术打法，在叶秋面前可是连一点魔术该有的惊艳都没有。一叶之秋挥舞着那杆鼎鼎有名的银武却邪，操作着玩家攻略中都比比皆是的战斗法师打法，将他的魔道学者敲得头破血流。他扛起的嘉世，在那个时代真的是太无敌了。

这一次，你准备再次扛起这样一支队伍吗？

“恭喜。”王杰希向来到他面前的叶修伸出了右手。

“谢谢。”叶修伸出右手，握住。

“下次我们会赢。”王杰希说。

“哦？你们吗？”叶修笑着，看了看列在他面前的微草一行人。输了比赛，情绪当然不高，高英杰尤其痛苦和不甘，头深深地埋着，可以清晰地看到有泪珠一颗一颗地落下。

“如果他们当你是榜样，而不是靠山的话。”叶修说了一句，人已走开，和王杰希身旁的许斌握在了一起。

榜样？靠山？王杰希愣住，以至于方锐走到他面前伸了手出来他都毫无反应，直至许斌提醒才连忙和方锐握了一下。

是说自己一直以来都太过用力了吗？可是你在嘉世的时候，不也是奋尽全力地将队伍扛在肩上吗？王杰希望着叶修已经移开的身影，看到他走到了队末的高英杰身旁。

高英杰依旧垂着头，看到有人到了跟前，却也没有抬起，只是把自己的右手伸了出去。

“你做得不错。”叶修却主动开口和他说起话来，“不过只是觉悟和决心的话，可还远远不够，那种东西，谁没有呢？”

叶修说完已经走开，高英杰诧异地抬起头来望着他。叶修之后兴欣的选手一个一个从他面前走过，握手，直至兴欣战队的最后一位，乔一帆。

一年多的时间，对于他们这种年龄的少年，可以成长许多，无论是样貌上，还是心性上。两人的个子都更高了，脸上的稚气也褪去了更多。高英杰脸上还挂着泪花，此时看到老友，这才反应过来，慌慌张张地抬起手来抹了一把。

乔一帆没有笑话他，只是从口袋里掏出了包纸巾，递给了高英杰。

高英杰接过，却没有再去擦拭眼泪。

“一帆，你现在好厉害。”高英杰说着。

“你也很厉害啊，还是那么天才，在暗阵里还能打。”乔一帆说。

“那有什么用，我们还是输了。”高英杰说到这时，黯然依旧。

“继续加油吧！”乔一帆说。

“嗯，下次我一定要赢。”高英杰说道。

“好。”乔一帆微笑着，完全没有计较对方这种“我一定要赢”的表态中所暗含的“你一定会输”的意味。

比赛就此告一段落。赛后的新闻发布会上，双方都对对手的表现给予了很高的评价。微草的发布会上，队长王杰希在回答问题时多次流露出深思的表情，而他们的天才选手高英杰，在这场失利后，表现出了以前未曾有过的坚强和决心。

兴欣的新闻发布会，本来精心准备要在兴欣输掉比赛后当面好生挖苦一番的阮成，最后直接没有出席发布会。但是很快电视台的电子竞技频道接到无数观众的意见电话，他们纷纷表示希望在比赛转播中听到的是哪怕水平不够高但至少靠谱的解说，而不是阮成这种带着明确个人倾向性不知所云的评论。

第二十七轮比赛落下帷幕，兴欣客场战胜微草是比较让人意外的。但是除此以外，呼啸战队，软脚了不知多少场后，在本轮主场突然硬了一回，8∶2，击败了蓝雨战队。

连自家粉丝都心灰意冷的呼啸，在蓝雨战队这种豪门到访的主场比赛中，上座率居然只有不到七成。相当多的粉丝聚集在比赛场外，就是拒绝入场观看，以此来表达他们对呼啸战队近况的不满。

结果就在这天晚上，呼啸拿下了一场个人赛，拿下了擂台赛，而后又拿下了团队赛。以8∶2战胜了目前积分榜上排名第二的蓝雨战队。

“影响比赛胜负的因素有很多，在正确的时机做出正确的事，是获取胜利最有效的办法。呼啸战队今晚的攻击很强大，而我们在防守端的表现并不令人满意。”蓝雨战队的队长喻文州在赛后的新闻发布会上如此谈论着这场比赛。

席下的记者们，对这场比赛都看得很清楚。呼啸战队即便处于低谷，让粉丝心灰意冷，但有一点值得尊重的，是他们战队的士气却没有因此而涣散。场上表现再糟糕，但他们的求胜欲望却表现得相当明确。

喻文州这句评论概括得很好。如果说胜利是需要在正确的时机做正确的事的话，那么之前的呼啸，总是找不对时机，做不对事。

这次呢？这一轮的团队赛，呼啸竟然选择了一种极端粗暴的打法。五人首发开场后，第六人立即替换牧师上场，形成无治疗的全攻击职业阵容。随后对蓝雨展开了一对一的人盯人打法。

这种打法，在战术越来越丰富高端的职业圈中已经极为少见了，一对一的盯人布置被呼啸瞬间完成后，蓝雨的团队顿时被切碎。除治疗之外，喻文州在单挑时的弱势，让蓝雨面对这种切碎后的局面也显得更为困难。他们最终也没能再次形成有效的团队配合，最终在团队赛中败北。

正确的时机，正确的事……记者们咀嚼着喻文州这句听起来貌似是场面话的赛后发言，却觉得意味已经很明显，已经不用再多做点评了。

而后胜利的主角，呼啸战队……期待已久的一场掀翻豪门的胜利，可算是让他们扬眉吐气了一把，在发布会上各种飒爽英姿。

“联赛才刚刚开始。”他们沉声说着。

好吧……记者们看着二十七轮后的积分榜，呼啸现在还在季后赛门外，不过距离前八也就是8分的差距。但问题是前八的战队现在真看不出哪边有掉链子的趋势。

领先呼啸一位的，正是冬季转会后强势崛起的三零一度，本轮客场8∶2击败义斩，收获十连胜。

引人关注的刺客的舍命一击在这场比赛里没有出现，但是这恰恰意味着三零一度战队并不是只有那么一种获取胜利的方式。他们会审时度势，选择所需的必要方式。队长杨聪也没有那么刻板，转变方式后就一定是个舍命流的刺客，他同样可以使用以前那种战士型的冲锋陷阵打法，只要战队需要。

三零一度，并不是一招鲜，吃遍天，所有人都意识到了这一点。

三零一度崛起，把呼啸战队从前八中挤出去，而现在呼啸成了追赶者，记者们一看赛程表，好戏来了。第二十八轮，正是这两队的直接对话，呼啸战队将主场迎战三零一度。

这可真有几分决定生死的意味。常规赛还有十一轮，8分差距说小不小，说大却也不算太大，想在一轮之内完成逆转，直接对话是个机会。赢个9∶1，落后方可以追平；10∶0，那就直接逆袭得手。

不过已经让人失望到极点的呼啸战队，仅凭一场对蓝雨的胜利，实在无法比连胜十轮的三零一度更让人看好。

但是呼啸战队的这些选手，还真有几分逆水行舟的韧劲，外界越是不看好他们，他们反倒越发地专注于比赛。

3月28日，职业联盟第二十八轮比赛的前一天，各大战队通常都是在这一天公布比赛日需要出场的阵容名单。

“什么？我上场？”

兴欣战队，名单公布出来时，音量最大的来自于他们会议桌上的那台电脑。

罗辑，加入兴欣以来，正式比赛出场那还得追溯到挑战赛时期。他对于兴欣的贡献，更像是个技术人员，而不是战队选手。

但是，罗辑是兴欣注册选手的一员，这点毫无疑问。平日虽然因为无法放弃的学业经常不在战队，但是每一个比赛日，无论客场还是主场，罗辑都必然会赶到和大家在赛场汇合。

没有出过场，但是经历过近距离地观看、接触比赛后，罗辑也远非昔日菜鸟，眼光、见识，都大为不凡。至于水平，他自己自然也有一番掂量。兴欣现在，连魏琛都基本没什么出场机会，自己这两下子，能在场边坐坐就足够了。或许再磨炼个一年半载的，能争取到出场机会呢？罗辑是这样想的，却没想到在这个赛季逐步接近尾声的关键时候，叶修居然要派他出场。

“你想打个人赛还是擂台赛啊？”叶修问道。

“我我我……”罗辑“我”了半天没说出话来，派他出场就够意外了，居然还能自选出场模式？这……大概是给自己这赛季的一点奖励和鼓励吧？

“还有十一轮，你也该来积累一点实战经验了。”叶修说道。

罗辑那可是高等学府的特招生，智商那是没得说，叶修这话内含的逻辑，迅速就被他分析出来了。

在他看来，联赛都只剩十一轮了，若是兴欣领先优势特别超然，好像轮回那般，那在赛季末段一些无关大局的比赛中，放手让一些新人上场打一打那是很平常的事。可是现在，兴欣在排名第六积178分，领先第七的百花战队4分，第八的三零一度队12分。距离第九的呼啸，优势倒是大些，有20分。

但是，兴欣就算没有掉出前八，掉到第八，这可也不是什么太好的处境。照常规赛目前走势，轮回第一那已是没有悬念的。如果照季后赛的对阵规则，第八名的队伍将在首轮和第一名的轮回碰撞……这个强大的对手，大家理应都想能避就避，实在没得避了，比如总决赛相遇了，那再放手一搏吧？

兴欣没到可以放手练新人的地步，但这时候叶修却要派他上场，这似乎意味着叶修是在重视他的作用，而不是将垃圾时间交给他来提升经验值啊！

可是叶修的话里，又说这十一轮是积累实战经验，难不成，他希望自己发挥作用的舞台，是季后赛吗？

明明是坐在位置上的，罗辑此时却觉得腿都软了。

十一轮比赛里积累一点经验，然后，就要在季后赛那个凶残的，一次失误就可能导致一年的努力付诸东流的地方发挥作用？

“这样……可以吗？”罗辑的一堆心理活动全没说，只是将他最终的心声说出来了。

“你也努力了很久了，该上场感受一下了。”叶修说。

“但我水平……”罗辑犹豫。

“你的水平已经到了需要实战提升的地步，实战会告诉你该怎么取舍抉择，这种意识需要你自己养成，说给你听那是没多大感受的。”叶修说。

“你可以先说来听听，我多留意。”罗辑说。

“不要太在意细节。”叶修说。

“说吧说吧，说了我会肯定会认识得更清晰。”罗辑说。

“我已经说了啊！”

“啊？就是不要在意细节吗？”罗辑愣，他还当叶修是在吐槽让他不要在意“先听听再留意”这种细节。

“是的，你看，没多大感受吧？”叶修说。

血淋淋的事实让罗辑很无语，他确实无法从这句话中感受到多少东西。

“或者说，多在意需要在意的细节。”叶修又给他补充了一句。

“注意细节之间的取舍？”罗辑确实高智商，举一反三非常厉害。

“是的。”叶修说。

“我会注意。”罗辑点头，没有再多说什么。因为他发现这确实是一个只有经过实战，才能最终养成的意识。而再想想自己现在的情况，注重细节，这确实是他的习惯和风格，正因为这点，他才能做出那种细碎到极致的攻略。不过在PK场上，在意得太多，顾虑也就越多，再加上召唤师操作本就繁杂无比，总会让他越打越是手忙脚乱。

叶修让他注意细节方面的取舍，那不是让他忽视细节，而是要从中找到最有价值、最能帮助自己战胜对手的细节，而后充分利用。如果能做到这一点，操作角色大概也不至于那样忙乱。罗辑清楚，自己不是什么手速达人，不可能在极为复杂的战况中还操纵着一堆的召唤兽如臂使指。

取舍，确实是他现阶段想提高需要掌握的了。叶修，也是看到他的技术进步到了这一阶段，才开始安排他实战进行进一步的提升吧？

可是……只有十一轮了。就算每轮打一场，甚至再安排点团队赛里的实战机会，就能足够提升，然后在季后赛里有所表现吗？

这个问题，罗辑自己心中尚有疑虑，陈果也觉得不科学。

“罗辑可以吗？”战前会议结束后，陈果问着叶修。

“别忘了，他智商高啊！”叶修说。

Chapter 006

不要在意细节

罗辑比较谨慎，最后选了第二十八轮一场个人赛出场。他到底还是担心自己的水准拖累全队，擂台赛那一丢就是丢2分，个人赛至少只是1分。至于团队赛，最后没有入选名单反倒让他有种松了一口气的感觉。

罗辑的这种态度，让兴欣的诸位真是好生感慨。尤其是职业生涯经历丰富的几位。现如今的选手们，哪个不是期望拥有尽可能多的表现机会？有多少人顾忌着自己的实力不够拖累全队什么的。

“真是个老实孩子啊……”陈果感慨着，她就是再没经验，看多了各种新闻八卦，也知道像罗辑这么厚道的念头是多么稀缺，哪怕在新人当中都是。

第二十八轮比赛很快到了。

呼啸对三零一度，毫无疑问地被定为了本轮将要进行电视直播的赛事。打到常规赛的收官阶段，很多队伍恐怕都已经没什么盼头，处于第八位上下的，那将是竞争最激烈的区域。而这样一场带着前八之争的直接对话，双方肯定都会奋尽全力，必然会加大比赛的激烈程度。

呼啸主场，个人赛第一阵，呼啸队长唐昊站到了场上。

在联赛十八轮，唐昊也曾这样第一个出阵，目的就是为了狙击兴欣叶修的连胜，来强势地提升一下士气，很可惜那一次他没有做到，呼啸战队最终被兴欣战队10∶0直接打爆。

十轮过去，当面对或许是本赛季呼啸最关键的一场比赛时，唐昊，又一次站在了同样的位置。

或许唐昊率领的呼啸成绩不尽如人意，但是他确实还是很有勇气，很有信心地在引领着呼啸冲向胜利。第一个出战，这意图很明显，就是非胜不可。他做出这种姿态，若是输了，战队的士气也必将受到严重打击。尤其是在他曾经有过一次这样的举动，后来却没有做到的情况下，若重蹈覆辙，士气影响恐怕会更大，他个人也将会受到更多的嘲笑。

但是，他无所畏惧，在这样一场关键的比赛中，他扛起这些压力，就这样第一个站在了比赛台。

三零一度首战出场的，同样是他们的队长，不过，要说核心地位的话，却得说是昔日了。

三零一度的战术体系，经过最近这么一段时间的比赛检验，白庶在队中的核心地位已经很明显了。三零一度在攻防两端，都是由他在引领的。

而杨聪，现在所处的位置比较自由。队伍给予了他很高的信任，允许他靠自己的意识和经验在场上选择怎么做。当然，杨聪绝对对得起这份信任，下半赛季他的表现可是十分抢眼的。如果没有他，光就白庶这位外来的和尚，三零一度现在这经恐怕也照样念不成。

流氓唐三打，刺客风景杀，双方的角色很快进入比赛，一进来，杨聪就已经看到了地图另一端的唐三打。

不知是不是受叶修选图风格的影响，这赛季选这种简单地图似乎渐成了一种流行。本场选图的唐昊，最终选的也是一幅这样的图，战术走位什么的，基本就省略了，大家直接掏家伙上吧！

刺客是不惧这种硬仗的，而杨聪本来还正就是这么一个硬砍硬杀的刺客。一看地图选成这样，连犹豫抉择都省了，直接恢复旧有刺客风格，上吧！

叮！一声细微的轻响拉开本场对决的帷幕。唐三打起手丢了一枚麻针过去，不过却被杨聪洞悉，银武缭影乱武翻起，将麻针磕向了一边。

强力膝袭！唐昊丝毫不带含糊地展开攻势。

真猛啊！杨聪心下感慨不已。流氓这个职业，其实并不是这种攻击性特别强的职业，各种阴险的街头小手段，让这职业拥有较强的控制能力，其实是一个比较偏控场系的职业。就攻击性上，有太多职业比流氓要强势。

但就这么一个职业，在唐昊手中却是极具攻击性，和昔日林敬言手上的大相径庭。

就是因为有这种不同性格的选手来驾驭各种职业，荣耀才显得那么地丰富多彩。杨聪本人，不也是把刺客练成了一个强打强杀冲锋陷阵的战士吗？

看到唐昊这流氓的凶悍模样，杨聪只能感慨一句年轻真好。换是几年前，他真有心和对方就这样硬砍硬杀地较量一番。看看谁的反应更敏捷，看看谁的手速更快，看看谁的操作更准。

不过现在，是得调整调整了。杨聪操作着风景杀朝旁一闪，避过了唐三打冲来的风头，反手双剑打出，穿心刺直击唐三打背后。

唐昊也不至于这么轻易就被命中。强力膝袭不中，唐三打已在半空拧身，一把抛沙就此打出。

杨聪慌忙避转视角，这穿心刺只能凭记忆直接去命中了。结果，风景杀的动作却在刺出后突然一僵。

不好！杨聪的经验已经给了他感觉和判断。抛沙攻击已完，他转回视角，就见缭影乱武已被唐三打手中的银武血祭绝魂架住。

如果只是攻击招架，不会有这种角色无法控制的阻碍感，这种感觉，就像是被抓取技控制了一样。

空手入白刃！唐三打所用的，赫然是一个拳法家的转职技能，显然是打在武器上的。

低阶的空手入白刃，攻击威力不会大，但是挡拆的效果却一样。职业选手们会在武器上选择的这一个技能都只能有1阶，所以都不会追求输出，都是追求这技能独有的一些效果。

一挡一拆！跟着的一击，立即打到风景杀身上，连击就此开始……

真是有够嚣张啊！风景杀接连中招，杨聪注视着唐三打疯狂的攻势，而发动起这一切的，正是在这个角色背后疯狂操作的那人。

这样的攻击，你以为就能打倒我了吗？你以为我是靠什么在这个联盟立足这么久的呢？杨聪胸口那团热血，在唐三打这连段的攻击中突然一下就沸腾起来了。他本想更加冷静地争取胜利，可是此时，他却也很想像唐三打这样，来一场水银泻地般的攻击。

杨聪死盯对方的攻击，终于看准一个机会。

刺客步法：迎风！

风景杀身形诡异地一颤，唐三打迎面打来的一击，最终居然和他差上了少许。再攻！唐三打又是一拳袭来。

刺客步法：逆雷！

唐三打的拳头，忽然就落到了风景杀的身后。

迎风、逆雷、转火、立冰。

刺客步法的四个技能，事实上就是向后、向前、左右、站立不动四种不用技能也能做出的操作。但是用了技能，自然会有更加强劲的效果。

杨聪看准机会，用出了两步，瞬间甩脱了唐三打的攻击。

现在……该我了吧？缭影乱武飞起，刺客双剑朝着唐三打刺杀而去……

联盟中另类的一道刺客风景——风景杀！两个或许都更擅长另外一种战斗方式的职业，完成了一场轰轰烈烈的对攻。杨聪抛弃了心中这样那样的顾虑，用了他这么多年来一直在用的那种战斗方式。

比赛终要有个结束，胜负终要有个结果。

这一次，输的是杨聪。

“啧，好可惜……”杨聪叹息着。

他输了，不过这种自由发挥的感觉他真的很享受。他可以试着玩一玩刺客中最动人心魄的舍命一击，也可以接着使用自己多年都在用的强攻打法。

就如这一战，他热血地开始和唐昊对攻，当中也试图寻找可以舍命一击的机会来着。他在追求胜利的结果，但是也在享受着比赛的快乐。输了是挺可惜，但是，谁敢肯定怎样做就一定会赢呢？

近八年，每次比赛都要慎重地考虑该用的方式方法，但是现在，他抛开了，很随意，很随性，最终的结果却也未变得有多糟糕。这一次是输了，谁知道下一次呢？

杨聪下场，输了，却也满足。

“队长，好可惜啊……”三零一度的队友们也纷纷围上他，细数着比赛中让人激动的，或是让人遗憾的无数瞬间。输了，但并不让人觉得气馁，杨聪的比赛，传达出的正是这样的意味。

“接着加油！”所以他可以很坦荡地鼓励其他队友。

“明白！”所有人应声道，下一场的选手，出场。

与此同时，另一片赛场上，罗辑哆哆嗦嗦地从座位上站了起来。

他终于迎来他职业生涯的首战了，比起初登挑战赛场，紧张似乎扩大了一百倍。

“别紧张。”刚刚延续了个人赛连胜纪录下场来的叶修对罗辑说着。

“嗯。”罗辑僵硬地点头，一个“嗯”字起码转调三次。

“对手和你一样，也是新人新赛季呢！”叶修安慰。

“但不是头回上场吧！”罗辑觉得叶修的安慰一点用也没有。

“不要在意细节！”叶修说。

“……”这是一语双关吗？高智商罗辑开始琢磨了。

兴欣本轮迎战的是神奇战队。

赛季上半段，他们正是从客场10：0完胜神奇，开始了他们那段疯狂的抢分之旅。神奇战队则在之后一路的跌跌撞撞中，渐渐也有了稳定的成绩，目前积分榜排名十三，110分的积分，对比历届的新队那称得上是很不俗的成绩。他们队中，拥有大量首次参加职业比赛的新人，而现在，他们遇到了一个在联赛第二十八轮才初登赛场的选手。

兴欣罗辑，角色，召唤师昧光。

因为一直没有出场比赛，罗辑的召唤师昧光自然不怎么可能是兴欣制造银装的攻略重点。此时昧光身上，银装一共不过三件，都是关榕飞在给其他角色制作装备后富余出来的边角料，方便的就会给队里其他角色弄弄装备。大半赛季，昧光这里就积累了三件。

这武装度是低于联盟平均水准的，不过这一场罗辑的对手，真论装备的话却也没比他强哪去。

神奇战队在接连接纳了嘉世三位选手后，开支不小，在装备和材料上没有过什么大动作。他们战队的装备开发同样也有个优先次序。贺铭、申建、王泽这三位嘉世过来的，现在可都是神奇的主力悍将，装备自然第一优先。而后就是他们的新人郭少。这四位轮完了，神奇这边也就差不多了。论装备开发，他们真是连兴欣都不如。无论材料储备还是技术人才，都要逊一些。

此时罗辑的对手，就是一位很可怜的，在神奇排不上顺位的选手：贾兴，角色战斗法师傲天斗法。

神奇这战队的选手配备，完全复制了当初嘉世的职业搭配。但在体系构架上，却是完全翻转。

贺铭的元素法师，那在以前嘉世就是个第六人。申建的拳法家和王泽的神枪手那都是轮换选手，结果现在三人成了神奇的支柱骨干。倒是战斗法师、枪炮师、魔剑士这些原本在嘉世中都是重要选手的职业，此时成了围绕在他们三位身边的角色选手。

贾兴就是这种选手之一，战斗法师傲天斗法名字挺嚣张，但他本人实在没有什么嚣张的资本。

神奇战队也就是所受关注不够，他们若是也取得兴欣一样的成绩，队里不少人恐怕也会像安文逸那样面临着一场“是不是具备职业水准”的争论。

贾兴在神奇算是主力，水平还算不错，在比赛中一直小心翼翼，宛如斗神般那种强大到让人窒息的表现，他也就只敢在梦里幻想一下了。

作为一个职业赛场上的新丁，贾兴如履薄冰。但他身处神奇这支新队却有一点好处：他虽是新丁，却远比其他战队的新秀拥有更多的比赛机会。

经过大半个赛季，神奇战队的表现倒也颇受好评。贾兴虽然也成长不少，但是所受关注依然不多，可那颗心就有些不安分起来了。谁会愿意一直充当默默无闻的角色呢？如斗神般强大的表现，对贾兴而言已不再只是纯粹的幻想，他的心底开始升起小小的期待。

于是就在今天，当他代表神奇出战个人赛第二局的时候，看到电子大屏幕上打出的对方出战选手的名字，心头就是一跳。

罗辑？那是谁？

兴欣所受关注相当高，高得让同是新队的神奇嫉妒得要死。但是，罗辑，一个从未出场过的选手，战队收获的关注度再高，也很难报道到他身上去。罗辑就好像昔日微草队中的乔一帆，虽然身处冠军队，但毫无表现，甚至连上场机会都没有，外界又能通过什么渠道知道你的能力呢？顶多就是在选手席上发现这队原来还有这么一号人存在。

没出过场，那就是水平不够。藏起来的秘密武器什么的，这里是正经的职业联赛，没有这种不严肃的玩法！

一个新丁，一个首次登场比赛的新丁，贾兴像发现了新大陆一样激动。初次登场有多紧张，他一个过来人再清楚不过了。他可是用了好几轮才慢慢消除了那种不适感。而在那种不适之下会对技术有多大的影响，他也清楚。

于是罗辑在他眼中，就是一个水平不够，好不容易出次场紧张得一塌糊涂的新丁。

终于遇到一个我可以欺负一下的对手了！贾兴挺高兴。

二十七轮比赛打下来，豪门强队就不说了，哪怕是明青和临海这两支本赛季看起来铁定出局的队伍，他们队中的选手也不是贾兴这个职业初哥可以去轻视的，都是他需要用尽全力去面对的。

终于，自己也有机会张扬一把了，自己也可以痛快地显摆一下自己的战斗力了。

罗辑？哈哈哈，送上门的便宜啊！

贾兴迫不及待地进了比赛席，迫不及待地等待着比赛开始，倒计时数罢，载入完毕，迫不及待地操作着他的傲天斗法冲了出去。

而罗辑这会儿还在做深呼吸呢，还在消除他的紧张和恐惧呢，他觉得整个身子都是热的，都是麻的……

呼呼呼！连喘了三口大气，罗辑操作着他的昧光走出了刷新点。

这是兴欣主场，地图是兴欣方选，自己的首秀，罗辑哪敢怠慢，自然是选了自己训练中觉得最顺手最习惯的单挑地图。

此时走出刷新点，看着周围熟悉的地形，罗辑觉得自己的心情平静了几分。

这大概就是主场优势吧？真是有用啊！罗辑想着，操作着昧光，按他对这一战的构思开始行动了。

在得知这一场将由他上阵后，罗辑脑补了不知多少个比赛画面。昨晚他睡得很晚，早上却醒得很早。但如此少的睡眠时间，却没有在他脸上留下丝毫倦容，他根本已经紧张得感觉不到自己是否疲劳了。

“平常心。”

“像训练一样做就行了。”

这是队友帮他消除紧张时所说的一些话，效果基本是零。大家估摸着也就是象征性地来几句，谁也没指望能真就三言两语消除罗辑的紧张感。最后还是叶修实诚，就告诉他“仔细去感受比赛的感觉吧！”

这种感觉，也包括紧张吧？罗辑一边操作昧光前进，一边想这想那，忽然一个激灵发现自己这注意力真是太不集中了，连忙将这些乱七八糟的念头抛出脑海，思想全集中在眼前的道路上。

贾兴的傲天斗法很快就到了地图正中，一看，没人。

居然还打战术呢！贾兴笑，一个都没上过场的新丁，能玩出什么战术？

贾兴不惧，本想就这里等对方冒泡的，但又一想，自己还是积极主动些，显得比较有霸气。于是角色开始四下移动，寻找昧光的所在。

我靠！罗辑的心猛然间就像爆了的手速一样开始狂飙。他正操作昧光小心翼翼地移动呢，傲天斗法的身影突然就从他的视角里掠过。只是视野角度里的那么一闪，把罗辑紧张了个够呛，他连忙将昧光掩到了一旁，然后暗自揣测着对方有没有看到他。

如果看到的话……罗辑想着，连忙操作昧光吟唱，一朵魔界之花被他连忙召唤到了脚边。紧接着又放出了一只冰狼。

冰狼攻击是物理系，但是却又可能产生魔法系的冰冻效果。在罗辑的操作下，蜷伏到了魔界之花的一旁，让罗辑心里顿时又踏实了几分。

但是，对手却始终没出现。

没看到？刚遇到的时候，罗辑是盼着对方没发现呢！但等这严阵以待了，对手没有出现，他却又有些失望起来。

真的没发现吗？现场兴欣观众此时的心已经提到嗓子了！

贾兴是看到昧光，并看清他是闪躲到哪里的。但这家伙不笨，虽然把罗辑当作是送来让他欺负的，但看那躲闪的模样，也知对方发现了他。直接冲过去，谁知对方在后边布了什么手脚，一堆召唤兽直接扑上来，那也吃不消啊！

所以贾兴选择了绕路。就在罗辑在那眼巴巴地猜测等候的时候，傲天斗法，早已经从另一个方向绕了过来，而后就在一旁窥视到了罗辑在那里的布置。

果然有埋伏。贾兴冷笑。

召唤兽虽然不多，但是魔界之花三百六十度的范围攻击，冰狼命中对手后的冰冻减缓效果，都是特别烦人的，自己刚才贸然冲过来，真不一定能讨到好。尽管是常规赛新上场的选手，贾兴也不敢轻视过头，总不能当人家是可以被他随便揉捏的普通玩家吧？

再等等好了。魔界之花可以三百六十度攻击，此时从背后偷袭意义也不大，贾兴决定等这魔界之花消失，他不信罗辑会反复在这里召唤魔界之花守他。召唤师的召唤法术法力消耗也是很大的，由不得这样没完没了无意义地消耗。贾兴略略调整着傲天斗法的位置，就等那边魔界之花一消失就发动突袭。

结果就在这时，角色身畔突然响起一声猫叫。不是小猫咪那种慵懒撒娇似的叫唤，而是猫捉老鼠般的充满攻击性的一声嘶叫。

什么?！贾兴心下大惊，视角急转，就见一只黑色的灵猫已经飞扑到了他的面门。此时傲天斗法已经是蹲身，身形不能再低了，所以贾兴只能操作着他朝旁翻滚。灵猫身形灵活，居然半空中就把身子拧了过来，小爪一挥，竟然还是在傲天斗法的脸上抓了三道血痕。

现场观众长出一口气。

他们担心昧光被偷袭？当然不是！有魔界之花三百六十度的守护，偷袭是不可能的。他们紧张，是因为他们看到昧光召唤灵猫，而后就那样放了出去。

这样能打到傲天斗法？观众们紧张的是这个，因为看起来罗辑对灵猫的指挥并不是太明确，他似乎并不确信傲天斗法会在这边。但现在，灵猫的攻击，可是把傲天斗法的存在彻底揪出来了。

灵猫具有自动捕捉目标的作用？

这当然不是。召唤师的召唤兽，在设置自由攻击模式的时候，会自动对进入自己仇恨视野的非己方目标发动攻击。灵猫，相对来说就是仇恨视野更大，大概可以理解为它的感觉更加敏锐。

而这幅图可是罗辑精心挑选的，在整个荣耀的一对一单挑图中，都找不出第二幅更让他感到熟悉的。贾兴以为迂回一下就能偷袭到罗辑，实在是过于把罗辑当个菜鸟看待，小瞧了他思维的周密和对地图的熟悉。

绕背的偷袭，罗辑早防着呢！灵猫就是被指挥到了一个可以察觉到这一区域是否有敌人的位置。

昧光立即转身，吟唱，重新召唤了一朵魔界之花，将傲天斗法掌控在了它的攻击范围内。可怜贾兴毫不知情，还美滋滋地在这等候机会，最后却是等来了灵猫，等来了又一朵魔界之花，而后冰狼也朝着这边迅速扑了过来。

昧光则在继续吟唱，又一个召唤法阵在地上渐渐凝结而成，紧随着一声鹰鸣。一只雷鹰自召唤法阵中腾起，空中略作盘旋后，立即闪电般地飞向了傲天斗法所在的位置。

飞行如电，可口吐落雷的雷鹰，这是昧光这个召唤师的主打召唤兽之一。

四兽流！

看到灵猫、冰狼和雷鹰相继出现在战场上，兴欣这个初登赛场的召唤师是什么流派，熟悉游戏的玩家都有了大致的判断。

小飞龙、冰狼、雷鹰、灵猫。被称为召唤四兽，分别是荣耀中的火、冰、光、暗四大属性，以这四兽为召唤兽主体的召唤兽组合，被称为四兽流。在75级更新时，出现了一个由召唤四兽集结发动的大招——兽王四元素阵，再增四兽流的威力。

现在，灵猫、冰狼、雷鹰都已经出现，小飞龙还会远吗？

罗辑没有让大家失望，小飞龙是四兽当中等级最低的，召唤最快，瞬间又一个吟唱，小飞龙终于也从召唤阵中飞出，口鼻喷着烈焰，随雷鹰之后朝傲天斗法飞了过去。

贾兴一看这阵势，顿觉糟糕。

灵猫的纠缠本就很难摆脱，现在又陷入魔界之花的攻击范围内，其他三兽一个接一个地来，这要形成合围之势，兽王四元素阵再一发动，傲天斗法怎么也得狠褪一层皮了。

这家伙，还挺狠！贾兴终于收起了他之前的轻视之心，已经察觉罗辑并不是一个可以让他随便拿捏的对手。此时几个召唤兽一个接一个放过来，攻击有层次，有秩序，实在应接不暇。

跑？有灵猫缠身，有雷鹰的速度，跑实在不是什么聪明的举动，此时，似乎只能强行突破这堆召唤兽的围攻了。

这家伙，一出手就将自己逼上了这样困难的境地，还真是有些难缠啊！贾兴头痛，但是，已经没有别的选择，尽早行动才是上策。挥舞战矛，荡开灵猫又一次跳扑来的攻击，一记龙牙，将冰狼击退到了一旁。

轰！傲天斗法身上闪烁着残余电光，两招之后，被雷鹰吐出的落雷轰中。

真是麻烦。贾兴现在是一点张扬的心情都没有了。他看得出，昧光这四兽的攻击并不是召唤兽们自动进行的，而是对方操作指挥，这才有着这样的章法和节奏，突围，也变得好难。

不准备再向前一点吗？贾兴注视着召唤师昧光的举动。

召唤师拥有技能鞭挞，抽打召唤兽可以提升它们的战斗力。在这种已成围攻之势的情况下，绝大部分召唤师都会上来抽抽鞭子，让召唤兽们加点力。

但是昧光却没有。他只是远远地站着，不住地使用印记调配着召唤兽的行动。

看来只能等到召唤兽替换的时候了……

贾兴无奈。这严谨的攻击，真的让他有点束手无策，跑又跑不开，只能等某一召唤兽消失，新召唤兽替换的时候，或会出现空当。

于是，贾兴不执着于迅速突围了，他开始和召唤兽们展开战斗。一打四，再加一个魔界之花的干扰，这要不是召唤兽的攻击方式比较单调，贾兴也万万支撑不住。但就眼下，还算可以勉力对付一下……

召唤兽的存活有两大条件，一是时间，二是生命。

等时间，这个太被动，所以贾兴肯定是会做一些攻击，争取能快些消除一两只。但这召唤四兽可是没那么容易清除的。灵猫身形敏捷，不易捕捉；雷鹰和小飞龙都是飞行生物，更不好打中；数来数去四兽中比较容易应付的可能就是冰狼了，但冰狼恰恰又是四兽中皮毛最厚实的一个，血多得要死。

怎么就搞成这样了？贾兴泪流满面。本以为是可以意气风发地虐菜鸟呢，谁想最后竟又是为了生存而艰苦奋斗。二十七轮比赛，他这个新队新丁已经经历了太多这样的场面了，怎么现在面对另一个新队新丁，而且还是首场比赛时，自己还是这样的遭遇呢？

自己是不是有些习惯性的谨慎了？自己是不是一遇到一点障碍，就立即想的是防守了？在和那么多有经验的前辈高手对战过后，自己已经被压迫得失去攻击性了吗？接连的问题在贾兴心中浮起。

他不愿意一直这样啊！可是如果连眼前的这个对手，都能狠狠压制住他的话，他到底什么时候才能在场上有一些主动？

主动！要主动啊！不能这样习惯被动，甘于被动，不然自己岂不是永远都会这样没出手的机会？

豪龙破军！贾兴仿佛猛然觉醒一般，一眼看到前方出现一个空当，几乎没怎么想就已经一个操作下去。下意识的举动，让他的手指比平时跳动得都要灵敏准确得许多，傲天斗法，冲出！

砰！扑将上来的灵猫稍慢了半拍，它的攻击判定，那完全无法和豪龙破军相提并论，直接就被弹到了一旁。雷鹰的落雷，小飞龙的火球，都相继落到了傲天斗法的身后，对他毫无伤害。

冲出来了！贾兴心头一阵狂喜，他都有些茫然自己是怎么做到的。刚才那个机会……如果不是冲动，如果不是下意识地，恐怕，自己会因为觉得做不到而错过吧？

原来自己也是很能干的嘛！带着喜悦的心情，豪龙破军碾穿了召唤四兽结成的阵势。魔界之花的蔓藤悄然从地底钻出，贾兴却也没有疏于防范。

斗破山河！傲天斗法一飞冲天，澎湃的魔法斗气在战矛的尖端扩散着，贾兴只觉得心旷神怡。

这样豪迈的战斗方式，他只从大神的比赛中看到过啊！但是现在，自己居然也能在比赛中打出，能行的！自己真的能行的！

傲天斗法坠地，魔法气劲奔腾地扩散开去，哪怕是空中的雷鹰和小飞龙也不得近身。

罗辑的昧光倒是接连后退，匆匆逃出了这一击的范围，但是此时，他和他的召唤兽们已经被这澎湃的大招切分在了两地，一个没有了召唤兽的召唤师，如何面对凶悍的战斗法师？

怎么就突然崩了呢？罗辑此时心中也在疑惑，自己控制得应该是不错的。

在叶修的提点下，他最终选择了四兽流作为自己的召唤师流派。因为控制四个召唤兽完成攻击部署，他可以驾驭得相当不错。那种召唤兽满地走的精灵流，虽然阵容庞大，75级新增的大招精灵献祭更被称为是召唤师第一输出大招，可是控制不住，就是有大招也发挥不出威力。

但是就是这个罗辑自己都颇有自信的四兽控制，居然被对手破开了？自己是忽略了什么细节吗？罗辑一边想着，一边已经重做部署。

召唤兽死了可以重召，所以很多时候可以硬扛伤害。但是斗破山河冲击力强大，就是让召唤兽硬挺任何伤害，也会被魔法斗气逼得前进不得。被阻在圈外的四兽来不及冲上进攻，罗辑连忙操作昧光重新召唤替换，趁着傲天斗法此时还有一点收招时间。

来得及！论计算力，罗辑可就更为自信了，昧光果然在傲天斗法冲上之前，重新召唤出了一只冰狼，护卫在了他的身前，但是……

圆舞棍。冰狼就这样被傲天斗法一个圆舞棍甩到身后去了，紧接着，一记龙牙就已经刺到了他身上。

被贴身攻击的召唤师，那战斗力可就很凄惨了，虽然召唤兽还都在场上，没有操作，它们也会自动发动攻击。

但是，傲天斗法一边走位，一边在数段攻击后，突然消失。

瞬间移动！这个战斗法师，在武器上赫然选择了打上元素法师的瞬间移动。

落花掌轰到了昧光的背后，他向前扑出，而后看到他的召唤四兽，很乖巧地排成了一条直线。

没有操作的召唤兽，果然不行啊！罗辑连忙想控制他们散开，但是，晚了……

伏龙翔天！傲天斗法手中战矛飞出，魔法斗气盘旋成龙，将昧光，将他的召唤四兽，统统叼攥在了一起。

轰！魔法斗气爆开，在这数个目标身上穿梭闪耀着，看起来无比绚烂。

我果然能行！贾兴对自己今天的表现真的满意极了。

唉……明明开始不错的，怎么现在又成这样了呢？罗辑却在叹息着。

罗辑输了。

这个结果他不敢说太意外，可是就在比赛开局的阶段，他真的觉得自己做得还不错的，他的信心正在一点一滴建立，谁想却被对手摧枯拉朽般地摧毁了。

而这个对手，也实在不是什么强人，他和罗辑一样，是这赛季的新队新丁，所多的，也就是二十七轮的比赛经验。

罗辑深吸了口气，走出了比赛席，却不想全场立即响起了掌声。

这是？罗辑疑惑着，他怀疑这是主场选手尊重神奇选手的精彩表现，送给对方的掌声。但他走下赛台，走在赛场，听到那些“罗辑加油”的声音，以及那些注视着他的目光时，他知道，这些掌声，是送给他的，是对他的鼓励。

虽然从未上过场，但是，兴欣粉丝却都知道兴欣有这么一位成员。这并不只是观察兴欣比赛时的选手席得出的结论，而是因为兴欣的老板陈果。

陈果在任何时候讲起兴欣选手时，都不会把罗辑落下。甚至很多时候，为了突显罗辑的存在感，她会更愿意多说说罗辑。罗辑虽然没有上场打过比赛，但是他对兴欣战队的贡献和帮助，陈果都会一点都不掩饰地告诉大家。

这就是陈果的细心之处了，她生怕这个队中的长年坐板凳的队员心里有什么不适，所以努力表现着“他是战队很重要的一份子”。

陈果的做法，在这种时候终于收获了效果。兴欣粉丝非但知道罗辑，而且还对这么一个没什么机会比赛，却还能仔细认真给战队做贡献的选手颇有好感。他们甚至都期待着罗辑有机会上场的那一天。

于是当罗辑真有机会出场时，他收到的不是压力，全是鼓励。

掌声，加油声，送罗辑一步一步回到了选手席。

神奇的贾兴有点发呆。刚从比赛席出来时，他真当这满场的掌声是献给他的，因为他觉得自己在这一局里打得确实精彩，非常有高手风范。

竟然连客场粉丝都被我征服了，贾兴得意地想着，能做到这点，那可是非常不容易的。他挥着手，继续展示着风度，向这些“为他鼓掌”的可爱的兴欣粉丝们挥手致意。

直至他走下赛台，来到了场边，听清了这些掌声当中的呐喊声时，贾兴瞬间石化了。那频频挥舞着的右手，他恨不得立即剁掉。

这个罗辑，居然在兴欣这样受宠？输了都能得到大家这样的关爱？贾兴望着另一端回到选手席上的罗辑，心中充满了嫉妒。

罗辑很自觉，很主动地坐到了叶修身边的空位。

就算叶修不找他讲，他也会主动向叶修请求指点这一场比赛。输掉比赛心灰意冷？刚刚结束时，是有那么一点点啦！但是对输，罗辑本就早有思想准备，所以很快就已经打散了这种情绪。之后下场时，全场粉丝给他加油鼓励，罗辑更觉得自己要加倍努力，才能不枉费战队和粉丝的这种心思了。

陈果为了不让他有想法，做出的各种努力，罗辑都是看在眼里的。

“开始打得还不错。”叶修于是也不客气，就开门见山说了。

“嗯嗯。”罗辑点头。

“控制得非常精密，这是你的优点。”叶修说。

“嗯嗯。”罗辑接着点头，计算精准，所以操作精密，罗辑对自己的认识是比较清楚的。

“但是结果就亏在这上了。”叶修说。

罗辑思考。

“你的对手是人，不是机器。人的操作，人的发挥，永远不可能达到理论上的精密。他或许会状态不佳，或许会状态爆发，你的打法，要能适应，要能跟进对手变化的节奏。”叶修说。

“还记得你以前弄的那些傻瓜攻略吗？”叶修说。

“记得。”罗辑点头。

“你现在的控制手法，缺陷和你做的傻瓜攻略一样：容错率太低。”叶修说。

“哦……”罗辑立即就懂了。

他想到对手那一个豪龙破军破开他召唤兽包围的那一瞬。在他的计算中，那个空当，眼前那个对手本该是捕捉不到的。

结果对方爆发，对方做出了可能平时他真做不到的手速和操作，于是，罗辑以为不会发生的事发生了。而他的打法对此一点阻挠的办法也没有。

自己对对手能力的计算，还未够彻底啊！可是正如叶修所说，一个人的状态，难免有起起伏伏，就连本人有时候都无法随便控制这一点，他仍想完全计算清楚每一个细节，那就是更加不可能的事。

“那该怎么办呢？”罗辑干脆就问了。

“最好的办法，当然是更加精密了。”叶修说。

罗辑愁苦。这个道理他当然懂，更加精密的攻击，无懈可击的攻击，那当然就将对手直接打爆了。但问题，他能力有限，他只能做出他能力范围内的精密。这个最佳的方案，他无法选择，可以的话他早就这样做了。

“暂时做不到全部的精密，那么部分呢？”叶修又说。

“部分精密？”

“想想莫凡。”叶修说。

罗辑一怔，怎么又说到莫凡了。

莫凡此时已经上场去打第三场个人赛了，赛场上的全息投影，现场的电子大屏幕，都在演示着他和对手搏杀的局面。

唰唰唰唰唰！极快的五段连击，毁人不倦打得对手手忙脚乱。

这我大概一辈子也做不到。罗辑心下暗暗想着，不过场上的毁人不倦，在几段强势的连击后，也立即撤开了身形。罗辑当然也知道莫凡的打法为什么会如此，于是他立即明白了叶修为什么要让他想想莫凡。

叶修的意思是说，有些控制，自己可能做不到绝对精密，但是这当中总有一些简单的操作是他目前的能力可以绝对驾驭的。充分利用这些可驾驭的操作，重新搭建攻击体系吗？

罗辑有些明白了。一直以来，自己都在参照攻略，学习召唤师的各种知识。该学的，该掌握，他都已经全知道了。于是现在，他需要从中找出那些和他最为契合、他可以做到最好的。就像确定使用四兽流一样，要选最适合自己的。

他，是时候给自己写一份傻瓜攻略了。

“我明白了！”罗辑连连点头。

叶修笑，和聪明人说话就是省事啊！看看罗辑，想想场上的莫凡，好吧，莫凡还算是可以说一些东西给他听的，但包子那个脑回路经常不在一个波段的，想让他明白什么东西那才叫高难度呢！

个人赛后，擂台赛很快也打完了。莫凡拿下了个人赛的第三场，而擂台赛兴欣是唐柔、苏沐橙加方锐的强大阵容，最终也顺利击败了神奇，带着4：1的分差，进入了最大分值的团队赛。

团队赛，兴欣则让人吃了一惊，派出了方锐、苏沐橙、唐柔、乔一帆、安文逸和包子的组合，竟然让叶修休息了一轮。

“我去！”结果别人还没怎样呢，尽遣主力上阵的神奇战队这边还先不乐意上了。

神奇这有三位老嘉世选手啊！他们自认对叶修，对苏沐橙，对他们二人的组合都非常了解。上次打兴欣他们输了个0：10。所以这一次，他们来得更有准备。他们仔细加倍训练了对叶修和苏沐橙的克制战术，踌躇满志地要在兴欣主场赢回上次丢掉的分，结果……本轮兴欣叶修居然团队赛不上。

这算是轻视吗？神奇的哥几个有点不忿，可是又转念一想，他们跟着叶修在嘉世混的年头里，何时见他轻视过任何人？再弱的对手，他都不会。他只会鄙视！再强的对手也能鄙视。

所以，这是鄙视我们吗！三人又想。不过不上场，这好像不是叶修鄙视人的方式。三人好愁苦。

对手的最强选手不上场，本该是偷笑的一件事，神奇几位却弄得苦大仇深起来。实在没有什么事是比自己精心演练彩排，却在临上场的一秒钟前得知用不着了，我们换节目了来得痛苦。

真是太卑鄙太无耻了！神奇哥三肚里一团火。

“即使这样，我们也不能输！”贺铭对要上场的选手们说着，完了就见郭少在那眨眼。

贺铭顿时也发现自己这话有点不对。即使这样，这样是哪样啊？自己这口气，好像对方叶修不上，是更强大了？这明显不对。叶修绝对是兴欣的核心人物，他不在场，兴欣的实力只有降，没有升的道理。

“咳……”贺铭咳嗽，想着这怎么说。

“叶修前辈不上，我们练的战术不是用不上了？”郭少却在哪壶不开提哪壶。

“是的。不过叶修不上，他们的实力肯定也会受影响，这是我们的机会。”贺铭顺势把思路往正常上扭。

“怎么打？”郭少问。

贺铭卡壳。因为眼下这情况真有点要命。他们赛前的训练太有针对性了，他们完全就忽略了眼下的这种可能，谁想这打了二十七轮了，到二十八轮他们头上，叶修偏偏就来了这么一出。神奇赛前的备战是白备了，眼下怎么打，肯定做不了细致安排。

“主攻……主攻……”贺铭看着兴欣的那名单。

“乔一帆！”他嘴里突然就跳出这个名字，“对，乔一帆！”贺铭点头肯定地说道。

Chapter 007

呼　啸　新　打　法

贺铭在嘉世是第六人出身，这个位置的选手通常是在双方的激战中突然投入比赛的，所以通常都需要有一定的阅读比赛的能力，能瞬间看清场上形势，然后让自己的介入能迅速帮助到己队。

贺铭在嘉世常年打这个位置，在这方面的能力倒也非凡。判断形势，观察战术，都还是有一套的。

此时看兴欣这阵容，主攻哪个呢？牧师小手冰凉？这一直是被称为兴欣短板和漏洞的，所以是很多战队团队赛中的主攻方向。但也正因为这一点，兴欣对于他们这个短板都有特别严密的保护计划，上半赛季试图从这里突破的战队，反倒会被兴欣牵着鼻子走。

将计就计！叶修的惯用手法。四大战术大师之中，叶修绝对最当得起老谋深算，无论经验还是他的风格。作为荣耀教科书，他可以换位思考，猜出很多对方可能的攻击方案，由此做出针对性的部署。所以有他在的战队，那些特别明显的漏洞，没有绝对的信心，最好还是不要去触碰。

神奇现在新队一支，又不是什么豪门，贺铭当然没有那么大的信心挑战叶修可能布置下的陷阱。

小手冰凉，放弃。除此以外呢？苏沐橙？作为队友，他们对苏沐橙当然也很熟悉，但苏沐橙是枪炮师，远程职业，使用屏风炮战法的话，经常是游离在正面战场之外，以她为攻击重点，全队都有可能被放风筝而大受损失。这不是一个合适的突破口。

再来，方锐，猥琐流大师，这个……还是算了吧！贺铭想。这么刁钻狡猾的对手，实在不是他们这种稚嫩的新队可以搞定的。

再然后，唐柔，凶悍无比的战斗法师，哪怕名声不佳，但也没有人敢轻视她在场上的战斗力。刚刚的擂台赛上，首发出场的唐柔险些就直接把神奇两人给挑下去了。这位虽然现在没有封神，但她的顽强、她的凶悍，完全有能力在场上仿佛一个大神级别的选手一样牵制对手。主攻唐柔，当心反被她粘住甩都甩不脱。

于是看来看去，兴欣首发五人组，也就乔一帆比较好破。而且他的鬼阵连环也颇具威胁，先灭了他，场上形势也会大不一样。

“我们上！”时间有限，贺铭简单调整了一下战术后，就率领全队上场了。

同一时刻，另一场倍受关注的，呼啸对三零一度的比赛，却已经早一步进入了团队赛的阶段。

单人赛事，最终两队战成了4：1，呼啸在主场取得了不错的领先，只在个人赛里丢掉了1分。

而后的团队赛。人盯人！呼啸似乎是在战胜蓝雨后尝到了这种打法的甜头。对于眼下实在没有什么高明战术体系的他们来说，如此分割对手团队，将团队赛拆成五场一对一来比拼个人能力似乎成了一个不错的选择。

当然，呼啸的诸位也没天真地以为在上场之后，本轮的三零一度不会对他们的这种打法有所防备。呼啸战队一开场，罕见地没有直冲场中央。这在唐昊加入成为队长之后，真是极为少见的状况。

呼啸战队凭借对主场地图之利，娴熟地兵分两路，准备先从两翼观察一下三零一度战队的举动。

在接近三零一度后一看，果然三零一度对于呼啸之前对蓝雨时所用的人盯人打法是有防范的。此时三零一度的团队站位远比一般情况要紧密。每位选手的角色，基本可以得到两人以上的援助支持，这样直接冲上，恐怕是无法拆碎对方整体的。

不过既然早猜到对手可能有准备，呼啸战队当然也会有针对性的布置。这一周，呼啸战队努力练习的，就是如何撞散对方协同作战的阵势，和对方撕开了打一对一。

在观察了三零一度目前的阵势后，呼啸众人飞快在团队频道里略作沟通，呼啸战队的角色，立即从两翼直冲出来。

流氓唐三打、元素法师韶光换、魔剑士暗无天日、气功师气冲云水、盗贼鬼迷神疑。五个职业，没有治疗，呼啸再一次祭出了这一大胆的打法。

唐三打，霸王连拳！唐昊的唐三打第一个扑上，这技能，按翻那就等于是被抓取，很强的控制作用。

气冲云水，捉云手！郭阳本赛季在呼啸算是真的迎来机会了，不过他现在手中的气功师角色气冲云水却稍有点弱。

虽然这就是昔日嘉世的那个强力气功师，但在挑战赛那一年，嘉世没有气功师选手，荣耀大更新时这角色也就没被提升。

直到甩卖时被呼啸低价购进，而后才开始提升装备，难免稍有落后。但对郭阳来说，到底是他熟悉多年的角色，比起上赛季呼啸提供给他的那个要顺手多了。

本赛季呼啸跌跌撞撞，他却是越打越顺，终于站稳了呼啸团队的最后一个位置。此时的呼啸，团队赛主力除了一个阮永彬，再无旧班底。

此时配合唐昊，两个格斗系职业，一个上前拿人，一个远距离抓人。而后韶光换开始了天雷地火这等范围杀伤的吟唱，刘皓的暗无天日却是扫出一道又一道的波动剑，直冲三零一度阵中，林枫的鬼迷神疑，是不走猥琐流的战斗贼，此时也是很凶悍地追上，伺机捕捉目标。

“呼啸战队的配合不错！”解说中，李艺博叫道。呼啸这一出手，三零一度那边明显有点乱。

唐三打的这种强势侵入，是要躲的。气冲云水和韶光换的这种攻击，是要打断的，而两人却都在远距离。暗无天日这一道又一道扫入他们阵中的波动剑，则在切割他们的阵形。

一切都在同步发生，指挥应对那是肯定来不及的，这时候只能靠团队的默契，靠队员们自然而然的反应。

但是，三零一度比较遗憾的一点也在此时暴露出来了。他们的队伍是在冬季转会窗加入新核心的，他们的战术打法是经过大变样的。虽然成绩出色，但也无法改变他们事实上也在经历转型，在进行新的磨合。于是在这个需要全员高度默契，做到百分百分工合作的状况，他们到底还是出了岔子。

气冲云水的捉云手，最终未能打断，骑士潮汐被他撕出了阵。

而潮汐原本在用盾牌抵挡暗无天日的波动剑，保护己方阵形免被切割。结果他被拖走，暗无天日的波动剑切入阵中，三零一度选手躲避间，阵形散乱。林枫的战斗贼鬼迷神疑乘虚而入，闷棍打晕了高杰的星辰剑。唐三打的霸王连拳虽然被避开了，但趁着三零一度此时混乱，唐三打抓住了三零一度孙明进的守护使者零零柒，扔出了阵。

至此，三零一度阵形被全部打散，他们连忙调整，但队伍磨合还不够充分的弊端却在此时一再显现，转眼间，已露败相。

呼啸最终赢得了胜利，这让很多人都大吃一惊。谁也没有想到，冬季转会窗后新立战术脱胎换骨让大家都很有些顾忌的三零一度，居然会被呼啸这支被视为软脚虾的队伍干掉。

“蓝雨之后，是三零一度……如果说上一次是对方意料之外占了便宜，但三零一度这次，明显对于呼啸这种打法是有防备的，不过，最终还是没能抵挡得住。呼啸战队的行动迅速、准确，将这种人盯人的快攻打法发挥到了极致，我想我们可以对这支队伍重新有一些期待了。他们似乎找到了一种适合他们的方式。”李艺博在赛后点评着。

“但只是这种打法，会不会显得有点太单调啊？”潘林说道。

“一种打法，可以衍生出无数种变化。我想呼啸战队也不会就此止步不前，他们肯定会更进一步地练习、完善他们的这一套打法。当然，除此之外也不排除他们还有其他一些战术。总之，这套打法，对呼啸战队的战术是一种丰富。以后任何一支队伍再面对呼啸时，都难免有这方面的提防，难免要有这方面的练习，这对对手本身就已经是一种牵制了。”李艺博侃侃而谈。

“你说得太好了，呼啸和三零一度这场比赛就到这了，这场比赛打得真是够快，目前其他十轮比赛，都还在团队赛阶段呢！”这轮转播出人意料地比较快结束，电视台估计后边的时间安排还有待调整。比赛完了，转播还在继续，潘林和李艺博两个又在把比赛直播搞成谈话节目。

“嗯，我们这里也可以看看其他比赛的对阵信息嘛！”李艺博说道。

“哎哟！”潘林这刚看了一眼，就叫上了，“兴欣对神奇的比赛，叶修居然没有在团队赛中出场呢！”

“哦？这是怎么回事？事先完全没有听说啊，是有伤还是？单人赛打了吗？”李艺博连忙问道。

“单人赛打了，继续连胜。”潘林看着这场比赛的信息，“咦，罗辑，兴欣的这名选手在本轮出场了。”

李艺博愣了愣后，说道：“新人派上场吃经验，团队赛核心叶修不上……兴欣这是，觉得自己已经稳进季后赛，开始把接下来的比赛当垃圾时间进行大练兵了吗？”

潘林和李艺博惊诧本轮兴欣在比赛中的安排。而此时兴欣对神奇的团队赛也已经打到了一半了。

主攻乔一帆的一寸灰？

贺铭的分析计划是美好的，但现实告诉他们，乔一帆也不是他们想打翻就打翻的。双方战队团队相遇时，首先就没见一寸灰的身影，人玩战术走位去了。

比赛也不能那么刻板，既定目标不在，也不能死乞白赖不理眼前非要去找。于是神奇觉得眼前是略有人数优势的，直接打吧！

是有人数优势，而且人数优势超大。双方正面相撞时，神奇是五人整体，而兴欣这边，只是唐柔和苏沐橙两个人的角色。

五打二，这还有什么怕的呢？神奇一拥而上，不过他们倒也清楚兴欣不可能专派两个人来给他们杀，所以也小心留意着，兴欣其他人会从哪里突然杀出来。

五打二，这一交手，结果也不说，贺铭王泽申建三人心都有点颤。

他们面对的是什么？是战斗法师和枪炮师的组合啊！他们最熟悉不过的那个组合，数年间他们围绕着的那个组合，而这对组合，昔日无论二打一还是二打二、打三、打四、打五，那是都统统干过的。在贺铭他们三人习惯性的意识里，人数优势？没有了，他们被牵制了！

紧接着方锐的海无量就出现了，乔一帆的一寸灰也出现了，两个角色从左右两翼出现，对神奇开始夹击。

一寸灰出现了，可主攻一寸灰这个目标却不好落实了，贺铭他们赫然发现，他们已经被缠住了。而这种场面，他们好熟悉啊！以前都是他们的对手被战斗法师和枪炮师缠住，然后他们在一边添油加醋。

结果还是我们最熟悉的战术吗？贺铭三人都有点失神了。君莫笑加沐雨橙风，他们凭着对选手的熟悉，进行了好一番针对性的布置，结果君莫笑直接没上场，让他们好像失了主心骨。结果，寒烟柔加沐雨橙风，打出的配合远比君莫笑加沐雨橙风还要让他们有既视感。

唉，早知道是这样的话……贺铭三人都怀着这样的心情，最终，团队赛以兴欣胜利告终，全场比赛兴欣9∶1取得了一场大胜。

赛后的新闻发布会，神奇战队，大家兴趣缺缺，草草就结束了。兴欣上来后，记者们难免对罗辑的出场和叶修在团队赛未出场的安排产生一些好奇。

得到的答案，是针对季后赛进行的适应和练习。

兴欣，已经开始进入季后赛的节奏了吗?！而后这样的标题就见报了。不过这也不是什么值得大惊小怪的事。赛季进行到末端，一些成熟稳定的战队，确实就会已经开始对季后赛进行谋划。季后赛无论过去还是现在，赛制和常规赛都大有不同。赛程又密集，主客场交替总要跑来跑去，确实需要一些相应的调整和安排。

不过，现在才二十八轮啊！兴欣这个季后赛节奏，进得是不是太早了点？现在就开始大练兵，不怕到时一个不慎摔出季后赛名单吗？

不过本轮进行练兵的兴欣依然是9∶1大比分获胜，外界又还能说些什么呢？那些专注于黑兴欣的，在事实面前也只能先把话放在嘴里含着。

第二十八轮，是强队们的全面胜利，除了呼啸9∶1打败三零一度，没有哪场比分是让人们意外的。

拿下9分的兴欣战队积187分，继续排名第六。之下是百花战队，积分183。呼啸战队9∶1战胜三零一度后，在一轮比赛内袭逆成功，虽然和三零一度是同积167分，但呼啸本轮9∶1胜三零一度，第九轮输给三零一度时比分是3∶7，两队交手总比分是12∶8，呼啸占优，所以同分下是呼啸站位在前。

呼啸和三零一度的名次交换，是本轮之后积分榜上的唯一变动了。其他战队全都是留守自己原有的位置。第十二名皇风以下的战队，基本可说本赛季已经结束了。接下来就看他们是不是会为了争取更多的分红努力在积分榜上冲一冲了。不过，这对于战队的经营者来说还算有点动力，对于选手们来说就有些动力不足了。

媒体的报道，这时候也都往第八名上下这一小区间扎堆。前边轮回蓝雨微草这些豪门都懒得报道了。常规赛冠军之争已失悬念，豪强成绩稳定，掉也掉不出季后赛区，还有什么可写的？冲前四，这是一个还算有点动力的内容，毕竟前四在季后赛是会多保留一个主场优势，不过相比起目前激烈的第八位之争，冲前四什么的，也可以稍迟些再看了。

4月3日，职业赛季第二十九轮，三零一度主场迎战烟雨成了本轮看起来还算有点分量的对抗。

烟雨战队目前积分149，排名第十，距离第八第九的呼啸和三零一度都是18分。从理论上来讲，他们还有冲击季后赛的希望。但就烟雨这赛季的表现，让人们也不敢对他们抱有太多期待。

烟雨战队转型的新战术一直深受诟病，但冬季转会窗他们依然未做调整。下半段，他们的表现也并没有多少起色。打到这最后十轮，他们是不是还有冲击季后赛的勇气谁也不知道。对外的官方宣言当然都是相信、努力，争取转机什么的，场面话谁都会讲，明青、临海也说他们不放弃呢，但谁都看得出他们已经缴械了。

第二十九轮的比赛有些平淡，兴欣本轮是客场挑战皇风，昔日的顶尖战队，现在已经落魄得连争取季后赛的机会都没有了。但是皇风的主场，却依然热热闹闹。这可是一支拥有十年历史的老牌战队，联盟还有几支队伍拥有十年？

主场的粉丝，有不少年龄超大，甚至三四十岁的都不少见。这大概就是老牌战队的专属风景了。这些人接触荣耀的时间，大概都不会比叶修晚到哪去。虽然他们只是普通人，没有叶修这样的成就，但是能十年如一日地坚持，他们对荣耀的爱也少不到哪去。荣耀，已是大家生活中很重要的一部分了。

皇风彻底没落了，但这些人却没有就此离开。就像荣耀是他们生活中的重要一部分一样。皇风，又是他们荣耀中重要的一部分。他们已经习惯了支持这支队伍，成绩好则好，坏也罢，看到个优秀的年轻选手、新兴战队就嗷嗷叫着围过去，那已经不是他们这个年纪的粉丝会干的事了。

个人赛第一阵，兴欣上场的依然是叶修，现场居然在叶修登场时就给予了一些掌声。

他们看了荣耀十年，所以同样尊重这个十年老兵，虽然这个家伙在荣耀第一赛季的总决赛里把他们皇风战队狠狠地干掉了，但皇风这边并没有霸图那么大的怨念。毕竟他们只在这一年有过怨念，不像嘉世和霸图是来来回回撕扯了四年，年年在季后赛相撞，那仇当然大了。

掌声让叶修有点意外，他随即也挥手向主场的这些观众们致意了一下。想想皇风当年，再看现在，叶修也是感慨万千。

等到了场上，和对方选手、角色这一碰，叶修就更唏嘘了。

田森，扫地焚香。

皇风赫然派出了他们的核心队长，在第一阵面对叶修。

比起呼啸的唐昊首发，皇风这种安排的心境恐怕就又有一些不一样了。他们这赛季已经就这样，不会有什么目标了。所以这时候心情也放轻松了，核心也跑来打个人赛了。大概就想试着摧毁叶修的纪录，给战队加点噱头，让粉丝们热闹点吧！毕竟这样的结束，真的太平淡了。

扫地焚香啊！叶修注视着在赛场中央全息投影打出的这个角色。

这可是和叶修争夺过联盟第一届冠军的角色。那时的一叶之秋、大漠孤烟，还有这扫地焚香，算得上是在联盟中三足鼎立的三个至强角色了。

而现在呢？扫地焚香……还有多少年轻人知道这角色昔日的厉害？这赛季的全明星，扫地焚香干脆是连全明星阵容都没有挤进。

田森，叶修又看向如今扫地焚香的这位操作者，他正在对面往比赛席里钻着。这个仿佛运动员一般高大健硕的选手，往比赛席里进时好像都比其他人都要费劲一些，看着颇有几分滑稽。

黄金一代，联盟至今最闪耀的一群新秀，个个都成了战队当家做主的核心成员。田森，恐怕就是他们当中最悲剧的那一个。他的整个职业生涯，就是在见证皇风从一支顶尖豪强，逐步沦落到如今连进季后赛的希望都没有的地步。而他，却还在默默坚守。冬季转会三零一度曾对他发起邀请，未等皇风战队表态，他自己就主动站出来表明了心迹。

无论成绩怎样，只凭这份心，这都是一个值得尊敬的选手。

叶修一边进入选手席，一边又想到在田森之前那位操作扫地焚香的选手，和他、韩文清一起并称为那个时代最强的三神之一——郭明宇。

“屁大神。”叶修一边刷入账号一边骂着，“还欠着我钱呢就人间蒸发了，什么素质！”

兴欣客场挑战皇风，个人赛第一局，比赛的双方都已经刷入了地图。

一端，是十年选手，却换了角色；另一端，却是十年角色，换了选手。充满渊源的双方，就这样站到了场上，很快，场中央相遇。

这是皇风的主场，但是皇风战队居然也选了叶修常选的那种简单对战图。赛季已无追求的战队，玩起来就是毫无压力，田森大概就想在这样的战场上，正面击败叶修。

“真是有胆色。”叶修不得不称赞一下对手。

“来吧！”田森回道。

他入队，见证了皇风战队从兴盛走向衰败，大家都说他是悲剧，但是说实话，田森觉得自己还算幸运的。至少皇风战队还在，而他还能是皇风战队的一员。可是眼前这个人呢？他昔日所代表的嘉世呢？从荣耀顶端的王朝战队，直接败到灰飞烟灭，而且最后一击还是他亲手给予的，眼前这个人，才是荣耀最悲壮的那一个吧？

叶修和嘉世之间，纷纷扬扬传出了很多话题。田森不是一个喜欢八卦的人，但是他相信叶修。他相信只要允许，叶修一定会在嘉世效力到最后，无论战队好与坏，他都会不离不弃。这不仅仅是忠诚，更是老一辈选手和队伍，和角色之间的羁绊。

田森很了解，因为他就是将这些完全继承下来的人，虽然他是黄金一代，但是他秉承的完全是创世一代选手的精神和观念。和队伍，和角色分开一定很痛苦。所以田森拒绝离开皇风战队，无论是多么有前景的邀请。

而眼前这人呢？他和战队分开，和角色分开，更要和他的一叶之秋在场上你死我活。一想到这些，田森都为叶修感到憋屈。

但即使这样，他也没有倒下，他在继续前进，一切，都是为了荣耀！

是的，为了荣耀！这就是老一辈，创世一代选手的精神，无论处于何种境地，他们都不会放弃。

叶修为什么要选择自组战队这么艰难的道路？田森觉得他多少能体会到。因为除了嘉世，他不会做出别的选择，所以只能自己从零开始，自组一支战队。

大家或许能看到他复出的艰辛，能看到他重归联盟再造的奇迹，但是他那悲壮的心理路程，恐怕将永远不为人知。不过即使这样，自己也要倾尽全力去打败他，这就是对这种选手最好的尊重。

来吧！说完这话以后，田森主动出手。

昔日的扫地焚香，没有赢过一叶之秋。那么现在的君莫笑呢？

驱魔师，是散人君莫笑的克星，现在都有人这么说。但是作为荣耀第一驱魔师，对于这种说法，田森只有两个字——幼稚！

如果说有一个装备封禁的符纸，驱魔师就成了散人君莫笑克星的话，那那些拥有将目标眩晕的，昏睡的，或是种种控制手段的，是不是都将是克星？

每个技能，都有其价值，但只是一个技能，就将一个职业上升到另一个职业克星的高度，这太肤浅。

技能在这，怎么用，那还有得说呢！

虚空战队的盖才捷，很不错的一个驱魔师新人，最后不也照样败在叶修手里了吗？克星，克在哪了？

荣耀从来就没有克星，以为自己是克星的，那最后就等着被对手克吧！因为对方必然会顺势利用你要去克制他这一点。尤其眼前这人，荣耀教科书叶修，最善于将计就计……有过老一代选手言传身教的人，都不应该忘了这一点。

虚空战队？还是年轻啊！所以放上场去的盖才捷才会被玩得团团转。

田森不会这么天真，也绝不会这么幼稚。他不当自己是克星，这就当这是一场对决。

两位选手，两个角色，两种职业，一边是散人，一边是驱魔师。

扫地焚香左手虚空中一抓，一张符纸已经在手，另一只手挥舞着战镰即死领悟，立时朝前冲了上去，毫无畏惧地和君莫笑展开了贴身短打。

结果这边叶修反倒不急，君莫笑千机伞一甩，成枪模式，朝着扫地焚香就是一通连射——格林机枪。

嗒嗒嗒嗒嗒嗒……枪声不断，在叶修的控制下子弹不规则地散乱飞射着，攻击已不是一个点，而是一个面了。

扫地焚香一抖左手，掌中符纸上似有一道光华闪过，纸上已经有了字迹，飞快回手一拍，贴在了自己肩头。

硬身符！扫地焚香不闪不避，就这样继续笔直地朝前冲去。子弹打上他身，竟然是冒蹿出火花。伤害稍有，但扫地焚香的移动却丝毫不受这子弹冲击的阻碍。这就是硬身符的效果，比起拳法家的钢筋铁骨还要更胜一筹。

借着这符纸贴出来的强大防御，扫地焚香瞬间逼近了君莫笑。

君莫笑丢出了一枚手雷滚到了扫地焚香脚边，结果也被田森直接无视。扫地焚香一脚踩去，那雷炸是炸了，但就这样炸在脚底，把地轰出个坑来，却也撼动不了扫地焚香分毫。

暗影斗篷！

君莫笑这衣袖一挥，又一技能施展过来。这类抓取技，正是硬身符这类霸体技能的克星。但是田森操作真是极快，扫地焚香手中即死领悟已然挥下，战镰自空中划过，带出的光影面积极大，就这么乍一看，和暗影斗篷甩出的暗影还真有几分相像。

两个技能，谁会更快？观众只等结果，两位选手却已经瞬间做出判断。

是即死领悟这一下更快！战镰的攻击速度，天生就是10，更别论扫地焚香这顶尖驱魔师的装备，既选了速度快的战镰为武器，那更是要强化攻速一途。

后跳！叶修连忙取消了暗影斗篷，君莫笑后跳闪避，却不料扫地焚香手中的即死领悟竟在此时脱手飞出。田森居然是使用了魂御。

武器这一飞出，攻击距离自然又是被狠狠延长了一截，更带着之前扫地焚香挥舞的轨迹，后跳的君莫笑脱不开这范围，招架也是来不及，即死领悟，最终斩在了君莫笑的肩上。

扫地焚香一抬手，就已经要收回脱手的武器。但这战镰正钩在君莫笑肩上，魂御这一收回，立时带着君莫笑也朝前动了起来，扫地焚香左手早已经又抓出了一张符纸，上面字符都画好，一个字：定。

定身符！

右手收武器，将君莫笑扯回，左手拍出符纸，前后相对，压缩时间，这一符纸，瞬时贴上了君莫笑的脑门。

瞬时，君莫笑已经一动不动，但是全场却响起一片惊呼。

不是因为扫地焚香打得精彩，而是因为，符纸贴上君莫笑的一瞬间，又一个君莫笑已经闪到了扫地焚香的身后。

很可惜，我看到了，旋风！

扫地焚香手中即死领悟，突然就从肘下倒翻过去，田森视角未转，却已经将攻击送给了身后的君莫笑真身。

这一击来得如此突然，扫地焚香的攻速又是如此之高。身后偷摸上去就要割喉的君莫笑，居然先一步被这记自下方倒旋上来的攻击给斩中，那大片血红，瞬间就这样鲜艳地扩散开了。

“啊！”场边的陈果忍不住惊叫出声。

她不知道已经看了叶修多少场比赛，像这样被对手捕捉住身形的情况却还是头回见到。她满以为这一瞬扫地焚香的脖子又要喷血了，却不料最终开出血花的居然是君莫笑。

而战镰再次展现这武器因为形状具有的独特作用，自下边倒斩上后，再次将君莫笑钩住，让他无法从扫地焚香身边退开，扫地焚香早已转身，左手再次抓着一张符纸，上边的封字闪亮着，仿佛要飞出一般。

75级大招，针对对手武器的，封禁符！

田森不认同克星的说法，但这并不代表他否认这一技能的价值。合适的时机，能用，他当然也不会放弃。

封禁符，扫地焚香一拧身，已朝着君莫笑手中的千机伞拍去。

咔咔！

结果就听两声响，千机伞居然突然断开成两截，扫地焚香这一拍也收不回，结果一下按到了君莫笑的胸口……

衣服那也是装备，封禁符的效果立即发挥，君莫笑这件上装的属性暂时算是没了。可这结果绝不是田森想要的，他也绝没有聊胜于无的心情。

每个技能的使用，都要达到该有的效果才算成功，这一击他失败，而失败之后等待他的自然就是反击。断成两截的千机伞，那是它的东方棍模式，施展格斗系的技能就是靠这武器形态了。

噼里啪啦！

君莫笑接连不断的拳脚立时就都轰到扫地焚香身上，有普通攻击，有技能攻击，最后抓起一个抛投，将扫地焚香扔出，趁这抓取判定下角色动作被锁死，君莫笑一个弧光闪快步追出，抓到角度，居然还一把抛沙就这么近近地抛到了扫地焚香脸上。

扫地焚香落地的时候，视角已经是黑暗的了，田森只看到一边的选手公共频道里叶修发出的消息。

“你对我的打法倒是研究得挺透的嘛！”

田森确实做了相当的研究，发现影分身术绕后的手法，叶修特别惯熟。所以他特别注意观察君莫笑的手。影分身术，无论如何发动时也是需要结印的。只可惜，他准确判断后的攻击，却还是功亏一篑。

叶修VS田森，胜出的最终还是叶修。

但是田森输得也一点都不难看。荣耀第一驱魔师扫地焚香的风采，他展露无遗。在最终一击后放下战斗心情的叶修，也难免再度感慨了一番。

过去相熟的人虽已不知去了哪里，但还有相熟的角色在这，有继承了精神的选手在这，这样的感觉，真的已经足够安慰了。

“打得不错。”频道里，叶修说着。无论是对手，还是队友，他都不会吝啬褒奖。打得不错，话很平淡，但是是真心话，真到不能再真的真心话。

两人差不多同时从比赛席里走出，场馆内早已掌声雷动。是送给田森，也是送给叶修。或许是因为皇风在此赛季已经别无所求的缘故，粉丝们也变得更加宽容，变得前后两次将掌声送给对手。这个对手值得尊敬，个人赛二十八轮连胜的纪录也足够当得起这些掌声。

兴欣，先拿1分，而后上场的，罗辑，又是罗辑。

对这选手，皇风没感想，当然也无反应。罗辑经历了上一轮的阵势，总算没有那么紧张。这一周，他将上一场比赛的录像反复看了又看，那是他职业赛场的首战，不掺丁点水分的，真正的职业赛场上的你死我活的死战。

罗辑分析出了很多很多内容，电子文档、手边的笔记本，都被他搞得密密麻麻，一场几分钟的单挑而已，他得是注意到了多少细节才能弄出这么多东西？

不过这就是罗辑的方式，没有人会去打扰他。他从中吸取着需要的东西，遇到不懂的，会毫不迟疑地向前辈请教。

一星期，这能进步多少？罗辑也不清楚，反正站到场上来，努力做到一切就是了。

结果罗辑对阵的选手，正巧是皇风战队阵中的召唤师选手何伟堂。

罗辑最终还是输掉了，不过没有气馁。一星期的努力，还不够，他只是这样告诉自己。而后，自己又多了一场可分析的录像。

而后，个人赛第三轮，兴欣由苏沐橙赢回1分。

随后的擂台赛由唐柔、包子、方锐三人出场，结果擂台赛却意外输掉。皇风战队的选手打得实在轻松，实在是没压力。或许就是因为这种心态，让他们个个都超水平发挥，最终在擂台赛里拿走了两分。

团队赛，兴欣本轮是叶修、苏沐橙、方锐、包子、安文逸和莫凡出场。

阵容又有一点轮换，不过团队赛兴欣打得更为小心谨慎了。皇风可以很放松，他们可不太可以。最终兴欣客场赢得了团队赛，还是7：3战胜了皇风。

“季后赛里请加倍努力。”赛后选手交流致意时，田森倒是不带客气的，提前九轮就把兴欣“送进季后赛”了。

“好的，要不要连你们皇风的份一起？”叶修笑道。

“不用，我们早晚也会回到那个舞台的。”田森回答道。他们的战绩虽然已经连年不佳，但是他也没有因此就失去皇风一员的骄傲。只要还在这里，就一切都有可能，田森深信这一点。

“加倍努力！”叶修和他用力握了握手。第二十九轮，兴欣客场对皇风的比赛落下帷幕。

另一处赛场上，本轮接受电视直播的三零一度对烟雨的比赛，此时也已经结束。结果到底还是近来强势的三零一度更猛。

输给呼啸看起来没让他们的好状态就此打住，主场作战的他们最终8：2战胜了烟雨。但是他们的主要竞争对手呼啸战队这轮却更厉害一些。客场面对被视为提前出局的临海战队，毫不客气地打了对方一个10：0。

如此一来，积分榜上呼啸就是以2分优势实实在在地超越了三零一度，将他们上轮刚刚抢回的领先优势继续扩大了一点。

三零一度排名第九，身后是虚空战队。

虚空本轮8：2客场打败了义斩，继续努力保持着对前八的攻击性，就看前边谁会犯错。不过以他们和第八名11分的差距，只是一次犯错还不行，得是对方连续犯错，而且他们连续把握住机会才可以。机会因此变得渺茫，支持虚空的玩家心情都是紧张不已。

至于烟雨，本轮再败给直接竞争对手后，和前八已有26分的差距，要还死咬理论上的可能性就有点自欺欺人了。

烟雨，已基本算是告别本赛季的角逐了。这是这支队伍在最近这几年里首次掉出季后赛。

事实上，烟雨战队比较让人诟病的就是在关键时候总是掉链子，在技战术方面，真挑不出什么毛病，他们的成绩也一直挺稳定。

但是，为了寻求更进一步，烟雨也做了调整，现在看来，他们的调整回报他们的是一个比较失败的赛季。烟雨战队接下来会有什么样的动作，人们已经开始讨论了。

兴欣在结束了这一轮的比赛后，准备在B市休息一晚。义斩战队也是在B市，本轮也刚好是主场作战，打完比赛，联系了兴欣这边一下，一堆人就凑过来聚会了。

义斩战队现在和皇风战队一样，不上不下，赛季没了目标，比赛打输，郁闷还是要郁闷一下的，但消化起来也是快。至少兴欣诸位看到义斩一队人时，从面色上是瞧不出他们刚刚在主场输了个2：8。

义斩的人这一来，拉了兴欣诸位就去宵夜了。每周刚打完比赛这一天，倒也确实是选手们最放松的一天。只要有那个心情的，过过这个周末倒也是很常见的。不过打完比赛接受完采访时间通常也没多早了，这两队人也都比较自制，没有聚到夜太深。临结束楼冠宁想多尽下地主之谊，挽留兴欣战队明天再多待一天，但叶修个人却很明确地谢绝了，而后苏沐橙做出同样表示。

“明天清明节。”这时义斩这边有人暗暗提醒了楼冠宁一下。

楼冠宁愣了愣，他也不知道叶修他们是不是因为这个，但这个总不好去问。清明节，要过这个的那可没有说是高高兴兴的。

“那就不耽误大家了，咱们下次聚，机会有得是。”楼冠宁索性就连兴欣全队都放走了。

“下次聚。”叶修笑着，两队选手告别，次日罗辑一人返回T市，其他人一起登上了返回H市的飞机。

清明节啊……

陈果当然也没忘记这个节日，昨天就是叶修不推，她个人也会推脱的。现在看来，叶修和苏沐橙大概也有和她一样的目的吧？

“一会一起直接过去吗？”陈果飞机上问了问叶修。

“行啊！”叶修点了点头。

飞机降落在H市后，兴欣诸位就兵分了两路，叶修、苏沐橙和陈果一道走，而其他人则一起。

“他们去哪？”叶修三人也没怎么交代，等他们离开后，余下的人才开始好奇议论。

“去扫墓吧！”唐柔毕竟在兴欣最久，一早就知道陈果的情况。叶修和苏沐橙的，她虽然并没有亲耳听那二人说过，却也从陈果口里略知一二。

队里选手倒也都知道陈果父亲早逝，但是叶修和苏沐橙的情况他们就不太知道了，随即就又问起来。

“是苏沐橙的哥哥。”唐柔告诉大家，然后望向了魏琛。她知道去世的那位也是那时候的一位荣耀高手，魏琛也是那时候的老玩家了，不知道是否知道这个人物。

魏琛在听唐柔略做介绍后，确实露出些许恍然的神情：“原来是这样。”

“老魏你知道？”方锐问道。

“你们这些小鬼当然是不知道的。”魏琛说着，开始一脸回忆状，“那个时候，还没有神之领域，荣耀一开始就是一区，后来开了二区，我们这些人当时都是混一区的，算是荣耀首批玩家吧！那时候在我们一区，一叶之秋这个战斗法师可就相当有名了，不过和他经常在一起的，还有另外一个很有名的家伙，水平完全不在一叶之秋之下。”

水平不在叶修之下！

这在荣耀圈那就相当于最高程度的夸奖了，以魏琛的没下限，能把这样的夸奖送给除自己以外的人那真是非常难得。

“叫什么名字?”方锐连忙问道。

“秋木苏。”魏琛说。

方锐摇了摇头，表示没听过，那个时代毕竟太久远了，而且还是在网游中的角色，很难有太多事迹能流传得那么久。

“废话，你们这些小鬼又怎么会听过。”魏琛一脸不屑，方锐扔他眼里，也被当成小鬼一只。

“原来这人是苏沐橙的哥哥啊!”魏琛嘀咕着。

“秋木苏……苏沐秋?”方锐意识到了什么。

“嗯。”唐柔是从陈果口中听到过这个名字的，点了点头。

“哦，原来是名字倒过来。”魏琛这才发现，“不过那时候还没有什么苏沐橙呢，没人会想到这去。等苏沐橙进了联盟，打出名头，这个名字大概早都被忘干净了吧!”

“是啊……”方锐虽然没经历过那时代，但就一个网游中的高手而已，谁还会去代代传颂不成?等到苏沐橙进入联盟的第四赛季，三年时间，足够遗忘一个名字了。

“这个秋木苏是什么职业?”方锐问道。

“神枪。”魏琛说，“真正的神枪。”

Chapter 008

真　正　的　神　枪

“神枪手啊……”兴欣的众人都开始脑补一个叫秋木苏的神枪手在网游中驰骋的模样，却不料魏琛摇了摇头：“不，不是神枪手，是所有的枪系。”

“所有的枪系？”

“神枪手、弹药专家、机械师、枪炮师。”魏琛说。

“又是这样的高手！”方锐惊叹，这个“又”大家当然都很理解，他们身边的叶修不就是一个“更过分”的全职高手？

“其实在那个时代，这样的人挺多的。谁还没个大号小号马甲号的啊？但像他们这样将每个职业都玩到极致的，那就少了。”魏琛说。

“那后来呢？”方锐问。

“后来不就是小唐说的，死了么……”魏琛说。

“车祸，具体我也不太清楚了。”唐柔说。

然后大家一齐望向魏琛。

“我知道得也不是太清楚，只知道后来组建联盟，大家纷纷组成战队参加的时候，这个人就再没出现过。大概有人好奇问过叶修，后来传出来的消息就说是去世了。不过他是苏沐橙的哥哥这点真没人知道。唉……”没下限如魏琛，说到最后居然都叹了口气，表达着惋惜之情。

“这人到底有多强？”方锐问道。

“这么说吧，我和他交手，基本就没有吟唱咒术的机会。”魏琛肃然。

兴欣诸位你看看我，我看看你，半晌了，魏琛却也没有等到他所期待的惊叹表情。

“这个，也不算很强吧？”方锐说。

“混蛋！”魏琛顿时知道方锐在暗示什么，“那可是十多年前，老夫那时还是神一样的少年！”

“我去！”方锐一脸听不下去的表情。

“总之很厉害！”魏琛说。

“和叶修比呢，谁更厉害？”唐柔总是比较关心谁更强这种问题。

“这个……他们以前是并肩作战的，他们之间到底谁更强，我们也很好奇，可惜一直没有答案，那时没有，现在更不会有，也永远不会有了……”魏琛的表情又开始惆怅。

大家都沉默，像方锐、乔一帆他们都是头回听到这个人、这件事，没有办法太快地感同身受。但就看魏琛这个超没下限的家伙动不动就惆怅感慨，顿时也可以想象到这是一个多么让人惋惜的天才英年早逝的故事。

“如果他和叶修一起入了嘉世……”魏琛只是想象了一下这种可能性，竟然就情不自禁地打了个寒战。

“如果他现在还在，又会是什么样呢?”唐柔也在想象着。

如果……

这样的如果，谁会不期待呢?可是如果的意思，往往就意味着不可能。

“这又是什么花?”苏沐秋的墓前，叶修看着苏沐橙摆下的那一束花问着。

“风信子。”

“有没有人像你这样每年都会换一种花的啊?”叶修说。

“要有创新。”苏沐橙说。

“创新吗?”叶修笑着，“原来你用所有花来表达这一个花语吗?”

“他会喜欢这样的方式的。”苏沐橙说。

“是的。”叶修点了点头。那个设想出千机伞，并将它付诸现实的人，荣耀中还会有人比他更具有创新精神吗?

而他创新所留下的东西，如今正在荣耀战场上闪闪发光。

二十八轮连胜。叶修的手插在口袋里，君莫笑的账号卡就这样静静地躺在那。这个纪录，将牢牢地和这个角色捆绑在一起，而且它还没有完，它还将继续刷新。

我会让这个纪录保持永远的，不过，我一开始就有留下一场，算是留给你一个可以超越的机会。叶修伸出手按在墓碑上，就是这双手，正在操作着君莫笑在荣耀中不断地书写着奇迹。

“如果不是我，是哥哥的话，现在会是什么样?”苏沐橙忽然问了这么一个问题。

“哦?”叶修认真地想了想，却没有想出答案。

“会不会一直都是冠军冠军冠军冠军冠军这样?”苏沐橙问道。

“说不定哦!”叶修说。

“沐雨橙风，也一定会比现在有名。”苏沐橙说。

“那可不一定。”叶修说，“人妖选手比起美女选手，那真的差太远了。”

“哈哈。”苏沐橙笑了声，而后手也按在了墓碑上。

“其实这些都不重要。”苏沐橙说着，“如果人能在的话，就太好了。”

叶修没有再说话，因为……没有如果。

陈果这次在父亲的墓前逗留的时间要长一些，因为这一年过得实在是太充实太充实，她说了好多好多话，却还是没有说完。

战队打赢了挑战赛。

战队在赛季初的艰难。

战队疯狂的连胜。

那么多的10：0。

每一位队员的进步。

壮大起来的公会。

发展起来的角色。

还有现在，向季后赛挺进，向冠军冲刺的节奏。

真是，太多了啊……陈果是真把自己给说累了，就这，还只是说了个大概呢，还有好多细节，好多想说的地方呢！

陈果有些发愣，好像不知道该不该继续了。因为这一年的充实，让她的这种扫墓方式都变得有些不适宜了，事太多了，说不完呐！

“老板，要不要喝水？”这时，陈果听到身边有人说话，扭头一看，叶修和苏沐橙两个笑呵呵地站在她身边。

扫墓，是挺伤感的一件事。但是叶修和苏沐橙却都知道，这一年对陈果来说是很开心的，这一次扫墓，她显然也是想将这份开心带过来。

“哦哦，谢谢。”陈果接过矿泉水，咕嘟咕嘟灌了两口。

“你们好了？”她问着。

“嗯。”两人点头。

“好，那走吧！”

“你说完了？好像没有吧？”叶修说道，看来是在一旁听了有一会儿了。

“今天就到这吧，回头再接着说，谁也没规定只有清明节才能来嘛！”陈果潇洒地摆了摆手，迈步带头就往山下走。

回到兴欣网吧，一堆人全聚在训练室里，本来都是凑成堆交头接耳的，看见三人这一进来，立即一个个回归本位，正襟危坐的。

“咳，扫墓去了？”魏琛问。

“对啊！”

“秋木苏？”魏琛问。

“对。”叶修点了点头，魏琛这种资历的家伙，知道这个名字一点也不值得意外。

“好可惜。”魏琛说。

“谁说不是呢！”叶修笑了笑，也去了他的座位上坐下。

屋子里一片安静，居然谁也没有再说话，这种话题吧，显然是并不适合找当事人深八的。所有人都只是知道，曾经有一位很强很强的荣耀高手，却没有来得及争取任何荣耀就离开了。相比之下，他们这些人，无论实力强的还是弱的，无论是初到的新秀还是迟暮的老将，他们还在努力争取着一切，没有比这更幸福的了。

咔咔咔咔……房间里只有鼠标和键盘的声音，每个人都在为了他们自己的追求努力着，但是同时，每个人却也想到了自己身上背负的一些其他东西。

魏琛，在这时候想到了那个时期他在蓝雨战队的队友。他们都已经离开了荣耀联盟，离开了这片战场。有的人还能在生活中遇到，有的却已经彻底销声匿迹，不知道去了何方。冠军，是他们那时的追求，可惜最终他们都是遗憾地离开。

而现在，魏琛又一次回到了这个舞台，以他那个已经根本不足以应付如今比赛强度的老迈身手。但是即便是这样，自己的身上也有可以背负、可以承载的东西吧？如果自己能真的拿到冠军，自己的那帮老兄弟们，他们听到、看到的时候，会不会觉得自己是代替他们也完成了一丝丝的愿望呢！

这种感觉，也真是挺不赖的呢！

“喂！”想到这，魏琛突然粗声粗气地叫了一声。

“喂谁？”叶修问。

“你！”

“干什么？”

“下场比赛我要出场。”魏琛说。

“哦？你准备燃烧了吗？”叶修笑。

“难道你以为我真的只是观光来了？”魏琛说。

“没几轮了，够吗？”叶修说。

“足够了。”魏琛狂妄地笑着，“我可比这些菜鸟懂得比赛多了。”

“切……”训练室里顿时嘘声一片。

“我说，真论职业联赛经验，你其实还不如我吧？”方锐说话了。他是第五赛季的选手，打到现在，五年过半。魏琛呢？职业生涯不过两个赛季，两年而已。更不论那时候队伍少，实力参差不齐，比赛质量和现在完全不是一回事。

“职业联赛？”魏琛哂笑，“要不怎么说你们菜鸟呢？这片战场，就叫荣耀，职业联赛也不过是它的一部分罢了。”

“你是说你准备去神之领域给我们打材料了？”方锐说。

“你这个家伙是欠修理了，单挑场，走起。”魏琛叫道。

“怕你啊！建房间。”方锐叫道。

两人说着，就比猥琐比下限去了，其他人在旁，听着，笑着，却都以更加积极，更加努力的姿态冲刺起来。

过去的，都只能化为如果在心里缅怀了。人真正能把握的只有现在，只有握紧了现在，才能真正地左右未来。

还有九轮，大家望着训练室墙上的记分板。还有整整九轮比赛，打好这九轮，他们将进入季后赛，而后就将是更加残酷的征程。一切，都要从现在开始把握，牢牢地把握！

联赛第二十轮，兴欣坐镇主场，迎接的是目前积分榜上排名倒数一的临海战队。已经可以宣告提前出局的临海战队士气低迷，选手们都在为自己的前途忐忑不安，随队征战客场的粉丝更是寥寥无几。

叶修照旧是个人赛第一个上阵，干净利落拿下一场胜利。而后罗辑上场，终于拿下了自己职业生涯的首胜，现场一片欢乐海洋，祝福着罗辑。

随后，是魏琛。现场又激动了，这个特别接地气的老选手可也是久违了，上一次是什么时候出场大家都有些记不清了，想不到现在再次披挂上阵。

魏琛牛气冲天地朝现场观众挥了挥手，现场观众也给予了他很热烈的回应，但是结果，却有些不尽如人意。魏琛出场的第三场个人赛，最终是输掉了。

临海虽然已无追求，但是，选手中有些为了自己前途考虑的，想要多多吸引些注意的，还是会在场上奋力表现的。魏琛这一阵就碰上了一个，结果他也算是久疏战场，一个疏忽就败下来了。

实战比赛，和平时训练毕竟是两回事。平时队中训练，和队友的切磋，那是替代不了每周一场职业比赛的节奏的。

“老魏，你还行不行啊！”魏琛下场时，萧山场馆里响起好多人的呼喊声。

不是嘲讽，这是粉丝和魏琛开的亲切的玩笑。虽然这话真有点插魏琛死穴，但是没下限的魏琛，就是开得起这样的玩笑。

“你们懂个屁，这叫战术。”魏琛回骂着。不过他的声音怎能和现场这么多人相提并论，很可怜地，回骂声传不出去。魏琛只能听着大家继续玩笑似的哄他，无奈地回到了选手席。

“不行啊老魏！”结果队友方锐也是跟观众们一样的节奏。

“你懂个屁，这叫战术。”这次总算可以让嘲讽的人听到了。

“什么战术，请指教。”方锐问道。

“别捣乱了。”叶修横插进来，“老魏输了比赛很难受的，别刺激他了，一会哭了。”

“我呸！”魏琛朝叶修啐着。

“怎么样？”叶修坐到了这边上，口气正经了些。

“你都行，难道我会不行吗？”魏琛斜视。

“我二十九轮连胜。”叶修说。

“等我也牛逼给你看。”魏琛说。

“当然，找你来，就是想你牛逼。”叶修说。

“不得不说，你找对人了。”魏琛说。

“加油。”

“我会很快进入状态的。”

最后的两句，两人终于完全收起了玩笑的口气。

“接下来轮到我们了！”方锐自从成了擂台赛第三顺位后，时常都是这样的大将口气。而唐柔、苏沐橙加方锐的擂台赛阵容，也实在不是临海战队能抵抗的。只是两人出场，就势如破竹般地击败了临海。临海战队甚至没能在擂台赛里见一见那个原本是他们队中核心角色的海无量。

比赛中场休息，兴欣积极备战团队赛，而临海战队呢，一堆人只是各怀心事地坐在选手席上，竟然连交流都没有。

这是一支士气已经完全涣散了的队伍。而就在上个赛季，他们的成绩还不至于如此，本赛季却一落千丈。赵杨退役，出售了海无量，临海说是褪去包袱轻装上阵，但是事实看起来和预期的却有很大出入。

他们褪下的，并不仅仅是经济和资源上的负担，他们同时也褪去了这支队伍一直以来的那个灵魂和信念。

海无量，对于战队的意义并不止步于一个属性强大的战力，它更是一种精神上的仰仗。赵杨退役，对战队已是一次很大的打击。但是紧接着连角色海无量都出售，这二连击，实在让战队再也没有了继续坚持和奋斗的勇气和信心。

虽说先破而后立，但临海这一下，却破得太狠，一下就将队伍破了个干干净净，这支队伍，或许在海无量被出售的那一刻起，就被瓦解了。

与此同时，本轮最受关注，接受电视转播的比赛，也进入到了擂台赛的最高潮。

蓝雨VS百花。

黄少天VS于锋。

昔日队友，如今各为一队的核心。而现在，终于到了两队拔剑相向，决定这一局擂台赛生死的时刻了。

夜雨声烦还有百分之九十六的生命，落花狼藉则是百分之一百，微小的差距，基本可以被视作在同一起跑线开跑的决战。

“比赛开始！”在解说潘林的宣布声中，双方角色已经载入地图完毕，比较让人意外的是选手公共频道并没有立即就被大量的文字给填充，这让所有人都大吃一惊。

电视转播，在进入比赛的一瞬，就已经将特写镜头切到了选手公共频道了，但是，居然没有大量的消息出现？

“怎么回事？”潘林已经惊讶上了，“这可是有黄少天的比赛啊！现在是开场阶段，又不用交手，选手公共频道里怎么会没有消息？啊！都已经过去七秒了，还是一条消息也没有！这是怎么回事？不会是出事了吧？比赛席里发生什么问题了吗？难道黄少天突然晕倒了？有没有人去看看啊！”

“我觉得……”一旁的李艺博开口了，“黄少天虽然还没发消息，但你刚才挺像黄少天的。”

“……”潘林顿时就无语了，好在他的担忧不用继续，选手公共频道里，黄少天的消息终于刷开了。

“又一次在场上相遇了呢，不过经过这么久，都已经习惯这种感觉了吧！来吧，狠狠地战他一场，看是你的重剑更猛还是我的光剑更快。”

消息跳出的同时，夜雨声烦已经疾步冲了出去，散发着淡蓝色光影的光剑冰雨斜提在身侧，留下道道残影，好似雨水结冰淋漓而下的痕迹。只一段话，对于黄少天而言真的已经是前所未见地少了。这么反常的表现，似乎恰恰说明，他还没有习惯和眼前这个昔日队友为敌吧？哪怕于锋离开蓝雨战队也已经一年半了。

“对不起，没有办法再和大家一起走下去了……”每当再遇于锋时，黄少天脑中回响起的，总是这家伙准备离开蓝雨战队时，和大家告别的话语。

“我想试一试，凭我自己手中的重剑，能做到什么样的地步。”于锋说道。

能做到什么样的地步？

这两个赛季，所有人都看在眼里。百花战队，正在于锋的率领下，重塑昔日狂剑士和弹药专家的组合。联盟第一狂剑，离开了蓝雨，加盟了百花，依旧是第一狂剑。可是他最青涩、最单纯的那个赛季，却已经永远交给了蓝雨。

那是蓝雨战队最美好的夏天。

第六赛季，蓝雨战队在总决赛中击败微草，拿下了当年的总冠军。那时的于锋还只是队中的新秀，他并没有像后来的卢瀚文那样，在新秀年就扛起战队攻坚手的重任。那时的他，位置还游离在主力和替补之间，是一位轮换选手。

但是，蓝雨夺冠，有他的功劳，所有人也都看好他的才能，期待着他的成长。果然，他很快就成了蓝雨阵中不可或缺的坚实一员，他挡在所有人的面前，成为蓝雨战队永远冲在最前面的那一位。

只可惜这样的情况，只持续了两个赛季而已。第九赛季，于锋就主动提出转会，要离开蓝雨。而他的原因，正如上所述，他希望去开创一个属于他自己的纪元。

“可是这样的话，蓝雨对你来说又算作什么？”这样的问题，只有黄少天会毫无掩饰尖锐地问出。

“谢谢大家一直以来的照顾……”于锋，却是答非所问，他就这样离开了，想上去问个究竟的黄少天最终也被喻文州给拉住。

真正的核心地位，真正属于自己的战队。这些东西，或许有的人觉得无所谓，有的人却会觉得很重要。

而蓝雨，恰恰给不了于锋这些。哪怕他们曾经有过一个很美好的夏天，哪怕于锋像火车头一样引领了蓝雨两个赛季，这些，都不是他最希望的。

他要用他手中的重剑，开创一个属于他的时代！

哪怕黄少天问他“蓝雨对你算作什么”时，他也没有悔意，没有愧疚。算作什么呢？每每遇到蓝雨战队，遇到蓝雨选手的时候，他都会想起这个问题。

他不知道算作什么，所以当时他没有回答。而现在，他已经找到答案。

算过去。蓝雨对他，已是过去。他在那里有过欢笑，有过汗水，有过感动。但是，都已是过去。现在他身披百花战队的战袍，是这一支战队的队长，过去已经挥别，他正在用他的剑，争取着他所想要得到的未来。

而这，谁也不能阻挡，哪怕是黄少天，这个话很多，但事实上也并不怎么让人觉得厌烦的家伙。

拦在身前，哪怕是剑圣，也要彻底击倒。落花狼藉，冲出！

没有迂回，没有停顿，两个角色飞快在地图中央相遇，剑光，丝毫没有犹豫地就碰撞在了一起。

啊啊啊啊啊！落花狼藉似在咆哮，论强力，狂剑士当然还是要压剑客一头，更何况他上来就已经开了狂暴。落花狼藉双目赤红，浑身血气沸腾。手中银武重剑葬花，以埋葬一切的气势，向着夜雨声烦吞噬而去。

“现在是于锋占据优势！！”解说潘林惊讶地宣布着场上形势。

夜雨声烦和落花狼藉相遇，竟然瞬间就被落花狼藉压倒。在狂剑士的狂攻之下，夜雨声烦显得处境艰难。

转播镜头时不时就要往选手公共频道那里特写一下，这是导播转播黄少天比赛时的习惯了，但是，没有……频道里一直很干净，什么也没有。

“黄少天这场比赛话出奇地少啊！”李艺博就这个问题说了一下。

“看来于锋给他的压力真的很大，已经完全没有空隙打字了吗？”潘林说着。场上两人攻防极快，他根本来不及去解说什么战斗的细节，只能在这说些旁敲侧击的东西。

“于锋在百花的这一年多，确实变得更加出色了。”李艺博说。

“或许是队长的职责，让他更有勇气，更有担当了吧！”潘林说道，说完又看一眼双方生命，“双方战斗节奏很快，夜雨声烦目前生命已经到了百分之七十一，落花狼藉还有百分之七十九。只看生命对比的话，黄少天在被动的局面下，其实也换走了对手大量的生命。夜雨声烦本场开局生命就是百分之九十六，所以打到现在，损失是百分之二十五，而落花狼藉是百分之二十一，事实上只是百分之四的差距啊！”

“这点上，我们得考虑到落花狼藉是狂剑士，于锋在做交换的时候，可能会更加大胆一些。”李艺博说道。

“啊哟，就咱们说几句话的工夫，双方生命又有下降，夜雨声烦百分之六十七，落花狼藉百分之七十！落花狼藉这是吃了一个大亏啊！考虑到夜雨声烦开局生命的话，这时候生命领先的反倒是夜雨声烦了？”潘林满腔惊讶，因为从攻势来看，明明是于锋这边占优的。

“黄少天的防守能力，向来是很突出的，而且他的防守攻击性较强，这和他在队伍中经常要面临的局面有关系。”李艺博说道。

“这倒是。”潘林表示了赞同，而有关这一点两人都没有细说。因为这个情况在各种媒体报道、专家点评、直播议论里，已经多次说起过了。黄少天的防守能力强，因为蓝雨战队中需要保护的角色多。除了一个治疗，喻文州的索克萨尔，也经常需要他来支援一下。

但是对索克萨尔的保护，又和对一般治疗的保护不同，因为喻文州也不是说随便来个人就直接被虐翻的，他手速是慢，但靠经验、靠节奏，也自有他的一套战斗方法。所以黄少天对喻文州的保护，更多的时候都会蕴含反击，这已经是蓝雨一套成熟的战术，从索克萨尔这里，发动防守反击。

所以蓝雨选手在防守攻击这方面都有比较优秀的能力，而黄少天更是当中翘楚。此时尽管被于锋压制，但是在防守中，夜雨声烦居然取得了生命上的领先。不得不说黄少天的防守反击真的是效率非凡。

作为三年队友，于锋不应该忽略黄少天的这一特点，可是此时他却好像不在意似的，继续顽强地做着攻击。

“于锋，是不是打得有些太不仔细了?”潘林此时说道，“他虽然占据了主动，但照这样打下去的话，主动却不能帮他赢得胜利啊!”

这话刚说罢，在直接可见的生命数据上，于锋居然也处于落后了。夜雨声烦生命尚有百分之六十一，他的落花狼藉居然被杀到百分之五十八去了。

“还不停下来思考一下战略吗?”潘林说着，结果于锋还真就没有要停下来的意思，双方的战斗节奏还是那么快，飞扬的血花中，生命的跳动还是那么频繁。

百分之六十，百分之五十七；

百分之五十八，百分之五十四；

百分之五十四，百分之五十一；

百分之五十，百分之四十……

猛然的一次交换后，落花狼藉的生命居然出现了一次大滑坡，竟然是从百分之五十一一下就被爆到了百分之四十。

“啊，这……”潘林已经失声叫了出来，蓝雨的主场，更是发出了胜利一般的欢呼。

“不，于锋的攻势现在才要真正开始!”李艺博，看到这骤然跳降的数据，意识到什么似的叫了出来。

血气唤醒，生命在百分之五十以下启动，狂剑士力量会大幅度提升，生命越低，提升的力量越多。而此时的于锋，豪迈地将落花狼藉的生命直接一步卖到百分之四十，这百分之十的生命所提升的力量，将加大落花狼藉的攻击力和攻击判定。而攻击判定的骤然提升，也会瞬间加大黄少天那边的防守压力，他如果跟不上于锋的这种节奏提升的话，很有可能就真被打崩。

而于锋，他似乎就是想要在此时一波爆发，直接将黄少天的夜雨声烦打垮。卖血卖到百分之四十，落花狼藉更是直接开了觉醒大招：嗜血奋战。

提升！除去力量的提升，嗜血奋战再次给落花狼藉带来移动速度和攻击速度的提升，而嗜血奋战赫然也是开启了反噬效果：牺牲自己的生命，大幅度提升攻击威力。

短短的一瞬间，落花狼藉完成了一次属性上的大爆发。这爆发当然不是随意为之，是于锋早有计算。他计算，在这里，凭借一波这样的爆发，将最终击溃黄少天。

来了！银武葬花，再度卷起血雨腥风。而这一波提升，来得是如此突兀，大概连黄少天都没想到落花狼藉在迅速进入百分之四十生命的血气唤醒后，会立即开启嗜血奋战。这一切，在瞬间完成。落花狼藉的这一击，和之前一击就已经是截然不同的概念。

黄少天，能瞬间掌握到这一提升的幅度吗？

不能，明显不能。夜雨声烦手中冰雨招架上去的时候，瞬时就已被重剑葬花压回，落花狼藉此时攻击的强势判定，已经不是夜雨声烦这样随便扬起的一剑可以招架的。

中招！落花狼藉的重剑仿佛是连冰雨都一起斩入了夜雨声烦的骨肉之中，扬起的血花，像屏风一般遮住了二人，只有他们的生命，在数据显示中继续跳动着。

夜雨声烦：百分之四十五；落花狼藉：百分之三十九。

百分之四十三；百分之三十八；

百分之四十；百分之三十七；

百分之三十五；百分之三十六……

瞬间，仿佛就只这么一瞬间，落花狼藉就已经完成了逆袭，生命就已经高过了夜雨声烦。此时根本没有交换，有的只是于锋发起的狂攻。落花狼藉的生命损失，都不过是嗜血奋战状态下生命自动地流失罢了。

能赢！会赢！于锋已经看到了机会，由他从一开始就一路引导，最终掌握在手的机会。他喜欢这种感觉，真的喜欢这种感觉，一切都牢牢握在自己手中的感觉，是那么地充实，那么地有存在感。

百分之三十二；百分之三十五；

百分之二十九；百分之三十四；

百分之二十五；百分之三十三；

百分之二十；百分之三十二……

控制得很好，攻击控制得很好，双方生命差距越来越大，更精彩的是，落花狼藉的力量在下降过程中还在不断加强，攻势变得越发猛烈。

不过嗜血奋战的状态就要结束了，大幅度的战力提升就要消失，接下来只能用狂暴来填充，不过已经适应了现在节奏的黄少天，狂暴的替补提升，恐怕已经不足以完全压住他了吧？不过也不是太要紧了，稍稍牺牲一点生命，也不要紧，就当是嗜血奋战的一次性利息吧！最终的攻势，就要在这里发动了。

狂暴！

于锋没有等到嗜血奋战完全消失后才去刷上新技能，在嗜血奋战即将结束之时，就将狂暴状态给开启了。

攻势在继续，不过正如于锋所料，比起嗜血奋战下降了百分之二十五攻击力的狂暴，确实不足以帮助于锋完全压制住黄少天。

需要交换，只要略做一些交换。百分之十二的生命领先，让于锋心里很是踏实，只要这一波攻击之后，战斗就要结束了。

旋风斩！落花狼藉的攻击继续着。他直接开启了旋风斩，将剑刃朝着夜雨声烦卷去。

但是……落英式！夜雨声烦，骤然点出的一剑，那么快，那么准，明明发动的时候比旋风斩要慢一点点，但是却后发而先至，先点到了落花狼藉。

落花狼藉顿时不受控制地向下跌去，于锋的心里一片惘然。怎么会？攻势怎么会在这里被打断？夜雨声烦的出手竟然这么快，快得让自己完全无法应对。这一击，像是久候在这里，像是蓄势很久一般，一点，便断了落花狼藉的攻击。

“在我面前卖血卖成这样，你胆子也太大了，你已经忘了我是什么风格了吗?”黄少天，终于在选手公共频道里贡献了一次他的文字，他在谈他的风格。这风格……应该不是指他终于开始发文字消息这回事，显然是另有所指……黄少天除话痨之外的风格。

机会主义者，荣耀最大的机会主义者，一次破绽，就有可能制造逆转；一次破绽，就有可能制造一击必杀。

于锋不是不知道这一点，更不可能忘了这一点，他只是以为自己不会给黄少天机会，不会露出任何破绽，结果……剑光，冰雨的剑光，好像结冰的雨水，一串一串，直戳在落花狼藉的身上。

夜雨声烦：百分之二十；落花狼藉：百分之二十八；

百分之二十；百分之二十五；

百分之二十；百分之二十二；

百分之二十；百分之十五；

百分之二十；百分之十一；

百分之二十；零……

落花狼藉，百分之三十二的生命，直接被一波带走。夜雨声烦毫发无伤。

不愧是这家伙啊！于锋很无奈地看着落花狼藉倒下。这个家伙，总是在关键时候的突然爆发，瞬间就抢了你的风头。无论你再努力，场上的表现再出色，似乎都无法掩盖这家伙在出手那一刹那的风华。

原以为已牢牢握在手中的东西到底还是溜走了，那种充实，转眼已成空。所以我要离开蓝雨啊！在蓝雨，你冷不丁地出现，总是会将我好不容易营造出的存在感给击碎，这真的太残忍了！

擂台赛，最终夜雨声烦击杀落花狼藉，蓝雨战队取得胜利。加上之前在个人赛里拿下的两胜，蓝雨战队以4：1的领先优势，进入了团队赛。在团队赛里，蓝雨战队凭主场优势又一次胜出，9：1主场大胜百花战队。

同轮比赛中，兴欣最终也是9：1的比分击败了临海。越云战队被三零一度客场打爆，1分未得，0：10输掉。而和三零一度角逐激烈的呼啸战队，本轮主场对阵烟雨，最终虽然8：2获胜，但是原本2分的领先优势却再次被三零一度抹平。只是凭借对阵中的小分优势，继续名列第八。

本轮另有两场较受关注的比赛，分别是微草主场对虚空，霸图主场对雷霆。

最终，两支主队都以8：2结束了这场比赛。雷霆战队的团队，这一次又栽倒在了霸图战队的身上。而霸图战队本轮比较让人意外的，是他们的团队首发中，本赛季从未凑齐一起在团队赛中战斗过的四位——韩文清、张佳乐、林敬言、张新杰，终于齐齐上阵了。

是轮换出的巧合？没有人会这样认为。霸图战队的轮换，明显就是在让韩文清、张佳乐和林敬言这三人轮流出场。但是现在，霸图的阵容也没伤没病没见有什么不妥，三人齐在场上，为什么？

“霸图，也开始为季后赛发力了。”兴欣战队，叶修拿到这场比赛的战报，扫了一眼对方的出场阵容后，就已经做出了结论。

换作是以前，陈果肯定要问个为什么，但是这一次她已经用不着叶修再解释。因为她自己也能读懂这当中的含义，兴欣，其实也有类似的安排，就是魏琛。而魏琛的情况，比起霸图那几位还要严重得多。

老将的精力，都已经不足以应付整个常规赛，更别提常规赛之后，还有更加紧张、激烈、密集的季后赛要打。

上赛季的霸图是那么地强势，但是最终却输在了总决赛。或许他们早已感到了疲劳，只是凭借心中的信念一直在努力支撑。

一场，再一场……或许他们心中一直在响的就是这样的声音。能杀进总决赛，能在总决赛中和轮回大战三轮，老将们的意志已经是顽强到极点了。但是，强弩之末，势不能穿鲁缟，在此疲劳到极点的状态下，偏偏又遇到联盟最强大的对手，霸图最终还是败了，败得让无数人觉得惋惜。

于是新赛季，他们失去了上赛季的强势，开局战绩磕磕绊绊。大家在遗憾，在叹息，老兵的精神值得尊敬，可是这样顽固地坚持，到底能起到多大作用呢？

呼吁恢复上赛季强势的霸图的声音渐喊渐多，但他们并不领会，只是继续以这样的方式前进。成绩渐渐稳定，虽不如上赛季强势，但是，进入季后赛却显得压力不大。人们对此却依旧抱有遗憾，他们怀念上个赛季四天王聚首，横扫联盟时的意气风发。

是的，意气风发，最终却输掉了总决赛。

而这一次，霸图不会再意气用事，他们打得很低调，几位老将，包括十年里从未有过退让的韩文清，都打起了轮换。他可是战队队长，霸图这支队伍的灵魂人物，目前还没有哪支战队这级别的人物，是在如此稳定的轮换名单中，连偶尔休息一场的灵魂人物都很罕见。而现在，这种事却发生在了韩文清身上，发生在那个一往无前、永不知退缩的韩文清身上。

一切，都是为了冠军。

霸图战队的几位，经过上一赛季的最终失利，显然明白了他们再不能像年轻人那样痛快地挥霍，他们需要保留，他们需要有足够的精神，去应付最终的决赛。所以本赛季他们在轮换，在低调中前进。三位老将，每个人相比上一赛季，都少打了三分之一的比赛。他们既用职业比赛的强度保持着状态，却又没有那么多的消耗。

而现在，常规赛第三十轮，本轮过后，还有八轮常规赛就将全部结束，就将是更加残酷激烈的季后赛。

霸图战队的低调，也就到此为止了。和雷霆的比赛中，他们露出了狰狞的面孔。三位老将同张新杰联手首发，攻下了本赛季利用团队书写奇迹的雷霆，宣告着他们的回归，宣告着他们自此进入了季后赛节奏。他们要用接下来的八轮，让这个团队找到感觉，找到最终的状态，因为这才是他们真正的仰仗，夺冠的利器。从上赛季组起这么一支被大众视为老迈的队伍开始，他们都没有怀疑过这一点。

“准备开始了。”赛后的新闻发布会上，面对记者对于该阵容首发的疑问，韩文清简单利落地一句回答。

开始了。各大战队都要开始了。还未确保席位的，将在这八轮展开最终的厮杀，已经迈入季后赛门槛的，纷纷开始调整队伍状态进入季后赛的节奏。

霸图在派三老将齐上阵，兴欣，也在让罗辑，让魏琛从实战中找状态，找感觉。而像一些看起来已没多大指望的队伍，这时也开始改变策略。有的开始放手一搏，有的则不再关心成绩，开始大胆进行更多的尝试，每一支战队，都会因为各自情况的不同，在这最后八轮进入各自不同的节奏。

而这不同节奏的碰撞，往往也会莫名其妙地搞出一些乱局，有的受其牵连，有的却趁其方便。

兴欣很不幸地沦为受牵连者。第三十一轮客场挑战烟雨的比赛，兴欣最终居然1：9惨败，除了叶修的个人赛首胜，兴欣是华丽丽地一输到底。

如果是上赛季那个烟雨，他们在任何一支队伍身上打出这样的大比分都不能说是太冷门。但是本赛季，烟雨明显状况不佳，新设计的战术体系已被视为失败。结果，本轮烟雨打了一场放纵的比赛，最后居然大胜了兴欣。

“不要太小瞧我们哟！”赛后的握手，楚云秀笑眯眯地对叶修说着。

“没有小瞧，是真没看出来。”叶修无奈地说着。

个人赛事倒也罢了，兴欣派罗辑、派魏琛上阵，已经做好丢分的准备，主要是这一次的团队赛，烟雨真是一点也不重视来自圈里圈外各方的批评，这一场，他们打得是更加肆意飞扬。楚云秀带舒可欣、舒可怡这对姐妹花，三个远程打得那叫一个潇洒飘逸，李华这个忍者，这次也干脆不当那个近身拉仇恨的游击队，他也是满场飞奔到处下黑手。

烟雨这轮是完全打飘了，打得兴欣有点措手不及，最后就这样抢下了胜利。

“怎么样，我们这打法怎么样？”楚云秀还在积极征询着叶修的意见。

“得了一次便宜就偷着笑吧，别再显摆了行吗？”叶修说着。

“嘿嘿。”楚云秀居然对此也没有太多意见，显然她也知道他们这场纯粹是表演了，结果兴欣就是措手不及给装进去了，这要有准备地仔细应对，他们这战术实在也没多可靠。

“加油呀!”叶修从楚云秀身前走过后，苏沐橙上来拉了楚云秀的手，却是给了这么一句鼓舞，好像这一场胜利的是他们，而不是烟雨似的。

楚云秀当然明白苏沐橙的用意，她鼓励的不是这一场比赛，而是烟雨战队的整个状况。

面对好友，楚云秀再没有在叶修面前那赢了比赛的得意样儿，摇了摇头后，居然苦笑了一下。

“一会一起坐坐吧!”楚云秀对苏沐橙说着。

“好啊!”苏沐橙没有拒绝，两人随即也没有再在这里耽误时间，双方选手完成赛后的致意后，各回各的备战室准备赛后的新闻发布会去了。

烟雨是胜方，新闻发布会在兴欣之后。突然的一场大胜，似乎让记者们很兴奋，他们兴致勃勃地问着烟雨本轮的打法是什么策略，又问着烟雨对于季后赛怎么看。

楚云秀一个一个地回答着问题。战术，是战队一直在摸索、研究的，今天取得这一胜，看来效果不错，战队会进一步做深化研究。季后赛呢？没有到最后一刻，谁知鹿死谁手，烟雨还没有要放弃呢云云。

看着心满意足的记者，楚云秀也只能将叹息装在心里面。烟雨……本赛季真的还有希望吗？

结束了新闻发布会，烟雨的选手也就解散了。楚云秀最后一个离开备战室，翻开手机，看到上边苏沐橙发来的短信：“E出口等你。”

“就来了。”楚云秀回了一下消息，朝着E出口那边去了。

E出口，楚云秀一出来就看到那边模糊夜光下窈窕的身影，旁边还站着一个家伙，一点红光在那一闪一熄的。

那个窈窕的身影朝她这边挥了挥手，楚云秀快步走了上去。

“你怎么也在啊!”楚云秀也不和苏沐橙打招呼，倒是斜视了叼着烟的叶修一眼。

“看云秀大神心有疑虑的样子，不知道是否需要前辈的指点呢?”叶修说。

“烟给一根!”楚云秀没好气地说。

叶修没迟疑，掏烟，递上，跟着很到位地点了火凑上去。楚云秀接烟，点着，动作也不是很生疏。

“去那边咖啡厅吧!”楚云秀吸了一口烟后，说道。

Chapter 009

无 奈 的 烟 雨

咖啡厅挺偏僻。毕竟此时距离比赛结束时间也不算太久，当街一些显眼的去处，还有不少看过比赛后再作一些消遣的玩家。叶修他们三人跑这些地方肯定是要被围观的，好在是烟雨主场，楚云秀熟门熟路，带着两人来了这么一个很清静的所在。

三人落座，各点了一杯咖啡，烟早就在走过来的路上吸完了。叶修望着咖啡厅里显眼的禁烟标志直愣神。

“兴欣真是不错。”楚云秀开口了。

“烟雨呢？”叶修倒是不客气，直接切入主题了。他看得出，楚云秀心情挺郁闷的，会在赛后约着坐坐，那多半也是战队的原因。

“你觉得呢？”楚云秀问叶修。

烟雨目前问题就在战术上，这谁都知道。不过，战队战术这种东西，其实对于竞争对手之间来说也该算是私密的东西。只不过战术这玩意不像银装的数据，那在比赛里是有表现的。战术本身不算什么秘密武器，关键还是对战术的执行力。三零一度现在骑士掩护刺客舍命一击的打法玩得如鱼得水，但你换个队来模仿，恐怕就没这威力了。不同的选手、角色，不同的战术，这都是要因人而异的。

所以战术这玩意儿也没什么值得避讳的。你会的其实大家都会，就看用不用了。只不过互相请教出主意那可就真少见了，谁没事去帮竞争对手提高啊？

不过眼下楚云秀说到这儿，叶修却好像没怎么在意这种事似的，有话就直说了：“目前的战术体系明显不是太适合。打个比方吧！篮球场上，有一个大个子带四个外线球员这样玩的，但没有一个小子和四个外线一起跑来跑去的。烟雨现在就是后者，这样的阵容打法偶尔当当奇兵还可以，当主战体系恐怕就有些不合适了。”

“谁说不是呢？”楚云秀说。

“知道怎么还不调整？”叶修问。

“你觉得应该怎么调整？”楚云秀说。

“孙亮应该打团队首发。”叶修说。孙亮是烟雨阵中成员，职业拳法家，本来一直是烟雨主力成员的，不过这赛季烟雨改变了战术体系后，顿时就成了轮换选手了。

“哦，那让谁下来呢？”楚云秀又问道。

叶修一怔。

这么简单的问题，楚云秀根本不至于要一步一步地问他。换谁下去？说这话的时候，楚云秀一脸的无奈和苦涩，叶修顿时知道这当中肯定是有隐情。稍想了想后，叶修也立即意识到了一点大概情况。

“必要的时候，那对姐妹也只能拆开安排了。”叶修说道。

“问题就是，她们不能拆。”楚云秀说。

“哦……”叶修明白了，顿时没有再说话，因为他已经猜出了事情的大概。

舒氏姐妹不能拆？哪有这么绝对的事。两人的组合现在又不是在保障着战队的胜利，反倒是因为她们两个共同挤占在场上，让队伍没法组成合理的职业构架。

不能拆，不是战术层面的不能拆，而是其他方面的诉求。而能让战术都为此做出牺牲的，那就只能是来自俱乐部的决策。这已不是战术问题，这是烟雨俱乐部的经营问题。他们的经营思路，要求舒氏姐妹都在场上。

想想烟雨特意为了这对姐妹的角色，还专门拜托游戏方调整了一下角色性别，可见对这二位的重视和期待。而对于职业选手来说，价值体现终归还是要在比赛场上实现的。所以俱乐部方面直接要求这两位必须要组合出场，也就不足为怪了。

而这，正是让选手很厌烦，却又很无力的一件事。经营凌驾在战术之上，外行插手指挥内行。

楚云秀约苏沐橙坐坐，看来也根本不是想寻求什么解决之道，只是心情苦闷，想找好朋友聊聊天疏解一下。

现在话已说得基本明白了，三人顿时陷入了沉默。这种问题，楚云秀如果无力解决的话，叶修、苏沐橙他们这些外人又能有什么办法呢？

楚云秀、李华……这是烟雨战术的真正核心组合，他们这对搭档组合的价值更在舒氏姐妹之上，如果最终是需要他们两个为求合理的职业搭配做出牺牲的话，那牺牲的就不仅仅是个人，牺牲的更是战队的战斗力。如此一来建立起合理体系的烟雨，又能展示出多大的战斗力呢？

而且……这两人当中，真要选一个筛出阵容的话，楚云秀比李华更合适。毕竟舒氏姐妹都是远程神枪手，和元素法师在作用上有一些重叠，留李华的忍者在场，更能丰富战术。如此一来，命题就更无解了。楚云秀，风城烟雨，那是这支战队的队长，灵魂角色，你让她不打主力，烟雨是想彻底从零开始了吗？

叶修脑里把烟雨战队的情况来来回回梳理了一遍，发现真是个无解的可怕命题，难怪楚云秀会这么无奈。

“那你什么打算？”苏沐橙这时突然问了句。她从到咖啡厅以后，一直就没说过话，不过该想到的，她也都想到了。

“我不知道……”楚云秀的眼神有些空洞。这个赛季，她真的有些迷茫了。俱乐部上层强制要求战队把舒氏姐妹放入主力阵容中，可烟雨的核心班底，根本就不适合一下子添加进来两个神枪手。

但是没人听她讲这个道理，俱乐部就是要让这些选手统统都在场上。风城烟雨、林暗草惊、谁不低头、莫敢回手，四个角色统统都要在。

叶修还假想着楚云秀或是李华做出牺牲，但事实上呢，这都不可能！烟雨俱乐部是很贪心的，他们不只要看到姐妹花，还要看到他们的核心搭档。他们就要求用这么一套不合理的阵容，打出成绩来。烟雨已经飘摇了半个赛季了，但是上层却依然不肯做出改变。在他们看来，再差一点，烟雨的成绩就可以有起色了。只要选手们再努力一些，战术再娴熟一些，就能赢来漂亮的局面了。

他们想当然地忽略了一个事实。烟雨选手在努力的时候，其他战队选手也在努力。烟雨战队的战术在不断纯熟的时候，其他战队的运作也越来越流畅。而烟雨战队职业组合造成的天生短板，却永远也弥补不上。

这样的烟雨想赢，太难。

楚云秀尝试了半个赛季，殚精竭虑，最后烟雨却也就是这样的局面。除了无奈和苦涩，她还能有什么别的情绪吗？

“不能调整的话，那也只能做更大胆的尝试了！”叶修突然说道。

“说。”楚云秀看向他。

叶修却只说了两个字：“呼啸。”

“果然吗？”楚云秀不看叶修看起了天花板。

“你已经注意到了吧！烟雨或许可以复制呼啸的打法。”叶修说。

“那真是亡命的打法。”楚云秀说。

“你们还有别的选择吗？如果不想就这样放弃的话。”叶修说。

楚云秀沉默。

战术谁都可以用，关键是适不适合。烟雨战队历来被认为偏软，这几乎已成他们的风格之一。而现在，让他们这偏软的风格，去打呼啸那种拼命三郎一般的战术。这显然不是一个非常合适的选择，这只是一个无可奈何，败中求胜的选择。就是呼啸战队自己，若不是成绩一直不顺，又哪会变得这么极端？不带治疗的战斗，终归有着大风险。

三人又陷入了沉默。楚云秀一肘支在桌上，另一手拿着小勺搅着面前的咖啡，搅了很久很久，到底还是一口都没有喝。

“走了，回去了。”她突然站起来。

“这就走了？”叶修和苏沐橙都惊讶她的突然。

“还有两集电视剧没看。”楚云秀说。

“都几点了？”叶修看时间。

“你以为我是看电视吗？”楚云秀鄙夷地看了叶修一眼。

“好吧！”叶修无奈，和苏沐橙一起起身。

夜已经挺深，楚云秀带着他俩来的这个偏僻咖啡厅外的巷子没有路灯，星光下楚云秀模糊的身影走在最前面。烟雨的处境，说是内忧外患一点也不夸张。可是作为战队的队长，楚云秀也只能默默地撑起这一切。在这一点上，她或许比太多的男选手还要有韧性。至少在烟雨糟糕成这样，外界纷纷声讨他们的战术，而俱乐部又不愿意改变的情况下，她一直没有多说过什么，只是继续想着办法，想着怎么可以让这套不合理的阵容打出让人欣慰的成绩。

“好了，我走这边，你们酒店呢，哪边?”路口，楚云秀停下来问道。

“那边。”苏沐橙指了指。

“好！回头网上聊。”楚云秀走过来，抱了抱苏沐橙。

“要加油啊!”苏沐橙又一次说着。其实晚上大家并没有聊很多，叶修所说的那些，楚云秀明显早就清楚。她或许只是想和女朋友一起排解一下心情，或许是想从这里再收集一些勇气和信心。

总之……“我会的。”楚云秀轻轻地说着，转身，挥挥手，渐行渐远。

很快，职业联赛第三十二轮。当晚的比赛中，大家眼中已经没什么戏可唱的烟雨战队，在团队赛中赫然排出让所有人大吃一惊的阵容。

六个攻击角色，直接没有治疗。

本轮正是烟雨的主场，对手是虚空战队。单人赛事里，烟雨拿下了一场个人赛和之后的擂台赛，目前3：2，烟雨暂时领先1分。而后团队赛的出场阵容打在大电子大屏幕上，全场沸腾了。

呼啸战队搞出全攻击阵容，那还带点小聪明的。出场时，都是规规矩矩把治疗排在首发的。而后是不是一入场后就换了治疗变成全攻击阵容，这就是当场他们的对手需要考虑的事情了。他们或许会全攻阵容打人盯人，也可能就是循规蹈矩的普通治疗一托四阵容。

但是现在的烟雨，直接出场阵容里压根就没有治疗，这在联盟都不知有多少年没有出现过了。而现在却出现在了烟雨这支总被视为有些软弱的队伍身上。

这是，要破釜沉舟了吗?

这种出场阵容，所有人感受到的都是这份决心。

“真够狠的……”虚空队长李轩，望着烟雨那边，楚云秀正在对烟雨的选手们讲着话。这位二十支战队中唯一的一位女队长，或许确实不如男选手那样豪迈热血，但是，她为战队所付出的一切却不比任何一人少，或许更多也说不定。

“但烟雨的阵容，适合这样打吗?”吴羽策看着电子大屏幕上烟雨的出场选手名单。

楚云秀，还有舒氏姐妹，她们三人的角色，元素法师加两个神枪，这三个远程攻击力是没有任何问题的，但却缺乏一定的控制力。近战职业哪怕没有控制系的技能，但贴身缠斗的攻击方式也远比远程更加容易限制住对手。烟雨，靠三个远程可以完全牵制住对手吗?

“不能大意。”李轩说着，这些简单的道理，烟雨的人又岂会不懂，他们还敢这样安排，总还是有道理的。上轮兴欣不就在主场被烟雨突如其来的飘逸打法给打崩了吗?或许烟雨现在就是一轮换一个战术，出其不意乱中求胜。

“上场。”裁判过来招呼过后，双方选手开始上场。

虚空这边，团队首发是李轩和吴羽策的双鬼，其他分别是李迅的刺客，盖才捷的驱魔师，唐礼升的守护使者，第六人则是葛兆蓝的弹药专家。

虚空常见阵容，遇上烟雨极端的拼命，会打成怎样呢？

现在烟雨的粉丝心中忐忑极了。虽然他们现在和前八的差距高达32分，但是，如果真的创造出一些奇迹呢？

上轮烟雨突然用改变节奏的打法，大胜兴欣，本轮又见重大调整，也许又是一次大胜呢？一直保持胜势下去，对手的犯错才有意义。也许前八的队伍，突然在这末端状态就不佳起来，烟雨真能进季后赛呢？

要赢啊……现场观众，全都抱着这样的想法，哪怕是一些对战队本赛季已经绝望的玩家，在一刻，都有点星星之火燃起。

也许，还有希望呢？

他们没有看到胜利，但是他们已经看到了烟雨的态度。态度让他们重燃了希望。

六攻击阵容烟雨对虚空的团队赛，开打！但是很遗憾这场比赛没有电视转播，没办法让最多的人第一时间就关注到这场比赛。本轮电视直播的是另一场，同样也是团队赛比较引人注目的一场比赛。

微草主场，迎战雷霆，此时双方也已经战至了团队赛。

单人赛事里，微草已拿4分，雷霆只得1分，很好的领先，本该是不错的心理优势，但是当对手是雷霆时，这种单人赛事所建立起来的心理优势可就荡然无存了。雷霆战队，一直就是靠团队赛的出色才能拥有现在这样的成绩的。

本轮，雷霆客场挑战微草，双方的团队赛又会打成怎样呢？

交锋数合后，微草战队的王杰希心下就已经有了计较。哦……都开始针对我了吗？大概是兴欣那一场给了大家太强烈的暗示吧？打倒王杰希，就打倒了微草，现在大家心里一定都已经更笃信这一点了吧！所以现在的雷霆，也想这样做吗？

分割，包围，反BOX-1。

王杰希看出了雷霆的战术意图，但是，该怎么应对呢？王杰希看着身旁的这帮队员。在他的率领下，微草确实已经拿到了两次总冠军，可是，自己终归是无法一直支撑这支战队的，自己早晚会退出，队伍早晚要靠大家。

不要做靠山，要做榜样吗？

王杰希又想起了叶修所说的话，他从前倒是真的没想过那么多，只是不自觉地奋力将微草扛在肩上。或许正是因为之前的成功，才让全队对他产生这么强的依赖吧？

可是自己终归会扛不动，他们终究还是需要摆脱这种依赖。高英杰，一直以来在他小心呵护下成长起来的高英杰，他收获了信心，但是，好像还没有凝聚起肩扛起这一切的勇气。

这需要在严酷的局面下去成长啊！只有逆境中成长起来的人，才会更有勇气，信心也会得到进一步的强化。困难，自己不能再像以前那样能扛就扛了，应该有意识地分担给他们一些。

是的，就让他们自己去解决吧！王杰希下定了决心，王不留行就这样陷身于雷霆的切割包围。

他或许有能力，有机会从这样的切割中摆脱，但是这一次，他选择顺从这种切割包围。两种选择，单纯从方式方法上来讲，没有说哪种更优，只能说哪种更适合。王杰希一直以来的选择，都是自己能解决就一力解决。而现在，他选择了后者，依靠全队的力量，来摧毁整个雷霆的战术安排。

是否能行？王杰希也不知道，但这是历练，对微草所有选手的历练。

兴欣开始为季后赛增加新的棋子了，霸图的老将们开始为季后赛调整状态和节奏了，微草呢？微草也需要为季后赛，甚至更遥远的未来做打算。他们需要改变方式，彻底地改变。

“啊……微草被雷霆切开了！”转播解说潘林惊叫着。

“嗯……”李艺博只是这样应了一声，他有一种感觉，雷霆的战术可以这么顺利地实施，这和王杰希的选择有关，换是以前的王杰希，肯定不会这么容易，或许在他的爆发下，还会将雷霆的切割包围撞得头破血流。但是这一次，他似乎有一种将计就计的顺从，是为了什么？是为了历练微草这整支队伍吗？是不想再发生像对兴欣时的状况吗？

没人知道叶修和王杰希在比赛结束后的那几句交流，所以李艺博此时还有一层看不透的感觉。已经养成谨慎习惯的他，当然不敢轻易就做判断，他要继续再看看。

想想上一轮，微草客场对百花，最终打成4：6，微草输掉了客场。由于那场比赛没有做电视直播，李艺博只是看了赛后的报道，没有再去重看比赛。

那场团队赛，微草有流露出什么细节吗？李艺博不知道。微草败给兴欣之后，已经又打了四轮比赛了，他们是不是有什么变化？李艺博还是不知道。就因为这连续的四场都没有转播微草的比赛，所以他对微草的关注居然就到了如此苍白的地步。

以前的自己，不是这样的啊……就算不把所有比赛看个遍，但是每支强队的比赛都会及时跟进。微草这样的强队，居然有四轮对方的比赛没有观看，这在他以前是根本无法想象的事情。

为什么会变成这样？是因为现在荣耀越来越热，报道的媒体和评论越来越多，可以轻易获取到大量的信息，所以已经懒得自己去发现了吗？

长久地这样下去，自己的存在还有什么意义？屡屡看不出比赛的内涵，脸被抽来抽去的，这很有趣吗？

不，这一点也不有趣！自己对荣耀的知识储备，大概也已经用得差不多了，自己也需要学习，需要跟上荣耀发展的节奏啊！比赛还在继续，李艺博却因为又一次不敢在评论中阐述自己的观点，深深地检讨起了自己。

“啊，王不留行被包围，雷霆集火，这是企图要一波带走啊！另一端他们对微草的治疗有所限制，没错，他们的目的，就是要先强攻下微草的队长王杰希。”潘林在激情洋溢地解说着。

“微草其他选手过来支援了，很迅速的应对！能破开吗？雷霆大概会强杀吧！在兴欣对微草的比赛中，兴欣战队可是牺牲了两个角色才强杀了王不留行。”

“咦！反切，转火……雷霆攻击方向又调整了，这是……反包围向了微草其他人，王不留行被甩在一边了……”

“这是……孤立啊！是孤立！雷霆将王杰希彻底孤立出来了！这怎么说呢！这大概是兴欣那种战术的反向思维。雷霆或许是意识到他们的能力无法快速击杀王不留行，也或者是认为他们在做较大的牺牲解决王不留行后，无法确保最后的胜利。所以他们最后显露出的战术意图，是孤立！王不留行还在场上，但他和微草其他人的联系被切断了。雷霆在王杰希还在场上的情况下，去和没有王杰希的微草作战了，是这样吧？李指导？”潘林大段大段地解说着，忽然觉得，身边是不是有些太安静了？

李艺博没说话，是因为他被深深地洗礼了一番。从不敢肯定王杰希的意图，再到雷霆战队战术的变化。如果说切割集火王不留行还在他的意料范围的话，之后的反切、孤立，可就彻底在他的意料之外了。

高明，自己完全意料不到的高明，自己的水准真的有些落后了，当初冠军队的一员，现在已经沦落到这种地步了吗？想想霸图战队，那个自己昔日的队友，昔日队长，如今还在场上拼搏。每当人们想着“这下差不多了，他该退了”的时候，他都是毅然决然地告诉所有人：明年再来。

明年明年明年。

从李艺博退役到现在，现在已经是第六年。李艺博是比他年纪还要大一些，但是，当时自己真就到了非退役不可的地步了吗？不……并不是，只是因为那一年收获了冠军，于是年纪已经不小的李艺博，顿时觉得这是退役的最佳时机。

这叫急流勇退。李艺博一直觉得自己的决定很聪明。而现在，他开始扪心自问，自己如此决定是不是因为自己缺乏了某些东西？同样也是拿过一次冠军的韩文清，为什么到了今天还在拼命厮杀；已经有两冠在手的王杰希，为什么还在为了微草克制着自己的打法？

倒下了。微草的治疗，竟然成了本场倒下的第一个角色。

绕了这么一大圈，雷霆最终的主攻目标竟然还就是最普通的先杀治疗。这其中，到底有了多少个战术变化，多少细节确保他们成功？李艺博只觉得眼花缭乱，自己……真是太差劲了。

失去治疗，这是一个普遍致命的问题。或许是击杀治疗得手后，雷霆稍有了一丝松懈，结果微草竟在此时来了一波极其强势的反击。还好雷霆最终还是稳住了阵脚，没有急于和微草去拼胜负，而是将战斗缓缓拉向了阵地战，开始让己方拥有治疗这一点优势得到最大的体现。最终，雷霆胜出，6∶4反超了比分，本赛季主客场双杀微草，比分都是6∶4。单人赛事的落后，说明了他们的选手个人水平确实略有不足，但是当他们集结成团队时，却有不输给联盟任何一支战队的战斗力。

这已经不仅仅是战术性的问题，雷霆选手的战术执行力，团队意识，真的都可以说是联盟首屈一指的。

“雷霆胜出，客场胜出，真是精彩啊，尤其是团队赛！”解说员潘林叫着。

“是的。不过，雷霆出色的团队赛战绩，甚至连克强队，但他们在积分榜上却也未进前四，他们的选手在单人赛事中的表现，还是比较令人担心的。以目前的季后赛赛制，单人赛若是落后太多，对团队赛可是很大的压力啊！”李艺博就事论事地说着。季后赛赛制，五人擂台赛，加团队赛算人头分。雷霆若是在擂台赛里人头输太多的话，团队赛所受的压力和局限可就大了。这肯定会影响他们战术的丰富和灵活性。

“您说得是，但是这个问题，也不是说解决就能解决的。”潘林很遗憾地说着。

“雷霆，或许还是需要一两位个人实力比较突出的选手来坐镇啊！”李艺博感慨着。

“嗯嗯。”潘林连连点头，“这场微草对雷霆的比赛到此就结束了，现在也有一些其他场次的比赛已经打完，我们还有一点时间，让我们一起看看其他场次的比赛结果。”

“啊！”潘林这刚说完，然后看到其他场次传送来的比赛信息后，就是一惊。

“烟雨对虚空的比赛，烟雨没上治疗！”潘林叫道。

“哦？这是模仿呼啸战队的打法了。”李艺博说道。

“不，他们是……团队六人，都没有治疗。”潘林叫道。

“结果呢？”李艺博问道。

“虚空赢了……”潘林的语气中，略带着一点遗憾。看到烟雨已经奋力到如此地步，情感上很多人都会对他们抱有一丝期待，只是很遗憾，呼啸转变，得手了，烟雨强势转变，却还是输掉了比赛。

“烟雨战队的阵容，说实话并不是太适合使用这种打法呢……”李艺博此时看到烟雨战队的出场名单，也在感慨着。这个问题，显然很多人都有了共识，但是，真正知道烟雨背后无奈的，又有多少呢？

“7：3。虚空战胜了烟雨，烟雨这赛季，这下算是彻底没有希望了……”直播节目中，潘林终于敢讲这话了。虚空正是名次挡在烟雨身前的那支队伍，在直接对话中击败烟雨，自然是对烟雨的一次强势狙击。联赛还有六轮，烟雨的赛季，确实可以说真的结束了。

“同一时间结束的比赛里，三零一度10：0完胜明青，轮回9：1胜贺武，霸图9：1胜昭华，兴欣8：2胜越云。”潘林飞快地报着已经出来的比赛结果。

“哦？兴欣2分怎么丢的？”李艺博问道。

“是……个人赛……”潘林飞快扫着比赛信息，“罗辑、魏琛，各输了一阵。”

“兴欣的这两人……”李艺博真的挺想评价一番的，但是，他再一次没了信心。这是兴欣的选手啊……兴欣的人，无论谁，他都觉得特别难以预测。

这种感觉真不爽啊……李艺博又惆怅上了。他设想着，如果是一个这样的自己，站在比赛场上那该是怎么样？无法看破对手，犹豫不决，提心吊胆。赛场上，这样的自己会输掉比赛，而现在的解说席上，这样的自己被频频打脸，以至于现在有口难开。

“啊，又有一场比赛结果出来了！”潘林这次是真救命，没有让李艺博接着去圆那两人如何，而是去宣布新刷出的消息了。

“呼啸战队……主场10：0胜百花！”潘林这个结果宣布得满是惊叹。毕竟在百花战队身上拿到10：0难度可非比寻常。百花上轮还击败了微草呢，这样一支强队，居然被呼啸打了个光头。呼啸个人强势，现在团队赛也找到了方法，好像忽然一下子就觉醒了。

“三零一度和呼啸现在咬得真是紧啊！”潘林笑道，“这轮完后两队比分还是完全一样呢！”

“但是其他队的比分可就不一样了啊！”李艺博说道。

潘林一怔，再一看即时积分榜，三零一度和呼啸这各打了一个10：0的完胜，尤其呼啸还打爆了百花后，两队现在齐齐跻身前八，倒是百花战队，以199分掉到了第九，差前八有5分了。

“如果我没记错的话，百花战队接下来的赛程挺艰难的。”李艺博说道。

“没错。”潘林已经翻出了赛程表，“百花战队接下来六轮的对手，分别是烟雨、虚空、皇风、雷霆、霸图、轮回……”

“看来……百花战队现在需要一些好运啊！”李艺博说道。

“想不到在这个时候会起这样的变化，果然不到最后一刻，谁也不能放松。”潘林说道。

“是啊！”

“好了，本次转播就到这里结束了，观众朋友们下周再见。”潘林最终宣布转播结束。

第三十二轮比赛，也在稍后全部结束。平静了许久的积分榜，在这轮之后真是风雨突变。尤其前十当中，蓝雨升第三，微草掉第四；兴欣升第五，雷霆降第六；呼啸和三零一度分别升到第七和第八，百花战队则是直降两名，直接掉出了季后赛区。

之后的第十到第十二，三队名次倒是完全没有变动。但是继皇风战队之后，烟雨战队至此，对季后赛也差不多是绝望了。

“到底还是输了呢……”

本轮还是烟雨的主场，结束比赛后的楚云秀，坐在选手席上，望着电子大屏幕上的比分，看着观众开始退场，她听到了不少来自观众的叹息和骂声，看到队友们一声不吭地坐在她的旁边。

“你们先去，我在这里坐一会。”楚云秀说道。

“新闻发布会很快就要开始了。”李华过来提醒了她一下。

“要不，你来吧？我想休息一下。”楚云秀说道。

一场彻底完结本赛季希望的失利，赛后队长却不出席新闻发布会，这显然有些不太妥当。但是李华在略一犹豫后，还是点了点头：“好。”

队友们一个一个地离开了，其中不乏有些担忧地回头看看楚云秀的。楚云秀没有在意，只是继续望着电子大屏幕上的比分。身后观众席上的观众也在有秩序地退场，一片杂音中，不乏叹息和对烟雨战队的叱责。

真是累啊……楚云秀真想就在这选手席上躺下去。

外界都说她有些软弱，连带地将整个战队都带得硬气不足。或许是这样的吧，自己到底还是不够坚强，总是容易觉得辛苦，如果自己不是队长的话，那该多好啊？楚云秀怔怔地想着。

三十二轮，又一支战队提前告别了本赛季。烟雨的未来会怎样？人们或许会关心，但这不是眼下的重点。

三十二轮后，前八风云突变，百花战队居然被三零一度和呼啸联手给摔出了季后赛，看来本赛季的争斗，还远没到结束的时候呢！从第五到第九，比分差距只有13分，争斗的，不只是三零一度、呼啸和百花。兴欣和雷霆，稍有不慎的话，恐怕也会飞快掉队的。

第十赛季尚有六轮，前八之争突然变得严峻起来。原本人们都以为三零一度的强势崛起取代呼啸之后，前八大概就这样定了。谁也没料到呼啸战队居然祭出狠招，以人盯人这样的彪悍打法，突然在团队赛里一路高歌起来。

自第二十六轮击败蓝雨之后，呼啸战队连克三零一度、烟雨、虚空、百花。

软脚虾？现在真不好再提这个绰号了。只不过呼啸这套战术，只是灵光乍现上几轮，还是会一直坚挺下去，大家都还心存疑虑。

三十二轮的比赛直播最后，解说和嘉宾曾对百花战队接下来要面对的苛刻赛程表示过同情。可是大家再转神一看，呼啸战队接下来的赛程可也不轻松。

呼啸最后六轮的对手，分别是雷霆、皇风、义斩、贺武、兴欣、微草。六队当中，三支前八队伍，很不好打。

不过更魔鬼的却还得说是三零一度的赛程，他们最后六轮的对手，分别是神奇、轮回、微草、蓝雨，临海和兴欣。

这赛程，简直就是要让人窒息了。呼啸只是要打三个前八，而三零一度呢？干脆就可以概括成前四了。

而在这两队的对阵名单中，有两支重复出现的队伍，微草、兴欣。

微草战队现有224分，位居第四，和呼啸、三零一度相差20分，领先算是比较稳固。但是兴欣战队呢，兴欣战队看起来可就让人有点不太踏实了。他们目前的212分，领先那两队不过8分，直接对话中若是没占到便宜，说不定真就被拉下去了。再后边的百花也在虎视眈眈，万一百花表现出色，一番逆袭后，将兴欣踢出前八的可能性也不是没有。

兴欣最后六轮的对手，除去呼啸和三零一度这两支直接对话的，再就是虚空、轻裁、明青和雷霆。

对手同样不弱，尤其雷霆，可也是陷身这一泥沼的队伍之一。目前积211分的雷霆战队比兴欣还要少1分，最后六轮的对阵表，呼啸、烟雨、兴欣、百花、轮回、神奇……

又是一个很严酷的赛程。

分析完最后六轮形势，所有人都目瞪口呆。卷入前八之争的五支队伍：兴欣、雷霆、呼啸、三零一度和百花，居然没有一个在赛程上是轻松的，更有不少相互之间的对抗。五队之中，到底有哪一队会最终出局，没有人敢在这时候做出预测了。

兴欣的陈大老板，在第三十二轮打完之后就有点焦虑失眠。

原以为兴欣进季后赛已经毫无压力，谁想最后竟然搞得这么艰难激烈。按说最近一段时间，兴欣打得也是挺不错的。派了罗辑和魏琛上去练兵后，有时是会丢个一分两分，但九分八分的胜利，也是很漂亮的嘛！唯一一场失手，就是客场对烟雨，被人家9：1打了个大胜，于是瞬时间，被后边的队伍缩近了比分。或许真的是其他队伍最近的表现太出色太强劲。

第三十三轮，兴欣客场挑战虚空战队。

虚空战队现在被前八都甩了有28分了，这要正常情况，恐怕也和烟雨一样宣告放弃了。但是，眼下前八之争一片泥沼，指不定有几队彻底被打崩一溃千里呢？

虚空不想放弃，不过他们的赛程这要一数的话，也是让人欲哭无泪的。最后六轮，他们还要打兴欣、百花、昭华、皇风、蓝雨、霸图……

不过有虚空的热情粉丝给他们绘制了一个特别美妙的计划，虚空借连续两轮主场之威，漂亮地解决兴欣和百花这两个身前的直接对手。而后在昭华、皇风身上尽可能地掠分。四轮过罢，局势可能已经更加明朗，而这时候，虽然虚空要面对蓝雨和霸图两支战队，但这两支队伍此时肯定都已经坐稳季后赛席位，没准都要放主力适当休息准备季后赛了。虚空从这两队身上拿分，说不定也是很轻松的。

这篇所谓“虚空逆袭的节奏”的帖子，随后被顶得火热，有嘲笑的，却也有支持的。毕竟内里的分析，也不是毫无根据。虚空的赛程看似魔鬼，但后四轮没准真不是太难打。同理可知其他几队若在最后遇前四队伍，未必就是苦战。而四强队这时候的安排，也不能说是放水。经过一整个赛季的艰苦争斗，在大局已定的情况下，给主力选手多争取点休息的机会，等候季后赛再爆发这也是很科学的安排。

所以说，三十三和三十四这两轮的比赛，真的很关键。而虚空战队都有热情粉丝给他们指出明路了，自己也不能掉链子不是？他们自己也喊出口号，接下来两个主场，一定要拼得胜利，为进军季后赛留下曙光。

各方的争论、点评、分析，让陈果有些焦虑和担忧。尤其在看到兴欣的训练安排，似乎并没有什么特别刻意的调整时，更让她觉得心里没底。她其实有点想说话，这种关键的时候，是不是就让魏琛和罗辑也歇一歇？毕竟先入季后赛为主啊！

可看最近训练备战的节奏，叶修似乎并不准备改变初衷。

要不要去说说呢？陈果犹豫，因为这时候的这种表态，有着很明显的对那两位的不信任感。虽然这一老一少的实力要逊一点是事实，但这种关键时刻摘开不用，大概还是会让他们很难受吧？叶修或许也是顾忌到这一点，所以没法开口？

如果那两个家伙能主动点的话，那就皆大欢喜了。不过看魏琛那毫无下限的样子，陈果真的不敢过多指望。但是，罗辑到底不是魏琛，对自己有清晰认识，对局面也很了解，这时候，罗辑倒是在第三十三轮的战前会议中，叶修继续安排他出场时提出了是不是先调整一下。

真懂事啊！陈果好感动，为了战队不计较个人得失，多么好的一个孩子。相比之下，魏琛那家伙真有点气人。

结果让陈果没想到的是，罗辑的提议，叶修很干脆地拒绝了。

“目前的情况是很严峻，但是季后赛会更加严峻。现在的场面你要躲，那么季后赛呢？”叶修说。

“呃……”陈果想说“至少先保证进季后赛”，但是开了个口后，却还是忍住了。

一直以来，她在战术会议中只是旁听，顶多有不明白的时候多嘴问一问，却从来没有出过主意或是做过建议，她清楚自己有几把刷子，可不想当那种外行指导内行的白痴。而这一次，陈果觉得无关战术，只是一种态度，想说句话的，但是话到嘴边，也不知是长久的习惯还是怎的，好像下意识地就咽回去了。

但是叶修却好像已经知道她要说什么似的，扭头看了她一眼后说：“我们的目标是争取冠军！我们需要有勇气面对任何场面，罗辑你也一样，这样的比赛对你更是锻炼，这轮之后，你还要做好团队赛上阵的准备。”

“这种只是小场面而已，淡定，淡定！”魏琛老气横秋地说着。

陈果无语，不过总算也知道魏琛不是真在这种关键时刻还没下限，他是明白这种时候对于兴欣来说该做什么取舍。他和罗辑上场，不是一般战队给新手练兵的机会，是真的要在季后赛里让他们起作用。所以从一开始兴欣就不是在一些无关痛痒的垃圾时间让他们上场，而是从现在起就让他们上场发挥价值。因为他们要面对的将是季后赛，从现在起就要有敢于担当的勇气和信念。

“我明白了。”罗辑心中依旧是忐忑的，但是道理他已懂。忐忑？紧张？压力？有这些不要紧，因为让他上场，就是为了让他习惯这种忐忑、紧张和压力。还有六轮，自己应该仔细珍惜这种机会才是，怎么能够退却呢？

“派我出场吧！”罗辑表着决心，但是音调却还是因为紧张有点走调。他是真的很怕，很怕因为他丢掉的一分两分甚至更多分，最终导致兴欣未进前八。但是，他已经表现出了迎难而上的决心，他在克服这一切。

“嗯。”叶修点了点头，“就照原定的安排，努力争取这一胜，让虚空那什么逆袭的节奏到此为止。”

“哈……”会议室里传出笑声，显然兴欣的诸位也有看过那个最近的热帖。一个应该说是进前八最渺茫的队伍，居然成了最受关注的，不得不说，现在的人就是猎奇，就是希望看到渺茫的事成为真实，也就是所谓奇迹。

散会后，大家各去收拾东西，下午他们就要乘班机飞往X市了。叶修看着大家一个个地离开后，自己却是转步去了兴欣的后勤技术部。

关榕飞，还有后来兴欣先后募集来的几个技术人员正在紧张地工作着。

伪银装！这是叶修他们最终对他们那个80级橙装构想的最终定义。毕竟只要是从装备编辑器里出来的装备，最终字样肯定都是银色的。只是因为属性上是有意识地削弱一层，向同级橙装靠拢，所以最终就被大家定义为了伪银装。

兴欣的材料储备，也不足以提供更多的75级银装了，接下来，他们就准备用伪银装来填补。但是伪银装也不是想出就出的。在70级时直接跳到80级，这个越级在关榕飞的研究中是通过更多的材料堆积来实现的，千机伞本身就要大量耗材，但是其他装备并不是，所以这时候要想办法修改方案图纸，在添加更多材料的情况下，不破坏装备属性，同时将其直接推升到80级。这，是伪银装研究的主要难点。而这点，已经被证实是可行的，兴欣目前的研究工作，是看能弄出多少件伪银装出来。

Chapter 010

暗 夜 系 的 对 决

伪银装的耗材虽然巨大，但是因为并不追求顶尖属性，所以所需的材料顿时没有那么高级了。只求橙装的属性，甚至连稀有材料都很少需求，这就解决了最大的麻烦。毕竟稀有材料无论高级与否，产量都很有限，价格还是偏高。而现在，稀有材料只是少量需求的话，其他材料凭借兴欣现在的公会运转就能提供很大一部分，再不够的，花点钱也不难采购到。

十六件。

这是这次叶修过来询问时，所得到的答案。伪银装，已经产出了十六件。从无到有，这个进度可算得上是相当可怕的。所以兴欣干脆统一没有换装。这要三天两头加件装备，选手反复适应新属性，节奏肯定被破坏得一塌糊涂。所以他们决定，装备就先积累着，等常规赛结束，或是大局已定的时候，成规模地换上，然后适应，给季后赛的对手一个惊喜。

5月1日，职业联赛第三十三轮终于开打。虽然虚空凭借一篇“逆袭的节奏”成了近期热点，但这种包含着粉丝殷勤盼望的分析，更多的还是期待。第三十三轮的对阵中，显然是虚空对兴欣这场在五队中的直接对话最为要紧，自然被选为了电视直播。

来现场的粉丝倒是没多少人注意这个的。旗帜、标语，几乎要铺满虚空的主场了。对于虚空战队，这简直就是提前到来的总决赛。这场负，赛季到此为止，获胜，则还能有机会。

喧闹声中，开始了双方选手的入场，选手的角色一个又一个地在赛场正中投射出光影。对兴欣，虚空主场的粉丝并没有多友好，一来比赛关键，二来上次交手兴欣可是打了虚空一个10：0。

10：0和9：1，虽然只差1分，但代表的意义可不一样。10：0那是完胜，真正的横扫，相当于PK中打出perfect。获胜一方会觉得很荣耀，对于惨败的一方那就是耻辱。耻辱了还不痛恨对方，没哪家粉丝是这么善良的。

兴欣战队的诸位，就在主场粉丝各种尖锐刺耳的噪声中落座。不过这都经历过三十多场比赛，十几场客场了，兴欣的选手都不至于被这样的场面吓倒。再可怕，能有霸图可怕吗？他们连霸图主场可都去过了。

赛前准备结束，很快比赛时间已到。兴欣战队，叶修出场，一点都没悬念。虚空战队呢？全场粉丝也都好奇他们家会派谁来迎战三十一轮连胜的叶修。结果……

李轩！

电子大屏幕上翻出名字的时候，全场一阵沸腾。这是怎么了？最近很流行这种队长挑战叶修的戏码吗？

呼啸的唐昊，皇风的田森，他们都这样做过，而现在，他们虚空的队长，第一阵鬼李轩也站了出来。

“队长加油！”全场都是尖叫。

队长出阵，表现出了虚空的勇气和信心。但是战败的话，可要丢掉不少士气。虽然李轩的逢山鬼泣是阵鬼，是比较偏团队协作的职业。但是这一刻，他还是站出来了。

双方进入比赛席，载入角色，比赛很快开始。

阵鬼的选图，当然不会便宜叶修。这是一幅城镇图，街巷穿插极多，正适合阵鬼鬼阵的范围控制与杀伤。

叶修一看图，自然也完全明白李轩的意图。君莫笑，很少见地没有直扑中央，居然也选择战术走位。

双方的角色，一走左路，一走右路。到了正中朝外一望，谁也没找到谁。

“咦，今天怎么改变打法了。”李轩在选手公共频道里说着，一直以来叶修的单挑都特别蛮横，直切中路，找到目标撕出来就打。

“你地图选得太过火啊！你稍稍留点空当，我至于这样吗？”叶修回道。

李轩一怔，仔细一思量，发现叶修这真不是纯粹吐槽。看他选这图吧，就连地图正中这片空间，都是逢山鬼泣一个鬼阵正好覆盖住的面积，真是一点空间都不给对手。这样的情况，对方当然没办法再那么大大方方了，猥琐几乎成了唯一的选择。

“哈哈哈，下次，下次。”李轩这一边扯着，已经开始多加留意身后了。地图他选的，当然极熟，从身后有多少可以绕行过来的路线瞬间就分析完毕了。单挑地图而已，受面积所限，就算复杂也要有个限度。

对方会在哪里呢？李轩正盘算着呢，就听轰轰炮响，一看，对面一个角色飞起来了，那除了君莫笑还能是谁啊？人不乐意在街上发呆，直接跳上房了。

这种打法，李轩并不太意外。街巷空间较小，这到了房顶上，反倒显得比较一马平川。

君莫笑在房顶上转动着视角，李轩不露面。真要硬打硬杀，他一阵鬼怎么也扛不过那个彪悍的散人啊！所以这场他必须要打战术，他要找到机会，一次控制住君莫笑，让他再没有出阵的机会，从头到尾，一波带走。

所以，第一击，很重要，这一击很可能就将决定胜负，没有百分百的把握，李轩不会出手。不过只是这样等下去，机会也不会自己撞上门。李轩略略盘算了一下后，逢山鬼泣露头了。

“看到你了！”消息跳出，火光闪动，君莫笑已经朝着这边攻击，反坦克炮，三发炮弹射来。

没啥威胁，李轩轻轻松松让逢山鬼泣顺势冲出躲避，却是朝着君莫笑那边逼去。

叶修那当然是不怕贴身近战，一看对方主动出击，正中下怀，君莫笑不下街巷，只在房顶移动迎了上去。

砰，砰砰……

暂时能做攻击的还是君莫笑，一边高处飞走，一边抬伞朝逢山鬼泣普通射击。这些攻击不痛不痒的，逢山鬼泣就是不闪也不会怎样。双方的角色，就这样各自战术走位偷摸到中间后，突然又先后冒出，大大咧咧地互相冲来。照这节奏，开始的战术走位似乎显得很多余。

终于，双方之间的距离已经跨越到了中距离，君莫笑拥有了更丰富的攻击手段，逢山鬼泣的鬼阵，也已经可以照顾到对手了。不过如此正面相对，想放鬼阵是没啥可能的。鬼阵要吟唱，不掌握好距离，正面对战那肯定全都会被打断。逢山鬼泣此时和君莫笑，似乎近了些，好像根本没有召唤鬼阵的机会。结果就在这时，逢山鬼泣朝旁边一拐道，忽然就进入了君莫笑的视线死角。

可叶修经验多丰富，只看这半面，就基本能猜想出死角里的地形什么模样。逢山鬼泣利用死角的迂回路线，迅速在叶修居高临下的视野中成型，但是，掌握不了对方移动的速度。

掌握不了速度，也就判断不出对手动向。就算有对方可能的移动路线，叶修也无法完全做出预判。这幅图，他真的不是特别熟，否则的话倒是可以凭经验判断一下对方可能的攻击位置。而此时，叶修只能根据自己眼前所看到的，模糊判断。

会是那里吗？叶修瞥到一处，立即操作着君莫笑冲去，还是不下地，就在房顶上走。遇到能跳过的，直接跳过，跳不过的，跳下来再跳上去……

一边前进，一边不时调整着视角，注意着逢山鬼泣的踪迹。

一道身影突然从视角里闪过，叶修立即停止了君莫笑的移动，那个位置，移动的方向，这和叶修预判的有所偏差，对手到底是想接近哪里？

这还没判断清楚呢，忽然，又一道身影在视角里一晃而过。

又到这边了？叶修转动着视角，观察着逢山鬼泣先后两次出现的位置，顿时更加看不出对方的意图了。

只是多做走位，掩盖自己的移动路线吗？叶修总觉得没有这么简单，这更像是陷阱，引诱自己进一步探查的陷阱。于是，叶修移动着君莫笑，小心翼翼将自己附近这一圈地形看清楚后，不移动了。

李轩操作着逢山鬼泣跑啊跑，这儿露一小脸，那儿冒一小泡，折腾来折腾去，结果发现折腾到对方不动了。

逢山鬼泣再度从君莫笑的视线死角里走出，特别清晰地走了个位，再看，对方只是转了视角，还是不带移动的。

“行了，别耍了，我是不会过去的。”叶修干脆在频道里表态。

“你不过来，这怎么打？”李轩一看，对手太老奸巨猾了，自己这跑来跑去，人就当看猴戏呢，根本不为所动，于是也无赖起来了。

“你过来打。”叶修说。

“不行，你那个位置我没法打。”李轩回。

“那你说个能打的地方，我们去。”叶修说。

“就我现在这挺好的。”

“那不可能。”

“要不我们摇点吧，摇出来两个，当坐标，我们过去。”李轩出主意。

“好，你先摇吧！”叶修说。

“嗯。”李轩应着，频道里，居然真出来了摇点数字晃啊晃的。

34！

李轩点摇出来了。

“到你了。”他消息着。

于是选手公共频道里又是君莫笑在摇啊摇。

41！

“34，41。就这了。”李轩说。

“34出来的时候我就已经动身了，你没发现我消失了吗？”叶修回道。

“我发现你消失挺长时间了。”李轩说。

“因为早猜到你会摇34了。”叶修说。

“我也早猜到你会猜到了。”李轩说。

“是吗，那你猜我现在在哪？”叶修问。

李轩不语，因为他要将注意力全部集中到操作，而不是聊天框。他知道，君莫笑已经距离他的逢山鬼泣很近很近。

吟唱！根本没有任何犹豫，逢山鬼泣的刀锋已经开始闪动。

别看两人频道里又是聊天又摇点的好一通热闹，事实上两人一直都在小心翼翼地操作着角色，而后通过丰富的经验判断着对方的举动。

李轩停止聊天的一瞬，已经意识到，君莫笑就在附近，毫不犹豫地，他让逢山鬼泣召唤了鬼阵。

但是吟唱刚刚过半，君莫笑的身形就已经突然从前方闪出。

好快！李轩一惊，这来得比他预想到的可是要快一些，吟唱刚过半，能出吗？

砰！君莫笑开火，子弹准确地飞来。

不行！李轩瞬时做出精准判断，取消了当前鬼阵的吟唱，逢山鬼泣一跳避过这一枪，银武四轮天舞在身旁盘了一圈，已经召出了一道残影。

残影是鬼剑士的护甲技能，在一分钟内按次数抵消伤害。正面相撞，又是叶修这样老到的对手，李轩没有再让逢山鬼泣去召唤鬼阵，拉出了残影后立即向后退走。

君莫笑来得快，出乎李轩的意料，但若说因为这一快就分了胜负，倒还没那么简单。逢山鬼泣疾退，不几步就已经闪入了一旁又一转角。毫不犹豫，再度吟唱。

逢山鬼泣的施法速度那也是极快的，李轩相信仅凭移动，君莫笑是无论如何也不可能这么快再次出现在他面前打断吟唱的。但是这次，轰一声巨响，逢山鬼泣斜面前的墙角被君莫笑轰了一炮，顿时炸出一坑，砌墙的碎石砂土乱飞，很遗憾，近在咫尺的逢山鬼泣无法安然无恙地继续吟唱。

打断！君莫笑在未看到逢山鬼泣的情况下，却用这样一次攻击间接打断了逢山鬼泣的施法。这就是顶尖高手的对决。

两人从互相搜寻，再到现在开始攻防，凭的全是意识上的判断和推测，除了之前君莫笑打断施法的那一枪，两人完全没有正面看到过对方的举动，这完完全全是一场经验与精神的对决。

退！又一次被打断吟唱的李轩，不得不选择再退。逢山鬼泣继续向后狂奔，而这张他选的地图，不用看他都知道之后的街道地形是什么。但是奔走没两步，李轩就听到那边又一声枪响，而后，就听到机械旋翼旋转的声音。

从上边追来！李轩连忙仰起角色视角，逢山鬼泣的走位更是有了更换。

结果观众眼中所看到的，却是君莫笑用飞枪移动，而后展开的机械旋翼也只是在低空飞行。太狡诈了！满场惊叹，叶修用君莫笑这两个技能的声效，故意迷惑了李轩的判断，而君莫笑事实上还是相当于平地追来，他突然就从那个转角折出，直线杀来。而李轩因为要防空袭，选择了不同的转角走位，此时突然面对出现在自己面前，直线杀来的君莫笑，顿时有些尴尬了。

跑！一看双方距离，李轩就知还是没有吟唱机会，只能再跑再找位置。

但是这一次，他已经没那么容易脱身。君莫笑那些个带移动的技能一施展，那瞬间爆发出的速度完全不是一个鬼剑士可以匹敌的。

从远端飞来的子弹，很快就成了贴身砍上的刀光。

李轩随即意识到，之前君莫笑那个“比他预想要快一些”的出现，恐怕真的就是比赛的胜负手了！

因为那一步，他步步被动，叶修根本就没再给他可以放出鬼阵的机会。而现在，已经贴身成功。这场对决，作为第一阵鬼，逢山鬼泣居然连一个鬼阵都没有布下去。

这太可笑了吧？地裂波动剑！逢山鬼泣突然转身，冲着身后袭来的君莫笑先一记波动剑扫了出去。

君莫笑轻轻一跳，避开。

月光斩，满月斩！接连两记斩击。

“别挣扎啦！”叶修一边操作君莫笑闪开，一边还在频道里发了条消息，可见这波攻击着实没什么威胁。

但是逢山鬼泣赫然已在此时开始吟唱，竟然试图强行召唤鬼阵。

结果叶修理都没理，君莫笑冲上！

鬼阵落下。逢山鬼泣竟然成功召出了一个鬼阵，但是……

刀阵……强化角色力量和智力的一个刀阵，这对对手而言显然没有什么直接的束缚作用，刀阵结成的同时，君莫笑也已经一刀劈到他头上了。

“你这纯粹是执念啊！”叶修感叹着。

“是啊，一个鬼阵都放不出来的话，也太不像话了……”李轩说着。

他放出了一个刀阵，也是本阵比赛成功吟唱出的唯一一个鬼阵，但是对战中并没有起到任何至关重要的影响，而后逢山鬼泣被君莫笑粘得死死的，再无这样的机会，直至战败倒下。

叶修拿下了首胜，看起来胜得很轻松，所谓的第一阵鬼，似乎根本没能给他制造出任何威胁。但是真正的高手可不会这样看。

这一局，真的是一招定胜负的一局。现在是君莫笑粘到了逢山鬼泣，所以他看起来轻轻松松就获胜了。但如果是逢山鬼泣第一步用鬼阵兜住了君莫笑，或许大家看到的就是君莫笑被逢山鬼泣轻松灭杀在鬼阵连环中了。

而能达成这一步，双方之前的无数举动才是关键。那种未见对手面，只凭意识和经验做出的种种判断，才是本场比赛的精髓。但是对于太多观众来说，这没打没杀的场面，有什么看头呢？

对于李轩的表现，现场的虚空观众显然有点不满意。但是这是他们的队长，他们的核心，所以大家还是比较给面子。李轩下场时，稀稀拉拉的掌声还是有一点的。不过虚空所谓“逆袭的节奏”，真是出师不利，上来1分就没有了。原本热闹疯狂的虚空主场，这才几分钟，就已经变得有些消沉了。

这阶段了，每一分可都是很宝贵的。

不少现场观众一边观看着眼前的比赛，一边注意收听着其他比赛的即时消息。虚空想进季后赛，已经不是单靠自己努力就可以，也需要其他战队糟糕一些，才能给他们让位。

而在他们首场个人赛打完的时候，其他场次也有一些消息传来。

呼啸战队，个人赛也已经1：0领先了雷霆，百花1：0战胜了烟雨，三零一度1：0胜神奇。

大家都在胜，只有虚空丢了这1分。

没指望了吗？所有人默默地看着第二对选手上场，掌声都有些僵硬，这丢了1分，对虚空观众来说好像丢了10分一样痛苦。哪怕看到第二轮的对手后觉得他们胜算较大，也没能打起太多精神。

个人赛第二场，兴欣罗辑，对虚空的盖才捷。

这两人年纪相差不大，在圈中都数小字辈，但罗辑现在才开始实战锻炼，盖才捷却早在上赛季就已经显露出了他的大将之风，成为虚空战队很重要的一名成员。

盖才捷很平静地进入了比赛席，而罗辑呢？表面的平静只是为了掩饰他内心的紧张。

他真的可以说是硬着头皮接下的比赛任务，而且从昨天开始心里就开始紧张，到现在也一点都没消除。他不知道自己何时能消除这种紧张感，他只知道，在明白目前兴欣的形势也有点严峻后，他心跳得更剧烈了。

可惜裁判不管这些，看到双方进入比赛席后，示意角色载入，很快，个人赛第二局开始。

角色刷入地图，罗辑连忙观察地图。

村庄，景色不错，天边还有一道朝霞浮浮沉沉。地图正中一条大道，大道的尽头，可以看到盖才捷的青之驱已经沉稳地走了过来，速度不快也不慢。

罗辑立即让昧光迂回，躲到了一间草房后边。他现在还没有自信和任何职业选手直接面对面地交流，他每场都在坚持战术。主场自选图，可以顺畅很多，但到了客场，面对自己不了解的地图，只会更加慌张。

这张图很遗憾就是一张罗辑并不了解的。在暂时把昧光隐蔽起来后，接下来怎么做，罗辑顿时没了方向。

他操作着昧光，偷偷探出头朝那大路上看了眼，结果发现青之驱也不见了，罗辑顿时更不知如何是好了。

出去？就在这里等候？双向选择，让罗辑左右为难。他的计算力本来是不错的，但是对方一开始不疾不徐的移动速度，让他也没有办法判断过来会有多快，尤其现在对手干脆也战术走位了，钻去了这个村庄的哪一处罗辑根本无从知晓。

看来只能以不变应万变了。罗辑开始布置阵地，而他绝不是一个不用脑子的选手。整图既然不熟，那就局部了解，然后将这局部开辟成战场，充分利用这里的一切。

罗辑操作着昧光，将地图的这小小一角飞快而又仔细地勘探了一遍。

灵猫首先被放了出去，被派到了前端的一片草丛中躲藏。魔界之花，种在了一棵树后，青之驱过来的方向，应该不会直接在视野里发现。小飞龙和雷鹰，分别飞落到了左右对称的两间草屋顶上。

而后，昧光自己钻进了左手边的草屋。屋子没有窗口，罗辑操作着，愣是让昧光拿法杖捅出来了一个洞。

全场观众都木了。这好像应该算是个格斗游戏吧？怎么都玩成这样了？看到罗辑的精心布置，现场的虚空观众都崩溃了。

这兴欣都是些什么人啊？这是搞什么名堂呢？这是正经比赛好吗，你当这是保卫萝卜还是植物大战僵尸啊？看着召唤兽一个个地分散部署，大家都快忘了这是荣耀了，只觉得这是个塔防游戏。

偏偏罗辑一点自觉都无，昧光将草屋的土墙凿了个洞出来后，他的视角顿时就从那洞里朝外延伸去了。

现场的虚空观众都坐不住了。他们上帝视角啊，比罗辑更清楚盖才捷青之驱的举动。青之驱，还真就是朝这方向来了，看他这进度，不大会儿就要进入罗辑这布置下的阵地了。虽然对这塔防一样的部署大家挺不齿的，可是看这阵势，却又觉得好像很厉害的样子。

盖才捷……不会阴沟里翻船吧？虚空观众都担忧上了。虽然李轩输了头阵后，他们已经像输了10分一样失望了，可是此时他们却下意识地就被比赛场面牵动起来，为盖才捷即将踩入陷阱感到担忧起来。近了！

电子大屏幕上，放出了昧光趴在墙洞上所得到的视角，盖才捷的青之驱就这样堂而皇之地走进了他的视野，竟然没有丝毫防备的样子。

观众们好揪心，不少人大声嚷嚷着，但哪里传得到比赛席内的选手耳中。

不过盖才捷似乎也觉得都到这位置了，却还是没有看到昧光的身影有些不科学，青之躯的移动速度忽地放得更慢了。一步，一步，小心翼翼。

但是罗辑也很沉得住气，虽然心早已紧张得快从喉咙里跳出来了，但他还是强自忍着。他认为这是他唯一可能获胜的机会，他必须把握住。手指因为紧张有些僵硬，但是，操作决不能犯错。

从罗辑的主视角上，所有观众也看出了他做了什么操作。

默认状态下，召唤兽会对进入其仇恨范围的非己队目标自动发动攻击，但是召唤师可以下令让召唤兽们防守，这样的话他们只会对进入其攻击距离的目标发动攻击，而不会主动出击，或是默认追击。

但罗辑此时对召唤兽做出的操作还不只这点。他连防守时对进入攻击距离的自动攻击都想抑制住。而这是没有任何直接指令，想做到这一点，方法就是对召唤兽反复不停地下达防守指令。

如此做法当然是为了让目标更加深入一些，再展开攻击。但是想抑制住这一点，反复操作是需要达到一个固定节奏的。这种操作对于职业选手来说本不算什么难事，但罗辑现在紧张啊！手指本就僵硬，不大会儿，这种机械重复的操作，就让他觉得手指好像不是自己的。

而这时，青之驱已经进入攻击距离内不少，现场观众都在狂骂了，但罗辑还觉得不够，这还未到自己期待的最佳位置啊！但是，他真的已经驾驭不了这个对职业级来说不该算难的操作，僵硬的手指，不听使唤地点错了节奏。

唰！第一时间做出攻击的，是藏在树后的魔界之花，一根藤蔓立时从地底钻出，朝着青之驱的小腿卷去。罗辑一看到这一幕，知道自己的控制终究是到了极限，不免遗憾万分，可这时候，还是快些操作攻击吧！

魔界之花开始攻击，左右房顶上的小飞龙和雷鹰也自动飞向了天空，一个朝下吐火球，一个朝下喷落雷。灵猫是近身攻击，在下达了防守指令后这时却是不会动，罗辑第一时间解除了它的防守指令，而后立即让昧光吟唱，召唤冰狼。冰狼的体型较大，在这一片区域里没有稳妥的藏身之地，所以罗辑直到此时才让昧光召唤。

草屋外，魔界之花的攻击真是来得太突兀。盖才捷察觉到连忙想让青之驱跳起躲避时却已经迟了，藤蔓唰一下抽起，将他抬起的小腿给缠住，一下就将青之驱拖回了地面。

无法移动！这是藤蔓攻击所附带的特殊效果。魔界之花特别讨厌，就是因为它的攻击拥有这样那样的特别效果。

轰轰！一边一个火球，一边一个落雷已经砸下。无法移动的青之驱只能用扭动身子去闪避，但这真的无法闪避彻底，瞬时身上又是炎焰又是电光的，好不热闹。

旋风斩！盖才捷也是果断，知道这时候可不是节约技能的时候。青之驱手中战镰舞动着，在身上不住地旋转切割，魔界之花的藤蔓也是像个生命体一样拥有生命的，攻击消耗完它的生命，立时断开。虽然青之驱又吃了一次火球和落雷的伤害，但总算是恢复移动，立刻一个箭步朝前冲去。

他已判断出魔界之花的位置，这对召唤兽无疑是限制最大的。盖才捷看青之驱的位置，就知道已经进入得太深，此时想逃出魔界之花的控制范围可不太明智，强行击杀魔界之花才是明智之举。

唰！又是一道地刺从地底钻起,魔界之花的攻击就是因为这样的隐蔽性才让人觉得棘手。但是盖才捷，却在这一击出来时就已经让青之驱跳起。他极为冷静，在身陷包围的境地下，却还清醒地判断着魔界之花的攻击时机。

跳到半空的青之驱，已经拉开视角看到了树后露出三分之一身形的魔界之花，手中战镰已经举起，正待挥出，突然"嗷"一声咆哮，带着一串寒气，冰狼从一侧飞扑上来，竟将跳在半空的青之驱直接扑翻在地。

昧光，已经跟着冰狼一同从那草屋里冲出来了。藏在那草屋里虽然比较安全，但受视角局限，对召唤兽的操作不能尽善尽美。比如冰狼这一扑，如果昧光还是躲在草屋内的话，那只能靠系统的自动攻击，恐怕不会将时机把握得这么好。系统自动指挥的召唤兽是非常呆蠢的，只知不断地攻击攻击攻击，不会配合，更不会掌握时机。所以昧光只能跟着冲出，罗辑要在这样的视角下，指挥所有的召唤兽仔细战斗，让青之驱再没办法从包围中脱困。

被冰狼扑倒撕咬的青之驱，顿时已经进入减速状态。轰轰两下，空中的小飞龙和雷鹰又是吐了火球和落雷下来。灵猫也早已经到阵，之前是在罗辑的操作下才没有攻击，而是将那一扑留给了冰狼，此时局面已在控制，灵猫立即也冲上来贡献起了它的输出。

青之驱在地上翻滚着，躲避着召唤四兽的攻击，时不时还得跳跃一下，闪避魔界之花的地底突袭。可是在召唤师选手的亲手控制下，魔界之花的攻击可就未必是按着它固有的节奏了。罗辑那是什么智商，哪会给盖才捷占这样的便宜，魔界之花专挑他最艰难的时候发动攻击。青之驱跳着闪了五次，四次没避过，狼狈得一塌糊涂。

"干得漂亮!"场上陈果激动啊！罗辑能赢，就不容易了，更难得的是他能这样全面地掌控局势。被召唤兽围成这个样子，这恐怕已经不会有什么变数了吧?

罗辑此时自信心也正在蓬勃成长。他的战术大获成功，让盖才捷这位年轻却不失稳重的优秀选手都着了道，这对他而言实在是一针强心剂。罗辑操作着几只召唤兽不断攻击，心情越来越放松。僵硬的手指渐渐都恢复了知觉，罗辑忽然觉得，这些事，其实也并不是那么困难。

谁想就在这时，青之驱突然抢出一个空当，手中战镰舞了一圈，地上蓝光泛起……

不好！升天阵！罗辑一惊。青之驱能抢出这一击，显然是身边四兽的攻击出现了空当，罗辑连忙就要让魔界之花去攻击，哪想这一操作，傻眼了。

青之驱，已经不在魔界之花的攻击范围内了。

看起来狼狈不堪，被四兽加魔界之花围攻得左支右绌的青之驱，原来一直是在努力朝魔界之花的控制范围外移动。只是盖才捷小心翼翼地将这移动隐藏在了被四兽攻击的被动中，罗辑到底还是经验不足，竟然完全没有察觉到这一点。直至青之驱逃出范围，抢到了反击的机会。

哗！

蓝光自地上泛起，直冲天空。罗辑拼命操作着召唤四兽想要退开那范围，却全都迟了。不管是地上的灵猫和冰狼，还是头顶的小飞龙和雷鹰，都撞在升天阵范围内，这一瞬间，翻滚着朝更高冲去。

青之驱再不理它们，一个箭步就朝着昧光这里冲来，手中战镰却是魂御掷出，攻击的，正是魔界之花。

轰！

战镰上还贴着一张爆炎符，瞬时一团烈火将魔界之花整个包裹，而火系攻击对魔界之花有着极强大的伤害加成，只这一击，魔界之花顿时就成一团黑，再也动弹不得了。

青之驱，赤手空拳朝着昧光冲近。右手凌空一抹，已经又掐了一张符纸在手，左手向外一伸，却已经魂御将战镰收回。

输了……

看到盖才捷这娴熟的攻击技巧，罗辑叹服了。昧光的召唤兽都已经被甩到了身后。此时的他，还能做什么呢？吟唱召唤，不会有机会；指挥四兽作战，四兽却已经因为技能时间快到，要消失了。

所有的细节，对方全都考虑进去了，此时的罗辑，真的无计可施。

注重细节啊！昧光最终倒下时，罗辑心下惆怅着。这本是他的长处，可是这一次，他却是输在了这里。

盖才捷逆袭得手，反击获胜，现场虚空观众那叫一个高兴，又跳又叫的。罗辑在这样的气氛中下场，心中更是懊恼。

电子大屏幕上，反复重播的正是青之驱逃出魔界之花控制范围，而后升天阵起逆袭将昧光击杀的经过。虚空主场嘛！当然会将他们的选手荡气回肠的反击反复在这里给大家欣赏了，弄得现场又是一片掌声。

就差一点啊……罗辑看着这些画面，心里却是另一番滋味。

青之驱逃出魔界之花的范围，他居然毫无察觉。注重细节，注重一切细节，这本是他最大的特点，最大的长处，但是现在，他却忽略掉了如此重要的一个，甚至都不能说是细节的关键点。

罗辑真的很难原谅自己，尤其在这样重要的比赛，他本已经取得了优势，却因为这样一个重大的失误葬送了胜利。

回到选手席的罗辑，头都不好意思抬。

“没什么。”叶修却在说着，“失误而已，每个人都会有，老魏像你这么大的时候，失误起来比你厉害多了。”

“滚滚滚。老夫这么大的时候还没荣耀呢吧?”魏琛怒斥叶修。

“哦?是吗?我们来算一下?”叶修说。

“我不想细究这个问题。”魏琛一摆手。

罗辑站在一边，知道两位前辈插科打诨的全都是为了安慰自己，心下感动，可是也不会因此就没心没肺地就不当回事。

“下次我一定不会了。”罗辑非常郑重地表着决心。

“不……”叶修却摇了摇头,“我是说真的，不要放在心上。失误这种东西，你怎么在意也无法完全避免的，反倒有可能让自己在比赛中绷得过紧。放轻松，只要集中精神，追求胜利，尽最大努力做到最好，保持这样的信念就行了。不要太在意失误这种细节。”

又是不要在意细节吗?罗辑心下嘀咕着，但是却也明白了叶修话里的意思。

集中精神吗?或许这就是自己本场比赛的问题所在啊!

在青之驱落入包围，而后被冰狼扑倒的那一瞬，他彻底被喜悦包围了。那种情况下，好像精神大概都用在高兴上了，所以才会遗漏这么重要的东西。

真是没见过世面啊!罗辑心下自嘲着。知道这一方面也是因为自己比赛经验不足。哪个选手会一击得手就高兴成自己那个样子啊!

罗辑默默地想着，回到自己位置，结果刚一坐下，一只手就重重地拍在他的肩头。

“打得不错啊!”包子大声表扬着他，一脸自豪好像这是他的功劳似的。

罗辑一脸黑线，完全不准备接包子的话。

“你这套从保卫萝卜里悟到的打法，看起来很厉害的样子。”包子继续说道。

保……保卫萝卜，这哪跟哪啊!罗辑一急都站起身了，可是看到包子那张严肃的脸，忽然又气馁了。和包子，哪有什么事是能论清楚的啊?他说是什么就是什么吧!

但是，保卫萝卜。罗辑还是觉得堵得慌。

个人赛进行到了第三场。兴欣方面是魏琛出场，虚空派出的则是他们的刺客选手李迅。

李迅本是联盟中最有名的善于使用舍命一击的刺客，但是自从杨聪转变风格以来，他就越来越被大家给淡忘了。杨聪的舍命一击，用得比他更频繁，而成功率更是他望尘莫及。尤其是在团队赛中的使用。

虽然退位让贤，但杨聪在三零一度依然是主攻者的角色。杨聪若是要用到舍命一击，三零一度的战术无疑还是要围绕他展开的。可李迅在虚空就没这样的待遇了。虚空的核心是双鬼，战术是围绕他们二人展开，李迅的舍命一击，个人赛里由他自己决策，而在团队赛里，可就不像杨聪那样有一个全队为之服务的环境了。

想不到舍命一击可以用到这种程度啊!

特别钟爱这个技能的李迅，在看到三零一度现在的打法后，各种眼前一亮心向往之。可是他清楚，虚空战队是不会给他太多这样的情境的。

只有个人赛，个人赛是可以任由他自己驰骋的。可是个人赛里，李迅本就不会错过使用的机会，他真正向往的还真就是团队赛。那种一击带走对方的核心或是重要角色，以自己悲壮的死亡，换取全队胜利的感觉，李迅想想都觉得热血。

只是……可惜啊！李迅叹息，自己，或许只能继续在个人赛里捕捉机会了。

个人赛第三阵开始，李迅既是这种刺客，选图当然也要偏复杂。这又是一幅街区图。这种图虚空战队普遍擅长，这和他们的战队核心是阵鬼不无关系。这种图极利于阵鬼发挥，虚空在团队战难免会选这种选图多一些。久而久之，个人一类的，也会对这种图比较有心得了。

角色载入，比赛开始。一边是术士，一边是刺客，都是暗夜系的职业，上来也都不含糊，一起战术走位，钻进街尾小巷后向前前进着。

魏琛，迎风布阵……李迅赛前并没有想到自己会和兴欣的这位遇到，所以对此真没什么准备。这样的关键比赛，兴欣还在这样大胆使用本赛季几乎没怎么上过场的选手，这本就是比较出人意料的举动了。

魏琛，在虚空赛前的备战中基本被忽略了。不过其实就是重视，他们也弄不出什么名堂。出场如此少的选手，那能有多少资料，总不能找十年前第一第二赛季的蓝雨比赛资料吧？这荣耀竞技挂靠网游，技战术更新得要更夸张一些。十年前，最高等级不过50、55级，技能都差着一大堆呢，现在的打法相比那时真的已经变化很多。而随着75级的更新，75级装备和技能的更新，连近几年的比赛资料都要有甄别地看了，有一些打法，因为新技能新装备的冲击，也在面临更新或是淘汰。

有关魏琛和迎风布阵，李迅脑海中只有两个关键词——猥琐，施法距离。

是的，猥琐！

这个术士真的非常猥琐，这种比赛中的气质，真是技战术更新都无法褪掉的。就像方锐转型了气功师却还是猥琐流一样。

真难想象，以前的索克萨尔居然是一个猥琐流的术士吗？李迅将魏琛和现任的索克萨尔操作者喻文州联想到一起时，顿时觉得有点不寒而栗。

差别太大了！李迅想着。

一般战队这种重要角色的继承人，都会尽可能选择风格相近的，如此战队的技战术可以更好地过渡，不至于重塑太多。但蓝雨这个……李迅真不知他们是如何过渡的。好像当时在魏琛和现在喻文州之间还有一人来着？难道是一个猥琐与手残并重的人？

第三赛季，对李迅来说挺遥远，他又不是蓝雨粉，所以不知道蓝雨队史，这当中藏着的那个索克萨尔过渡者他并不知道。就是魏琛，如果不是跟着兴欣突然又跳到大家面前的话，又有几个年轻人会知道蓝雨战队的这么一位老前辈。

一个猥琐的家伙，可不能太大意。尤其还有着夸张的施法距离，可别远远的人都没摸着呢就被下了套了。

李迅的刺客鬼灯萤火在街道间行走着，很快到了他预定的目的地。而后鬼灯萤火跳起，施展着刺客特有的被动技巧空跃，左右借力，轻轻松松跳到了这里的一座小二楼。

楼顶宽绰。虽然高度并不高，但这位置的视野和角度真的很好，从这里已经可以观察这张小图的很多区域。至少迎风布阵的身影在鬼灯萤火刚跳上来后，李迅就发现了。

在切中路啊！李迅默默地看了一会，判断着魏琛的意图。迎风布阵就是最常见的战术走位，迂回贴向地图正中，寻找目标的侧翼或是背后发动偷袭。

只是，很遗憾，我在这里啊！李迅的鬼灯萤火趴在楼顶，又默默注视了一会迎风布阵断断续续时隐时现的身形，终于彻底有了判定，鬼灯萤火从楼顶飘然跳下，直接落到对面二层房顶，然后直朝迎风布阵那边去了。

“咦，小家伙藏起来啦，不见人呐！”这时候，频道里魏琛的消息来了。

果然是猥琐流啊！李迅感慨着。猥琐流的家伙，总是喜欢在频道里多说几句来撩拨对手。要说这一风格，蓝雨倒是继承了个彻底。只是黄少天那方式，那和猥琐流的撩拨还不是一回事，那简直就是疲劳轰炸啊！

这蓝雨战队到底发生了什么呢？前辈的财富，似乎都被他们继承得走了样了。猥琐的不猥琐了，垃圾话却变得如此丧心病狂。

李迅这一边操作鬼灯萤火前进，一边还颇有兴趣想着蓝雨的过往。他甚至打定了决心，下次碰蓝雨时要打听打听他们的故事。至于后边魏琛又说的几句话，真是抱歉，没有看啊！垃圾话而已，谁要去看呢？

李迅选手无视大法，视线根本就不往选手公共频道那里走。

鬼灯萤火移动，终于，迎风布阵那看起来特别猥琐的身影极其清晰地出现在眼前了。鬼灯萤火一个骨碌翻趴在地，接下来的移动要更小心了。

怎么做呢？直接上去一个舍命一击，能不能结果了他呢？

一想到这种可能性，李迅顿时就燃起来了。

Chapter 011

残　酷　的　六　轮

接近，一点一点地接近。鬼灯萤火的移动此时牵动着全场观众的心，从电子大屏幕上李迅的主视角中，他们可以看到迎风布阵的身形在一点一点地变大，变清晰。

越来越近了。舍命一击吧！几乎所有人都是这样想的，因为他们熟悉李迅的风格。这是一个会尽可能追求舍命一击来一击必杀的选手。

但是，能秒吗？这实在是一个必须关心的问题。只从生命数值上看的话，鬼灯萤火舍命一击秒杀迎风布阵是可以做到的。但是，迎风布阵身上的装备会不会影响这一击的效果呢？

防御强化什么的是没有用的。舍命一击以血换血，技能附加伤害是无视防御的，但是，如果装备有伤害吸收的效果呢？这个效果却是会连以血换血的伤害效果也吸收的，如果这个数值达到一定程度，那么这一击就将无法秒杀迎风布阵。

很遗憾，由于缺乏对魏琛和迎风布阵的资料和研究，迎风布阵身上这些银装到底有什么附加属性，虚空根本没什么情报，李迅现在只能靠自己来决断。

对比生命数值，鬼灯萤火比迎风布阵高了有百分之十二。刺客的生命成长也不优秀，鬼灯萤火主要是在装备属性有一些增加生命，毕竟他喜欢舍命一击的话，是需要用生命来换输出的。只不过他可没像普通玩家一样堆得不惜一切那么极端，毕竟虚空团队并不以他的舍命一击为主，是需要他做出其他贡献的。

而现在，生命比迎风布阵高百分之十二，这意味着如果迎风布阵身上的装备具备百分之十二以上伤害吸收的话，就可以硬扛鬼灯萤火的舍命一击，如没有，则一击必杀成立。

需要先攻击几下计算一下吗？可是那样的话，未必再有现在这样的机会了。对方可是猥琐流的，能偷袭到猥琐流是多么不容易，职业选手都该有这感悟，李迅实在舍不得放弃眼前的大好机会。

博一把吗？李迅想着，百分之十二的伤害吸收，这不高，但术士是布甲职业，在防御方面的表现是比较差的，不只基本防御低，在增加防御能力的诸如防御强化或是吸收伤害这类附加属性上，布甲也是所有甲类中的最低端。

不高的百分之十二，要在一身布甲上实现，可能也会牺牲掉不少属性格。一个术士，会因为需要加强生存能力而牺牲掉一些别的属性吗？

这还真不好下定论，毕竟提高生存能力对任何职业来说都是有收益的，都不能说是浪费。

有没有呢？鬼灯萤火的移动甚至都暂时性地停止了，李迅想不清楚，不敢再贸然上前。再上前，就是要动手了。

一个猥琐流的选手，他选的装备，会重视伤害吸收这种属性吗？

李迅在想，从选手的风格角度去想。但是，还没从这里得到答案呢，李迅就蓦然想起另一件事。

施法距离！

迎风布阵的一大特点，就是施法距离极远。

施法距离远意味着更大的攻击范围，同时也意味着更多的保护空间。一个在这方面拥有优势的术士，还会需要更多的防护手段吗？需要吗？

应该不会再选这种属性了吧！

李迅的心中，终于有了一个决断，不是从选手风格，而是从该角色已具备的一项突出属性上。

那么，就这样上吧！

鬼灯萤火重新出发了。在房角悄无声息地跳下后，以半蹲的姿势，不发出半点声音脚步朝地，向前耐心地移动着。

耐心的家伙，你已经被我绕背了啊！

看到魏琛还毫无察觉，极有耐心地等候目标出现的模样，李迅忍不住吐了个槽。鬼灯萤火走上，一步接一步地走上。

终于，他再没有了掩护，再下来只能这样直接摸到对手背后。距离已经只剩几步，但越是这样，李迅越是紧张。这时候如果对方视角突然转过来，那一切就前功尽弃了。

直接弧光闪快速贴上？还是接着像这样缓缓移动过去？

两种方式，在李迅脑中一掠过，他就已经有了选择。

这种时候，唯恐功亏一篑，李迅决定还是快一些好。

弧光闪！

说来就来，寒光闪出，夹带着衣襟的风声。鬼灯萤火，骤然间就已经闪到了迎风布阵身后。

舍命一击！

果然是舍命一击。李迅极其爽快的，直接就要一招分出胜负。

魏琛听到了身后这一声响，连忙让迎风布阵转过身时，鬼灯萤火的匕首已经刺了过来。

燃尽生命，一击必杀的一记刺杀，迅猛，有力，迎风布阵完全无法再反应，转过来的身形，却也无非是将胸膛抵上了鬼灯萤火的匕首。

噗！

让人毛骨悚然的一声声响，匕首深深地没入了迎风布阵的胸膛。但是李迅的心中，却在此时升起一个极其不好的感觉。

不对，这太不对了，一定有什么地方不对！

攻击已经得手，迎风布阵的生命已在骤然下滑，但是李迅却赫然觉得有什么地方不对劲。直觉告诉他，他不能在这里摆造型，必须立即抽身退走。

但是……迎风布阵的胳膊已经扬起，手杖死亡之手，就这样随随便便朝鬼灯萤火身上戳了一下。

倒下……

鬼灯萤火倒下。舍命一击之后，生命只有一击，即使是术士用手杖的一记普通攻击，也足以让他致命。而迎风布阵还能做出这攻击，只能说明一件事，舍命一击，并没有秒杀他。

失算了。李迅心中懊恼不已，但是一切都已经迟了。鬼灯萤火的生命，阻挡不了任何攻击，被对方拿手杖这么一戳，他就倒下了。

太扯了。居然什么技能都没用，只是普通攻击这么一戳，这场比赛就结束了吗？自己简直就是送上去的一样啊……

送上去的，是的，自己就是送上去的。李迅瞬间已经全明白了。对方，根本就是在根据他的习惯在布局，故意给了他直接出舍命一击的机会。刚刚得手的瞬间，李迅立即觉得有什么地方不对。现在他已经意识到是哪里不对了。

不对的是对方的反应。

这可是职业赛场，大家都是经验无比丰富的职业选手。哪怕是长时间不大比赛的，但是只要能进到这圈，那荣耀经验都肯定要比普通玩家老到一些。

就在刚刚，鬼灯萤火弧光闪冲上，对方察觉，然后反应是什么？是转身。

居然是转身！这种应对简直太初级了。稍有点PK经验的荣耀玩家，都知道在察觉身后有异的时候，第一时间该做的绝不是转身看，而是闪避！

翻滚、跳跃、横移、前冲，或者出什么技能，怎样都可以，但就是没有原地转身的道理。转身有什么用？对方看到你的脸，难道就会心慈手软不攻击了吗？

结果刚才，迎风布阵却是在转身。

虽然本赛季上场少，但这可是一个荣耀年龄在十年以上的老骨灰，这种时候转身，这不是很可笑的一件事吗？

自己居然没有立即意识到，自己真的是太笨了。

他在那时候转身，就意味着他早就料定了这一击会是什么，早就有应对的想法，所以攻击来了，他不闪，不避，他转身。舍命一击刺中，他却拎起手杖随便一戳。

自己居然就这么被戳死了。李迅抱头，恨不得把自己的脑袋直接塞到显示屏里。自己上当了，上大当了！

如果能早一步意识到这一切，当时收手还是来得及的。但是没有，他完全没有意识到这些，他当时已经完全沉浸在了只一击就结束比赛的快感中了。

结果，比赛真的结束了，但不是他的一击，而是对方的一戳。一个术士，拎起手杖的随便一戳，一想到这点，李迅再次想把脑袋塞进显示器。结束了，个人赛第三场就这样结束了。

全场观众还没反应过来呢，连裁判都没反应过来呢，魏琛已经从比赛席里走了出来，满面春风地，朝现场观众挥手致意。

这不是兴欣主场啊！现场观众看到他赢心烦都来不及呢，哪有人会欣赏他的嘚瑟。

魏琛纯属没事找事，愣是挥手激起了满场的嘘声，然后在嘘声中得意地下台。

嘘吧！尽情地嘘吧！魏琛望着这满场观众。嘘声又怎样呢？在客场，能招来嘘声往往也是一种能耐。自己来过，赢过，嘘声就是证明。

魏琛回到兴欣选手席，瞥了虚空那边失魂落魄下场的李迅，轻蔑地笑了笑，挑了挑右手的小指："这种小角色，一根小手指就干掉他，希望下次能让我多花点力气。"

大家笑，而这一次，叶修也没有戳破他。

一根小手指就干掉？这真的是玩笑。

和虚空这一阵，魏琛做了很多准备。而李迅，是肯定会在个人赛里遇到的对手，因为他的习惯并不适合在擂台赛里出场。所以对于魏琛来说，李迅是很稳定地拥有三分之一几率遇到的选手，所以他针对他做了最多的研究。

很幸运的，个人赛他真的遇到了李迅，而后一切就按他既定的方针走了，于是一根小手指就挑翻了李迅。

小手段，这是很有针对性的小手段，下一次可就未必灵了。但问题是如魏琛这般十几年经验的老选手，不知还有多少小手段没使用呢！一个小手段都要重复，这真的有点小瞧他了。

现场的虚空粉丝嘘了魏琛很久很久，而后看看现场的电子计分牌，却又一阵失落。

1∶2,他们已经丢掉了2分,虚空距离前八本就很远很远,丢了这2分,前途越来越黯淡了。

而后进行的是擂台赛。兴欣由唐柔、包子、方锐三人上阵，虚空则是葛兆蓝、杨昊轩加吴羽策的阵容。

现场还有不肯放弃的粉丝，执着地为虚空战队奋力加油。但是唐柔上场强势出击，险些就一挑二得手，包子上阵后，百分之十七的生命就把虚空第二顺位，已被唐柔打成残血的杨昊轩给彻底解决。

吴羽策出场，面对的是近乎一打二的局面，现场沉默了，他们已经不忍心再高呼什么了。虚空这赛季，或许真就这样结束了，没必要在这个时候把压力强加给某一个人。赛季的失败，不是某一个人的错。

连粉丝们都已经悲观地不看好了，但是吴羽策，却还没有放弃。明明是比普通人更明白比赛难度的职业选手，但是此时此刻，却比观众更期待奇迹，更相信可以创造奇迹。

吴羽策上阵，鬼刻干净利落地先斩包子入侵。

方锐上场迎敌，面对的已是半血的鬼刻。

地图是虚空一脉相承的街道图，这对猥琐流的方锐来说也是如鱼得水。

"这次不会再输给你了。"进入比赛后，方锐在频道里说着。上次兴欣对虚空，方锐确实败在了吴羽策手上，不过那次他是在先挑了一人的情况下，作为擂台赛而言，最后又杀了吴羽策的鬼刻一半的血已算非常成功。

而这一次，生命领先的是他的海无量，而他的气功师打法也已经经历了半个赛季的检验，彻底成型。

“你试试看。”并不多话的吴羽策，竟然在频道里很是强硬地回了一句。他知道方锐的厉害，他们本就是同期的选手。他也比其他人更早地就认识了方锐这套气功猥琐流的打法。上次做客兴欣，赛后他又被方锐招呼着切磋了很多局。最后谁赢得多也数不清了，吴羽策只知道：方锐的那套打法一定能行。

事实证明了这一点，方锐确实用气功师走出了一条新路，虽然貌似正统的气功师们都挺看不上眼，但是现在赵杨退役，气功师选手里根本就没有一个挑大梁的。这赛季的全明星选手里没有了气功师职业，但是明年呢？明年凭借兴欣的战绩，方锐的表现，说不定这家伙要以气功师的职业身份入选全明星了，到时真是给那些看不起他这气功猥琐流的人们一记响亮的耳光啊！

你们看不上我的打法，但是，我却是气功师第一人。一想到这一点，吴羽策都觉得挺有趣，挺想看到的。不过，虽然如此，他可不想成为方锐的垫脚石，为了虚空的胜利，给这家伙添添堵那也是在所不惜的事。

我不会输！虚空的赛季也还没有结束！散发着鬼神之力的刀光咆哮着，吴羽策的发挥，比上一场更加刚猛凶悍。

赢……赢了？结局出来的那一瞬，连现场观众都有些不敢相信。

吴羽策的鬼刻，赫然站到了最后，仅仅剩百分之四的生命。

“你这家伙……”方锐最后在频道里留下了这么一句。碰上这位对手，对他们猥琐流而言有时候真的挺无奈的。这种家伙，勇猛、果断，根本不和你猥琐流的人玩那些来来回回的心理战，只用他锋利的刀光来砍断一切。

擂台赛，最终虚空获胜。那些已经放弃的虚空粉丝，顿时又全苏醒了。现场好像沉睡多年的火山突然爆发一般，一秒钟所释放出的热情足以燃尽一切。兴欣的三位回到场边选手席，想和其他人做做交流都只能用吼的，现场声音真的太大了。

3：2，现在是虚空领先了，团队赛再拿下，8：2的话，或许，还有希望？

吴羽策刚强的表现，赢得的不只是两个积分，更是生生燃起了人们对虚空战队的期待。

但是，到此为止了……吴羽策叹息着，转动着视角，看到的却都是已经倒在地上的队友角色。

青之驱、守灵者、鬼灯萤火、半透明。

“就剩下我们两个了啊！”吴羽策从来不惆怅的，但是，这一次，他们虚空这个赛季，却就要到此为止了。

“嗯。”鬼刻的身后，逢山鬼泣和他背靠而立，李轩简单地应了一声。

虚空双鬼，虚空剩下的只是他们两个了。虽然被称为经典组合，但是要他们以二挑五，似乎也太夸张了点。

兴欣已经彻底包围了他们。不过也没急于进攻。逢山鬼泣已经没有多少法力，不可能再持续鬼阵连环的防御了，他们只要等着鬼阵消失，然后从从容容地冲上来围击就是了。

“最后一个。”李轩说着，逢山鬼泣刀锋上鬼神之力翻涌着，吟唱着最后一个鬼阵。

轰！

沐雨橙风却在此时开炮，李轩不得不打断了吟唱，操作闪避。

“啧，最后一个也没了。”李轩说着，逢山鬼泣的法力已经彻底告罄。

“就这样结束了啊！”

“嗯，结束了……”

鬼阵消失，露出缺口，兴欣角色冲上，近的远的，一起发动了进攻，虚空双鬼，终于也倒在了他们紧紧守护了很久的鬼阵阵地中。

第三十三轮比赛，最终兴欣客场7：3取得了胜利。虚空战队只取3分，本赛季算是彻底没了机会。就算其他竞争对手的表现极糟糕，只是在还剩五轮的情况下，想追赶那么大的分差，那种所谓理论上的可能真的已经太没有必要去幻想了。大概只有特别不死心的人，才会期待着那种极其渺茫的存在，期待着那些竞争对手余下几轮一分不得，静候虚空去超越。

但是，可能吗？

虚空对兴欣比赛结束的一瞬，就已经有人在连忙翻看其他场次比赛的信息。

百花，9：1，主场大胜烟雨，和虚空差距从原本的23拉大到了29分。

三零一度，10：0完胜神奇，和虚空的差距从28分拉大到了35分。

还有一场，还在打！

正是本轮极受关注的，雷霆对呼啸的比赛。

个人赛雷霆1：4落后，此时双方正在进行团队赛的激烈对抗。

呼啸最近的团队赛可是很强势啊，人盯人的撕裂式打法，可是把不少强队都给撼动了。这场也许他们又会赢呢？9：1胜的话，雷霆战队可就只得1分了，也许接下来他们就以这样的节奏一直狂输下去，而虚空狂胜，然后将他们超越呢？

无论如何也不死心的虚空粉丝抱着这样的幻想，他们连忙进入这一场比赛的细节，再一看后，终于是断绝了自己最终的这一丝渺小的期待。

雷霆，将团队合作演绎到了极致。他们的选手，单独拿出来说实力都不能说出彩。可是个个都是团队型选手，战术水准高，合作意识强，组成整体后，顿时有了不输给任何团队的实力。而呼啸呢？他们的新打法简直就是雷霆的反义词，他们的合作，最终是为了实现不合作。他们的方式，最终是为了将团队赛转成单挑赛。

他们因此切碎了好几支强队，但是遇上雷霆，他们算是遇到了克星。全联盟协作性最强，最为整体的团队，真不是那么容易切开的。他们失手了，而他们的打法，失手就意味着失败。能撑着打了这么久，呼啸也算是奋尽全力了。但是很遗憾，最终，还是雷霆获得了胜利。

6：4。

这轮比赛打罢，对季后赛名额进行最终角逐的几支队伍的成绩终于全部出来。

虚空已经彻底出局，但是百花重新追了上来。目前208的积分，和呼啸平分。因为小比分不如，此时却还是暂列第九。

名次现在都还是暂时的，双方之间的分差更值得计较。分差太小，那可能一轮之内就会翻转。本轮结束后，第五到第九，积分最高的兴欣219分，最低的呼啸和百花208分，差距11分，兴欣在之后与这几位竞争对手的其中三支要直接对话，这11分的优势，真的很不好讲。

这一轮结束，只算是又闯过了一关。虚空掉队了，但却没有哪支队安全登陆。

接下来的三十四轮，对兴欣来说是不错的抢分机会。他们对手轻裁战队，本身实力不强，赛季又无追求，这10分，陈果都想直接写到自家积分当中去了。

但是这一轮的出场阵容，却又一次让陈果忐忑了。

“团队赛你不上？”陈果惊讶地看着叶修，这一轮的团队战名单中，赫然没有叶修和他的君莫笑。

“嗯，接下来几轮我会视情况尽量休息一下。”叶修说。

陈果愣了。她一次又一次地为叶修的职业寿命担忧着，一次又一次地想着叶修是不是太劳碌了。从网游，到联赛；从经营，到战术；从训练，到做装备，没有叶修不费心的。他真的不累吗？陈果这样疑惑过。而现在，叶修就这样明明白白地告诉了她：他也累了，也需要休息一下。

叶修也会累。或许有时候，可以用毅力来战胜疲劳，但是叶修，陈果相信他不缺毅力，他要休息，那也和坚持让魏琛，让罗辑打比赛是一个道理：他也需要为季后赛做准备，他需要百分百的精力去面对季后赛。

而现在，虽然深陷前八之争的泥沼，但兴欣毕竟是领先分数最多的那一个。

陈果尽可能往好的一方面想着。而这一周团队战训练，练的自然就是没有叶修和君莫笑的情况。

很快，5月8日，第三十四轮比赛打响。

兴欣等五支队伍在为前八进行殊死拼杀，而他们之前的豪强们，却都已经进入为季后赛大练习的节奏了。

蓝雨战队，不住地转换着他们的团队赛阵容。

微草战队，在努力尝试不太依赖王杰希的战斗方式。

霸图战队，三位老将从那轮开始齐上阵以后，就停止了轮换，每轮都是打满单人赛和团队赛。

而这一轮，霸图坐镇主场，迎来了义斩战队。

没啥恩怨交集的两队，各队粉丝普普通通地为己队加着油。可是当个人赛第一场的对阵名单出来时，全场都愣住了。

霸图，张佳乐。

义斩，孙哲平。

百花战队，繁花血景，联盟最经典的组合之一，昔日的两位搭档赫然在这场比赛相遇了。久违的重逢，结果却是从来未有过的对决。霸图和义斩，现在都不会太在意这1分，但是这两个人所背负的含义……

无论主场的霸图粉，还是随队而来的义斩粉，对这两人当然都没有百花粉丝那么深的羁绊。但是，又有多少人没听过这两人昔日的疯狂呢？

荣耀的史册上，繁花血景注定会是浓浓的一笔。虽然他们最终也没能夺冠，但是竞技场上不能只以成败论英雄。

昔日的繁华，早在五年前的夏天结束，两人此时再度重逢在场上，再没有繁花血景，有的只是胜负。

但是这一场胜负，确实是不怎么要紧，所有观众在看到这组对手后，更关心的反倒不是什么胜负，他们更好奇这对留下无数遗憾的搭档，在场上这样重遇时，会说些什么。

于是没有人看比赛，大家都在盯着电子大屏幕上的选手公共频道。

没有，什么也没有。两人没有对话，没有聊天，只是角色冲出，然后在地图中央相遇。

繁花盛开，将百花缭乱整个笼罩。但是狂剑的剑锋，这一次却不再是要塑造血景，就算是，那用的也将是百花缭乱的血。

冲上！孙哲平的狂剑士再睡一夏冲上。张佳乐的百花式打法，还会有人比他更了解吗？这种打法靠的是光影效果，这效果中是没有同队豁免的，所以是伤敌又伤己。孙哲平，作为昔日和他一起站在这片光影中战斗的那个最默契的伙伴，又怎会不懂得如何在这片光影中分辨方向，寻找攻击的目标？

只是这一次，他要找的，是这片光影的主人。

血影狂刀！赤血的重剑剑影，瞬时已将光影撕开一道裂缝，但再睡一夏一步踏上的，仿佛就是一片净土。

“哦……”全场都在发出这种好像在说“我懂了”似的声音。从孙哲平的主视角上，他们可以发现光影对他没有造成任何迷惑，他的视野是那么地清晰。

果然啊！大家都在想着，果然是老搭档呢，互相太了解了。但是，仅仅是这一刻，当再睡一夏继续挺进，进一步逼近百花缭乱时，光影骤然重合、重叠，将再睡一夏陷落其中。

是吗？孙哲平转动着视角，左右看了一圈，这一次，他有些看不穿了。

原来百花式打法也经过了很多改变啊！这些年自己刻意没去留意，现在，真的有点跟不上脚步了……不过，这还不至于难倒自己吧？这个打法的原理，自己也是永远不会忘记的啊！现在开始学，来得及吧？再睡一夏在光影中左冲右突，似在寻找方向。

观众们默默地看着，而操作着百花光影的张佳乐，却渐渐露出了惊讶的神色。

这已经不是昔日他和孙哲平搭档时的百花式打法了，毕竟这么多年等级、装备、技能都进化了这么多。但是，就在这场比赛里，孙哲平的再睡一夏，就这样从远端一步一步地赶了上来，渐渐地，就已经踩中了新百花式打法的节奏。

孙哲平，吃透百花式打法，只需要用一场比赛的时间。

不愧是老搭档。张佳乐就这样看着再睡一夏终于冲到了他的百花缭乱的面前，重剑毫不迟疑地砍下，百花缭乱跳开，还击。

再睡一夏倒下，冲出百花光影的笼罩，他就已经是到极限了……

“加油。”倒下时，孙哲平说着。

“嗯。”张佳乐回道。

全场比赛，唯一的交流……

同一时间，不打团队却还在个人赛首发的叶修，也已经帮兴欣先赢下一城。

而后罗辑和魏琛相继上场，这一次罗辑获胜，魏琛失手丢了1分。场上胜负本平常，不过罗辑和魏琛都处在一个较微妙的位置，他们一丢分，总会有人跳出来质疑兴欣的安排。好像如果不是他们两人，其他人上的话，就百分百能拿分似的。

比赛场上，从来没有百分百。

所以魏琛虽然丢了1分，但却坦荡得很。

而后擂台赛，兴欣干脆利落拿下胜利，4：1进入团队赛。

团队赛名单一出，没有叶修，现场立即开始窃窃私语。

开始让主力休息了吗？兴欣真是自信啊！大家都是这样看的，并没有人因此过分担心，毕竟轻裁战队实力不强，又没有什么特别的斗志。

但是最终，主场，兴欣输掉了团队赛。

4：6。电子记分牌记录下了这一切，在冲刺季后赛的关键时刻，兴欣丢掉一场团队赛。

原因？叶修没有上场。这点无论如何也是绕不过的，核心选手就是这样，哪怕不在场上，也要为战队的失利负主要责任。你不在场上！这就是你最大的失误……

兴欣为自大付出了代价！诸多媒体如此报道着，尤其是黑兴欣的那帮人，特别喜欢这个角度。

赛后的备战室里，一片静悄悄。叶修的辛苦，所有人都是看在眼里的。无论如何，兴欣战队不会有任何人对叶修选择休息有何异议，哪怕是在这个比赛关键的抢分时刻。大家都在懊恼，都在自责，叶修不在场上，他们就丢了分。

没人说话，大家静静地看着备战室里的电视，电视里正在转播的是本轮轮回对三零一度的比赛。

关键的抢分赛程中，还有轮回这样的对手，三零一度看起来挺不幸的。可是也有不少人，觉得三零一度或许是幸运的。

因为眼下没有哪支队伍的地位比轮回更稳固了。三十三轮战罢，282分，领先第二名42分之多。

常规赛轮回已经不需要什么分了，他们可以随意地让主力休息，或练练新人，或演练战术，他们毫无压力。

这种情况，或会给他们的对手可乘之机，遇到轮回，也许反倒好打也说不定。

三零一度在个人赛里赢了两场，轮回果然在这里派有新秀选手上阵，大家都相信他们的判断了。

结果，擂台赛，轮回依然是他们最强势的阵容，胜。

团队赛，也是他们这赛季最主力的阵容，此时比赛尚未结束，但是三零一度败局已定。

已经二连冠在手的轮回，依然饥饿。他们没有放松，没有让队伍进入垃圾或是表演时间，他们依然在全身心地对待比赛，他们在保持争胜的信念，他们不想在冲刺之前有所懈怠。

主力休息？他们或许不需要，轮回选手都是正当壮年，对于他们来说，一周一赛的电子竞技根本不算什么负担。

就这样，比赛最终还是轮回取得了胜利，8：2，轮回没有给三零一度所谓的空子。

三十四轮，轮回取得290分，而此时，蓝雨对贺武的比赛也已经结束，蓝雨虽然9：1获胜，但也只是将和轮回的差距从42分缩小到了41分。

还有四轮比赛，轮回领先第二名41分。

轮回的主场，在他们胜出的那一刻，掌声和欢呼达到了本赛季常规赛以来的顶点。

轮回战队，已经提前四轮取得了常规赛的冠军。虽然这个没什么奖杯，但也算是值得骄傲的成绩。

主场作战的轮回显然早一步就意料到会有这种情况发生，所以事先安排了一个小小的庆祝仪式。当然，仪式的规模不大，点到为止。毕竟赛季还没结束，现在就开始大规模欢庆实在有些不顾其他战队的感受。

轮回，提前四轮就为他们的常规赛锁定了一个华丽的结局。而兴欣，却还在因为这一轮团队赛的失手在泥沼中继续深陷。

本轮的其他竞争对手：呼啸8：2胜皇风，雷霆9：1胜烟雨，百花9：1胜虚空。

于是雷霆以226分，领先兴欣3分，冲上了第五，将兴欣推到了第六。百花胜出呼啸1分，坐到了第七。呼啸和三零一度则再次平分，以小分决出名次，呼啸第八，三零一度被推到了第九。

形势更加胶着了。兴欣此时距离第九也不过7分。而第三十五轮，兴欣将遇强敌——刚刚领先了他们三分的雷霆战队，而且是客场作战。

第三十五轮，雷霆主场战兴欣。这两队之间，上下也就是个第五位之争，他们的直接竞争并不是太关键。关键的是，此时后边的追兵距离两队比分都很近。两队这一场中的败者，很有可能下坠名次，离危险更近一步。

其他三队，呼啸本轮客场挑战义斩，百花客场战皇风。而三零一度继上轮后连遇强敌，他们需要主场面对微草。

三零一度，是真正站在悬崖边上的战队。他们现在就还在季后赛门外，艰难的赛程更是给了他们最大的阻碍。这轮之后，下轮还要面对蓝雨，最后一轮还有兴欣……

第三十五轮的电视直播，是转雷霆对兴欣，还是三零一度对微草，又是好一番纠结。

最终，直播方还是选择了三零一度对微草的比赛。雷霆对兴欣虽然也很关键，但这两队的比赛在第十六轮时就已经直播过一次，再加上兴欣在之后的轮次里关键对决还有很多。三十七轮对呼啸，三十八轮对三零一度，都有可能成为需要转播的关键性的比赛。

电视转播只能选择一组，但媒体报道却对本轮的这两场关键赛事给予了一样力度的报道。三零一度，成了冬季转会窗后下半赛季的最大搅局者。若不是他们的突飞猛进，打到这程度，以虚空、烟雨等队的成绩来看，前八大局已定。

对于这样的搅局者，许多爱图热闹的荣耀玩家还是非常喜闻乐见的。三零一度因此收获的中立支持者可真不少。而且他们现在经常会使用的舍命一击的打法也是非常有看点的！

5月15日，荣耀联盟第三十五轮比赛打响。三零一度在他们的主场迎来了微草战队。

“三零一度的主场今天是爆满啊！”解说潘林此时在直播中感慨着。

“那是当然，都打到这份上了，三零一度的粉丝们也该尽全力来支持战队了。”李艺博说道。

“赛季初的时候，可没有任何人预见到三零一度会有这样疯狂的前景。不，就算是在赛季过半的时候，也没有人能预见到。”潘林说道。

“谁会想到三零一度居然跑去欧洲找来了一个适合他们的骑士高手呢？”李艺博笑道。

“三零一度如果能够杀进季后赛的话，我想他们的这次冬季转会恐怕将成为转会史上的又一次经典的运作。”潘林说道。

“明年夏天的转会市场，我想各大战队的眼界也会更开阔，荣耀赛场的世界交流没准也会从此渐渐打开。”李艺博说。

“但各国不同的赛制是硬伤啊！”潘林感叹着。

“赛制是有差别，但也不至于差太远。倒是以前版本进度的问题比较阻碍大家交流，但是近两年荣耀游戏方对全球版本进度的同步推广很用力，上赛季的75级版本大更新，终于基本做到全球同步了。”李艺博说道。

“所以现在盛传荣耀游戏公司是在下一盘大棋，在70级版本阶段停留这么久，就是为了全球版本的进度统一。游戏公司早早地就在谋划着让荣耀能在世界范围内形成交流。”潘林说道。

“这一点我倒并不觉得完全是传言。”李艺博点头道，“荣耀游戏方的运作，应该确实是有这方面考量的。荣耀比赛，还会有更加繁荣的未来啊！”

“哈哈，不过眼下还是让我们先关注一下我们荣耀联盟本赛季会打成什么样吧！现在距离个人赛第一场已经没多少时间了。电子大屏幕上虽然还没有打出出战名单，但是我们可以看到双方的选手席上都已经有选手起身，看起来是要准备上场的样子了。三零一度这边，正是为本赛季三零一度带来翻天覆地变化的前英格兰荣耀联赛职业选手，白庶。微草这边呢！这个是……啊！是许斌！微草个人赛第一个上阵的恐怕是许斌，哎哟这个巧合真是。”潘林有点激动了。

许斌，正是前三零一度选手，骑士潮汐的操作者。而白庶来到三零一度后，执掌起的角色正是许斌走后，三零一度一直没找到合适人选的骑士潮汐。新旧两位操作者的对抗，谁会技高一筹呢？真是相当吸引人的一场比赛。现场观众似乎还没有留意到双方选手席上的这一细节，但是等电子大屏幕打出双方首战选手，确实是白庶对许斌时，现场顿时喧闹起来。

许斌转会，是和微草直接交换了前全明星柔道选手李亦辉，但是李亦辉到三零一度后，全明星柔道的光环却迅速被轮回的吕泊远给摘走了。李亦辉对三零一度，似乎并没有展现出昔日许斌那样的价值。三零一度上赛季最终未能进入季后赛，这一交换在粉丝看来是挺失败的，潮汐这一角色一直搁置没有找来继任的操作者，在他们看来更是不可理解的一件事。

但现在，三零一度有了白庶。虽然目前他们暂处悬崖边缘，但是要知道白庶可是后半程才加盟的三零一度。真要对比前后半程三零一度的战绩，后半段白庶带给三零一度的提升是飞跃式的。

粉丝们无法不喜欢白庶，他们对许斌的怀念也因为这新的替代者迅速淡化了。在三零一度粉丝的印象中，有磨王之称的许斌总是磨磨蹭蹭地和一个对手纠缠不清。而白庶不这样，单人赛事打得堂堂正正，团队赛中则攻守兼备，擅于掩护，也擅于强突。这位欧洲联赛出身的骑士选手，有着不同于国内荣耀圈的骑士风貌。他似乎对骑士文化更有感触。所谓的骑士精神，在他而言并不只是骑士的那个觉醒技能。他的意识，他的打法，他的习惯，似乎都在闪烁着骑士精神的光芒。他手下的这个职业，仿佛已在象征着一种荣耀。

这就是不同文化背景下的不同玩法了。

有专门对白庶报道的文章中，一正本经地从人文角度分析着白庶不同于国内荣耀圈的骑士打法。

那么，到底是真的外来的和尚会念经呢，还是本土的骑士更加优秀？谁也没想到，白庶来三零一度后初次和微草对阵，这两位顶尖的骑士选手就直接对话了。

上场，载入角色。

白庶的选图，训练场，一张地形并不复杂的，公平对称的小图，双方在比赛开始后就立即看到了地图对面的对方。白庶没有迟疑，潮汐立即迎了上去，许斌却在略一犹豫后，这才操作着独活迎上。

双方的骑士就这样面对面地，越走越快，越走越快，到最后更是疾行飞奔进来，两人手中的剑与盾，更是都已经摆好了位置，都在死盯着对手的举动，却谁都没有发动第一击。

十个身位格；

八个身位格；

六个身位格；

四个身位格！

再一步跨进，双方挥起盾牌就可以糊到对方脸上，就在这时，冲锋！

许斌的独活抢先出了技能，在四个身位格的距离，竟然是发动了冲锋。独活左手持盾，右手的骑士剑已探出，四个身位格的距离，只一瞬间，抹掉！

咣！一声巨响顿时传开了。白庶，在独活突然冲锋后，竟然准确地让潮汐掩在了盾后，独活这一冲锋，最终是撞到了潮汐的盾上。

生命的白银！这是潮汐所持的银装盾牌，许斌曾经用了它整整三年，对它的属性许斌了若指掌。虽然现在已被三零一度提升到了75级，不知道有没有什么调整，但是许斌相信，生命的白银上自动恢复生命的属性，三零一度应该不会抹去。

除去生命的白银。潮汐身上的其他银装如果没有大改动的话，都是具备自动恢复生命属性的。

打潮汐，久战不利！这是许斌的心下判断，但偏偏他号称磨王，出了名的慢节奏，而潮汐，正是为了适合他的节奏努力打造出的这套装备。

一个是适宜久战的角色，一个是慢节奏的磨王，这对角色和选手的组合真的是贴切无比。可现在潮汐已经成了许斌的敌人。他发现自己需要攻克昔日他最喜爱的属性，而这，还需要他改变自己的风格……

磨王不磨，那会怎么样？独活冲锋被挡后，立即开始抢攻，节奏极快、极猛地抢攻。

全场都呆了，他们熟悉许斌啊！但眼下这个攻击主动，节奏迅猛无比的家伙，真的是那个许斌？他到微草后有这么大的变化吗？没注意到啊！

电视直播中的潘林也直接看呆了，愣了足足有三秒，这才开口道："现在许斌正在积极抢攻。"

说完他自己都觉得别扭，许斌积极抢攻？这是病句吧？主谓宾搭配不当吧？

"呵呵，看来许斌比较清楚潮汐的属性，知道打潮汐磨磨蹭蹭只会距离胜利越来越远，所以逼着自己改变打法啊！"李艺博说道。

"这变化，也太大了吧！"潘林惊叹着。

"是非常不合他的路子，打得还是挺别扭的。白庶防守做得很好，许斌发动的攻势威胁不大啊！"李艺博说道。

"那这场……"

李艺博不说话，预测结果这种事，他现在才不做呢！

但这次没做，他又后悔了。比赛最终完全就是他所分析的那样。许斌并不适应这种战斗方式，而他擅长的打法又对付不了潮汐，最终憋屈地被白庶干掉了。

"这场怎么说呢……白庶的节奏其实放得挺慢，他也很懂得利用潮汐这个角色的特点。这场比赛吧，我觉得就像是三零一度的许斌，打败了微草的许斌一样……"李艺博说道。

Chapter 012

嘉　世　归　来

“三零一度的许斌，打败了微草的许斌?”潘林重复着李艺博的这一句话。

“当然，我的意思绝不是说过去的许斌要比现在强，只是说，最克制许斌这位选手风格的，恰恰就是他自己和潮汐这个骑士角色的组合。”李艺博连忙又解释了一下。

“明白!”潘林点头。

三零一度旗开得胜取得了领先，现场一片欢腾，但是紧跟着，个人赛的第二、第三场，以及擂台赛，他们却立即被微草战队叮叮咣咣打出一波连输的小高潮。最终单人赛事三零一度战队以1：4落后，现场哪里还乐得出来，此起彼伏的全是叹息声。

这时从其他场次传来的消息，呼啸客场打义斩，3：2结束了单人赛事，百花则是4：1领先皇风进入了团队赛。另一场备受关注的，兴欣客场打雷霆的比赛比分最犀利，5：0！单人赛事兴欣让雷霆1分没得。

潘林和李艺博两个也正在节目中趁着中场休息分析着当前形势。本就在名次上落后的三零一度战队显然形势更加严峻。而雷霆虽然落后更多，但本身有领先优势，形势比三零一度还是要好上那么一点点。

三零一度和微草的团队赛尚未开打，其他场次却已有开赛的。潘林和李艺博自然趁机留意了起来。兴欣和雷霆的比赛无疑是他们关注的第一热点，结果在看到这一场的团队赛出场阵容后，两人就大大地吃了一惊。

“叶修又没上!”潘林惊讶地叫着。

“不会吧?”李艺博下意识地就是一答，连忙也看眼前资料。叶修上轮团队赛没有出战，大家还是比较能理解的。毕竟轻裁战队实力不强，叶修作为主力核心趁此机会休息一下也是必要的。霸图战队那几位老将可是轮换了一整个赛季，结果年纪和他们不相上下的叶修却几乎满勤。

在看到霸图战队这种刻意地轮换保养后，大家都开始意识到，叶修之所以不打擂台赛，或许就是为了减少一些消耗，毕竟擂台赛里有时需要面对的可不只一个对手。而且打完擂台赛接下来就要上团队赛，当然远不如在个人赛第一场上阵后休息得充分了。

快到季后赛了，叶修需要休息一下，大家都理解，只是很遗憾，叶修没出场的对轻裁的团队赛兴欣输掉了。

这5分丢得着实有点可惜。于是三十五轮和雷霆这直接竞争对手的比赛就显得更加关键了。所有人都认为这一场叶修是要上的，但偏偏叶修还真就没上。打完了个人赛后，他就踏踏实实地坐在了兴欣的选手席上，再没动过。团队赛打出的兴欣出场名单：方锐、唐柔、苏沐橙、乔一帆、安文逸和魏琛。

“交给我们!”

这话，是兴欣开始备战这一轮比赛时，兴欣的诸位对叶修说的。

这一轮，原本叶修确实是准备在团队赛里出阵的，但是兴欣的诸位却不知在何时意见达成了一致，竟然一起阻止叶修在这一轮上阵。

“哦？不需要我吗？”叶修笑。

“你也不是那么重要。”魏琛表示。

“那好吧!”叶修点头，简简单单，这事就这么定了。

兴欣安排得轻松，可带来的震撼可一点都不小。潘林和李艺博两个直接就在直播中嚷起来了，雷霆的主场观众，在看到叶修居然不上后也是乱哄哄的。

对于雷霆观众来说他们的心情是有点复杂的。叶修不上，应该算是好消息；可是，这么重要的比赛叶修居然敢不上，这似乎又是对他们雷霆的轻视。居然还有战队敢轻视他们雷霆的团队赛？

雷霆的肖时钦在看到出场阵容后也在发呆。赛前打招呼的时候，他还和叶修说再来好好对决一把，结果叶修就是不以为然地呵呵了一下。他以为叶修是用不以为然的态度来搞心理战，结果人是真的不以为然：根本就不出场，还有比这更不以为然的吗？

“给他们点颜色瞧瞧!”雷霆的戴妍琦显然属于觉得被轻视的那一群体，此时正越俎代庖，给即将上场的选手们做战前动员。

“冷静。”肖时钦回过神来，连忙过来劝阻大家不要带着这样的情绪去打比赛。他们的个人实力并不突出，有的就是协同作战的团队性。每个人都是体系中很重要的一个部件，若有人因为异样的情绪而脱离团队节奏的话，这对雷霆的影响将以数倍计。

“队长，他们小瞧我们!”戴妍琦好像告状似的对肖时钦说着。

“不要把事情想得那么简单。”肖时钦沉声说道，目光扫向兴欣选手席。兴欣即将出场的选手也正在进行赛前的动员，而叶修虽不上场，却也站在他们圈中，一本正经地说着什么。

叶修不出场，肯定有他的道理。肖时钦想着。假装轻视，动摇我们的情绪？这种心理战的因素肯定是有的。然后……肖时钦望着兴欣的出场阵容。叶修不上，唐柔成了首发，而后第六人魏琛。本赛季团队赛出战屈指可数的魏琛。

应该是有什么有针对性的战术吧！肖时钦想着。叶修不上，这个让他意料不到的安排，算是彻底打乱了雷霆的赛前布置。针对兴欣的这套阵容，可不能大意，得快些理出一个战术方案来。

肖时钦不住地琢磨着，结果雷霆选手们还在等他讲“不要把事情想那么简单”的后续呢，结果他就这么沉默了，只是朝兴欣那边多看了几眼。

队长在思考。

雷霆选手们倒也心里有数。叶修不上，他们赛前的一些布置肯定要调整，肖时钦大概还正在琢磨这些问题。

这时兴欣的六人已经开始上场，肖时钦回过神来，也跟着招呼队友："我们上。"

看到肖时钦的神情超严肃，雷霆选手们不敢怠慢，纷纷将自己的情绪和状态都调整到最佳，跟着肖时钦一起上了场。

比赛开始。

兴欣战队很积极地就冲了出来，而雷霆这边，刚进比赛，团队频道里就立即开始出现肖时钦发布的调整战术的指示，乱七八糟迅速展开一屏幕，当中不少队内约定的简单用词这要不是对雷霆特别有研究的估计都看不明白。

雷霆的诸位早已经收拾起了那种要反击被对手轻视的心情，个个精准地按照肖时钦的部署开始实施战术。

而肖时钦的大脑此时还在不停地运转着，初步战术是制定了，但接下来，战斗展开以后，对方会有怎么样的应对，战术需要有什么样的变化，他都在进行着模拟思考。结合兴欣出场阵容的职业，每一种可能性他都不想错过。

雷霆在团队方面也确实素养很高，临时生成的各种指示和更正，大家都能准确执行。而他们这种执行，绝不是机械化地照指示办事。雷霆的所有人，都能从指示中读懂肖时钦的战术意图。他们并不是肖时钦手中的提线木偶，每个人的思考最终契合成的，就是雷霆这个整体。肖时钦在团队频道中的指示越少，越意味着这个团队的强大。

很快，双方在地图上相遇。直接照面的阵容却都不齐整，双方都有选手被派出战术走位，暂未露面。

从正面碰撞，到游走角色的穿插，双方的战术终于一点一点地在这张地图上展示出来了。全场观众看得目不暇接。以为叶修不在，兴欣瞬间就会被他们杀个丢盔弃甲的场面并没有发生，没有叶修的兴欣，也完全有实力和雷霆一战，根本容不得雷霆有半点马虎。

肖时钦心下也在庆幸。庆幸一开始就抑制住了队员们的情绪。如果真的因此在场上表现毛躁的话，此时必将付出代价。

战火在地图上蔓延着，每个人都淋漓尽致地展示着自己的能力，但是最终，胜利的天平还是渐渐向雷霆倾斜了。毕竟拥有主场选图权，这对于他们这支最为讲究战术的团队型战队来说是非常了不得的优势。

雷霆赢了。但也不轻松，他们提心吊胆地战到了最后一刻，当兴欣最后一个角色倒下时，雷霆也只剩下两人。直至这最后一刻，他们都不敢怠慢丝毫。二打一？双方的治疗都早一步就阵亡了，在这种残血的状态下，二打一一不注意的话都可能瞬间就被对手打爆。

5∶5。

电子大屏幕最终打出的比分，让雷霆战队场里场外的选手，让现场的所有雷霆粉丝长出了一口气，他们终于还是赢了，最终没有被兴欣剃个光头。

虽然他们之前领先第八第九有10分，可是若在这里一分不得的话，他们接下来的日子可也好过不到哪去。

雷霆接下来可要面对百花和轮回。

百花是直接竞争对手，而轮回更在上一轮已经表现出了他们即使坐稳了第一，也依然对胜利保持了最大的饥渴。

兴欣和雷霆这场激烈的对决结束得较快，比分很快传到了其他场次。在很多人看来，叶修不上，兴欣团队赛输掉简直就是一个必然的结果，5：5就好像是一个内定的结果一样没让任何人感到惊喜。

而电视中正在直播的比赛，此时也终于结束。三零一度，到底是在团队赛中顽强地战胜了微草，拿到了宝贵的5分。

第三十五轮比赛结束，神奇的是这一轮结束后，积分榜上的名次竟然原封不动，一点变化都没有。百花、呼啸和三零一度都算是收获了胜利，而兴欣和雷霆两个领跑者，却是5：5战成平手。

比赛还剩最后三轮，没有哪队的位置至此就已经稳固。五队中的领跑者雷霆，距离第九名的三零一度也不过9分。接下来三轮表现太糟糕的话，最终会出局也说不定。

前八之争，竟然纠葛到了如此程度。五支战队的对战形势媒体都想分析，像平台纸媒一类纷纷都觉得版面很不够用。就在如此紧迫的时候，他们还不得不分出些许版面给另外一项赛事。

挑战赛，第十赛季的挑战赛。而这次挑战赛的最终决赛，也还是有一定爆点的——嘉世战队，又回来了！

虽然已经不再是豪门，虽然已经再没有斗神一叶之秋，但是，嘉世，这个名字，终于没有就此被埋葬。他们在挑战赛里冲到了最后一步，再一战，这个名字就将重新返回荣耀联盟。

现如今的嘉世是什么样？冲到最后一步的嘉世战队，终于让《电子竞技周报》舍得多用点版面来介绍了。

这支嘉世，依然是以战斗法师选手和角色为核心。

邱非，战斗格式。

但凡是看过上赛季挑战赛的，都应该对这个少年还有印象。就在嘉世分崩离析，选手各奔东西的时候，邱非作为一个被多方看好的天赋少年，可也是受到过多方邀请的。但是最后，这个少年却选择了留下，留在了那个已经褪尽豪门光环，看起来只是苟延残喘的嘉世。

嘉世身边依然聚集着一批粉丝，但是媒体却基本对它失去了关注，直至此时，看到它有希望重新回到联盟时，才有了一些比较深入的介绍和报道，而后，人们发现，这个残存的嘉世，似乎也并没有大家所想象的那么差。

邱非，这个选手的才华已经是得到认可的，这一年，他似乎又有长足的进步。而战斗格式，在上赛季挑战赛就已是嘉世主力，对战斗法师极有经验的嘉世，为这个角色也打造了一身不俗的装备，在这一年里，装备也有朝75级的进化。而其他主力选手，经过深入了解，都是当年嘉世训练营的成员。

新嘉世，虽然没有能力继续维持训练营的运作，但当中不错的学员，都被他们直接当作正式选手保留了下来。

就在嘉世的选手、角色，以及很多珍贵材料在解散时被其他俱乐部战队大肆瓜分时，接手嘉世的夏仲天，在最后时刻出手，努力留下了两样东西。

第一，是邱非，作为新嘉世的核心和灵魂选手。

第二，是嘉王朝公会。夏仲天很准确地把握住了荣耀竞技是依托于一个网络游戏这一特点，所以拥有牢牢掌控的网游公会力量，是俱乐部和战队可以发展的重要基础。

于是就这样，新嘉世踏上了又一轮的挑战赛，又一次站在了决赛面前，本周五，就将决定他们最终的命运。

嘉世的对手，是玄奇，第八赛季和嘉世一起出局的战队。结果第九赛季笑到最后的是兴欣，他们两队双双出局，经历了又一赛季的苦战，双方终于在决赛会面。

嘉世已不是过去的嘉世，而玄奇却还是那个玄奇。他们的教练张益玮在上赛季后依然留任，玄奇的得力选手也都被挽留。一路披荆斩棘杀入决赛，第九赛季出局的两支战队可都是他们解决的，这让他们越发自信。

至于决赛对手，今非昔比的嘉世，可已经吓不倒他们了，玄奇上上下下都踌躇满志，期待着这最终战的对决。

周五是职业联赛的前一天，这天傍晚一般战队都不会再安排什么训练。于是上林苑的住宅里，叶修百无聊赖地转着圈圈。

“看看?”陈果这时问道。

“看看?”叶修反问，没问指的是什么，大家其实都懂的。

于是电视被打开，电子竞技频道，六里松场馆，兴欣去年战斗过的地方。

双方选手都已经入场完毕，此时正等着正式开始，潘林和李艺博这对黄金组合再次解说挑战赛决赛，不过看起来精神头并不怎么足。今年的挑战赛决赛比起去年噱头上当然要差远了，正所谓曾经沧海难为水嘛!

“好，双方个人赛的第一位选手要出场了。”潘林语气平淡地说着。

“咳咳。”李艺博咳嗽。

潘林不解地看了李艺博一眼，导播的狂吼却已经让他反应过来。

“哦，不是个人赛，是擂台赛。不好意思观众朋友们，口误。”潘林连忙诚恳道歉。挑战赛决赛也是季后赛一般的赛制，五对五的擂台赛加团队赛，然后算小分。潘林是还在职业联盟常规赛的节奏里，心不在焉地一时没反应过来。

“嘉世现在出场的选手是……”潘林介绍时有明显的停顿，这人他不认识啊！所以只能先看出场阵容的名字，然后对号入座。

“闻理。”潘林宣布着选手名字，然后干巴巴地阅读着资料，这是他对这选手的所有了解了，除此绝对没有分毫私人关注和看法。

“然后玄奇这边出场的是……”介绍完那边又这边，不过玄奇要稍好些，虽然两年没在联赛里见了，但这选手吧，多多少少还有点粗浅的印象。

“好，现在双方比赛开始。”潘林念经一般。

但是很快，潘林被比赛内容吸引，渐渐兴奋起来。

毕竟，挑战赛决赛，对于这两支战队而言就是和总决赛一般重要的赛场。他们一年的努力，最后都将付诸这一小时或者更多。没有退路，双方只能你死我活。虽然他们的技战术水平可能不及此时在常规赛里为了前八拼死拼活的那些战队，但是这种奋尽全力争取胜利的精神，他们可是分毫不差地在场上通过自己的表现传达出来了。这样的比赛，总是可以打动观众的。

当玄奇战队出战到第四顺位选手，而嘉世已经是到第五人时，潘林甚至开始为嘉世感慨。

“嘉世失误有点多啊！擂台赛他们本可以打得更好的！李指导你觉得呢?”潘林说着。

“是的。”李艺博点头，“只从技术水平上来说，嘉世选手并不比玄奇差，不过真论比赛经验，现在的这支嘉世恐怕就要逊色很多了。玄奇这边的选手，至少都是有过职业联赛经验，但嘉世目前的成员，没有任何一个人打过真正的职业联赛。他们处理场面的经验还是要欠缺一些。尤其这种决定生死的比赛，他们看起来都有一些紧张，这是他们有一些发挥失常的原因。”

“这一点不处理好的话，团队赛嘉世恐怕也会不太妙的。”潘林说着。

“看嘉世的最后一位选手了，他们此时需要来一针强心剂。”李艺博说。

“嗯，嘉世擂台赛的最后一位选手已经开始进入比赛，他是现在这支嘉世的队长，邱非，不过他的年纪其实也不大，资料上看的话，现在才十八岁而已。”潘林说。

“但他确实是一位很有才华的选手，听说去年微草就曾有意招揽他，但被他拒绝了。”李艺博说道。

“看来还是一位对嘉世很有感情的选手。但是光有感情是没用的，我们都知道，在竞技场上，最终还是靠实力说话的。”潘林说道。

“邱非一打二，看看他可以做到何种程度吧！”李艺博说道。

双队角色出发，地图正中相遇，开打。

“漂亮！”不几招，潘林就叫了一声好，场上的邱非的战斗格式已经抢到了主动，正在猛攻。

“相当扎实的基本功啊！”李艺博感叹着。

“对手看起来毫无招架之力。”潘林说。

“这个邱非，我记得去年的挑战赛决赛里，曾打出一套连叶修都毫无办法的连击。”李艺博说。

“那真是理论能达到的峰值了，连叶修都没有办法的话。”潘林说道。

“玄奇这位看来悬了。”李艺博在这种比赛中，预测还是挺大胆的，毕竟选手水平在那，他还是可以完全看穿的。

结果不出他所料，邱非获胜。

“战斗格式还有百分之六十八的生命啊！还是非常有能力一战的，邱非这选手真不错。”潘林说着。

“不过接下来要上场的玄奇队长汤兴，实力可也是不错的。”李艺博说道。

“如果这里让邱非一挑二得手的话，那对玄奇的士气打击可是蛮大的，我们看看汤兴会怎么表现吧！”潘林说道。

结果……

“赢了，邱非再次获胜，挑战赛最终是嘉世笑到了最后，他们取得了一个人头分的领先优势。这很不容易，嘉世拥有一个可靠的队长啊！虽然他还只是个十八岁的少年。”潘林叫着。

“是的，虽然只是一个人头分的优势，但是在这个时候完成逆转，对玄奇士气可是很大的杀伤，接下来的团队赛希望他们不要气馁，能打起精神来。”李艺博说。

“谁也不会轻易让出胜利！”

“但冠军只有一个。”

挑战赛，最终胜利者——嘉世。

“我们回来了！”赛后的新闻发布会上，嘉世的新一代年轻队长邱非，面对镜头，无比严肃地宣布着。

嘉世回来了！虽然今非昔比，但是谁也知道这支嘉世就是昔日那个豪门的直接继承者，只是家里豪华奢侈的东西都卖了，看起来有些破落罢了。

但是对于很多忠诚的粉丝来说，只要还在，那就是好的。

当嘉世胜出的那一瞬，陈果真真切切地听到外面传来的喧闹声，然后还有人放起了爆竹。他们在庆祝的，就是嘉世的胜出，是嘉世的回归。

嘉世是属于这座城市的，过去是，现在依然是。兴欣虽然同样在此，甚至接过了嘉世曾经的主场，也拥有了不错的主场上座率。但是显然，比起扎根H市十年的嘉世，兴欣还差得远。竞技是以成绩为尊，但是感情这东西，全心付出可不是那么容易就会转移的。

“有何感想？”陈果问叶修。

“不错的比赛。经验上明显是玄奇战队更老到，但是嘉世的年轻人更有锐气，最终他们把握到了更多的机会。”叶修说道。

“谁问你这个了。”陈果气，“我是问你对嘉世回来的感想。”

叶修摸了根烟出来点上，深吸一口，点点头说：“挺好。”

“下赛季就要成为对手了。”陈果说。

叶修淡淡一笑：“手下败将，何足挂齿？”

“装什么啊你。”陈果无语，叶修那根本不是会将任何对手视为“何足挂齿”的人。

叶修继续笑，却不再说什么，静静地望着电视，看着嘉世那个新一代的战斗法师，在屏幕中对着所有人宣布：“我们回来了。”

是啊！回来了。

离开还能回来，这种感觉很好吧？

叶修想到自己退役的那一年半，忍不住也唏嘘了起来。

嘉世回归！

这成了第二天的各种头条。这支嘉世并非豪门，而只是豪门的破落户，却还能毅然冲破挑战赛，这更让这支年轻的新嘉世军团得到了一致的好评。媒体开始详细报道这支军团的选手和角色。这种期待，堪比去年击破豪门嘉世的兴欣了。

这一年之间，嘉世就在两极中交替度过。

豪门的实力，却输掉最关键的比赛，招来骂声一片。

落魄的水准，却征服了最终的关卡，赢得各种赞誉。

嘉世的未来会怎样，大家已经开始津津乐道地讨论了，但是，他们只有半天的时间，晚八点半，常规赛第三十六轮开打，这里展开的将是更加激烈的角逐。

兴欣本轮坐镇主场，迎来的对手是倒数第二，已经出局的明青战队。这在人们看来当然和送分一样。而呼啸本轮对手贺武，百花和雷霆两队捉对厮杀，成为本轮被选为直播的重点赛事，三零一度继续他们辛苦的赛程，本轮客场挑战蓝雨战队。

因为赛程走到关键，所以兴欣对手虽弱，但本轮前来观战的观众却一点也不少。而这一次，观众终于大饱眼福，没有留下丝毫遗憾。

兴欣，10∶0完胜明青，在竞争最激烈的时候给己队上了一道强力保险。更难能可贵的是，本轮团队赛叶修依然没有出场，但是这一次，兴欣上场的团队选手干净利落地扫灭了来敌，让那些蓄势待发准备口诛笔伐兴欣的家伙们只能恨恨地咬紧牙关。

呼啸本轮也是9∶1大胜了实力不强的贺武。百花和雷霆的死掐，再次陷入雷霆本赛制一再上演的节奏，个人赛百花4∶1领先，但团队赛雷霆获胜，最终雷霆6∶4反超百花。

而三零一度客场7∶3战胜了蓝雨。艰难的赛程，竟然被他们一步一步闯了过来。轮回、微草、蓝雨三连击，他们一共拿到了15分。虽然暂时还是处在第九位，但到底保证了没有掉队。他们距离此时的第八百花战队只有1分的差距，完全有可能在一轮内逆转。而第三十七轮，看起来就是一个漂亮的好机会。

第三十七轮，三零一度主场迎战本赛季的倒数第一——临海战队。而百花却在此时迎来了霸图。

霸图战队在三十六轮里10∶0狂胜了临海，蓝雨却在本轮输给了三零一度。两队在积分榜上发生了变化，霸图战队又一次升至了第二位，将蓝雨挤到了第三。第二和第三都有季后赛的小主场优势，不同的就是最终的排位奖金有点区别。不过这两支豪门显然都不至于为了这点奖金展开争夺，霸图老将当然也就不会在这个时候还过分消耗精力。

和三零一度的比赛，他们当然也不会放水，但是，他们总不至于有打总决赛的那种毅力和劲头，这也是人之常情。如今的各项竞技赛事都是如此漫长，要求选手们任何时候都全力

荣耀速报
嘉世：我们回来了

以赴反倒有些不科学。

有这种种因素掺杂在一起，未来形势显得更加扑朔迷离。

就剩两轮！各大战队都在咬着牙告诉自己，两轮之后，天堂还是地狱，立见分晓。

5月29日，常规赛第三十七轮开打。

兴欣客场挑战呼啸，成为本轮被直播的比赛。呼啸现场人山人海，座无虚席。自采用人盯人的团队打法以后，呼啸屡创佳绩，从选手到粉丝都是士气大振，夺冠的口号都被他们重新拎出来了。而本轮主场迎战的对手，正是10：0横扫过他们的兴欣，全场充满敌意，从兴欣选手入场开始，各种嘘声就围绕着他们。

个人赛首轮，兴欣照旧是叶修出场。

连胜三十五轮，媒体都已经没力气一再重复这个变态的事迹了。本赛季的单挑之王毫无疑问已经可以提前发给叶修，他的个人赛战绩遥遥领先身后的选手。至于身后那位是谁战绩如何大家都懒得去关注了，反正也没有比较的意义。现在大家就等着看叶修是不是可以最终完成三十七轮连胜的壮举，更有人开始遗憾叶修没有在赛季第一轮打个人赛，否则的话，三十八轮那就不叫连胜，要叫全胜了，这个战绩将永远无法超越，顶多打成平手。除非联盟再次扩建新增战队。

“叶修已经出场，这是他的第三十六轮个人赛，目前他已经连胜了三十五轮，不知道会不会在这里终结呢？呼啸会派出谁来对付叶修呢？会是队长唐昊亲自上阵吗？”潘林在叶修出场后，开始煽动观众情绪关注呼啸战队的出场选手，最终，呼啸战队本轮首发出场的选手：刘皓。

“刘皓，是刘皓！呼啸副队长刘皓，前嘉世副队长，由他来挑战叶修，是因为了解吗？他有什么把握吗？叶修的连胜纪录会终结在刘皓这个昔日的副手手中吗？”潘林一看这出场选手，兴奋，这有话题啊！媒体最喜欢有话题的对决了。

“呃，叶修会在个人赛首发出场完全不是秘密了。所以一般战队的安排，或者田忌赛马，第一轮就放叶修去赢，再或者，就是派出有把握一战的选手，尝试狙击一下。刘皓的话，无论如何也不应该是呼啸的弃子，他的出场，看来是有针对性的部署。”李艺博说道。

“难道刘皓已经找到可以战胜散人君莫笑的法门了吗？”潘林嚷嚷着。

“让我们一起拭目以待吧！”李艺博唯恐潘林让他分析预测，连忙说道。这可是叶修的比赛，分析预测？别搞笑了。

很快，个人赛第一场比赛正式开始。

“不是正面对决。”看到选图后，李艺博立即做出结论，“这图，是很典型的适合魔剑士发挥的地图。障碍之间的割据非常契合魔剑士的攻击距离。”

“刘皓果然是有备而来啊！”潘林感叹着。

“来吧！让我看看你这两年有多大长进。”一进比赛，叶修就在频道里说道。

“呵呵，请老队长多多指教。”刘皓频道里客气地谦虚着，特别有风度的样子，其实肺都快气炸了。

我已经不是嘉世训练营的学员，也不是嘉世板凳上的替补，也不是嘉世的角色选手，统统都不是，我根本不再是你叶修的部下。我是呼啸战队的副队长，本赛季的全明星选手。但是你这家伙，凭什么还是那么高高在上的口气？看看我有多大长进？如今的我还需要你来做点评吗？长进？就让你知道我的长进。刘皓的魔剑士暗无天日果断出击，没有迂回，直奔中路。

石林。

是这幅单挑图的名字。一根根一人粗的石柱林立在这片地图上，分布得相当密集。发生在任何一处的战斗都不可能完全避过他们，遮挡，在这一战中无处不在。

暗无天日很快杀到了中路，但是左右一看，居然没有君莫笑的身影。

“老队长怎么不在啊？这可不是你的风格呀！”刘皓立即在频道里说道。

“怎么会，我的风格就是因地制宜啊！”叶修很快回道。

在哪里？刘皓频道里故作轻松，心里其实挺紧张。这图，要打偷袭可也是挺让人厌烦的。刘皓没有让暗无天日一直停留等候，也摆出要偷袭对方的架势，开始贴靠着石林走位。

嗖！一道人影在二十个身位格外一晃而过，一下就从一根石柱闪到了另一根背后。刘皓连忙调整视角，捕捉这难得出现的踪迹。

刘皓死死盯着那一根石柱，君莫笑就在那背后。暗无天日开始朝那移动，小心翼翼的。在这幅图上正面对抗，刘皓并不惧怕。

接近，一步一步地接近，刘皓小心翼翼地操作着，暗无天日步伐稳定，视角坚定，周身毫无破绽。

观众却打起了呵欠，因为暗无天日步向的方向，君莫笑并不在那里。君莫笑在掩入那根石柱以后，就以垂直直线的移动向后退，而后换入到了另一根石柱后边。

上帝视角，有时候真挺无聊的。观众们纷纷想着，他们很遗憾无法完全体验刘皓此时紧张的心情。对于刘皓这毫不知情的小心，他们一不小心就同情起来。

地裂波动剑！暗无天日发起猛攻，波动剑意澎湃涌出，翻卷着地面，撞到那石林上顿时被切分成两半。一记地裂波动剑，倒是兵分两路起来，将那石林给夹在了当中。

刘皓抓的就是这一时机，暗无天日横向掠出，抢出视野，一记冰创波动阵已经闪出。

“呵——”观众们再次纷纷打起呵欠，石柱后边没有人啊，刘皓打得这么热闹，有啥意思？离叶修的君莫笑现在的位置有一段距离，并不在暗无天日的攻击范围内，战斗根本不可能在当下触发，所有人都看得明白着呢，就刘皓一个人精神抖擞斗志高昂的，两个技能全都献给空气了。

居然没有！刘皓发现君莫笑不在石林后，也是吃了一惊。

但是，丰富的经验，无比熟悉的地图，他还是立即判断出了君莫笑是怎么从他眼皮底下移开的。暗无天日，继续追了上去。

暗无天日非常准确地走上了君莫笑选择的路线。现场观众看到刘皓这准确的判断，为之一振，掌声顿时响了起来。

接近，这一次，是真的接近，但是这一次，刘皓却无法吃准君莫笑到底在哪。

可是观众们不知道这一点啊！他们看到刘皓如此精准犀利地追向君莫笑的路线，只当他已经完全清楚地判断出君莫笑的位置了，哪里知道刘皓知道的只是大概，最终答案还得做个ABC选择题呢！

眼看着暗无天日距离君莫笑越来越近，现场玩家越发亢奋，各种兴奋地加油和呐喊，然后，就见暗无天日一个地裂波动剑扫向了一个没人的石林。

擦！这个真的太扫兴了。观众的期待一下子变得没着没落的，现场成了一出无声的哑剧。

又是之前那般操作的两记波动剑切出，拉开的视角，让刘皓看到那根石林后并没有人。

好了，A选项排除，刘皓看向B和C。

应该……是在这两根后边吧？刘皓突然又不确定了。原本他的追踪是很自信的，一路虽然未见君莫笑的身影，但他相信对方是在他的掌控之下。如果有掌控外的移动，一定会被自己看到。

但是，并没有。那么君莫笑应该就在这眼前了，只是ABC三处无法确认。

A选项，在刘皓的判断中，是概率最低的。但是最终，他选择了向这边先出手。这其实是他的诱饵，向A攻击时，他的注意力更多地还是在B和C，他认为叶修一定会在自己猜错目标的时候动手，所以他将计就计。

但是，叶修没有动。这让他安安心心地剔除掉了一个虚假答案后，对另外两个选项的真实性也产生了怀疑。

观众顿时都替他着急起来。君莫笑就在那里啊！一个不对，你接着扫啊！怎么这停下来了呢？

暗无天日手中短剑提起，突然开始了波动阵的吟唱，一个可以直接将B和C两个答案都包含在内的多选方式。

结果就在这时，君莫笑就那样随便地一步从B选项处迈了出来。

刘皓大惊，连忙取消波动阵的吟唱就要攻击，弧光闪！君莫笑一刀掠出，却已经杀到了刘皓面前。

“没变啊，你的打法还是那么的……虚伪。”叶修说着，君莫笑却已一记十字斩砍出。这等距离下，攻击有横有竖的十字斩着实难以闪避。刘皓反应倒也算快，暗无天日短剑护脸，却是用了剑客技能格挡，将君莫笑这一击挡了下来，借着攻击的冲击力，顺势向后退去。

“你明知道我在哪个位置的，就不能直接攻过来吗，非要绕一绕圈子？”叶修却没有让君莫笑急着赶上，又说了一句。

“这就叫虚伪吗？”刘皓冷笑打字，“难道你就从来没有？”

“我也有啊，但没有人像你这样彻头彻尾。”叶修回道。

“你以为这些话可以让我动摇吗？”刘皓说道。

“你要是真动摇了，那是好事来着。”叶修说。

“别废话了！”刘皓终于也有点按捺不住了，毕竟一直端着也是很累的。

“好吧！”叶修应了一声，君莫笑，再动。

刘皓心下冷笑。在他看来，叶修已经失误了。刚才突然在暗无天日吟唱的时候让君莫笑跳出那是多么的突然？一闪就到面前，那是多么好的突袭机会？结果只做了一次攻击就停下来在那喋喋不休，刘皓真是从头喜悦到脚。他当时可正慌乱着，君莫笑的攻击接踵而至的话他是不是能招架呢，当时那个距离，可不是魔剑士擅长作战的距离。

结果叶修停了，这让他有了喘息的机会，这简直就是放虎归山啊！刘皓已经调整好了，再来的攻击，他可不怕，他本就是想和叶修直接正面对决来着，要不一开始直冲地图正中是图啥呢！

让你的说教，付出代价吧！刘皓心中呐喊着，暗无天日挥剑，烈焰疯狂地卷向冲来的君莫笑，烈焰波动剑！

轰！澎湃的烈焰让直冲上来的君莫笑无处可避，瞬时燃起火焰，燃向泡影。

哼……刘皓再次冷笑，影分身术，用过不知多少次的老把戏了。

暗无天日早已经跳起，几乎是在烈焰波动剑出手的同时，此时空中拧转着身形，地裂波动剑！

大地翻滚着卷出，嚣张的波动剑意，却只带起了君莫笑的一丝衣色。

暗无天日打偏了，因为君莫笑根本就不是站在他的正后方，他的站位稍稍偏了一些，地裂波动剑很无奈地只是从他的身边滚过。

“谁告诉你我每次都会站在对手身后的？”叶修说着，君莫笑拔剑而出。

拔刀斩！剑光一抹而过，正在半空中的暗无天日无法闪避，格挡之前也是刚用，冷却未好，匆忙中只能普通攻击劈出一剑。

但这攻击判定比起拔刀斩可就逊色太多了，完全无法招架，拔刀斩的剑光生生地推着暗无天日砍出的短剑倒撞在了自己身上，暗无天日朝下坠去，那里他方才烈焰波动剑的火焰甚至都未完全燃尽。

虽未完全招架，但多少还是起了点作用，暗无天日这一坠不至于翻倒，刘皓继续调整角色身形，让他落地时尽可能平稳。

啪！结果就在他落地的一瞬间，脚底下传来一声声响，刘皓低下视角一看，一个陷阱扣已经扣在暗无天日的脚上。

盗贼技能，陷阱扣，效果——限制移动。

刘皓顿时脸如死灰，这个陷阱君莫笑何时安放的，他竟然一点也未察觉。看这个位置，难道是自己烈焰波动剑出手的一瞬，他利用火光最浓郁遮挡了视线的那一瞬间放置？

不管怎样，刘皓此时中招，暗无天日在陷阱扣的技能时间内寸步难移。而这次叶修并不打算再和他聊天了，手雷、抛沙、驱散粉……君莫笑冲过来时就已经扔出了好多东西，都是一片不移动完全没法躲开的攻击，刘皓除了转视角避开了抛沙的致盲效果外，其余全中，然后就见君莫笑手中剑上暗紫色的鬼神之力一闪，地上已经立起了一个结界：刀魂之力，俗称刀阵，让角色的力量和智力大幅上升，提高战斗力。

真正的攻击，这时才刚刚开始，散人快打。

陷阱扣的技能效果在，暗无天日在挨打；陷阱扣技能时间到效果消失，暗无天日还是在挨打。

刘皓哭了，这幅图他珍藏良久，就是等着关键时刻拿出来帮自己提高人气。眼下，关键比赛，对手叶修，三十五场连胜纪录，这恐怕是刘皓本赛季单人赛场上最能赢得声誉的一次机会了。刘皓祭出了他的法宝，也展示出了他法宝的威力——凭借对地图熟悉展开准确追踪，可是直接收获现场掌声的。

但是随即就没有然后了。他再没有得到利用地图的机会。叶修一个陷阱扣就封杀了他的移动，而后从容布置起来的攻势，根本不给他任何依赖地图掩护或是反击的机会。

要输了吗？就这样输了吗？自己精心准备的，就这样毫无还手之力地要输掉了？

这不可能啊，这不科学啊！自己很努力啊，也很用心啊！胜利呢？为什么还是捕捉不到丝毫胜利的身影？这个人，真的就永远也无法战胜吗？

刘皓感到惊恐。这已是他竭尽所能设计出来的一场比赛了。他以为他拥有很多优势，结果他连一秒钟的上风都不曾拥有过。他就好像还是嘉世训练营的那个学员，那个高高在上的斗神来了训练营，随随便便地选图，随随便便地把他击败。

他以为他已经很强大，可是最终的结果，却和过去没有任何分别。轻轻松松的，随随便便的，他就被打败了。

为什么啊？为什么会这样啊？暗无天日倒下，刘皓崩溃般地在比赛席中怒吼着，可是，没有人会听到。

Chapter 013

被　轻　视　的　菜　鸟

兴欣VS呼啸，1：0。

现场的电子记分牌上清晰地打出了首战之后两队的比分。

叶修的连胜在继续，这话题电视直播里潘林和李艺博只提了一句，还是略带嫌弃的口气，实在是已经腻味了。而有关这一局比赛，李艺博深深地觉得自己又被打脸了。他在赛前根本就没敢做过多的分析预测，他只说这图更适合魔剑士发挥，是刘皓精心挑选的。这种一目了然的事，他觉得无论如何也不会错啊！

但是结果，这图适合魔剑士发挥吗？这要不是从图来看，只看现场表现的话，那只能很遗憾地给李艺博一句“呵呵”了。

现场表现，实在看不出刘皓的暗无天日有什么利用到地图的战斗发挥。但是李指导是那么容易对付的吗？

“叶修打得很好！”李艺博说道，“从一开始就看清楚了地图对他不利，所以一步一步将对手引入他的设计，一波控制住后，立即搞定了比赛。”

“是啊是啊，刘皓到底想利用这图做出什么样的文章呢？我们根本没机会看到啊！”潘林也附和着李艺博的思路。

“这场老队友的对决，并没有引发我们意料中的火花啊，叶修轻而易举地获得了胜利。”李艺博说。

“是的，叶修轻取一胜，现在兴欣1：0领先，现场的呼啸粉丝看起来有些失落啊！”潘林说道。

“大概也是对这样的场面始料未及吧！说起来首席出战的选手，通常都会选择风格比较硬朗的啊！这类选手比较能带动气氛，即便输掉也不至于让人太扫兴。刘皓的话，应该是一名计算型的选手吧，算得不准，那输得可就比较难看了。”李艺博说。

“嗯……这场看起来他是有点不作为。”潘林说道。

在两人的议论中，两位选手都开始下场。刘皓脸色难看地走在路上，耳边听到一些嘘声，显然还是有很多呼啸粉丝对他首战的表现很不满意。不过整体来说，呼啸观众对刘皓还是相当宽容了。

“让我们准备欣赏双方第二轮的对决吧！”潘林说着，镜头也交到了现场的电子大屏幕，双方个人赛第二轮出战的选手名字，很快在屏幕上打出。

兴欣，莫凡，毁人不倦。

呼啸，郭阳，气冲云水。

“又是一位前嘉世选手。”李艺博说道。

“兴欣派出的是莫凡，而不是最近一直固定出场的罗辑或是魏琛。看来形势之紧张，终于让兴欣也不敢继续让罗辑和魏琛这两位找状态了。”潘林说道。

“呵呵，这种时候了，再丢分，可就没什么机会找回了。”李艺博说道。

是的，最后两轮，任何一分都极其宝贵，很有可能最终欠缺的，就是这一分。

呼啸战队虽然丢失了1分，但位列积分榜第七的他们，比起第八第九还是有一点优势的。而此时，比呼啸更需要分数的，位列积分榜第八的百花战队，却也在个人赛首战丢掉了一分。

宋奇英，霸图的小将先发上场，最终击败了百花的老将张伟，为霸图先取1分。

而后第二位上阵的霸图选手，顿时引起了百花满场的嘘声。

张佳乐，只能是张佳乐，每每回到百花主场，迎接他的都是这样的礼遇。

从百花退役算起已有三年。

从加入霸图算起已近两年。

百花对他的怨念，似乎始终未曾少过。即便有很多理解他的百花粉，但他们的声音并不能完全占到上风。反倒是那些痛恨张佳乐的粉丝，存在感总是更加强烈。

而在本赛季中段百花粉丝自己组织的一次百花史上选手评选活动中，百花粉丝最感谢的，和最讨厌的选手，居然全是张佳乐拿了第一。

张佳乐在百花，是天使和魔鬼的合并体。有人更念着他那么多年的贡献，有人更痛恨他在最后时刻的背弃。

爱与恨，就这么纠缠，争论似乎永远也不会休止。此时他上场，现场有掌声，但更多的还是嘘声。毕竟此时此刻，百花急需胜利，而张佳乐却成了拦在他们面前的一道障碍，这个更能激起的显然是仇视而不是感激。

而百花方面，这轮出场的选手名字打出后，现场顿时都是一怔。

邹远，花繁似锦。

就是这么巧，百花新旧两代弹药专家，就这样针锋相对地站在了场上，空气似乎都有些凝固了。

张佳乐的神情却很平静。走到今天这一步，他再不会有别样的情绪。那过去的种种，都已经被深埋在了心底。他会回忆，但绝对不是现在这个时候。或许分数对于眼下的霸图来说已无所谓，但张佳乐也绝不会就此向百花卖好。他希望可以得到百花玩家们的谅解和支持，但是，绝不可能是用这种方式。

他会认真打好这场比赛，对霸图无关紧张的胜利，但却是他对自己，对百花最大的尊重。

枪响。两位弹药专家已经战在了一起。

这大概是目前荣耀中最优秀的两位弹药专家，他们同出自百花战队，同控制着以花为名的弹药专家角色。

谁更强？谁更弱？这似乎不是一场比赛就能说明的问题，一场比赛，只有胜负。

邹远的打法，是对张佳乐很大的继承，不过在这之后，也融入了许多他个人的风格。两人的打法，似乎一样，其实却又并不一样。这无关优劣，只是各自将自己的能力展示到极限。

轰鸣声中，弹药像花一般盛开着。在这一刻，所有人都忘记了所有的纠葛，每个人的神经都被场上的一切给牵动着。

胜负，只有胜负，无论什么人，什么职业，什么样的打法，什么样的纠结，到了场上，最终所展示出的，只有胜负。

输了的倒下，站着的赢得比赛，除此不会有第二个结果。而当这一终点来临的时候……

荣耀！电子大屏幕上闪出了这两个大字，全息投影的比赛画面，也会在最后一击的这一瞬拉慢速度。

花一般盛开的弹药火光中，花繁似锦倒了下去，邹远终究还是没有战胜他的前辈。而张佳乐，他很清楚他的这一胜对霸图可能只是锦上添花，而对百花却可能致命。但他没有犹豫，没有退缩，毅然决然地让百花缭乱开出了最后一枪。

而这一枪会给百花战队带来什么样的后果，这已经不是他要考虑的事了。

百花战队的核心选手，王牌角色，这都已经是过去。

2：0！

霸图客场挑战百花，在己队并不需要过分在意胜负的情况下，却先声夺人，将百花逼到了悬崖边上。

而从其他场次传来的消息，更让百花感到心慌。

仅差他们1分的三零一度战队，本轮对手是倒数第一的临海。此时他们已经连赢下三城，即时的积分榜上，已将他们挤出了前八。

雷霆主场对轮回的比赛，此时也结束了两轮，雷霆竟然在他们并不擅长的个人赛里，2：0领先了轮回。

呼啸对兴欣，个人赛两轮战罢，此时1：1平。直接竞争对手打成这种交替上升的比分，这对于其他对手而言是最难受不过的，大比分的落后，才更容易出现超车的空当。

一个好消息都没有。暂坐第九位的百花战队，再无退路。

胜利，他们需要胜利！这轮如果不能得分，那么他们这一个赛季恐怕就将在这里画下句号。百花下一轮，是客场对轮回，实在很难将希望寄存到下一轮。

“一定要赢啊！”

带着所有百花人的期待和寄托上场的，是百花战队的召唤师选手朱效平，而他要面对的，是霸图战队那个不动声色，凭借走位站位来展示实力的秦牧云。

朱效平知道这一场至关重要，但是，好难办！

他的召唤兽完全无法对秦牧云的零下九度完成包围，精准的走位，让他在召唤兽大军中穿梭自如，而后他的子弹却是一发又一发地送向了朱效平的风刻。

派上包围的召唤兽尚嫌不够，朱效平根本没有余力还留召唤兽来保护自己。他进退两难，最终很遗憾地输掉了这至关重要的第三场。

0：3！

百花已是0：3落后了，在形势已经糟糕得不能再糟糕的情况下又被霸图补了一刀。

朱效平下场时神色惨然，他没有实现全队，还有全场观众的寄托，他知道这一败意味着什么。

现场死一般的沉寂，无论对百花的表现有多不满，此时的观众都已经没有心情去嘘，去起哄。

要赢啊！所有人心里只有这么一个声音：要赢！

“不能再丢分了，接下来的7分我们必须统统拿到。现在是我们本赛季最重要的时刻，大家一定要集中精神！胜利，一定要胜利，除了这个，将脑子里的其他念头统统抛掉。不要指望霸图战队会松懈，不会，那支队伍从来都不会。我们只有将自己的一切拿出来，统统押在这场比赛上。这是我们自己的机会，只能靠我们自己去把握。赢下去，一直赢下去！”个人赛后那短暂的休息中，于锋为百花全队拼命地打着气。

“上，不要让对手看扁，不要让粉丝失望！拿下他们。”于锋吼道。

已在悬崖边上，无路可退的百花战队，终于在擂台赛上爆发出了惊人的战斗力。其中最可圈可点的是刺客选手周光义，从霸图来到百花的周光义，打得异常出色，险些一打二得手。如此漂亮的开局，接下来的两位选手总算没有荒废，擂台赛，百花战队终于拿到宝贵的2分，总算在这悬崖边上稍稍稳了稳身形。

但是其他场次传来的消息，却让百花的处境依然很狼狈。

三零一度，以5：0的绝对领先进入团队赛，目前在积分榜上已经以2分的优势超越了百花。接下来拿下团队赛的胜利看起来也没什么问题，三零一度这次将收获一个满满的10分。

雷霆对轮回的比赛，个人赛先夺2分的雷霆，遭到了轮回的强力反击，目前比分已经被扳成了2：3。但雷霆目前依然领先百花战队7分之多，之后的团队赛他们就算输掉，百花战队也不可能凭借战胜霸图完成超越。

另一场，本是百花寄希望最大的一场比赛。呼啸战队只领先百花3分，百花当然希望这个差距不要再扩大，甚至能被他们直接反超。结果，个人赛首场旗开得胜的兴欣，受到的反弹比雷霆还要夸张。呼啸战队一场又一场地赢下去，单人赛事最终竟然被打成了一个1：4。兴欣1，呼啸4。

如此兴欣领先百花7分，呼啸领先百花5分，不论这两队最终结果打成什么样，百花都不可能超越任何一支。他们本轮的结局，竟然在半场后就已经提前注定。第九，只能是第九，没有任何进入前八的可能性。最后一轮将是他们最终的机会，客场挑战轮回，难度最大的机会。而想拿到这个机会，他们还得在本轮的团队赛里先战胜霸图。

好不容易在擂台赛里精彩地扳回了2分，从其他赛场上却得到这么不利于他们的消息，百花战队的士气，就这么飘飘浮浮没着没落的。

“现在倒简单了。”结果他们的队长于锋倒是轻松起来，“就这么一条路，已经没有别的选择。让我们奋尽全力走下去吧！千万不要给自己留下任何遗憾。”

不要给自己留下任何遗憾！百花的诸位想着这句话，渐渐地，他们的目光都坚定起来。他们更需要这场胜利，所以他们应该在这个场上更加无所畏惧，管他对手是谁呢？

“百花目前情况不妙啊，这轮接下来不管打成什么样，他们都肯定是第九了。”正在做电视直播的潘林和李艺博，也趁着中场休息聊起了当前形势。

“是这样的，不过在最后一轮，百花还是很有机会的。前提就是他们拿下接下来团队赛的胜利。”李艺博说道。

“嗯，如果百花拿下团队赛，他们将积237分。”潘林看着积分榜，做起了算术，“雷霆如果在团队赛里输给轮回，将只有239分，领先百花2分；三零一度团队赛击败临海拿到10分的话，那么也是239分，领先百花2分；还有就是我们正在直播的，呼啸对兴欣的这场比赛，团队赛，呼啸胜，兴欣也将只比百花领先2分；兴欣胜，那就是呼啸和百花同分。百花的机会还是很明显的。”

“就我们正在直播的，呼啸和兴欣的比赛，无论结果如何，都将有一支队伍被甩下成为百花赶超的目标。”李艺博说。

“相信他们也已经在中场休息的时候得知了其他场次的比分，很清楚目前的状况。”潘林说道。

“这场团队赛双方都将背负很大的压力。但是，如果输掉，那么在下轮将承担更大的压力。呼啸最后一轮是打微草，兴欣是打三零一度，这可都不好对付。”李艺博说道。

“眼下呼啸战队单人赛事连追4分，士气正旺，兼具主场优势。相反兴欣在开门红后，连丢4分，急需打起精神啊！”潘林说道。

“是的，这两队，虽然情形比起百花战队还是要好不少，但也是在离悬崖不远的地方。谁输，谁就要朝悬崖再近几步，百花那边则是拼命往里挣扎，说不定突然一下，百花进来了，这边有一队就出去了。”李艺博一边说，一边还拿了两个拳头在桌子边缘比画。

“让我们拭目以待哪一队能在这个时候更加的稳定心神吧！”潘林说道。

“嗯，团队赛比赛即将开始了。”李艺博说道。

“让我们回到现场。”潘林说着，镜头从解说厅切回到了比赛现场。以一个高镜头同时俯瞰着两队的选手席，两队选手此时都围成一团，显然在进行着关键一战的部署。

赛场上，裁判走到了赛台边，伸手示意两队准备上台比赛。现场的大屏幕一格一格，刷出了双方团队赛出场的选手名单。

“靠！”潘林顿时惊叫出来，连忙捂口，却已经迟了。一整个赛季了，潘林频频在出口成脏的刀刃上行走，很努力地克服了一次又一次爆粗的冲动。但是很遗憾，常规赛倒数第二轮，潘林金身告破，终于没控制住喷出了脏话，并瞬间传入了千家万户的耳朵。他仿佛已经看到了当月奖金从口袋里滴溜溜地跑了出去。

“兴欣真的太胆大了!”李艺博真的还是挺够意思的，知道潘林这脏话可是比较不合适的，连忙就出声接话，能掩盖就掩盖一下。

“是啊……”潘林却因失误，一时间有点找不到状态了。

“如此关键的一场比赛,团队赛,叶修继续不上?”李艺博继续惊讶地望着出场阵容的特写。

兴欣战队：方锐、苏沐橙、唐柔、罗辑、安文逸、莫凡。

非但叶修没有上场，罗辑，这个才打了几轮比赛的新秀，居然在这样重要的一场比赛里被安进了团队赛名单。

“兴欣到底在想什么!”潘林有点抓狂。

“叶修难道真的出什么问题了?”李艺博这次也实在按捺不住要猜想了，哪怕叶修一直有在个人赛里延续他的纪录，但是，团队赛到这轮，可已经休息了整整四轮了。四轮不上，这一般情况下可不会有人想到是轮换，大概都会觉得这位选手是被主力阵容给淘汰出去了。可兴欣怎么可能淘汰叶修?

“是受了什么不能长时间进行操作的伤吗?就像孙哲平?”潘林说着。孙哲平如今在义斩战队，就是只打个人赛。而他因为手部旧伤无法承担过大负担的比赛也不是秘密。叶修这连着四轮只打个人赛，真的和孙哲平的情况有几分相仿啊!

无论休息，还是故布疑阵，眼前这场比赛这么关键，叶修不上，这真的不合常理。

但是大家再惊讶，兴欣上场的也只能是这六人，此时他们和呼啸六人在场中央分作两列，一起欣赏着呼啸六人惊讶的表情。显然，没有任何人会想到叶修本轮还不上，包括呼啸战队。

握手，问礼，双方各朝比赛席走去，路上还有呼啸选手狐疑地回头张望着，好像叶修是易了容混在那六人里要给他们个出其不意似的。

“不用管对手怎么样，这对我们无所谓，人盯人，照旧。”队长唐昊对大家说着。

“嗯。”呼啸众选手点头，但是他们的副队长刘皓，此时却在望着场下，兴欣的选手席，望着叶修。

个人赛被叶修轻松打跪，刘皓很崩溃。但他真的太善于掩饰心情了，从比赛席出来后，面上却就是一副败不馁的模样，向队友们道歉，为下一个出场的队友加油，实在没人可以对他再多说什么。

只有他自己知道，他心里才没有他表面上这么镇定。

他都快疯了。他实在无法接受自己被叶修轻而易举就击败这个事实。

他想报复，他疯狂地想报复。

机会就在眼前，团队赛，团队赛大家总还是碰得着的。而团队赛他们呼啸打人盯人，刘皓分到的目标，还真就是叶修。

刘皓一直咬着牙在等这一刻。结果，叶修不上场。

这么关键，这么重要的一场比赛，叶修居然没打算在团队赛上场。

刘皓蓄了几乎整个上半场的能量，顿时全转化为憋屈了。

他着急上火地想要击倒叶修，但叶修压根就没把他放心上。人还是该上场就上了，想休息就休息了。因为刘皓的存在，所以团队赛一定要上来坐镇？很遗憾，刘皓压根没这个资格，人也压根没这念头。

叶修不上，于是刘皓更换要盯的目标，于是他的对手是：罗辑。

这是叶修不上后的自然替换，呼啸并没有要所有人重新布置一番的意思。但刘皓此时心情不好，顿时对自己最终需要盯打的目标很恼火。

居然是那个菜鸟？

刘皓有种被轻视的感觉。虽然他心底里其实清楚不是这么一回事，这就是个自然而然的替换，但他就是有一股浓浓的被小瞧的感觉挥之不去。

“拿下他们！”队长唐昊吼着。

“哦哦哦！”队员们应声。

比赛已经正式开始，但观众一时间却都还没有进入状态，大家都还没从叶修没有出场这回事中醒过来呢！

结果开场后双方的第一个举动，就让所有观众迅速集中了注意力了。

呼啸战队，选手、角色替换，治疗选手阮永彬、牧师愈灵者出，第六人郭阳、气功师气冲云水进。

兴欣战队，选手、角色替换，治疗选手安文逸、牧师小手冰凉出，第六人，莫凡、毁人不倦进。

全场沸腾。

呼啸打这个节奏已是司空见惯的事，甚至有人吐槽他们的比赛何必要带治疗呢？当然这话仅仅是吐槽而已，先发一个治疗，从战术上讲有迷惑性，就算知道呼啸有换入第六人五输出人盯人的全攻型打法，却也不得不考虑呼啸这一场里没有这么打的可能性。

再者人盯人全攻型打法对己方的消耗也是极大的，很多时候还是需要一个治疗在之后帮助稳定一下形势，所以前次烟雨战队直接六输出上去打，赛后评论纷纷觉得他们打得太极端。

本场，呼啸照旧是他们一贯的打法，但是谁也没有想到兴欣竟然全盘复制他们的模式，居然一上来也直接把治疗甩出全输出阵容上阵。

“兴欣……真的太有勇气了！”潘林惊叹道。

呼啸战队用这套打法耀武扬威至今，真还没有哪支战队如此坚决，一上来就也摆出全输出角色去对攻。兴欣上来就这么打，这是继叶修没有出场后，再度让所有人吃了一大惊。

“不过说起来，这种打法，兴欣也并不是没有采用过。当然，只是他们最终并不是呼啸这种人盯人的战术罢了。”李艺博说着。

潘林一回忆，貌似还真是，第六人替换治疗上阵加强输出，这种打法兴欣早就有采用过来着。

“那么本场他们这么做的目的是什么呢？”潘林说道。

"嗯，让我们拭目以待。"李艺博说。

潘林翻白眼，这种时候，不是应该分析分析吗！这李艺博真是越来越过分了，总是一到这种时候就装没事人。

两队火速出击，呼啸战队兵分三路，有两人分切左右两路，这种两翼齐飞的打法也是他们的惯用套路，本轮主场作战，对地图的熟悉让他们的移动更加迅速坚决。

反观兴欣，却是五人抱成一团，别说分散了，这站位，看起来可都稍嫌有点紧密了。

"兴欣这是想做什么呢？"潘林这焦虑好奇的情绪真不是有意煽动出来的，他是真的很在意，"输出换了治疗上来，可看这阵形不像是要和呼啸打人盯人打对攻啊！"

"应该不是。"李艺博说道，"真要人盯人分开来打的话，兴欣恐怕不占优势，呼啸选手的个人能力还是非常突出的，所以他们使用这套人盯人打法能有十分出色的效果。兴欣如果真要这样针锋相对地去打，恐怕有点不明智。"

说话间，两队的先头部队已经相遇，呼啸战队是唐昊、林枫、赵禹哲三人组，兴欣战队，却是他们的全部。

兴欣战队的速度在此时忽然慢了下来，呼啸战队却是继续勇往直前。

忽然，"噗"一声轻响从兴欣战队中传出，跟着就见一缕紫烟，迅速蔓延开去，瞬间就把兴欣战队的角色全部包围起来。

"烟玉！是毁人不倦的烟玉！"潘林叫着，"难怪兴欣的阵型会排得比较紧密，是想利用烟玉的掩护，让对手无法准确判断形势吗？"

潘林仿佛发现了新大陆般兴奋地叫着，李艺博却皱了皱眉，没有急于发表看法。只凭一个烟玉，就想打破呼啸的人盯人打法，这未免有些太小看人吧？李艺博如此想着。

幼稚！场上，呼啸队长唐昊看到兴欣采取的战术后，果然如李艺博所料颇不以为然。呼啸也算是磨炼了很多场人盯人的打法了，可不是这么容易就被破坏的。

烟玉这个技能固然是可以掩盖角色形体，但是对单人效果最佳，五个角色一起，这真是稍嫌多了一点。角色不动还好，这要一移动起来，烟雾非得翻江倒海不可，到时只是观察烟雾的厚薄程度，都能判断出个大概。

再或者，干脆就暂不上前，烟玉的烟雾又不能跟着角色一起移动，兴欣五人就在那傻蹲着，等烟散了，还不是一样打？

总之，方法太多太多了，以为烟玉是什么高明的破解之道，兴欣真是太天真了。

"烟玉掩护不住五个人，直接击散他们！"唐昊下达指示，正符合他们呼啸一贯主攻的风格。而且这指示，唐昊干脆都没切换成团队频道，而是直接在选手公共频道里下达的。

兴欣的应对，实在有些不够看，指示直接下达在选手公共频道里，让他们知道利害，或许会产生更多的动摇。

唐昊打比赛，也不是只凭热血，身为一队之长，该有的心思还是会有一点的。

呼啸全队听令，继续全力前进。左右两翼刘皓的魔剑士暗无天日和郭阳的气功师气冲云水此时也都到阵，和中路三人的节奏配合得丝毫不差，呼啸这套打法，确实已经相当娴熟了。

“我来扫开他们的烟玉！”刘皓在频道里叫着，他是比较多疑谨慎的，无法亲眼看到兴欣的情形，还是有些不放心。

“一起。”左路郭阳，刘皓的嘉世前队友倒也心领神会，上来一起配合，两个中距离攻击手，又都有着范围杀伤的技能，夹击起来非常惬意。

于是暗无天日开始吟唱聚集波动剑意，气冲云水吟唱聚集念气。结果就听炮声响动，有炮弹自烟雾笼罩中喷着火舌飞出，沐雨橙风的炮弹直指暗无天日，打断他的吟唱。另一翼，空气好像突然间被什么刺穿了一般，留下一串透明的涟漪。

气刃！同是气功师高手的郭阳如何不认识这个技能，这是方锐的海无量在出手打断他的攻击。

左右两翼的攻击都被暂时打断，但是唐昊的唐三打已经从正面直切进来，林枫的鬼迷神疑则是开了潜行，悄然走近。赵禹哲的元素法师看到左右两翼的吟唱都被打断，没有贸然吟唱大法术，法杖一指，一记烈焰冲击自兴欣阵中喷起，火山爆发般的火焰一冲数米高，但是，没有什么目标被轰起。

唐昊的唐三打终于彻底进入攻击距离，林枫的鬼迷神疑也已经潜行贴上。兴欣的烟玉却在这几下攻防中被搅和得各种翻滚，渐渐已经稀薄下来。

“破！”唐昊一声呐喊，呼啸战队，开始了他们最拿手的突入切割！

冰霜波动剑！

刘皓的暗无天日一剑掠出，冰晶铺地而过，瞬间撕入烟玉当中。渐蓝闪光的冰晶，在紫色烟雾中留下清晰的痕迹。

中了！刘皓看到冰晶撞到了一个目标，具体是谁并不清楚，但是这一目标的速度势必是要下降，兴欣的节奏也将因此被破坏。

剑锋再度扬起，这一次是火气缭绕，攻击性更强的烈焰波动剑即将出手，但是刘皓忽然感觉暗无天日脚下异样，连忙一步迈开一边低下视角去瞧，结果，这一步竟然迈不出去，一条藤蔓竟然已经缠绕在了暗无天日的脚踝之上。

魔界之花！

刘皓一愣，立时想到兴欣的阵容中，有那个取代了叶修的，菜鸟一般的叫什么罗辑的家伙，他的职业，好像就是召唤师来着。

召唤师……

召唤师！刘皓打了一个激灵，他忽然间已经意识到了什么……

霸王连拳！

唐昊的唐三打却在此时已经猛扑进去，会扑到谁，他并不在意，撕裂，他们追求的效果就是撕裂，将兴欣五人的角色从联系中撕裂开。

命中！唐三打一手按翻了一个目标，另一手已经握拳砸上，只是，好不过瘾，这个目标，看起来是那么的瘦小。

灵猫……

居然只是一只灵猫。

召唤师……

召唤师！唐昊也反应过来了，但是紧跟着，两只利爪已经搭上了唐三打的肩膀，冰狼，张着它那喷着寒气的大嘴，朝着唐三打咬了下来。

赵禹哲的元素法师韶光换在呼啸攻势全面形成后，终于也开始了大法术的吟唱。

绝对零度！

他要用这个强力的控制法术将兴欣的某一位撕离出他们的团队。

但是，吟唱尚在中途，紫烟中一声鹰啸，雷鹰，闪电般地从紫烟中穿出，几乎就是一眨眼的工夫就已经飞到了韶光换的上方，口一张，一道落雷降下，赵禹哲不得不打断了吟唱躲避。

不妙！赵禹哲也已经意识到了。

这太不妙了。

烟玉真正的目的，不是要掩护兴欣五人，而是要掩护兴欣召唤师的吟唱。呼啸要打的是人盯人，但在有召唤师在阵的情况下，人盯人，怎么盯得住？召唤师代表的可从来都不是一个人。

大意了！真的太大意了。谁都没有意识到，兴欣的那个菜鸟，竟然会是本场团队赛的关键人物。召唤师！这职业对呼啸人盯人打法的克制是相当明显的。但是呼啸居然没有将此重视起来，居然没有针对召唤师做必要的限制。

只因为他替下的是叶修，人们只顾惊讶，竟然都忘了换上来的这个人，对于这场团队赛有怎样的价值。

忽视一个新兵菜鸟，可也是很致命的！

人盯人打法的呼啸，忽略了兴欣战队中的召唤师，这实在是一个低级到可笑的失误。

兴欣战队的勇气，对选手的信任，真的是太超乎寻常了。换是很多战队，即使知道召唤师是对呼啸打法的一种克制，但是，又有多少队敢把这一注押在一个到目前为止，出场根本没几轮的新人身上？

兴欣这样做了。以至于呼啸如此低级可笑的失误，一时间竟然没有多少人好意思去批评他们，实在是因为太多人都和呼啸一样忽略了这一点。

所有人都在想着叶修居然没上团队赛这种事，但有几人有认真停下来思考一下，在叶修没上的情况下，兴欣会如何应对这场比赛？

在他们看来，好像叶修不上，兴欣这场就是胡来一气一般。

但是很遗憾，一个忍者，一个召唤师，兴欣就凭借他们上场次数不多的两位选手，两位新秀选手，起手就打崩了呼啸的人盯人战术。

烟雾此时已经散得差不多了，兴欣的阵容此时终于彻底露出狰狞的面孔。昧光指挥下的召唤兽，让呼啸战队发动的人盯人战术显得那么幼稚。

刘皓的暗无天日被魔界之花的藤蔓捉住。

唐昊的唐三打此时倒是按翻了一只灵猫，但是他自己的脑袋也正在冰狼嘴里含着，模样可怕无比。

赵禹哲的韶光换被雷鹰盯上，虽然仅一只召唤兽真不至于对一个职业选手有多大威胁，但是赵禹哲想腾出手来对兴欣这边发动攻击的话，却也得先问雷鹰答应不答应。

郭阳的气冲云水，和林枫的鬼迷神疑此时就没什么事了吗?

当然不是！兴欣那是一个团队，此时在战斗的可不是罗辑一个人。昧光的召唤兽一下子就应付掉了呼啸的三个人，兴欣的其他选手，此时可都还闲着呢！

苏沐橙的沐雨橙风，重火力攻击缠上了气冲云水。不过要说最倒霉，那还得说是林枫，他是战斗贼，鬼迷神疑潜行过来，也是准备利用偷袭将兴欣的一个角色从团队中撕出的。但是，烟雾散了，他现形了，然后，被包围了。

唐柔、方锐、莫凡，三人的角色此时已将他的鬼迷神疑团团围住。

破了对方的战术，这可不算锁定了胜利。真正奠定胜利，是要给予对方有效的杀伤。战术既可以更换，也可以重新整顿，忽略了对手阵中召唤师这种低级的失误，呼啸显然绝不可能再犯一次。

所以兴欣必然是要利用这一次机会，抢先给予呼啸重创才行。否则的话那只是扛住了对方的第一波攻势，没有反击力度，那又有什么用?

林枫此时就身陷兴欣的反击力度当中。三人的围攻，让他完全无法招架，鬼迷神疑的生命瞬间就下去了一大截。可是想一波就将鬼迷神疑解决，时间还是远远不够。

单凭一只雷鹰，不可能完全限制住赵禹哲。

冰狼直接把唐三打的脑袋整个叼在嘴里看起来可怕，但游戏就是游戏，伤害并没有因为场面可怕而增加多少，倒是冰气对唐三打的减速可能让唐昊更加难受一些。

刘皓的暗无天日也只是被藤蔓缠住，限制的是他的移动，他一样可以在那里做出攻击，波动剑的攻击距离，还是可以扫到兴欣阵中。

到最后，被限制得比较死的，到底还是沐雨橙风炮火压制下的气冲云水。召唤兽，到底无法起到和选手角色完全一样的作用，它们还差得远呢！

“目前的场面，兴欣占据优势，但是是不是能就此奠定胜局，还是要看他们怎么打。”李艺博已经看出比赛远没到就此结束的时候，在直播中评论着。

“是的，刘皓的暗无天日虽然被魔界之花的藤蔓限制了移动，但是兴欣依然处在他的攻击距离内，他完全可以支援林枫！”潘林叫着。

地裂波动剑！

刘皓果然如潘林所说，操作暗无天日对鬼迷神疑施以援手。

但是此时魔界之花却成了一面盾牌。鬼迷神疑被兴欣二位拉到了魔界之花之后猛攻，暗无天日攻来的波动剑，无论如何也不可能绕过魔界之花，地裂波动剑徒劳无功。倒是在地裂波动剑的土浪卷过之后，刘皓看到一只打着的火机在地上弹了两下，最终落到了他面前。

那个该死的女人！刘皓只能如此愤怒一下，热感飞弹已经喷着火舌从天而降，被藤蔓缠住的暗无天日，无论如何也已经无法闪避了。

轰！翻滚的蘑菇云将暗无天日吞没。正在主攻气冲云水的苏沐橙，百忙中还是关照了一下刘皓。

唐昊的唐三打在此时也终于从困境中挣脱出来。

抛投！唐三打一把抓住冰狼，虽然行动因为减速有些迟缓，但力道却没差分毫，冰狼朝着唐柔他们三人的角色就砸了过去。

豪龙破军！结果唐柔直接以攻代守，豪龙破军冲出，撞开冰狼，直刺唐三打。

唐昊的反应和操作当然都是完全没有问题的，奈何他的唐三打还在减速状态下，唐柔如此坚决地转火，他想躲避角色速度却跟不上。‘砰’一声，唐三打被寒烟柔直直地撞飞出去。

唐柔却也不去追他，寒烟柔再一转，回头接着攻击鬼迷神疑。

“兴欣打得很好，很有章法，很有节奏！”转播中李艺博发言赞叹道。

“但这样唐三打不是脱离了骚扰？唐昊很快就会杀回来了啊！”潘林说道。

“有吗？”李艺博笑着。

场上，就见昧光不停地吟唱着，指挥着。召唤四兽，这是他的召唤兽阵容主力。也是他所能驾驭得比较好的数量，但是此时，罗辑却毫无节制，但凡是昧光技能数上有的召唤兽，都被他放了出来。

有些等阶不高的召唤兽，攻击力真的非常有限，但是此时罗辑显然并不期待靠这些召唤兽来解决战斗。纠缠，所有召唤兽存在的意义就是纠缠，它们就像是一道又一道的防线，阻碍着呼啸角色和兴欣诸位的接触。

为达到此目的，罗辑毫无节制地召唤。昧光的法力是全场消逝最快的东西。一般情况下，召唤师绝无可能这样战斗，如此结果肯定是未消灭对手自己的法力就先消失。但是此时，消灭对手的责任交给了兴欣战队的其他人，而罗辑的任务，就是用他召唤兽的数量不断地阻挠对手。

这是一场交换，昧光法力和对方生命的交换。而此时正和昧光的法力一样飞逝的，是林枫的盗贼，鬼迷神疑的生命。

在兴欣三人的围击下，他完全无法抵挡，只能拼命周旋拖延时间，以待自家选手的支援。而罗辑在做的，就是阻碍这种支援。昧光的召唤兽，和沐雨橙风的远距离重火力，成了此时呼啸最大的困扰。

区区一个菜鸟召唤师，居然拖住了他们全队？这个事实真的让呼啸诸位有些快疯掉了。但是，他们又能怎么样呢？

罗辑不计消耗地召唤，让召唤兽一只又一只出现在他们面前，他也拼尽全力地对召唤兽们进行着操作，也不完全只是让它们上来送死。

虽然以罗辑的操作，他是无法做到面面俱到的。但是有关细节的抉择，这一次他真的做到了最好。他无法完全操作，但总在最需要，最关键的时候进行操作。

对罗辑心存藐视的人，但凡懂点荣耀的，此时都闭嘴了。任谁都看得出罗辑此时所起的关键作用。他虽然不是主力输出，却是兴欣这战术节奏中不可或缺的那一环。就好像治疗，也几乎不会提供输出，但是，谁能说治疗在场上的存在没有价值？

而水平高点的，此时已经对罗辑的表现有些讶异了。

他的操作确实不算顶尖，但是他却将自己能力范围所能做到的一切，都做到了极致。

精准的计算，缜密的节奏。

兴欣，好像又出了一个不简单的家伙啊！

虽然天赋有限，但是他却能将一切做到极限。这就好比考试，有些人是有能力考100分的，但经常因为这样那样的疏忽，最终只得了90分；而罗辑，就是一个只能考90分的人，而最后，他考出的成绩就是90分。如此一来，他的实际表现，和那些有能力考100最终却考出90分的人可就完全没有区别了。

“呼啸得要想想办法了，这样乱下去可不是个事。”李艺博评论着。

“那么李指导您觉得呼啸现在需要怎样应对才能解决问题呢？”潘林问道。

“整体。”李艺博说道，“呼啸现在需要打整体，只有进行整体的配合推进，才有可能迅速清理掉昧光这边不断放出的召唤兽。以他们现在各自为战的做法，效率太差了，这是他们会被罗辑一个人就拖住的根本所在。”

“整体吗……”潘林有些不知说什么好了。谁都知道呼啸就是因为整体打得太烂，最后才催逼出了这么一套人盯人的全攻打法，将需要整体作战的项目硬生生地分化成单对单。而现在，竟然需要呼啸用整体来解决问题。

“这个，恐怕有点难吧？”潘林感慨着，话也不好说太透嘛！

Chapter 014

本 场 最 佳

让呼啸打整体……所有听到李艺博点评的观众都沉默了。

呼啸要是能打出漂亮的整体，何至于使用现在这样的打法？人盯人的全攻打法，说到底还是有些太极端，如此不顾平衡的打法，执行得稍不到位，就有可能被对手揪住猛打。

这一次，呼啸就因为忽视了对方阵中的召唤师，结果就落得如此束手无策的境地。

就这样输了？

不！呼啸没有一个人会放弃。那是谁啊？罗辑？听都没听过的名字，被这么一个莫名其妙的菜鸟给打败，颜面何存？

“给我挺住！”唐昊在频道里吼叫着，谁也不知道他这到底是让林枫再坚持，还是说让全队继续现在的打法，寻求突破的机会。大家只看到他刚喊完这话后，昧光刚刚召唤出的冰狼又一次义无反顾地朝他扑了去。冰狼是昧光主修的召唤四兽之一，战斗力自然和其他低阶或是点了几阶的杂七杂八召唤兽不可同日而语，再加上防高血厚，完全不是三两下就可以搞定的，唐昊也不可以。

背摔！唐昊也只能以他高强的操作，让唐三打将扑上来的冰狼直接摔向了背后。但是转眼冰狼已经一骨碌爬起身来，再扑！

作为呼啸核心，唐昊当然倍受重视了，所以在他唐三打的身边，召唤兽好像源源不绝永远也杀不光似的。

不，不是这样的！唐昊怎么说也是顶尖大神，当然清楚召唤师的召唤兽虽多，但也没到这种源源不绝的地步。是对方的攻击节奏掌控得非常好，一只又一只的衔接，计算得无比精准。

这小子……唐昊察觉到了，兴欣的罗辑实在不是一个可以随便就忽略的选手。

若是一对一，罗辑这种折腾法唐昊还真不怕，来一只，他杀一只，来两只他杀一双，非把昧光的召唤兽全杀光，杀到他没蓝不可。但是现在，他在这每杀一只的工夫，那边林枫的鬼迷神疑就不知道要挨多少下，再不快点救下来，呼啸马上就要进入少一人的节奏。这个悬殊，可不是随便就能抹平的。

“限制住昧光的召唤！”唐昊终于做出了指示。

场边的陈果看到这一幕，好一阵激动。

罗辑，兴欣战队中貌似最没实力的那一个，整个赛季一直到末段才被启用。但是现在，嚣张的呼啸战队，以下克上的队长唐昊，居然在比赛中指名道姓地要对他进行限制。

他们集中攻略罗辑，并不是因为他是弱者，并不是因为他最容易欺负，而是因为他是场上让呼啸的战术完全无法执行的那一位。

他得到的已经不仅仅是自家队友的认同，而是对手，一个非常高傲的对手的认同。哪怕只是在这一场团队赛里，罗辑也总算狠狠地刷了一把存在感。陈果相信，无论如何，唐昊一定会记下罗辑这个名字，记下这个明明是菜鸟，却给他们的比赛带来大麻烦的家伙。

干得漂亮！一定要赢啊！陈果在心里默默祝福着。

但是呼啸此时已经展开了行动。在唐昊的明确授意下，他们开始集火昧光，而这，当然算是团队作战，呼啸终于还是改变了他们最近红火的打法。

赵禹哲的韶光换突然一个瞬间移动，抛弃了他坚守了许久的位置。呼啸的布阵，原本也是有学问的，每个人的站位都是最容易切割划分对手的位置，但是现在，改变战术，赵禹哲立即弃位。

同样的还有刘皓，他的暗无天日早已经不在藤蔓控制下，收到指示，立即横向移动，他的举动倒是和赵禹哲不谋而合。呼啸战队的整体确实打得差，但某些程度上还是存在不少默契的。毕竟选手的素质摆在那里，真是配合得牛头不对马嘴，那可就连职业队的资格也说不上了。

暗无天日和韶光换在召唤兽的围堵中艰难完成会合，韶光换的那一下瞬间移动贡献很大。雷鹰再快，却也快不到这等地步。

两个角色完成会合后，暗无天日在前，韶光换在后，却是形成了掩护。再冲上来的召唤兽，全由刘皓的暗无天日去打发，赵禹哲的韶光换开始在后边安心吟唱。

结果，一道卫星射线就在此时从天而降，直扫两人角色，两人连忙操作闪避。

又是这个女人！刘皓恼火之极，而这一次，苏沐橙干脆让他的恼火继续下去了，沐雨橙风的重火力突然就转了火，猛朝他这边攻来。

暗无天日狼狈地躲避着，而失去掩护的元素法师实在很难在这局面下完成吟唱了。

所有观众都在摇头。这就是呼啸的团队打不好的原因所在了。他们也能有一定的默契，但是，就到此为止了。他们的默契是那么容易被拆散。这不，刚刚摆开架势的两人，就又被一个卫星射线打散了。然后，两人越离越远，先前要合作配合的意图，转眼就被人废得连个渣都不剩。

“呼啸虽然意识到了当务之急是不能再让罗辑随意地召唤和控制召唤兽，但是呼啸似乎还没有找到什么好办法。刘皓和赵禹哲试图合作，但很轻松地就被苏沐橙打散了。”潘林说。

“呼应还是不够啊！团战方面，呼啸的预见性比较差，刘皓和赵禹哲的配合有些仓促，完全没有去考虑发动时机这一问题。”对于呼啸的团队合作，李艺博还是很敢讲的。因为比较差嘛，差，当然就是粗浅了，李艺博吃透他们还是毫无压力的。

“那李指导您觉得应该怎么做呢?”潘林说道。

“其实可以由唐昊和赵禹哲在这一端配合引诱，刘皓和郭阳在另一端寻求配合，共同发力。他们两个作为嘉世的老队友，默契应该还是很好找的。”对呼啸，李艺博出谋划策指手画脚的胆量也是非常大。

“确实，这样做的话是会好一点，咦，刘皓现在……”潘林突然发现了点什么。

“咦，这是……”李艺博也察觉了。

“他是佯装被逼退，事实上是在寻求和郭阳的配合。”潘林叫道。

“郭阳的气冲云水出手了！沐雨橙风的转火给了他一定的空当，他很好地把握住了这个空当。”潘林叫道。

“苏沐橙这一波，有点过头啊！她本来是可以及时收回来的，这个空当不应该存在。”李艺博说道。

但是现在说这些已经迟了，郭阳气冲云水，在这一空当中终于完成了吟唱。

“捉云手！”潘林叫道。

所有人的心都提到了嗓子眼，气冲云水这一击，能彻底反转呼啸的不利局面吗？特写镜头已经切给了昧光。

结果……

“沐雨橙风？”潘林惊讶，郭阳的气冲云水好不容易吟唱出一个扰乱到兴欣的技能，结果目标居然不是昧光，是沐雨橙风？

“很冷静！”李艺博却赞叹了一声，“他的位置，捉到昧光的难度可是比较大的，一个操作不慎，也或者召唤兽有什么乱动，他这一抓都有可能只是抓回来个召唤兽。”

“所以向沐雨橙风出手反倒是个不错的选择，沐雨橙风被捉云手捉住，脱阵了，诶，她还没有放弃攻击！”潘林一边快嘴皮子解说当前，最后却是惊叫起来。

被捉云手强制脱离队伍的沐雨橙风，居然还在朝刘皓的暗无天日发动猛攻，在这样被强制移动的情况下，攻击居然还是那么有准头，命中、命中、命中，接连命中！刘皓的暗无天日被炸得真的有点暗无天日了。

“难道……刘皓并不是在有意卖破绽，是苏沐橙发动的攻势真的很强悍，他是被逼得破绽百出？”李艺博惊讶地说着。

“这么说，郭阳抢出的这个机会，只是瞎猫碰着了死耗子？”潘林说道。

“不好讲……”李艺博说道，这真的不好讲，但他在看到沐雨橙风被扯走，苏沐橙却还是丝毫不乱地发动着攻势时，心里真的就有了这样的想法。

沐雨橙风，一边炮轰暗无天日，一边朝气冲云水飞去，速度因为攻击的后坐力反倒是增快了许多，角色背影在郭阳眼前不断地放大着，放大着……

这个……为什么有点熟悉？郭阳心中忽然升起如此感觉，他来不及细想，沐雨橙风已经撞到了他面前……

“背后！！”郭阳看到频道里有队友提示。

背后？自己的背后怎么可能有人，兴欣的选手全都在面前啊！咦，不对，有一个人怎么看不到？寒烟柔呢？

郭阳忽然就知道刚才那似曾相识的东西是什么了。

炮飞矛——这是昔日叶修和苏沐橙的配合打法。

所谓的背后，不是说气冲云水的背后，是沐雨橙风的背后，在她的背后，是寒烟柔……

火舞流炎扫过，似乎空气都在沸腾。郭阳当然还有机会让他的气冲云水给沐雨橙风来一下，但是，接下来战斗法师的攻击，他无论如何也将避不过去。

如何抉择？这是昔日无数嘉世对手头痛的问题，但是这一次，轮到郭阳了。

郭阳没有回避，因为他的记忆告诉他，这一手配合轰到面前的时候，躲，比扛起来做交换的下场更惨。

气功爆破！

气冲云水一掌拍向沐雨橙风。火舞流炎扫至！轰！气功爆破在沐雨橙风体内肆虐，念气激得她长发飞舞。气冲云水因此也没能躲过寒烟柔的攻击，但是，郭阳的注意力更多的还是集中在沐雨橙风的身上。

炮飞矛。是叶修和苏沐橙这对组合中比较罕有的以枪炮师为主导的攻击方式。战斗法师掩于枪炮师身后的突袭就好似奠定基础，接下来他将掩护枪炮师进行近距离的重火力攻击，将目标吞没在一片炮火当中。

郭阳，毕竟是嘉世前选手，这套打法比赛中见得多，也在训练里领教过。

防好苏沐橙。这是经验给他的提示，可是这次的沐雨橙风却始终只是给了他一个背影，郭阳紧张地等着她转身，结果，这个背影和他渐行渐远……

走……走了？郭阳惊讶，这又是什么变化？炮飞矛里似乎没有这种套路吧？他在迟疑，但唐柔可没有。寒烟柔的火舞流炎继续灼烧着空气朝他捅来，沐雨橙风已经去了寒烟柔的身后，犹自没有要转身的打算，但是她的攻击却没有停过，依然在朝着刘皓的暗无天日，不停地轰着。

这到底是？郭阳彻底迷糊了，这从头到尾的，苏沐橙连个眼角都没朝他这瞥一下，这真的是炮飞矛吗？强忍着“求你看一眼”的冲动，郭阳还是先集中精力应付唐柔去了。

那一击这后，寒烟柔的攻击已经滚滚而来，郭阳发现虽然这只是一个人，却也不是自己可以三心二意就对付过去的。

于是再看这个过程，炮飞矛的配合好像并不存在，唐柔只是用了这种模式，帮助苏沐橙从捉云手中轻松摆脱。然后呢？然后唐柔打郭阳，苏沐橙则是一直不停地在轰着刘皓，包括被捉云手拖走时，都没有去看郭阳的气冲云水一眼。

“这个……到底是什么意思啊？”解说潘林十分不解，向李艺博询问着。

“这，大概是不想中断自己的攻势吧！苏沐橙对刘皓的压制还是非常成功的。”李艺博也是满肚子的疑惑，但是作为解说嘉宾，他的作用是用来释疑，而不是提问，所以没办法也只能回答一下潘林。

“她好像特别针对刘皓……”潘林说。

“因为前队友，比较了解吧！”李艺博说。

“郭阳也是啊！”

“……”李艺博终于还是被问到无言以对了。可是仔细一想，苏沐橙这一阶段的表现确实有些反常，无论过去在嘉世，还是现在在兴欣，她都是以一个策应者的身份存在于战术体系中。由她引导的攻势并不是没有，但是像此时一样执着地锁定着一个人狂轰滥炸，这真的是极为少见的。苏沐橙，此时好像是在坚决地执行着呼啸的战术，要将刘皓的暗无天日狠狠地从呼啸团队中撕出来一般。

轰轰轰！

轰轰轰！

转播也给了苏沐橙很多的镜头，所有人渐渐都觉得这有些反常，苏沐橙……这好像已经脱离兴欣的战术体系，和刘皓一对一去了吧？

这女人疯了吗？刘皓一边狼狈地操作暗无天日闪避，一边诧异着。自己好像并没有在呼啸的战术中担任什么不可或缺的使命吧？又不是像兴欣阵中的罗辑一般，这苏沐橙干什么把自己盯得这么死，她是搞错什么了吗？

翻滚、跳、跑……刘皓的暗无天日像是来参加运动会似的，全是这些技术动作。反击？他的魔剑士哪有枪炮师那攻击距离，反击那也得够得着啊！

可是距离越远，一般来说对目标的控制力也就越弱，可是沐雨橙风此时攻击之紧密，让刘皓完全感受不到距离所带来的空当。

他渐渐开始觉得惊恐，他和苏沐橙相识、一起打比赛也有数年，从来不知道她也会这么具有攻击性。这种好像被盯上的猎物般的感觉，是怎么回事？

诧异的不只是他一人。对苏沐橙有够了解的人，此时都在惊讶她反常的举动。

这是……有仇吗？很多人已经在这样想了。苏沐橙的打法，实在不像是兴欣的什么战术安排，而更像是一种宣泄。

苏沐橙这突如其来的爆发，将比赛又扭向了另一个局面。此时唐柔和郭阳算是一对一，方锐和莫凡两人打一个林枫，罗辑则是一个人单扛唐昊和赵禹哲，至于苏沐橙和刘皓，只存在单方面的压制。

乍看上去，比赛似乎和人盯人一对一的场面也差不了多少。只是当中所存在的一个二打一和一拖二，却是朝着对兴欣有利的方向进行着。

林枫的鬼迷神疑，被三个人欺负了那么久，此时虽然只剩下两个对手，但依然显得束手无策。唐昊和赵禹哲，近几年里被呼啸视为核心班底的二位，现在却被一个新手召唤师缠得肝火上升。

虽然他们并没有因此损失多少生命，反倒是昧光因此消耗了大量的法力，可是眼下这情形，谁都看得出昧光的法力交换出的是什么。

唐昊和赵禹哲那可都是自视甚高的主，此时竟然被罗辑一拖二耗了这么久，对于两人来说精神上的打击才是更可怕的。而罗辑呢？原本操作召唤兽要纠缠多个目标，忽然间目标降为只是两个，顿时操作得更加精神抖擞起来，考90分的同学，开始超水平发挥往95分考去。

全场要说最凄凉的，那还得说是林枫。

一开始就身陷重围，眼巴巴地等着救援，等啊等啊，呼啸的行动却都是雷声大雨点小，打到现在，他面前的对手虽然也降成了两个，但还是招架不住啊！

某种程度上来说，林枫开场也可以算是在一拖三，现在则是一拖二，但用了这种战术，那其他队友得趁机解决问题啊！很遗憾呼啸现在解决不了问题，反而是林枫正在渐渐被对方给解决。

“呼啸还是没有找到什么办法。”解说潘林这一场里念叨这句话不知多少次了。

“不过总算也加剧了昧光的法力消耗，这样下去如果在鬼迷神疑被击杀时昧光的法力也彻底耗尽的话，那这场比赛还是可以打的。没有法力的召唤师，那和死人也差不了多少。”李艺博说道。

“难道这就是呼啸最后想出来的法子吗？”潘林说。

“或者吧！”

“真是强硬啊！”潘林说。

“呵呵呵呵……”李艺博干笑。强硬？这是无奈才对吧！呼啸到底真是这么有计划性的，还是误打误撞搞出这样的局面的，谁知道呢？总之眼下呼啸真的很不妙。

是鬼迷神疑的生命先耗尽，还是昧光的法力先烧尽？

直播将这两位的生命和法力特意特写在了一起，提示观众注意眼下可能决定胜负的要点所在。

场上的选手们，似乎也意识到了这一点。林枫没有放弃，继续顽强抵抗着双人包夹。本是战斗贼的他，时不时也会溜出一些猥琐来，毕竟猥琐比起硬扛更能保命。而罗辑那边，可就真没太好的办法了。唐昊和赵禹哲给他施加的压力，他只能顶上，无法有丝毫松懈。

如果自己的技术能再好一些就好了！奋尽全力的罗辑还觉得未够，但是这已经是他水平的天花板了。他现在已经是超水平演出，没有人会再对他的表现有什么质疑。但是，罗辑自己却觉得还未够好。如果还可以更好的话，兴欣现在不至于陷入这样的烦恼。因为水平未够，才会过多地消耗法力让召唤兽去当炮灰来拖住对手。

眼下的情况，有点不妙啊！单论计算，罗辑的能力那可就是首屈一指，所有人大概都只有个模糊概念的时候，他这已经将两边消耗的系数算出来了。

不妙，太不妙了！这样下去，自己的法力会先用尽，到时无法阻止那两人的话，说不定连鬼迷神疑都会被救下来，一切前功尽弃。

需要点支援啊！罗辑好着急，他希望发出消息提示队友，可唐昊和赵禹哲两个逼得太紧，他根本无法分出操作去敲字。

不能语音，这什么破规定啊！罗辑这都吐槽起联盟的比赛制度了。

“速度，再速度一点！”方锐，此时却隐隐察觉他和莫凡有些不够效率，他倒是能腾出手来消息一把，一边是提醒莫凡抓紧，一边也算是在告诉一对一的那二位，这边可能是需要一点支援，你们快点看着办。

唐柔读懂了方锐的信息，顿时有将战斗朝这边倾斜的意图，但是经验丰富的郭阳也已经权衡清楚场上形势，知道这时候绝对不能再让林枫承受更多的输出，顿时不顾一切地也要缠住唐柔。

就一会！一会就行！所有人都在盯着那两位的生命和法力，随着其变得越来越少，所有人的判断也越来越清晰，兴欣不妙！召唤师本身法力消耗就大，又是这般打法，选手已经做到他所能做到的极限，无法再苛责什么了……

兴欣如此精彩的安排和发挥，难道竟要被呼啸这样粗暴地硬扛过去了吗？除呼啸粉丝以外的玩家，此时都在为兴欣感到叹息和遗憾。

“来点火力支援!!”方锐终于直接嚷出来了，他可不是唐昊赵禹哲之流，该叫救命的时候，那是一点也不会犹豫的。

轰！炮火，顿时将鬼迷神疑给吞没了，让近在咫尺的方锐都是一阵诧异。说来支援就来了支援，自己这是有了神通吗？

“抱歉，来晚了。”苏沐橙在频道里发来消息。

人们这才蓦然反应过来场上还有一对选手的。苏沐橙回来了，刘皓呢？

刘皓……竟然已经蒸发了？被干掉了？魔剑士暗无天日居然是场上第一个被干掉的。被苏沐橙，沐雨橙风，一个人？所有人在发现这一事实后，都呆掉了。

这太不科学了吧？被围攻了那么久的林枫都还在坚持，刘皓的暗无天日反倒是被苏沐橙单枪匹马地给干掉了？

谁也没想到战斗居然是一对一的一端先出结果，所以在这一段时间里，无论电视的转播，还是现场观众的注意力，全都集中在了林枫和罗辑这两人的一拖二上。

林枫是被动的一拖二，罗辑是主动的一拖二。两人的较量，眼看就要以昧光的法力先耗尽告终了，谁也没想到这时候先搞出结果的，居然是另一端的一挑一。

苏沐橙怎么就这么快把刘皓给灭了？

战斗正紧张，电视不可能给那端回放，大家只能继续呆头呆脑地看着眼前还在继续进行的战斗。

苏沐橙的沐雨橙风杀回，一边和方锐、莫凡形成三打一，一边对罗辑那边给予支援。局面顿时翻转，接近尾声的对抗，迅速以鬼迷神疑的阵亡为结果告终。转瞬之间，五打五的局面就成了五打三，呼啸的牧师甚至都没来得及到阵。

结束了。所有人都是如此想着。呼啸一下子就少了两人，人盯人战术是没得打了。打整体？少人的呼啸打得过兴欣？哪怕兴欣没有叶修，但是他们团队的战斗力已经在连续三轮叶修不上的比赛中展现给大家了。能和雷霆的团队血战到最后一刻的团队，有谁敢小瞧他们的战斗力？

要输了……呼啸主场死一般的寂静。

这场失利，对呼啸来说可是大大的不妙。如此一来，他们就有可能和百花同分，最后一轮一起抢分。拥有直接对阵小分优势的呼啸倒是不怕平分，但是如果差上一分的话，那他们可就要被踢出前八了。

“百花对霸图的比赛现在怎么样了？”李艺博替大家一起关心这个问题。

“呃，还在进行中。”潘林看着从那边场地传来的资料。

“啊！”潘林叫着，他看到了更细节的内容，“领先，百花战队现在人数上领先，他们在主场取得了人数上的领先。”

人数优势，往往就是团队赛里的分水岭了。落后一方若不能迅速抹掉这一不平衡，最终结果大概就将是他们不想看到的。

“如果百花赢下，那么最终百花将和呼啸同分。”李艺博说道。

“三零一度对临海的比赛已经快要结束了。三零一度获胜应该是没什么问题。”潘林继续说道。

“那么三零一度领先百花和呼啸2分。”李艺博说，“其他场次呢？”

“雷霆目前也有人数领先优势。”潘林说。

“看来他们真有机会赢下轮回！”李艺博赞叹的口气。

“这样的话，兴欣和雷霆在最后一轮都将拥有7分的领先优势。”潘林说。

“但也无法大意啊！尤其兴欣，最后一轮对手是三零一度，三零一度只有2分的领先，最后一轮肯定会拼尽全力，兴欣真要一个不小心，输太多，百花和呼啸又都奋力狂胜的话，被甩掉也说不定呢！”李艺博说。

“这个，概率太低了吧……”潘林说道。

“哈，确实需要满足的条件多了些，但兴欣确实不能太大意，倒是雷霆，最后一轮对手是神奇，我觉得他们已经算是彻底脱离危险了。”李艺博说着。

两人这侃侃而谈，都已经在聊下一轮的形势了，对于眼前的比赛基本没怎么关注。在他们看来，团队赛已经两人落后的呼啸再无兴风作浪的本事，本场比赛已经进入收尾的垃圾时间了。

但是呼啸显然还不想放弃。现场观众在沉默了片刻后，终于还是一起爆起加油声，为己方呐喊助威。比赛场上的唐昊、赵禹哲，那也不是有点落后就会妥协的性格。他们还在拼，还在试图靠他们的技术来扭转比赛。

可兴欣这时已经变得低调起来，全队收缩，整体朝换人区移动，显然是要替换治疗上场了。呼啸人数劣势，即使牧师已经加入也无法阻止兴欣的整体移动。

结果到了换人区这，兴欣还不是直接换人了事，还布置了一个陷阱，呼啸不肯罢休狂追而来，被昧光最终爆发的兽王四元素阵杀了个泪流满面。

兽王四元素阵的发动条件是需要四种召唤兽在场，依技能要求站位的，发动后召唤四兽的战斗力将大幅度上升。雷鹰和小飞龙的落雷和火球都像连珠炮一样，冰狼张口一呵的寒气那叫一个千里冰封，行动本就敏捷的灵猫速度再上一个台阶，移动时那身形时隐时现忽闪忽闪地仿佛断片一般。

能控制如此强大的召唤四兽战斗那对召唤师来说真是一种享受。但这种享受也不可能无休止地持续下去。变强的召唤四兽依然有生命会被击杀，另外这时候他们的召唤时间就要依兽王四元素阵的技能时间来计算了，当兽王四元素阵的技能时间到后，召唤四兽就将集体消失。而在兽王四元素阵的技能时间里，召唤四兽的召唤都是被封印的，不能召唤替换。

罗辑这个被小瞧了的菜鸟召唤师，在本场比赛算是出尽了风头。兽王四元素阵结束后，兴欣这才将安文逸的小手冰凉换了进来。兴欣随后稳扎稳打，呼啸那边唐昊和赵禹哲还要负隅顽抗，但基本就是垂死挣扎性质的。

“好，现在呼啸战队最后一员，唐昊的唐三打也已经倒下，呼啸战队终于还是输掉了这场团队赛。”解说潘林说道。

“这样双方最终战成4：6，兴欣积244分，呼啸战队积237分，两队相差7分各自进行常规赛最后一轮。”李艺博说着。

“李指导您怎么看这场比赛呢？”潘林问道。

比赛都已经结束，啥结果都出来了，这李艺博点评起来可就潇洒多了：“呃，兴欣方面虽然叶修没有出场，但对这场比赛的准备是十分充足的，战术上的安排非常针对呼啸近阶段的打法，从一开始就占据了场上的主动。”

“是的，兴欣战队的罗辑，是本场比赛最大的惊喜和意外，虽然这是意料之外，但同时也算情理之中。”潘林说。

“说得是，反观呼啸这边，对罗辑的忽略是他们本场比赛从一开始就犯下的一个致命失误。无论对手是什么人，只凭召唤师这职业，呼啸就应该对其有专门的战术安排。当然兴欣的这一换人呼啸应该也是临场才发现的，但就算是这样，也应该有所调整，但这点呼啸并没有事先做到。直至在比赛中才想针对罗辑的召唤师昧光展开攻势，但随后做得也并不是很好。”李艺博说。

“即使这样，呼啸其实也还是有机会的不是吗？”潘林说。

“是的，即使是被罗辑的召唤师摧毁了他们的人盯人打法，但是因为罗辑的这种摧毁是很大的一种消耗，呼啸凭借他们的顽强意志和个人能力，即使没有突破罗辑的召唤兽骚扰，但是就这样强行地消耗光昧光的法力，他们原本也是可以做到的。但是很遗憾，他们当时出了问题，我想所有人也都注意到了。”李艺博说。

“是刘皓对吗？”潘林说。

“是的，就在呼啸全队都在坚持，都在等待昧光法力耗尽的时候，刘皓，居然先一步被苏沐橙给解决了。这是本场比赛的又一大意外。说实话，呼啸最终输，应该是输在这一点上，如果不是这里，即使兴欣有了那么多的布置，但呼啸还有机会打，还有机会拼。但是刘皓这边的溃败，将呼啸存在的机会彻底扼杀了。”李艺博说。

“嗯，下面还有一点时间，让我们一起回顾一下当时到底发生了什么，刘皓是怎么会这么快就被苏沐橙给击杀的。”潘林说着，节目中立时播出了当时场上沐雨橙风对暗无天日的追杀。

战斗进行着，潘林和李艺博两人暂时都没有开口，枪炮师那轰鸣的炮火声充斥着观众的耳朵。

“苏沐橙打得非常坚决，您觉得呢，李指导?”潘林终于开口了。

“是的，是前所未有地坚决，苏沐橙准确地抓住了赛点，你看，她完全停止了她一般会在场上做的多方策应，集中所有注意力攻击刘皓的暗无天日，发挥得非常完美，刘皓被完全压制，毫无还手之力，完全是被打爆，否则怎么会挂得那么快? 那边林枫一个盗贼一拖三，一拖二还坚持了那么久呢!”李艺博说道。

“刘皓的表现有失水准啊!”潘林说道。

“是的，在团队赛里被对方这样直接打爆，别说是本场比赛的这种局面了，任何比赛，这都会砸烂场上平衡。”李艺博说。

“苏沐橙的表现真的是太出色了。”潘林欣赏着，赞叹着。

“是啊! 她给这场比赛出了个难题，我现在也很好奇，本场比赛的最佳选手，最后是会给罗辑，还是给苏沐橙呢?”李艺博说。

“我觉得应该是苏沐橙，毕竟是凭借她的出色发挥才抓住赛点，帮助兴欣把握住了胜利。否则单凭罗辑的战斗方法，胜负难料啊!”潘林说。

“但罗辑对打破场上平衡所起的作用也是至关重要，再加上他还是个出场没几次的新人，我觉得这些方面联盟也会考量，我比较看好罗辑。”李艺博说。

“那李指导咱俩打个赌,谁错了一会请吃夜宵好吗?”潘林笑道,这个显然是无伤大雅的事。

“好啊，技术统计应该很快就会出来了。”李艺博也笑道。

“这点时间让我们再去关注一下其他场次的比赛。”潘林说道。

呼啸和兴欣两队的选手这时候也早已经从比赛席中出来。现场的电子大屏幕上显示着最终的比分，双方选手走着比赛结束后的程序，在赛场上向全场观众致意，和对手相互致意。

呼啸的诸位个个神情麻木，机械式地和兴欣的选手逐一握手。诸如“打得不错”啊,“继续加油”啊,“恭喜”一类的客气话基本都省略了，这些反正都是走个形式，说不说的，没人会计较在意。

他们的队列倒还算整齐，以队长唐昊为首，依次往下排列着。排在第二位的副队长刘皓，很快就看到苏沐橙走到了他面前，脸生怨恨。

苏沐橙的心情却很不错，笑吟吟地望着他。

刘皓冷哼了一声，没去理会，只是下意识地把手伸出去，想快些握完了事。结果苏沐橙却没有伸出手来接。

“打得不错。”苏沐橙微笑说道。

“你……”刘皓怒。这场比赛，谁都可以被说打得不错，唐昊、赵禹哲，甚至林枫，他们在比赛中都很拼搏，即使落败，都展示出了他们的技术水平。唯独刘皓不能。

被苏沐橙打爆，毁掉呼啸一线胜机的他，绝对是本场比赛最令人失望的那一个。若有本场最差选手的评选，刘皓绝对可以毫无争议地获选。结果现在苏沐橙对他说“打得不错”，这实在是充满了讽刺的一件事。

刘皓到底心虚，无力和其争辩，只希望赶紧熬过这会儿。但偏偏苏沐橙还是没有伸出手来和他握手。

“我可不像某人一样，舍不得浪费时间在意你做过的那些龌龊事，我很介意的。”苏沐橙还在微笑着，却只丢下了这么一句后，根本没和刘皓握手，就已从他身前走过了。

刘皓呆住。什么把握赛点、坚决出击、全力进攻、完美表现……不是啊！这女人根本就只是在报复，是在场上寻了个机会，就朝自己拼命地开火宣泄。

混蛋啊！刘皓左手攥紧了拳头，伸出没被苏沐橙理会的右手，却好像连他自己都遗忘了似的，僵在了外面。

苏沐橙之后走过的兴欣选手是莫凡，他走过时丝毫没有理会刘皓的状态，看到有个人在那伸着手，就上去握住胡乱摇了下。

“打得不错。”他说着。

什么？这话简直五雷轰顶一般，将刘皓直接炸醒。

连你这家伙也在羞辱我？

刘皓大怒，但是莫凡说完这话根本不停留地就已经从他面前急速飘过。

“打得不错。”

“打得不错。”

“打得不错。”

莫凡机械式地，和呼啸的人握手，和每个人交代着这一句话。这是他所学来的，赛后要做的事，没有任何变通，对每个对手如此做着。但在此时，对刘皓，却成了苏沐橙之后的一记神补刀。

刘皓觉得自己已经有些站不住了。打得不错的讽刺声，似乎在全场回荡着。他好像看到全场观众，还有呼啸的队友，还有各大媒体的记者、评论家，都在微笑着朝他说：打得不错。

天旋地转。刘皓忽然就倒下去了。

全场一阵骚乱，还在赛场上的选手更是手忙脚乱不知所措。现场的工作人员火速冲上了台，将刘皓抬了下去，迅速找人进行治疗。

两队选手的赛后致意就这么草草收场了，但是赛后的新闻发布会还得照常进行。刘皓顿时成了热点话题，但不仅仅是在赛后晕倒，作为导致本场呼啸输掉的最大漏洞，这场发布会对他来说本身就会很难熬，现场甚至有记者怀疑这家伙赛后的晕倒是不是装的，想借口回避？

疑惑当然不好意思直接问出来，这有些忒没人性，万一人家是真的晕过去了呢？

于是发布会大家就是以假模假式的关心为开场了，在得到刘皓并无大碍的答复后，自然是要抛出“对于刘皓本轮比赛的表现你怎么看”的问题。

本轮，个人赛刘皓被叶修打败；团队赛再被苏沐橙打爆直接导致呼啸输掉团队赛，是呼啸丢掉6分的最大元凶。一般战队，这种时候多会对表现糟糕的选手进行维护，哪怕只是形式上的。但呼啸队长唐昊可不是这个风格，他非常耿直地以“灾难”来形容刘皓今天的发挥。

太可惜了。大家纷纷想着，不是可惜刘皓令人失望的表现，而是可惜唐昊给出了有异于一般战队的耿直答复，但刘皓却不在场，不然会不会迸发出什么火花呢？

不过这样毫不留情地批评，也算是相当少见了。记者们比较振奋地纷纷构思着这篇稿子该怎么写。

这时候，其他场次的比赛结果也都已经出来了。

三零一度那场是最早结束的，最终他们毫无悬念地10：0完胜临海，以239的积分领先呼啸2分，落后兴欣5分。

百花战队，关键时刻顶住了压力。个人赛被霸图打了个3：0后奋起直追，擂台赛、团队赛接连获胜，最终比分7：3，积237分和呼啸相同。不过因为直接交手的小分不如呼啸，暂时还在第九名，但至少将希望留到了最后一轮。

百花现场粉丝激动万分，队伍顽强不屈的斗志，让他们深感自豪，他们坚信这样的队伍一定可以战斗到最后一刻并收获令人满意的结果。

此外雷霆战队最终也在团队赛里击败了轮回，比分7：3。雷霆战队目前积244分和兴欣相同，因直接交手小分不如兴欣，在积分榜上暂列第六。但是最后一轮雷霆战队客场挑战神奇，从对手上来说在最后一轮是最轻松的，所以大家普遍认为雷霆已经算是进入季后赛了。雷霆主场的粉丝们的欢乐，比起百花主场的可就多出几分从容了。

看完了其他各场次的最终结果，潘林和李艺博还在眼巴巴地等着呼啸和兴欣这场最后的技术统计。终于，最终统计公布，本场比赛的最佳选手到底还是颁给了罗辑。官方点评充分肯定了他在本场比赛的出色发挥以及重要作用。

“不愧是李指导。”打赌输了的潘林免不了遗憾。

“哈哈，要你破费了。”李艺博说道。

“我知道有一家大盘鸡不错，一会走起吧！”潘林也是爽快人。

“夜宵大盘鸡吗？”李艺博说。

“走吧走吧！”潘林招呼着，比赛转播也在这两位的题外话中宣告结束，职业联赛第十赛季第三十七轮比赛至此也全部结束。除去竞争激烈的这五队，其他战队也都在兢兢业业地打好自己的比赛。

积分榜上最大的变化，就是三零一度战队完胜临海后终于再回前八，百花战队却被挤至第九，季后赛的八支战队，非得最后一轮决出不可。

此外蓝雨战队本轮8：2战胜了虚空，在积分榜上重新超过霸图，冲到了第二位。这部分名次之争，会影响到最终的季后赛对阵形势，倒也是有相当一部分的人在关注着。

呼啸的赛后新闻发布会，刘皓收获了队长面对媒体的直接批评，而后兴欣的新闻发布会，罗辑首次出席，被团团包围的记者问得晕头转向，可怜巴巴地希望有前辈搭救，结果无人理会，叶修和苏沐橙非常从容地在那边自己聊自己的呢！

“把刘皓都打晕了，太凶残了你。”叶修说。

“一看到他就忍不住暴躁。”苏沐橙说。

“冷静啊！”叶修说。

“不会再遇到他了。”苏沐橙说。

“那可没准，还有一轮呢！”叶修说。

“叶神，能不能说一下你们这轮怎么会对呼啸做出如此大胆的布置？”这时有记者觉得苏沐橙都把瓜子抓出来在台上嗑了起来实在闲得太过分了，终于冲过来打断二人闲聊提问起来。

“嗯？大胆吗？”叶修立即摆正姿态回答问题，“我并不这样觉得。呼啸战队那种极端的战术，用得了一时，用不了一世。能取得这么多轮漂亮的战绩，已经是不错的运气了。真想靠这种战术就打遍天下无敌手，实在太小瞧大家了。”

“这么说，您并不看好呼啸了？”记者问。

“呼啸最后一轮对手是谁？”叶修问道。

“是微草战队。”记者答道。

“哦，王杰希要是会被这种战术干掉，我觉得他就不要勉强快点退役好了。”叶修说。

“呃……这个……”记者尴尬，都不知道该怎么接了。

“你不是刚还说最后一轮没准吗？”苏沐橙说。

“排名是没准，但不代表呼啸就能赢嘛！”叶修对苏沐橙说道。

“能不能谈谈苏沐橙今天的表现？”记者这时又问。

“精准地把握了赛点，果断出击，完美发挥。”叶修一本正经地说道。

“那对罗辑的表现怎么看呢？”记者又问。

“我们能取得胜利，多亏他所打下的基础。”叶修说。

“那么罗辑会在季后赛出场吗？”记者问道。

“这可是秘密，不能提前公布。”叶修说。

“那么，能不能问一下兴欣希望在季后赛首轮碰到的对手是谁呢？”记者问道。

“赛季还没有结束，兴欣也没有百分百进入季后赛，现在回答这个问题太失礼了。”叶修严肃道。

记者无语。刚刚从挑战赛里胜出就宣布将是第十赛季冠军的那个人是谁呀！是你吗？是你吗？

Chapter 015

三　十　七　连　胜

第三十七轮比赛结束，罗辑是货真价实地当了一回主角。

“怎么样，感觉不错吧小子！”新闻发布会结束回来，罗辑就被魏琛按着脑袋蹂躏了一番发型。

“挺好，挺好。”罗辑的兴奋洋溢于表。最佳选手？几轮之前他还在担心的是自己不要拖累全队才好，但现在，他居然成了比赛中的最佳选手，为战队的最终胜利奠定着基础……罗辑真是太激动了，被记者围攻时的那些狼狈他一点也不在意，他在意的就是真能在战队起到作用。

“继续努力，未来一片光明！”魏琛说道。

“是的，魏老大！”罗辑高兴地应了一声，随即就又被小年轻乔一帆啊安文逸等人围上恭喜着，包子又以老大的身份粗声粗气地教训着罗辑不许骄傲。

年轻真好啊……

魏琛望着兴欣这些朝气蓬勃的年轻人，感慨万千。

说实话，罗辑的水准，在魏琛眼里真不算什么。这个圈里有的是才华横溢的家伙，但他身上却有着魏琛最羡慕的东西——年轻。

如果自己可以年轻十岁的话，哪怕丢掉现在全部的技术和经验，完全从零开始都可以啊！

技术是可以练的，经验是可以养的，只有年轻，失去以后就永远不会再回来了。

罗辑还有未来，他还将一次又一次地在兴欣的比赛中发挥作用，可是自己呢？

魏琛掏了根烟点起，深深地吸了一口。

自己，或许就剩下接下来这点比赛了。

常规赛一场，季后赛杀到决赛的话是三轮，每轮都打三场的话，九场，一共十场。

十场……

自己的职业生涯，即使场场都上，也不过只有十场。下赛季？魏琛不敢再想了，真要再死乞白赖地坚持下去，恐怕就要成为战队的负担了。

当初，为什么要退役呢？

魏琛突然有些懊悔。

现在三十多岁的自己都还在坚持，为什么当初的自己就不能继续坚持？哪怕是随便找一支战队，总可以有一个位置的。六年……自己为什么要白白浪费这六年呢？在年轻人的一片欢声笑语中，魏琛叹息着。

他们在为新秀赛季就能冲进季后赛而感到高兴，魏琛却在为自己的职业生涯越往后打就越少而感到惆怅。

“看看这些年轻人，多好。”叶修冷不丁地出现，在魏琛肩上拍了一下。

“我去！”魏琛被吓一跳，烟没夹牢，翻起来险些扎到自己眼里，吓了第二跳。

“还有最后十场。”叶修说道。

“怎么？”魏琛一怔，自己还有十场职业比赛可打，这对职业选手来说是很残忍的一件事。叶修再没人性，也不至于在这上插刀吧？这家伙这么说的意思，难道是这最后十场是连他自己都算上了？这家伙，也想退役了？

“可不要后悔！”魏琛说道。

“呵呵。”叶修只是笑了笑。

三十七轮比赛后的各方评论开始各种涌现了。争抢前八的五队当然继续是讨论中的热点。先丢3分后逆袭霸图的百花，对轮回拿下7分的雷霆，完胜临海的三零一度，都得到了各方的称赞。而兴欣和呼啸的比分最终是6∶4，算是比较接近，也不好说哪边表现得太糟糕。个人赛里，呼啸落后1分后连追4分的表现还是相当强劲的。至于团队赛，苏沐橙、罗辑那当然都是会被重点表扬的，而刘皓，成了第三十七轮关键战斗中唯一一位表现糟糕的选手，成为各方笔诛的唯一目标。

再加上联赛后的新闻发布会上唐昊都对他的表现表示了不满，定义为了灾难，各方那就更加有理有据了。

一些素质差点的媒体，直接断章取义。唐昊明明只是就事论事地说刘皓本场表现太失水准，像是灾难。但他们却以呼啸遭遇灾难为题，把刘皓写得好像呼啸的毒瘤一般。明明这赛季刘皓在呼啸的表现是很不错的，深受战队信赖玩家喜欢，不然又怎会被任命为副队长入选为全明星？

不过就这轮，哪怕是态度再端正的媒体，也实在挑不出刘皓什么好来。

一眼望去，漫天都是负面评论，这在刘皓眼里，觉得自己辛苦一赛季所建立的一切似乎正在因为这一场比赛的糟糕表现而崩塌。

下一轮，一定要挽回，刘皓默默咬牙。

6月5日，荣耀联盟第十赛季终于迎来收官之战。对于一半的战队来说，这是一个赛季的终结；但有十支战队，在这之后将踏上新的征程。有为最高荣誉而战的，也有为救赎自己而奋斗的。

本轮最受瞩目的赛事有三场，分别是兴欣主场对三零一度，轮回主场对百花，微草主场对呼啸。

三场比赛，将决定最后由哪三支队伍跻身前八，开始季后赛的征程。三零一度、百花和呼啸，在这轮都不能有丝毫懈怠，真是到了每一分都会决定最终命运的时刻。而因为这些队伍必将奋起，兴欣也不能有丝毫马虎。

“让我上吧！”备战的兴欣战队，有人正在积极地求战。

“休息吧，休息吧！”其他人却纷纷说道。

“交给我们，没问题的。”众人说。

“别啊！我都一个月没打团队赛了，求给个机会让我也磨下手。”叶修苦苦挣扎争取出场机会。

其实第三十五轮，还有第三十七轮，如果照叶修的本意，他都是愿意出场的。但兴欣的众人却很积极地把他按在了板凳上。

“你这么经验丰富，还需要练手嘛？”唐柔说道。

“是啊是啊，老大的话，根本不需要。”包子说。

“休息吧，休息吧！”众人纷纷继续道。

“这个还是要的，快让我上场！”叶修叫道。

陈果一阵茫然，这帮家伙闹哄哄的，让她也弄不清楚叶修说要上场练手，到底是必要的呢，还是纯粹寂寞了。

“真的需要吗？”陈果问叶修。

叶修快哭了：“怎么会不需要，一个月没打过了。”

陈果望向苏沐橙和方锐，期待有职业经验的答案。

“听他的安排吧！”苏沐橙笑道。

叶修这才开始部署下一轮，首先确定的就是自己在团队赛的首发，屋里顿时一片嘘声。

“假公济私。”

叶修听到有人说道，他开始深深地怀疑，这帮家伙到底是真心想让他休息呢，还是想把他挤开腾个位置。

随着部署的继续深入，大家终于都收拾起了玩笑的心态，认真地跟着叶修部署备战。

“3分，是我们进入季后赛的保障，但是我们不能把目标定这么低，全力争胜，不要理会三零一度的死活。”叶修说。

“明白！”大家应声。

“练习吧！”叶修一挥手。针对下一轮比赛的训练随即也就紧张地开始了。

后勤技术部，也在为季后赛进行最终的冲刺。装备更换，大家都希望尽可能在季后赛开始前全部弄好。季后赛可是一次失误就有可能导致满盘皆输的赛制，在季后赛里突然更换不熟悉的新装备可不是一件明智的事。装备改变所带来的偏差，有可能导致在比赛中产生误算或误判，而季后赛从某种意义上来说，比的就是谁犯错更少。

“伪银装三十六件，千机伞也已经完成，现在要更换吗？”看到叶修过来，技术部的人都挺兴奋地询问着。他们也是很期待自己的手笔快些武装到角色上让全联盟震惊起来。银装的属性虽然不会显示，但是等级这一项是不隐藏的。到时兴欣战队身上一水的80级的装备，这得给荣耀圈带来多大的震撼？想想就让人觉得兴奋。

“等打完这轮再统一更换吧！”叶修说道，“还能更多吗？”

“目前大概就这么多了。”技术部表示，“太多装备没办法实现这种多此一举的复杂结构。”

技术部将那些伪银装提升至80级所用的结构称为“多此一举”。如果单纯只是制作这装备，远远用不到这么多的材料。但是为了提升至80级，却硬生生在装备上继续添加材料，而这些材料又不能改变装备原有的属性。很多装备经不起这样的添加修改，这些就是无法提升至80级的失败品了。

兴欣的技术部在这一阶段的研究，主要就是寻找哪些装备能而哪些不能，因此也耗费了超多的材料，好在因为降低属性要求，银装故意做出的只是橙装属性，在稀有材料方面的需求极低。而副本的材料产量就大太多太多了，游戏内的交易平台几乎都能扫到货。紧张点的也就是最顶尖副本的掉落，伍晨那边在兴欣公会有组织地协调团队再加上收购后，总算也将技术部的需求应付过来了。

一边进行着伪银装的开发，另一方面正经银装的研究也没有落下。毕竟伪银装只是一时之需，现在这一批是都直接跨到80级了，但当全民等级更新至80的时候，这部分装备是否还能用多此一举的添加结构方式提至85级那又是一个未知数了。所以正经研制银装才是真正可持续发展的正途。兴欣会花力气在伪银装上，主要也是伪银装的耗材和正经银装最紧要的稀有材料冲突不大，双方互不耽误，所以两手都能抓。

联赛第三十八轮轰轰烈烈地临近了，作为收官之战，免不了多些宣传，这轮之后，本赛季的各类奖项可就要开始评选了，这些都是通过常规赛的表现来评选的，季后赛那另有季后赛的奖项。

奖项中最受人瞩目的，当然是最有价值选手了。被提名的选手很多，甚至连冬季转会时才加入联盟的三零一度的白庶都赫然在列。

除此像轮回的周泽楷、蓝雨的黄少天、微草的王杰希、霸图的张新杰等等全明星选手都例行公事般地前来报道。

除这些人之外，那就是强势回归的，兴欣战队的叶修了。

兴欣战队的成绩虽然没有轮回等豪门那么突出，但是兴欣作为一支新队，能拿下这样的战绩已经史无前例，叶修在队中所起的作用有目共睹。联盟如果考虑到兴欣拿到这等成绩的不容易，叶修当选无可争议。目前对叶修比较不利的就是最后阶段连续四轮的休战。错过这种关键时刻的比赛，那对评选最有价值选手是非常不利的。

最有价值选手需要参考的东西是多方面了，相比之下其他一些只用战绩或数据说话的奖项就容易很多了。

单挑之王，这个来自于个人赛的奖项，毫无疑问地必然将被单挑三十六轮连胜的叶修收入囊中。

一击必杀，这个根据团队赛中完成致命一击次数评出的奖项，就目前的数据统计来看，周泽楷也已经提前一轮拿下了这个奖项。

再有守擂之星，这个奖项根据擂台赛而来，统计数据是出战选手所杀伤的对手生命比。临近最后一轮，这个奖项也已经有了明确的获得者：轮回战队，孙翔。

此外像最佳搭档、最佳新人、最佳第六人之类，也像最有价值选手一样，不是单从数据来考量的，需要三十八轮比赛完全结束后从选手的各方表现来测评。

一切，就等这收官之战了。

6月5日晚，联盟二十支战队分别聚集在十支战队的主场，开始这第三十八轮的比赛。

电视直播最终选择了轮回对百花的比赛。百花目前暂列第九，想进前八，必须在这一轮里比呼啸多拿1分，或者比三零一度多拿3分。上一轮他们对霸图在落后3分的情况下勇追7分，这让人们很期待他们在这轮客场面对轮回时是不是能有什么惊艳表现。人们并没有忘记，轮回战队在上半赛季疯狂的连胜最终就是由百花战队终结的。而这次这一战，可是百花战队这赛季最为重要的一战了。

最后一轮，各大主场都是爆满，包括临海和明青两支出局队的主场。下赛季他们将无法再在这片赛场上征战，粉丝们伤感地前来陪战队战斗到最后一刻，哪怕这已经完全无法改变什么。

晚8点30分，十个赛场，准时开始这场收官之战。

兴欣主场，叶修第三十七次在个人赛中出场，冲击他的连胜纪录，而这一次，站在他面前的狙击者，正是下半赛季倍受关注的，三零一度自欧洲赛场引来的骑士选手白庶。

比赛很快开始，叶修将他选图的风格坚持到了最后一轮：简洁明了的直接对战图。两个角色遥遥相对地出现在了比赛地图中。

白庶的角色骑士潮汐一身银色板甲，在这张阳光灿烂的小图上闪着耀眼的金属光芒，盾牌生命的白银更是明晃晃的仿佛一面镜子。

“这图选得有点不走运啊!”兴欣选手席上方锐说道。

“怎么?”陈果忙问。

“太亮了，晃眼。”方锐说。

“你是指潮汐装备的反射吗?”陈果说。

“是的，以荣耀的游戏效果，这些都会成为干扰。”方锐说。

陈果顿时焦虑起来。丢一分，并不可怕，但她实在不想看到叶修连胜纪录被终结。她对叶修没能在第一轮里出战都耿耿于怀呢！那导致目前最多就是三十七轮连胜，而不能是三十八轮全胜，到底有了一点瑕疵，超遗憾。

说话间，场上两人的角色已经冲向正中。

轰轰轰！叶修的君莫笑凭借攻击距离优势率先开火，三枚反坦克炮弹呼啸飞出。

冲锋！

白庶居然并不闪避，直接让潮汐冲锋，盾牌顶在身前，三枚反坦克炮接连撞上，爆炸。

轰鸣声和硝烟瞬间就被甩到身后，双方距离在转眼间被拉近。潮汐的盾牌生命的白银明晃晃的，现场电子大屏幕的叶修视角上，所有人都看到一片耀眼的光芒闪起，仿佛弹药专家的闪光弹一般。

“看吧!!”方锐早在注意着叶修的视角了，此时一见，立即抬手指着让大家看。

英勇跳跃!

白庶的潮汐飞身而起，叶修视角所见的却只是光芒一闪，而后就什么也没有了。

弧光闪!

叶修一个技能移动，冲出。

这是他凭经验做出的本能反应。对手消失，无论去了哪里，总归是要对自己保持攻击的。这时候先让自身保持移动，再来寻找对方所在才是正途。

潮汐自空中落下，君莫笑自原地蹿出，两人算是完成了一次位置交换。弧光闪后的君莫笑立即跳起半空转身，视角内飞快出现潮汐后，千机伞再度变成枪形态，开火!

砰!

子弹飞出，只有一枚。

但是这一次白庶没有让潮汐再用盾牌去挡。

这一枚是弹药专家的燃烧弹，落地生花，盾牌是阻止不了这些事情发生的。

潮汐闪让，避开了燃烧弹，一片火海瞬间在地上化开时，他已经一步迈出了那范围。

格林机枪!

君莫笑又开了这技能，子弹倾泻而出，这一次，潮汐架起了盾牌，强顶着扫射前进。潮汐的生命的白银可没有千机伞的盾形态那么大，不可能将全身护个周全，但是叶修调整扫射角度，试图将子弹送到未被掩护的空当处时，却全被潮汐给捕捉到，手中生命的白银也是不住调整位置的，愣是将格林机枪不停变换角度射来的子弹全给遮挡了。

“这家伙!”方锐惊叹着。呼啸战队的原本阵容里也有骑士，所以他对这职业也有不俗的了解。能这样使用盾牌将叶修的扫射全接下，基本功真不是一般地扎实。

而在这时，叶修的主视角上，生命的白银再次耀眼起来，显然又是进入了一个可以反射阳光的角度。

“咦，这次……”方锐这次却迷茫起来了。

“怎么?”陈果连忙又问。

“这个使用的时机真够差劲的。”方锐表示。

场上，叶修也是略微调整了君莫笑的站位，就将这一次的阳光反射给避开了，继续远距离的射击。

“他不是有意的。”魏琛这时说话了。

“你是说谁?”陈果问。

“白庶，他并没有想着要借用装备来反射阳光，反射只是无意的。”魏琛说道。

“是吗？”陈果看向方锐，方锐思考中，没说话。

“这位外国来的选手，看起来不屑于这种小手段啊！”魏琛说道。

“你以为他像你们吗？”陈果吐槽魏琛，顺便也看看方锐。这两位玩起猥琐小手段来层出不穷。

“我是在鄙视他呢，你没听出我的口气吗？”魏琛说。

“……”

“为了胜利，我可是不惜一切的，最讨厌这种有手段不用假装正经的家伙了。”魏琛说。

陈果哭笑不得。这也谈不上什么假装正经吧，人家就是不偏好用这种方式来战斗也不可以吗？

“输，肯定要输！”魏琛诅咒着。

“这点我认同。”陈果点头。

这时潮汐已经朝君莫笑冲近了不少，抬手朝着君莫笑比了个手势：挑衅。

君莫笑顿时不受控制地朝他冲去，崩山击！叶修干脆就开了技能，君莫笑飞身跳起一记重劈斩下。

咣！超级刺耳的一声巨响，崩山击这等来自狂剑士的强势技能，白庶居然也让潮汐撑起盾牌挡了一挡，而后另一手挥剑反击。

“我无语了。”魏琛说。

“又怎么了？”陈果说。

“这一击不能躲躲吗？”魏琛说。

“用盾牌挡不行吗？”陈果说。

“用盾牌挡还是要扣血啊，完全可以不扣血的情况下，何必要这样强硬呢？”魏琛说。

“可以……比较快一点地反击？”陈果的回答也挺像模像样的，水平有长进呢！

“没法抢占主动的反击，反了有什么用？”魏琛继续鄙视着。

潮汐挡下这记崩山击后的反击，确实没有抢下攻击的主动权，两人接下来就是你来我往见招拆招地对攻。

“那个挑衅用得也是莫名其妙，这是单挑，对手又不是要跑，把人强行拽回来干什么？拽回来无非就是近身打，君莫笑又不是远程职业。”魏琛继续说。

陈果就纳闷了。照魏琛的意思，这白庶根本就是问题多多嘛！可是现在看比赛场面，和叶修打，他可没怎么落下风啊！这场比赛，还看不出什么胜负的端倪呢！

“你别理他了。”苏沐橙看出陈果的困惑，对她笑道，“他们根本就是不同风格，所以看不惯而已。”

“打得太正直了吗？”罗辑向苏沐橙请教着，结果被魏琛狠狠地瞪了一眼，顿时不敢多说什么了。

“这场对决，就是要这样堂堂正正地分出胜负吧！”苏沐橙说着，

“无聊死了。”魏琛和方锐异口同声。

“我相信叶修不会给他这样的机会。”魏琛诚恳地表示，“他多没下限啊！”

堂堂正正地分出胜负么？比起魏琛，陈果当然还是更加相信苏沐橙的话。不过话说回来，这个堂堂正正和没下限之间是如何界定，陈果从比赛里还真不是特别看得出来。

十字军审判！正这时，白庶猛然开了大招，极近的距离，潮汐却是以冲锋的速度直撞过去，手里的骑士剑和盾牌一起挥舞着。

弧光闪！君莫笑带着一抹寒光掠开。

但是十字军审判并不是无法控制方向的，君莫笑向右一掠的同时，白庶已经让潮汐也朝左路切上。

十字军审判的速度和冲锋相同，并不会输给弧光闪，第一段虽然打空，但第二段转眼就又朝君莫笑砸了过来。

冲锋！

叶修再次使出移动技能，君莫笑变向再跑，避过了第二段。

冲撞刺击！影分身术！滑铲！

叶修移动技能不断，但君莫笑始终未能摆脱潮汐。

白庶的操作既快又准，每次都能让潮汐的十字军审判及时调整跟上。观众目瞪口呆，就看着两个角色眼花缭乱地在小范围内变向奔走。

叶修那边用到的明明是不同系不同职业的数个技能，可是一气呵成得让人几乎不敢相信这是多个技能的连续使用，实在是流畅得一塌糊涂。而白庶这边就是单一技能，流畅自然不用说。但他可是后发制人，是追着叶修的操作在操作，可以贴得这么紧，技术也是相当可怕。

接连几次变向移动，都发生在瞬息之间，有时一个技能未完就已经开始发动下一个技能了。当最后一记滑铲出去后，有心的玩家注意到君莫笑的技能栏里，第一个使用的技能弧光闪冷却都还没有好。

君莫笑具备的低阶可做移动技能的技能有哪些是已经被玩家统计整理过的，分别就是刺客的弧光闪，骑士的冲锋，狂剑士的冲撞刺击，神枪手的滑铲，还有就是忍者的影分身术勉强算一个。

五个技能，轮换使用的话，通常情况下是足够使了。但是今天这战，叶修却被白庶逼得连出了五个技能，却依然未能摆脱。75级的十字军审判攻击可达九段，潮汐目前可才攻击了五段，还有四段立即就要招呼过来了。

叶修这次是又在千机伞上打了什么中高阶的可作移动的技能吗？比如瞬间移动什么的？很多玩家都已经在这样想了。但是那些有去注意君莫笑技能状态的却猛然发现，除了五个当移动技使用的技能以外，君莫笑的技能树中，陷阱扣这个技能也在冷却中。

冷却，就意味着使用过，可是，什么时候呢？

根本没人来得及回味这个问题，此时的战斗节奏是如此之快。潮汐追着君莫笑就已是第六段十字军审判攻上，结果就听“咔”一声，潮汐手中的武器还可以挥出，可是脚下却一步也迈不出了。

陷阱扣就这样发动了，所有人目瞪口呆，除了那些注意了技能树的人，其他人真是一点心理准备都没有。看这陷阱扣的位置，似乎是在君莫笑滑铲的时候放下的。

陷阱扣只能限制移动，并不能打断技能。潮汐可以继续他的十字军审判，但是只能是原地的。君莫笑轻轻巧巧一个后跳，潮汐的攻击就怎么也够不着了。叶修正准备反击，忽然潮汐手中的骑士剑脱手飞出，直钉君莫笑的面门。

魂御！能把武器扔出去的，自然是驱魔师的技能魂御。驱魔师和骑士同为圣职系，低阶技能可以互学。

这一击来得可有些突然，兴欣的现场都是一片惊呼声。不过君莫笑及时地一个翻滚，到底是把这一击给躲过了。

手雷、手里剑、机械追踪，君莫笑这翻滚的过程中朝着潮汐那边就是一通乱丢。还被陷阱扣限制移动的潮汐当然无法躲闪，但他手中有盾啊，立即蹲下身，生命的白银顿时将他全身护了个周全，手雷、机械追踪的爆炸都被挡在了盾外，手里剑也只是叮一声就被弹到一边去了。

“看，猥琐了吧！”魏琛此时兴奋地大叫着。

他不是在说潮汐此时蹲在盾后猥琐，也不是说君莫笑这一连串的技能猥琐，显然这些在他心目中都还远远够不上资格。魏琛大叫猥琐，那是因为叶修此时让君莫笑尽可能低地贴向地面。

白庶使用盾牌掩护时，非常注意留出视角。但是此时叶修让君莫笑往地这么一趴，潮汐那盾护到眼下所留出的视角空间可就有些不够了，他看不到目标，下意识地就将盾牌往低一放，接着就听一声枪响。

白庶反应真是够快，生命的白银连忙重新提起护头，结果就听‘噗’一声响，中枪……

白庶难以置信地低下视角，看到潮汐的脚踝被贴地飞来的子弹射伤。这空当，本来是没有的，但就在刚才，他下意识地让潮汐提盾护头，仓促间才出了点缝隙，想不到竟然就被对方把握住了……

不对，不应该说是把握，白庶明明是听到枪响才让潮汐提的盾，也就是说，对方那一枪本就是这样贴地射的，就是算准了他看不到攻击，只是听声判断的话会以为这一枪是打头，而后提盾……竟然可以计算到如此地步吗？

白庶惊讶不已。他是出国以后才开始接触的荣耀，网游玩的就是欧服，而后进入英格兰的职业联赛。作为职业选手而言，他算是土生土长的欧洲选手。不过毕竟是国人，所以对国内的荣耀圈他还是有点关注的。不过因为从足球、篮球等大型体育运动沿袭而来的思维，对于国内这种职业竞技的环境和水平，他并不如何看好，所以关注也就是满足一下好奇，并没有太当回事。

直至三零一度战队正式对他发出邀请，这让他既意外，又自豪。想不到自己远在另一块大陆打着职业比赛，竟然也能吸引到国内圈子的关注，看来自己的水平和知名度还是相当不错啊！

带着对本国的亲近感，白庶最终被三零一度向他描述的蓝图给打动。尤其知道三零一度在当时的处境并不算太好时，他非但没有失望，反倒因为自己将成为救世主一般的身份而感到兴奋。

于是他回国，加盟三零一度战队，开始适应国内的联赛和环境，帮助三零一度建立新的战术体系。

这当中有不少是白庶从欧洲学来的战术和技巧，在和三零一度配合到一起后，三零一度的战绩果然大有起色，不断连胜，引人瞩目。

白庶心情不错，觉得果然欧洲水平更加高端，自己加盟以后，顿时就让三零一度战队咸鱼翻身，原本距离前八还有十几分的差距，结果很快就跻身进去，看来是可以大有一番作为。

不过在赛季末端，三零一度到底也陷入了如此激烈的角逐当中，距离白庶横扫联盟的目标，似乎还有点远。

不过白庶也并没有就此气馁，毕竟他才加入三零一度半个赛季嘛，双方也需要磨合才能达到最佳状态。这半个赛季已经让三零一度大翻身，能做到这样，白庶已经很满足了。毕竟自他加入以来的下半赛季，三零一度只输给过两个对手。一是突然打起人盯人的呼啸，三零一度也是没防备好，输掉。再一个，就是目前联盟中最强势的轮回，白庶也非常认可这支战队的实力，三零一度想打赢他们，确实有点艰难。

除此以外联盟赫赫有名的如霸图、蓝雨、微草等等的所谓强队，全都输给了三零一度，在白庶看来，这些队大家都在伯仲之间，谁也别说谁比谁强多少。

团队如此，个人方面，白庶可就一直没看到哪个可以让他觉得可怕的人物。所谓的第一骑士许斌，听说就是三零一度战队出去的，不过单挑过一场后，白庶胜得轻松，觉得不过如此。

终于到了这最后一轮，三零一度遇到了兴欣。

叶修，个人赛三十六连胜。只是这个胜绩，就让白庶丝毫不敢小瞧这个人物，多做了解后，更知道这人还有那么传奇的历史。

不过，年纪有点大吧？无论国内还是欧洲或是哪里，电子竞技选手的年龄水准都差不多，叶修目前二十七岁的年纪，在电子竞技圈里走哪都是货真价实的老将了。

居然让这样一位老将在个人赛里一直连胜？白庶刚来听说有这么一个连胜纪录时，就有些不能理解。而后听说这人的散人玩法，以及一把古怪的武器后，让他也生出了不少好奇。

他在那时就打定了主意，这个叶修，他是一定要领教一下的。结果三零一度和兴欣的碰面要到第三十八轮，直至常规赛的末尾，白庶才实现了他刚来时就有的一个夙愿。

这半赛季，他亲眼看了不少叶修和君莫笑的实战，做好十足的准备。那个让很多人都头痛的超高速的技能移动，白庶这不就在比赛里跟得死死的吗？

结果他却在这过程上中了一个不知何时埋下的陷阱。然后，他又中了一发完全看破他心思的子弹。

这就是单挑连胜三十六轮的……国内顶尖水准吗？

叶修这精心计算射出的一发子弹，当然不可能是普通攻击了事。这是来自弹药专家的技能：僵直弹。命中的一瞬，君莫笑就已经飞身掠回，直接绕背，这才展开了攻势。

散人快打！

已经流传了很久的名词，白庶当然听过，也有注意研究过。他觉得自己不会在比赛中给叶修这样的机会，但是现在他明白了，机会有时候并不是他给的，而是对方自己创造出来的。被僵直弹命中的潮汐动也不能动，君莫笑冲过来，直接绕背展开攻击，他还能怎么办？

僵直状态消失得倒也快，但君莫笑的攻势却远没有停止。白庶试图让潮汐拿盾去挡，只要挡下一击，局面就有可能端平。但是叶修显然早考虑到了这一点，从一开始没有直接攻击而是先绕背，就是考虑到潮汐是骑士，有盾牌的他们在阻断对手攻势上是有着先天优势的。此时背身攻击，还刻意防备着白庶让潮汐出盾来挡，著名的生命的白银就这样生生成了摆设。

三十七！

兴欣主场的粉丝已经开始用力大喊了。

三十七轮连胜，多么了不起的成绩？

前无古人，恐怕也会后无来者吧？这样奇迹一般的纪录，眼看就要诞生在大家眼前了，现场无数观众都已经纷纷起立，兴欣铁粉团更是时刻准备着，就等君莫笑彻底击杀潮汐的一刻，就要开始他们庆祝纪录的仪式了。

“十!”

“九！”

“八！”

“七！”

“六！”

眼瞅潮汐生命无多，现场突然响起了这样的倒计时，不知是从哪一个角落开始，逐渐蔓延，数到六时，已经是全场参与，除了一脸郁闷的三零一度粉丝。

“五！”所有人盯着潮汐的血条。

“四！”所有人看着君莫笑的攻击。

“三！”所有人算着这一击下去的伤害。

“二！”所有人再看潮汐剩下的血条。

“一！”君莫笑的又一击来了，倒下吧你个混蛋！所有人祈祷着，他们对白庶并没有什么过节什么仇怨，但此时都在衷心咒骂着他。

“零！”喊声达到了顶点，君莫笑一记拔刀斩挥出，剑气带出血花，挥扬着甩向了天空。潮汐的生命终于变成了零！

“三十七!!!”零过后，突然又迸出了这么一个数字，但是没有人觉得意外，他们所等的，就是这一刻。

砰砰砰砰砰!

现场接连放起了礼花，鲜艳的碎纸花围了场馆整整一圈纷纷扬扬地飘洒着，这显然是兴欣粉丝有预谋的举动，掌握着礼花筒的人特意坐了这么一圈，让欢庆可以送达全场的每一个角落。甚至连客场座席的三零一度粉丝阵中，居然都不知怎么混进了奸细，打出了一炮礼花。不过这边也只这么一炮了，估计接下来很快就会被三零一度的粉丝们给强行制止了。

“三十七!”纸花中粉丝们尽情地呐喊着，陈果的眼泪瞬间就下来了。那个家伙，他真的做到了。他从兴欣的一个通宵网管开始，一力组起了这么一支战队，亲手打败他效力了足足有七年多的嘉世战队，回到这片赛场，然后，创下这么一个惊人的，恐怕再无人可以超越的纪录，将自己真实的名字永远地留在这片属于荣耀的热土。

“太厉害了!”陈果抹着眼泪说道。

“是啊!”没下限的魏琛这次没有吐槽，而是满是沧桑和惆怅地应了陈果一句。是啊！真的太厉害了，这个混蛋怎么会这么厉害，难道他比十年前还要更强了吗?

“真不是东西啊!”方锐骂着，“这让以后的选手还怎么办，这纪录强到让人恶心!”

“想超越的话，只能连胜三十八轮了吗?”唐柔却还是看到那微小的一线希望。

“老大威武，老大霸气。”包子说。

“不愧是前辈。”乔一帆说。

“太佩服了，我永远也做不到。”罗辑说。

“这就是我们的队长吗?”安文逸本是霸图粉，叶修实在不会是他太喜欢的那个人，但是现在，转粉已经转得差不多了。

“……”莫凡没有说话，但眼中同样充满了惊叹。

一样没有说话的是苏沐橙。她知道叶修这两年多来的艰辛，她知道他这么疯狂的连胜，不只是为了自己，也为了另一份寄托。那个角色，君莫笑，本该是另一个人操作着在场上耀武扬威势不可当的。可是很遗憾，那已经不可能成为现实。如今叶修替代着他完成了这一整个赛季，用着君莫笑这个角色，在赛场上留下不可磨灭的纪录。人们或许不会知道他的名字，但是，君莫笑，这个由他所建立的角色，将永远载入荣耀的史册。

这真的太好了。

苏沐橙站起身来鼓着掌，她没有流泪，因为她一直相信叶修。

他说他会回来，于是他回来了。

他说他要连胜，于是三十七轮连胜。

他说这赛季要争冠军，苏沐橙相信这个冠军一定会属于兴欣。

比赛席的门被打开了，叶修走了出来，走上了赛台，全场的欢呼顿时更加响亮。砰砰砰砰砰，又一圈礼花整齐地放起，粉丝们约好了留待这一时刻要再来一发。不过客场观众席那

叶修
君莫笑
37连胜
叶修
君莫笑
37连胜
叶修
君莫笑
CHINA GLORY

边的那一发来得迟了一些。但是在上一发过后被三零一度粉丝严格监视的情况下，这位好汉这次居然还能突破重重阻挠又来了一发，已称得上是粉丝中的英雄了。

“三十七!”大家继续喊着，叶修朝观众席挥了一圈手，表示了一下谢意，而后走下台来。

“了不起的纪录!”这一刻，本在直播轮回主场对百花比赛的电视直播，突然趁着比赛间隙插播了一下兴欣这边的现场，这也是电竞频道刻意的一个安排。他们没有转播兴欣和三零一度这场比赛，但也不想错过这个彪悍纪录诞生的一刻，他们是一定要拥有这一瞬的影像资料的。

还好，在叶修击败白庶的时候，轮回和百花的比赛也刚刚好结束了第一场。直播完全就没有考虑百花客场面对轮回起手就攻下一分是多么地不容易，一看时间到位，毫不犹豫就把画面信号切到兴欣那边去了。

解说潘林和李艺博两个，也完全顾不上夸奖百花老将张伟击败轮回全明星吕泊远是多么地不容易，两人迅速讴歌起了叶修所创的这个可怕的连胜纪录。

“了不起的纪录，了不起的纪录。”潘林把这词是来回念了三遍，他实在找不到别的形容词了。

“三十七轮连胜，叶修这家伙真是……”李艺博也找不到词了。

“伟大!”潘林找到了。

“嗯。”李艺博点了下头，没太附和，因为霸图出身的背景，让他客观地点评叶修就已经挺不容易了。现在还要讴歌，还要称其为伟大，李艺博忽然觉得有点不爽。

“兴欣的粉丝们也很激动，这是他们在现场投下的礼花，庆祝这个伟大纪录的诞生。”潘林解说着现场画面。

“现在叶修正在走下台来，全体观众都站起来鼓掌，哦，还有两队的选手，三零一度战队非常有风度，虽然这个纪录最终是在他们身上创造的。哈哈，连裁判也过来了，也站在场边鼓掌，这个纪录确实太激动人心了，正在现场亲历这一时刻，也是很幸福的事呀!”潘林继续说道。

“裁判鼓完掌了，他好像在说些什么。呃？好像是在示意继续比赛？裁判有点严格啊，这种历史性的时刻，让大家多高兴一会又有何妨呢?”潘林说道。

“毕竟是最后一轮的关键比赛嘛!”李艺博说道。

“嗯，现场已经打出了下一场比赛的选手名单，兴欣，罗辑，上轮比赛的当场最佳选手，让人刮目相看的新人罗辑，三零一度这边是谁呢？哦，是剑客高杰！让我们……哦，让我们回到轮回和百花战队的比赛现场。”潘林擦了把汗，他差点就开始解说兴欣和三零一度的比赛了。

轮回主场，两队的比赛也进行了单人赛的第二场，首轮百花旗开得胜，先取1分，开了一个好头。而三零一度先丢1分，这对百花来说算是一个好消息。不过他们最为主要的竞争对手还得说是呼啸。而从微草主场传来的消息，首场比赛呼啸也取得了胜利，拿下1分的他们继续凭借小分压了百花一头。

“不要理会别人，先打好我们自己才有资格去把握机会!”百花队长于锋鼓励着队友，个人赛第二场，他们将由周光义上阵，对手是轮回战队的副队长江波涛。

又赢了!

数分钟后，百花再收捷报，周光义击败江波涛，帮百花再拿1分。

“百花今天的状态非常不错啊!”潘林和李艺博两个赞叹着。接连两场个人赛，百花战队的选手都是超水平发挥。

而每一场结束时，大家都会连忙去关心一下竞争对手的比分。

“兴欣对三零一度，个人赛第二场是三零一度赢了。”潘林看着比赛的即时消息说着。

“微草对呼啸，呼啸也拿下了第二场。”李艺博看着另一边。

“唔，百花暂时还是处于落后啊!”潘林叹息着。客场在强大的轮回身上连取了2分，却依然没能打开局面，这恐怕对士气是个不小的打击。

“希望百花不要被干扰，调整好情绪继续打好接下来的比赛。只当是刚刚开始。”李艺博说道。

Chapter 016

冲 刺 季 后 赛

现实是残酷的。

百花很不容易地从轮回身上拿到了2分，却依然没能摆脱困境，这对他们的士气打击真的很大。虽然队长于锋还在不断地鼓舞着大家，但是，每位选手的性格不尽相同，并不是人人都能如此坚韧。

百花战队个人赛第三位出场的召唤师选手朱效平的情绪就很低落，他知道百花现在1分都丢不起，在巨大的压力之下，最后发挥失常，败给了轮回的刺客选手吴启。

与此同时，从另外两处场地上再度传来的消息，对百花来说无异于雪上加霜。

三零一度再胜兴欣一局，个人赛三场后2：1领先。

呼啸对微草，更是个人赛三连胜，全取3分。百花再想超越他们，已经不是多拿1分就可以，现在是需要多拿2分。

刚刚从场上下来的朱效平，听闻了这个消息后，更是面色惨白，想和队友们道歉，却又不知该如何开口，雕塑一般地站在那，连自己的座位在哪都找不到了。

"接下来，需要比呼啸多拿2分，或者比三零一度多拿3分，大家怎么看?"队长于锋平静地说着。

众人沉默。

"呃，或者应该准确一点，应该是，你怎么看，还有，你怎么看?"于锋的目光，投向了两个人。

邹远和曾信然。

他们就是百花接下来要在擂台赛中出场的选手。于锋干脆不去理会全队了，就指着接下来要为百花挣分的选手点名。

"不会放弃!"邹远语气坚定地说。

于锋点了点头，倍感欣慰。其实邹远在百花比他更有资历，更是百花战队多年核心弹药专家的角色接班人，但是自从他来之后，邹远就心甘情愿地把战队的话语权完全交给了他。这种信任和接纳，让于锋更加无比坚信这样的选择。此时他们到了背水一战的时刻，于锋相信邹远不会让人失望，而他自己，也会拼尽全力。

于锋和邹远两人随即一起望向了曾信然。

"拼了，怕什么!"曾信然愤然道。作为一个新秀，初次上场紧张得人体僵直成为曾信然一生中最丢脸的时刻。从此他就抱着再糟糕也不会比那次更糟糕的心态，在场上反倒是越来越有勇气，渐渐在百花有了自己的位置，甚至在如此关键的战役中，都被派上了擂台赛。

看到队中的两位前辈核心都是如此决绝，曾信然完全找不到理由退缩，立即豪迈地和这二人站到了一起。

“好！”于锋大声说着，这一次，用了全队都可以听到的音量。

“其实有什么可怕呢？只要我们这里拿下擂台赛，呼啸那里输掉的话，那就是我们领先。”于锋说道。

“看我们的！”邹远现在是百花的副队长，在这种关键时刻，和于锋一起站出来勇扛重担。

“上场！”于锋说道。

“是，队长！”曾信然大声应着，年方十七的他，大步走在了最前面。

这里是轮回的主场，他们收获不到多少加油和支持，但是他们内心已经坚定。他们很清楚，在K市，有无数的百花粉丝在等着他们拿到这张季后赛的门票，取得的方式只有一种，胜利。

各大场地的比赛进程大致相同。

百花和轮回的选手上阵开始擂台赛的时候，微草主场，呼啸战队的三人也斗志高昂地继续向微草发起冲锋。

赵禹哲，擂台赛首发出战，遭遇微草高英杰。

两人是同期新人，高英杰一入联盟就是进微草冠军队，倍受瞩目，俨然就是那一赛季内定的最佳新人。但是结果，第八赛季的最佳新人是赵禹哲。高英杰呢？却因为出场次数有限，没有资格参与最佳新人的评选。

奖项颁给了赵禹哲，好多人却在叹息。叹息高英杰这赛季表现机会忒少。

赵禹哲很不爽，非常不爽。

上场机会不多，那说明个人还有不成熟的地方。但是所有人都一副好像高英杰只要有足够的出场机会，最佳新人就轮不到他赵某人一般。

呸！赵禹哲还真不信这个邪，他就不信这个什么天才有多厉害。

结果，第九赛季，已经失去参选最佳新人资格的高英杰，直接凭借优异的表现入选全明星阵容。他赵禹哲呢？还在背着新人的名分，在呼啸战队“继续变成熟”呢！更可气的是那个赛季蓝雨还蹦出来一个小鬼，拿下最佳新人的同时，也直接入选了全明星。

荣耀联盟迄今十个赛季，从第三赛季开始设立最佳新人这个奖项，当赛季获得者王杰希。

而后，第四赛季的张新杰；第五赛季的周泽楷；第六赛季的于锋；第七赛季的孙翔；第八赛季的他；再到第九赛季的卢瀚文……

这一水的全明星级别，甚至顶尖大神，相形之下，赵禹哲这个名字，在这当中是那么地黯淡无光，而他，也时常被一些人称为史上最水的最佳新人。

自己绝不是水货啊！

赵禹哲特别想要展示自己，证明自己。而高英杰，这个和他同期的新人，被很多人认为本该是那赛季最佳新人的家伙，是让赵禹哲特别眼烦的一位。

一定狠狠击败你！

赵禹哲上场时就狠下决心。

“来吧！天才！”比赛开始后，赵禹哲在频道里呼唤着，他要告诉大家，天才也没什么了不起的。

高英杰没做什么回应，只是操作着他的木恩飞快前进。擂台赛选图是一个不是太复杂却也不是很单薄的小图，比较平衡。高英杰直飞了地图正中，赵禹哲那也不想表现出丝毫畏惧，他的元素法师韶光换也来得很快，双方没多会儿就照面了。

雷电贯穿！

赵禹哲上来就想给高英杰一个下马威，一见木恩进了韶光换可攻击的范围，立时这个技能操作下去。

一溜闪电疾飞冲出，只是这距离，再快的攻击，也真不至于能把高英杰怎样。他很从容地让木恩身形一偏，就把这记雷电贯穿让过。

向前！

木恩的身形快如闪电，整个冲了上去。微草战队目前积分榜第四，和第三、第五的分差，都再难改变，他们并不像呼啸、百花等队已将本赛季的一切都压注在了这一场比赛当中，但是，微草也绝不是会随随便便拱手让出胜利的队伍。

高英杰加入微草的第一天，听到的第一个词就是，冠军。

他们是冠军队，他们为冠军而存在，而冠军，永远是用胜利堆砌而成。

任何时刻,都不会放弃对胜利的追逐,一支志在冠军的队伍,就该有这样永不松懈的心态。

轰轰轰！

两个法师系的职业魔法对轰，绚烂的魔法光影中，高英杰没有让木恩停下向前冲的步伐，这是冲向胜利的步伐，也是冲向冠军的步伐。

赵禹哲诧异。

他清晰地感受到了高英杰的坚决，在这样一场对他们微草本该无所谓的比赛里。

是因为个人赛连丢了三场所以觉得颜面无光吗？

赵禹哲思考问题的角度总是这样，他总是在这种层面重视自己，重视战队。他也追求胜利，但他想到的是由此来展示自己的实力，让大家见识到他的强大。甚至在他心底，冠军就是做出这种炫耀的至高筹码。

这是荣耀，不是炫耀。

赵禹哲显然并不这样认为，所以他感受不到微草，感受不到高英杰追逐冠军，追求荣耀的那颗真心。

“不会让你嚣张下去！”他想到的只是这些。

精神上，他已经输了。

技术上呢？高英杰天才之名，那可不是随便乱叫的。

轰轰轰！

法术对轰，魔道学者的法术光影，渐渐压倒了元素法师。木恩终于冲到韶光换的面前，而元素法师，可是没有魔道学者那等近身战斗能力的。

“糟糕!”赵禹哲慌忙施展瞬间移动，韶光换移走，重新拉开距离。

但是，瞬间移动，谁不会呢？同为法师系的魔道学者木恩，在银武晨露上所打的技能，就是瞬间移动。

只一闪，木恩已经再度拉近和韶光换的距离，只不过因为他的瞬间移动只有一阶，所以移动距离上无法和韶光换的相比，但是剩下的这点距离，木恩骑着扫把晨露，“咻”一下已经掠过。

“你这家伙还真是缠人啊!”赵禹哲在嘴上犹自不肯服输，犹自在叫着，木恩手中的晨露已经挥下。

韶光换急躲，但是挥下的晨露却是超乎寻常地快。

重力加速拍！利用魔法，加大重力加速度，让拍击具备更大的威力。

轰!

晨露没有打到韶光换，拍打在地，发出一声巨响，重力加速带来的冲击力，立时朝前波及着。刚刚跳开躲避的韶光换被冲击到，顿时被弹得更高。

木恩就这样再次骑着扫把飞起，飞向半空中的韶光换。

啪啪啪啪。

晨露挥起，接连抽打着韶光换。

纯粹的攻击，不包含任何意气之争，飞翔在空中的木恩，他的目标只是胜利，永远都是如此。

荣耀!

两个大字在电子大屏幕上闪动着。

任何一个职业选手，任何一个荣耀玩家，每天都不知要多少次看到这两个字。有的人将其深深地放在了心上，有的人，却只将这当作一个单纯的胜利符号。

荣耀，只会属于那些看重它的人。

“微草对呼啸那边，擂台赛第一场微草赢了!”

轮回和百花的比赛这边，潘林在现场直播中也是时常在留意其他场次的消息，那边比赛但凡有进展，也会第一时间把消息送达他们这边。

“哦，这对百花来说是个好消息啊，不过百花这边……”李艺博话说了半截。

百花这边擂台赛第一战还没有结束，不过形势并不太好。曾信然以无所畏惧的姿态上场，打得确实甚有勇气，不过轮回这边第一个上阵的孙翔可也没有丝毫手软。两相较量，曾信然到底还是在技术上落了下风。而在这种情况下，经验不算丰富的曾信然应对手段实在不多，就是凭着一股子不服输的劲儿在那硬拼。

曾信然已经做到了他所能做到的极限，但是很遗憾，最终还是输给了孙翔。

“难道在曙光终于出现的情况下，却是百花自己抓不到机会吗?”潘林说着。

电视机前的百花粉丝都捏了一把汗。如果百花已经大获全胜，却因为竞争对手同样如此最终未进前八的话那也就没什么可说的了。可若是对手已经露出破绽，百花自己却没能把握住，回过头来的懊恼恐怕会让人更加难受。

加油啊！所有的百花粉都在这一刻衷心祈祷着。他们还有两人，这两人正是如今的百花核心，百花粉丝相信他们一定不会这么轻易妥协的。

战斗到最后一刻吧！带着这样的信念，邹远冲上了场。他不是什么天才，他的上位本身就是一个意外。虽然从一开始百花战队就对外宣传说他有这样那样的才能，是百花所看好的未来，但是邹远心里明白，那只是安抚粉丝的公关手段。百花推他上位，根本就是无奈之举。才能?他邹远到底有什么才能，当时他不知道，他相信百花其实也不知道。

不过邹远还是很感激。他感激百花战队在以这样一种既无奈又无厘头的方式推他上位后，居然真的对他保持了充分的耐心和信任。第八赛季，他打得不好；第九赛季，战队却也没有抛下他，反倒是开始为他量身打造角色。

圈里有人开玩笑似的说着，百花前弹药专家张佳乐积攒了大量的人品，于是他的继任者拥有了超凡的运气……

这是玩笑话，但邹远必须承认，他真的非常好运。

他没有引人瞩目的天赋，也没有一路厮杀上位，他作为一个平平凡凡的普通选手，一入职业圈，居然成了这一支战队的核心。这种穿越才会发生的狗屎运，就这样真实地发生在了他身上。

邹远彷徨过，困惑过，觉得压力太大过。但是当他醒过来后，他意识到，自己就好像是那含着金钥匙出生的富二代，什么也没做，天生就拥有了别人可能一生都无法追求到的东西。

这时候如果再扯着嗓子嚷嚷“这都不是我想要的”，恐怕会被联盟那众多的普通选手、轮换选手、替补选手，乃至渴望进入职业圈却没有机会的那些人狠狠地抽翻在地：这特么还不想要，你到底想要什么?

所以邹远开始努力，因为他知道这个机会非常难得。他没什么天赋，也不知道自己所谓的“才能”到底是什么，他只能加倍地苦练，才能，总是可以磨炼出来的。

第九赛季，百花引入于锋，战队有了新的核心，这让邹远身上的压力减轻了很多，这一赛季，他的进步很大。

到了第十赛季，他终于凭借自己的真本事，当选了全明星。

不过即使到了现在，邹远也不知道自己所谓的“才能”到底是什么。他只知道将自己辛苦磨炼出来的技巧在场上不断地展示，寻找更多胜利的法门。大概每个选手都是这样做的吧！在不断磨炼自身技术的过程中，渐渐生成了独属于自己的“才能”。邹远一直是这样想的。

眼下，百花背水一战。他就要用他这还未能清晰感受到的“才能”，与联盟中被称为天才的这些人一战。

邹远无所畏惧。他已经不是第八赛季那个背负着百花缭乱惶惶不可终日的新人菜鸟。他抓住了匪夷所思的运气，他拥有了量身定做的角色，他养成了属于自己的自信。

冲吧！花繁似锦冲上。

枪弹，炸药，绚烂的光影。

继承自张佳乐，却又不同于张佳乐的百花式打法。邹远从一开始就让花繁似锦与那个联盟赫赫有名的一叶之秋战在了一起。

我不知道我有什么才能，但是，我可以击败任何对手！

“打得漂亮！百花战队的邹远似乎没有受到目前局势的影响，积极展开攻势，目前将孙翔狠狠地压制着。”解说潘林兴奋地大叫。

“打得非常坚决，但也非常清醒。攻击做得好，防守也很漂亮，擂台赛，不是只打倒眼前的对手就好，孙翔之后还有两位。”李艺博说着。

“尤其还有一位是号称联盟第一人的周泽楷。”潘林说。

“百花上次虽然7：3战胜了轮回，但我记得也没有在擂台赛里拿下轮回。”李艺博说。

“是的，上次百花是在个人赛里拿下的2分。”潘林点头。

“那么这一次呢?!”李艺博说道。

这一次，百花邹远，先把孙翔打了下去，迎来了他的第二位对手，轮回的剑客杜明。

“还有两个!”邹远心中默念着，继续冲上。

“邹远状态大好啊!”潘林叫道，这一战，邹远再次主动出击，迅速占据场上主动。

“真的很好。”李艺博也表示惊叹。

必须好，没有理由不好。我拥有那样的运气，拥有那样的起步，如果不能好好珍惜，把握机会，我还能有什么未来呢？什么样的未来，会比我一开始就拥有的更加精彩呢？

死死抓住自己侥幸得来的这一切，拼尽全力也不去放开，这，大概就是我所谓的才能吧！抓住机会，死不放开的才能。

因为我是拥有有史以来最好机会的职业选手啊！

轰轰轰！场上的角色在一片绚烂的光影中消失了踪迹，再到清晰时，杜明的剑客已经倒下了。

“又赢了!”潘林惊讶，虽然看到邹远状态很好，但也没想到会好到如此地步，击败了孙翔，再败杜明，花繁似锦还有百分之四十一的生命。

“难道这家伙准备一挑三吗?”潘林叫道。

“……”李艺博没有吭声，他本能觉得这是没有可能的事。一挑三本身就很难，现在对手又是轮回……可是，看着邹远这疯狂燃烧着的状态，李艺博却又觉得，百分之四十一生命的花繁似锦，在如此疯狂的邹远操作下，未必不能击败当今的荣耀第一人周泽楷啊！

“呼啸那边怎样了?”李艺博突然问起了另一边场地的消息，他想舒缓一下神经。邹远这疯狂地连胜两个对手，看得他们神经都紧绷在一起了。

“微草领先，二打一，呼啸只剩唐昊了。”潘林很激动地说着。虽然作为解说，他不应该有情感上的偏向性，但是此时他就坐在这里，看着百花战队神勇开局却收获不到好结果，看着他们失掉1分后的沉默与彷徨，再到现在拼命想在擂台赛里抢下这2分。人非土木，这种拼搏潘林如何会不被打动？他实在不愿意看到如此拼命的百花最终却还是无可奈何地输掉这个赛季，这太残酷。虽然这样想可能对呼啸那边有些不公平，但是潘林此时的心，确实已和百花捆在一起。

李艺博也深吸了一口气，他又何尝不是如此，何尝不希望百花的拼命能有一个值得他们拼命的结果。

“还有兴欣对三零一度那边呢?”李艺博又问道。

“那边现在是三零一度领先。”潘林说。

“三零一度如果拿下擂台赛的话，那和兴欣就打成4∶1了。”李艺博说道。

“是的。”潘林点头。

“这样的话，如果兴欣团队赛再输掉，这轮就只得1分。”李艺博说。

潘林一怔，兴欣只得1分，赛前早就分析过这种可能性。这种可能性下……

潘林连忙将百花和呼啸两场的比分算了算:“兴欣原本是领先百花和呼啸7分，这一轮只得1分的话，就是领先8分。如果百花拿下这场擂台赛，再拿下团队赛的话，就将得9分，就会超过兴欣！呼啸现在个人赛已得3分，擂台赛形势不好，算丢掉这2分，再拿下团队赛的话，本轮得8分，将和兴欣同分!”

“兴欣有可能被淘汰?”潘林大惊，连忙翻起了资料，同分的情况下的话……

“哦，不会，兴欣和呼啸比小分的话是占优的，兴欣现在可以说已经提前坐稳八强了。如果出现这种情况，呼啸会因为输给兴欣两场，最终被挤到第九。”潘林说道。

“如果反过来是兴欣获胜的话，三零一度这轮得4分，加上上轮领先的2分，只是6分的领先优势，百花和呼啸都拿下团队赛的话，就可以携手将三零一度挤出前八。”李艺博说。

“哎哟，真是这样欸。”潘林点头。

“所以说，团队赛更关键，这三队，谁在团队赛输了，谁就有可能失去季后赛的机会。”李艺博说。

潘林和李艺博就分析当前形势的话题舒缓了一下紧张的神经。场上，周泽楷的一枪穿云已经载入比赛。花繁似锦再次强势地冲了上去，面对当下的荣耀第一人，他也没有丝毫畏惧和退缩。

枪响不断。两端的枪口不停地闪出着枪火，子弹横飞，在空气中划过一道又一道透明的轨迹。

邹远很主动，但周泽楷也不比他差。连续观摩了两场邹远的比赛，周泽楷细心找到了对付他的办法。

比快！

比准！

邹远的百花式打法需要连续的技能来堆砌场面。先前两个对手，一个战斗法师，一个剑客，同是近战职业，给了弹药专家这个中远程职业连续出手技能的空当，他们一上来就需要和邹远的百花式打法进行碰撞。

周泽楷却未必。他的神枪手有不输，甚至更优于弹药专家的射程，从一照面开始，周泽楷就让一枪穿云全力倾泻火力，根本不给邹远架起百花式打法的机会。

两个角色虽是远程，但看起来却像是两个纠缠在一起的近战职业。子弹是他们之间的纽带，它所滑出的一道道痕迹，将两个角色紧密地牵连在一起。

已经没有人可以轻言后退，对攻，对射。看谁预判更准，看谁操作更准。

花繁似锦的身上时不时就跳起血花，那是子弹飞入后在他的肌肉里翻滚。

一枪穿云时不时就被花繁似锦这里丢来的各种效果的手雷掀得东倒西歪。

两人都在用操作克服。

这时候，谁退让，谁迟钝，谁就会落后。

枪声，一直到某一个角色倒下，这才停止。

一枪穿云，最终站在场上的是一枪穿云，周泽楷到底赢得了这一场胜利，没有让邹远在他们轮回身上打出一个一挑三。不过他付出的代价可也不小，一枪穿云还有百分之五十九的生命，消耗了百分之四十一，而花繁似锦在本场的生命，也恰巧就是百分之四十一，两个角色消耗的生命竟然奇迹般地打成平手。

邹远真的已经竭尽所能了。面对轮回的擂台场，他大概是常规赛里打得最好，做得最出色的一个。

绝对不能辜负邹远的努力！于锋带着这样的决心，来到了场上。

那个拼尽全力的家伙，可是将百花核心位置托给了他。自己承载起了这份责任，在场上，又怎么能做得比那家伙还差呢？那样的话，有什么资格从他手里接管这份责任。

“来吧！”于锋在频道里叫着，落花狼藉，这个昔日的第一狂剑，尘封了几年，在于锋来到百花后，终于重归宝座，向如今的荣耀第一人狠狠地冲了上去。

百分之五十九的生命，这都砍不掉，我还有什么面目去见百花的兄弟们？

重剑葬花，斩上。

冒着一枪穿云送出的枪林弹雨，勇往直前地斩上。

会赢吧？在所有百花粉的心中，期待前所未有的真实着。哪怕拦在他们面前的是周泽楷，是这个只要一上场，所有人总会习惯性地就会想着“哎呀，这下不行了”的家伙。

赢！

要赢！

一定会赢！

几乎已经没有人注意两人交手的细节，大家所关注的都只是两个角色的生命。这就是竞赛最诱人的部分。胜负，就是胜负，一切都是为了胜负。在这种胜负悬于一线的时刻，已经没有人还有心思关心场上到底出现了多么华丽的技巧。生命，这是胜负最直观的东西，所以大家只是专心地关注着生命。两条象征着生命的血条的起伏，就已经是这场对决最清晰，最激烈的注脚了。

谁的血条下得更快？

谁的血条下得更慢？

一枪穿云？

落花狼藉？

观众们的眼神就在这两个部分闪来闪去，偶有切至没有血条显示的其他画面特写时，观众都会揪起心来骂娘。直接转播也知道到了最关键的时刻，开始任何画面都保证清晰显示两个角色的血条。

会赢吧？

不会再输了吧？

血条上，一枪穿云的生命只有百分之五了，而落花狼藉此时还有百分之三十二。

很强大的优势，但不到最后一刻，那悬着心却始终无法放下。

快给我下去啊！

百花粉心中只有这一个声音，终于，重剑葬花旋风般地斩下，为这一场对决做出了最终的裁断。

“赢了！！”

轮回的主场，竟然爆发出了这样的呐喊，这当然不是说连轮回粉丝都被打动，这只是现场的百花粉，在落花狼藉终于斩杀一枪穿云的那一瞬间，压抑许久的情绪，终于全力爆发出来了。

“哦哦哦哦！！”

这一瞬间，场外百花选手席上的选手们都疯了般地跳了起来，好像他们已经赢得了总冠军般的兴奋。

他们赢了，在这样艰难的局面下，他们终于还是攻下了轮回主场的擂台。

“那边怎么样了？”有人立即关心起了呼啸战队那边的消息。这个问题一出，气氛立即又变得紧张起来。呼啸如果也赢下了擂台赛，那么百花还将处于落后。

“呼啸那边……”有人立即查起了消息，完了率先激动起来了，“输了，呼啸擂台赛输给了微草！！”

“这么说，我们现在……”

“1分领先了！”

“太好了！！！”

百花选手，和随队而来的粉丝都已经知道了呼啸那边的消息。呼啸擂台赛输掉，所以他们目前得3分，而百花两胜个人赛，再拿下擂台赛，取得了4分，终于是超过了呼啸战队。

虽然比赛还没有彻底结束，但是从这一刻起，百花终于掌握了主动，他们不用再看别人脸色。只要足够努力，只要可以在接下来的比赛里继续获胜，他们就将百分百地拥有季后赛的资格。

那种即便拼尽全力拿下了所有胜利，却也可以因为对方同样的胜利而被挤掉的挫败感终于完全消失了，百花现在可以真真正正，不用理会旁人，集中注意力为了季后赛而拼搏了。

“百花坚忍不拔的努力，终于为他们争取到了主动！现在他们已将命运牢牢地掌握在了自己手中。反观呼啸，在输掉对微草的擂台赛后，需要看别人状况来决定生死了。他们努力在最终回合战胜微草，也必须要他们的竞争对手输掉才行。”潘林说道。

“是的，最后一轮，谁输掉团队赛，谁就将在此结束这个夏天。”李艺博说。

“只差一脚却没能踏入，这个结果真是非常残酷，但是没有办法，今天必然有一支战队要来品尝这样的苦果，会是谁呢？三零一度？百花？还是呼啸？”潘林这样子好像他在解说的已经不单纯是眼前这场比赛，而是三场一起似的。

百花和呼啸的最终比赛结果也传到了兴欣和三零一度的赛场上。陈果扳着指头算了算后，终于喜上眉梢。

“进了，我们已经进入季后赛了。”陈果激动，现在终于是连万分之一失误的可能性都没有了，兴欣，百分百要进入季后赛，要开始总冠军的征程了。

“即使眼下所有比赛输掉也不要紧了吗？”魏琛问。

“是的。”陈果点头，不过完了还是补了一句，“但大家还是要好好打啊！”

“那是当然，谁想带着失败进入季后赛呢？”叶修说道。

“你不想，三零一度可更不想呢！”魏琛说道。三零一度是需要胜利来确保他们席位的，虽然他们拿下两场个人赛和擂台赛，可是团队赛若输，他们还是有被淘汰的危险。这常规赛的最后一仗，他们势必倾尽全力。

“谁管他们。”叶修说道，“居然连赢了我们4分这么大胆，必须要给他们一点教训，是不是小唐？”

“必须的！”擂台赛输掉的唐柔正气鼓鼓地等着宣泄呢！

“好，那么，我们上吧！常规赛的最后一场，来个振奋点的结束。”叶修说。

“最好是那帮家伙因此淘汰，这样他们整个夏天都会做噩梦梦到我们，哈哈哈哈。”魏琛说道。

“好的，去送噩梦给他们吧！”叶修挥手，兴欣团队赛即将上场的选手起立。

叶修、苏沐橙、方锐、乔一帆、安文逸，再加第六人唐柔。这正是兴欣常规赛里最常用到的阵容，将在这里为兴欣的常规赛画上一个句号。

而三零一度那边，队长杨聪在动员了一番全队后，出场选手也已经起身。

杨聪、白庶、高杰、李亦辉、孙明进，再加第六人钱文举，也正是他们下半赛季，白庶加入以后的主力阵容。正是靠着这套阵容，三零一度咸鱼大翻身，现在成为一支向季后赛冲击的强大队伍。在常规赛的下半段，他们这套阵容一度击败过蓝雨、微草、霸图这一系列豪门。他们只是因为上半赛季稍有落后，所以在下半赛季冲击前八时才遇到这么一个激烈角逐的局面。

人们完全有理由相信，三零一度战队若是进入季后赛，他们或许就能走得更远。他们已经在常规赛里向大家证明了，他们现在是有实力和豪强一较高下的。

“赢下来！”三零一度全队呐喊着，六位团队主力上场。单人赛事连拿4分，他们现在士气也正达顶点。

荣耀联盟第十赛季，常规赛最后一轮的团队赛，在十支战队的主场即将陆续打响。二十支队伍，每支六名主力选手，共计一百二十位选手，其中六十位选手将为他们这一年的拼杀画下句号，四十八位选手将由此踏上更为苛刻的季后赛征程，还有十二位选手，将在这一场比赛后暂时告别这个舞台。

兴欣主场，两支战队。

一方已经确定了他们将继续他们的征程，而另一方，却还在为可以继续进行最后的努力。

一定要赢。三零一度除此没有别的选择，只有如此，他们才能确保这一年的努力没有辛苦白费。

兴欣这边呢……

“常规赛最后一轮了，好好展示一下你们这一年的成长吧！”叶修说道。

所有选手肃穆。

“方锐大大你也是的。”叶修点名。

“滚滚滚！”方锐不忿，作为一个已成名的全明星级别选手，居然还要用到“成长”这么稚嫩的词汇真是让人不爽。哪怕他在职业转型，方锐也觉得用“融合”比用“成长”更加合适一些。

“好好地击败他们，这可是一次难得的季后赛预热。三零一度此时一定会有季后赛队伍一般的决心和求胜欲望。仔细感受这种节奏吧！”叶修说着。

这可不单单是口号。

季后赛经验，总决赛经验，这些本都是会被单独拿出来说的。季后赛，拥有更加紧张的节奏和气氛，总决赛更会达到顶点。这种情况下选手的心理状态就显得尤为重要。没有这等经验的选手，在这种场面下或过于紧张，或过于谨慎而患得患失的比比皆是。

有经验的选手，知道在季后赛甚至总决赛里什么样的态度最合适，可以更好地调节自己的情绪和心理。该谨慎时就谨慎，该出手时不手软。有不少选手，在常规赛里看起来似乎并不如何抢眼，可是一到季后赛却会立即变得光彩照人。这种就是所谓的大心脏选手了，拥有超强的心理素质，越是关键的时刻，越能站出来力挽狂澜。

蓝雨现役选手，气功师宋晓就是一位有名的大心脏选手。只从常规赛的表现和技术统计来看，他称不上大神水准，可是一到季后赛就会战力飙升。第五赛季进入联盟的他，在结束自己的新秀赛季后，就成为主力帮助蓝雨取得了第六赛季的总冠军，并在当年的季后赛后赢得“关键先生”的美誉。

蓝雨战队这些年阵容也经历了不小的动荡，但是宋晓却一直在队中拥有位置。他在常规赛中时常参与轮换，但到了季后赛上场时间就会突增，显然蓝雨战队也很清楚他的价值所在。

宋晓算是在这方面天生有素质的。而绝大多数这样的选手，就是靠积累季后赛经验养成。这些经验丰富、心态沉稳的老将，常规赛或许打得不多，但到季后赛却会大放异彩。这，就是所谓季后赛经验的价值所在了。

兴欣战队的新人们当然都没有这种经验，虽然从叶修的观察来看兴欣这些新人已经有着异乎寻常的心理素质，但是不是能坚挺地撑住季后赛那谁也说不好。这场比赛算是一次难得的体验，三零一度必然是和季后赛战队一样地充满干劲，所以叶修希望兴欣诸位也不要太轻松，也能拿出相应的态度来仔细体验一下这种生死大战的气氛。虽然之前几轮几队之间的角逐就已经很激烈，但是未到这种一场决定生死的程度，还是无法和季后赛的强度相比。

“明白。”兴欣上场的几位应声后，各自进入了比赛席，三零一度那边也准备就绪，地图开始载入，双方很快就要开始比赛。

兴欣选图：桐木楼。

一张拥有制高点的地图，显然是考虑到目前三零一度的战术特色。拥有制高点的话，兴欣可以从更多角度掌握三零一度的行动，防范他们目前惯用的刺客舍命一击的打法。

于是开局的战术意图就显得非常简单直接了：抢占制高点！

三零一度战队显然不会对这幅图一无所知，开场后他们也没有进行任何战术回避，大部队直冲出去。

作为一个如此重要的战术要点，桐木楼当然不好在距离上对两端战队的刷新点有任何偏袒，双方从刷新点到达桐木楼的距离是完全一样的。谁先到，这取决于双方移动的速度。

三零一度全军齐出，但是很快，角色与角色之间拉开了层次。

风景杀！

三零一度队长杨聪的风景杀冲在了最前，丝毫没有要配合全队速度的意思。以他更胜一筹的移动速度，先一步朝着桐木楼的方向冲了去。

兴欣战队的角色装备银装较少，相对属性比较透明，这都打到三十八轮了，兴欣也引起了足够的重视，他们的选手角色各队都已经研究了个七七八八。拼移动速度，杨聪有信心不输给兴欣队中的任何一个正常角色。但是很遗憾，兴欣中偏偏还有一个不正常的角色。

君莫笑。这散人若是使用技能移动的话，移动速度恐怕将在杨聪的风景杀之上。

但是对制高点的占领，杨聪判断兴欣不会由君莫笑去承担。兴欣的这套主力阵容，君莫笑将是队中的近战攻坚主力，占据制高点的，毫无疑问最好的是苏沐橙的沐雨橙风。

可是沐雨橙风赛跑又快不过风景杀，这一点，杨聪相信兴欣也有清晰的判断。所以先让君莫笑暂时占领守卫，而后再由沐雨橙风赶到后替换就是比较稳妥的方案了。

杨聪思考得很清晰，很详尽。

三零一度虽然多年都没有什么出色的季后赛战绩，但进进出出的次数倒也不少，杨聪作为第三赛季的选手，积累了多个赛季的经验，很清楚这种一局定生死比赛中的窒息感。所谓的季后赛经验，他当然是不缺的，所以他可以冷静谨慎地分析问题。

他的风景杀单枪匹马地冲出，不为抢点，只为侦查。兴欣君莫笑可以比他更快一筹，占据先手，这时候和人冲突拼命，并不是个稳妥的决定。而季后赛的节奏，就是要先让自己立于不败之地，所以此时的杨聪，丝毫没有战斗的意图。

他只想看，看清楚兴欣的安排，看清楚兴欣的意图，有可乘之机，他就上，没有，就等。总之不到万不得已，都要到有足够的把握时再出手。

桐木楼很快出现在了杨聪的视野内，他观察了一下左右的地形，开始让风景杀绕圈靠近。

以他对君莫笑速度的评估，若是全力以赴，这时候应该已经到了。

桐木楼顶上似乎并没有人，到了的君莫笑藏在哪里？楼下？楼内？还是附近的什么地方？等自己上前时发动偷袭？

杨聪判断出对手移动速度的同时，相信对方也对他有着清晰的判断。虽然他的风景杀一身银装，属性隐藏，但在圈里打拼这么多年，就算没有准确数据，风景杀的属性也早被大家判断出来个大概了。兴欣队中有老手，肯定对他心中有数。

绕圈，就是为了全面细致地确定君莫笑的所在。

但是，完整的一圈转完，他没有发现。

桐木楼附近可隐藏的几个地点，杨聪都看得清楚，没有君莫笑的行踪，那么君莫笑如果到了，只有一种可能，藏在桐木楼里。

桐木楼是在楼内搭建的环状楼梯，一直到顶，楼内没有开窗，君莫笑若是藏在楼内，那么叶修也完全无法知道外边三零一度的人是否到阵，只能埋伏其中守株待兔。

杨聪没有去进一步确定，转了一圈后，他的心中已经有了一番新的计较。他在桐木楼旁发现了一个不错的掩护，风景杀随即移动到了这里，而后埋伏起来。

君莫笑是不是到了，杨聪不敢打包票。但是他敢肯定，沐雨橙风还没有到。而如果她要先一步抢点的话，那么接下来很快就会到，而风景杀所藏身的这个位置，正好可以对沐雨橙风完成截杀。

缠住沐雨橙风，就破坏了兴欣抢占高点的计划。贴身肉搏枪炮师，杨聪的刺客更不会吃亏，逼得兴欣不得不来支援的话，那更是从整体对他们形成牵制，完全破坏他们的预定计划。

杨聪的想法，可谓丝丝入扣，这正是一位拥有季后赛经验的老将该有的素质。

风景杀就这样埋伏了下来，而这个选位显然极好，既对兴欣刷新方向形成攻击性，却又确保自己不会遭到来自桐木楼上或是楼下的袭击。这里从这两端看过来的话，都是一个死角来着。

杨聪刚刚将风景杀埋伏起来，耳中就已响起了炮声。

来了！

杨聪知道，这是沐雨橙风在用飞炮进行移动。

声音越来越近，越来越近，杨聪已经开始在心中倒数，他要在最佳的时机发起攻击。

轰！

轰！

轰！

杨聪脑中几乎可以想象出沐雨橙风一炮一跳的滑翔画面！

轰！

到了！

又一声后，杨聪脑中立即有了如此清晰的念头，这是数年经验的积累，不用计算，就可凭感觉得出的答案。

风景杀起身，视角中立即出现沐雨橙风的身影。

弧光闪！

风景杀冲出。

Chapter 017

都　结　束　了

寒光闪出！

风景杀这荣耀第一刺客的弧光闪，比起君莫笑这散人施展出来的显然要更加迅猛。而且风景杀手持的武器是双剑，这武器攻速不如匕首，但在攻击力和攻击范围上却要比匕首强出不少。

不同武器施展出的弧光闪自然也有不同，匕首，寒光只一抹；风景杀手中是双剑，闪出的寒光顿时拼成一道交错的十字，跟着朝左右两边挥洒。

两道血箭，就随着这交错的十字寒光飞了出去，但是同时，轰轰轰三声炮响，爆炸的火光就这么直接浓烈地扩散在了两个角色中间。

苏沐橙的反应可也不慢。她从视角的余光中扫到了这端动静，知道飞炮中角色无法闪避，只能连忙调转炮口，强攻和对手进行交换。

弧光闪切中了沐雨橙风，却也不能阻止这记反坦克炮轰出。

爆炸的冲击顿时将风景杀弹向了一旁，强大的后坐力，也逆改了沐雨橙风这一飞炮的移动轨迹。风景杀一招完成了贴身，但却很快就被掀开。杨聪岂能轻易错过这等机会，调好身形和视角，风景杀足尖刚一点地，就已经一个箭步朝着沐雨橙风击了过来。

沐雨橙风抬炮就射，虽只是普通攻击，但是配合后跳，却是一边轰击风景杀，一边将角色向后送出，拉扯双方之间的距离。

但是杨聪对这一刻早有准备。毕竟苏沐橙也是一位技术出众经验丰富的顶尖选手，无法一招完成贴身大有可能，杨聪早早就留了后手。

疾行！

这技能的冷却可不短，杨聪却一早就把它留了下来，可见在这场比赛他真是做到了走一步看三步的地步。

疾行，再加疾跑，可就是荣耀第一移动速度了。风景杀的身形快得好似一团残影，从沐雨橙风射出的那发炮弹旁掠过时，眼神差点的几乎都看不清他闪避的动作。

穿心刺！风景杀瞬间就已赶上沐雨橙风，双剑平出，又是两抹寒光送出。

轰！

杨聪这是真没想到，苏沐橙居然故技重施。先前那一发普通攻击后，她本有机会再做攻击进行阻挠，却有意不发，手炮下垂看似疾退时的自然动作，实则是将炮口遮掩，暗暗蓄起了一枚加农炮。

风景杀杀到也就是瞬息间的事，晃眼间杨聪也根本没来得及注意这么一个不起眼的小细节，待到近前双剑缭影乱武刺出，沐雨橙风手中的重炮吞日却也好像一把刀子一样抵到了风景杀的胸口。

普通攻击？当然不是。枪系职业就是普通攻击那也得是射击，直接拿枪砸人那反倒得是技能了，比如枪炮师的挑空技能拔击，就是挥手炮将目标撩向半空，但是沐雨橙风此时这一击显然不是。

炮口向内吞进，手炮短起了一截，杨聪这才瞬间知道这是一个蓄力的加农炮，此时再想躲闪哪里来得及。

吞日炮口向外一弹，加农炮弹飞出，又是挺不科学地直接零距离轰中目标。爆炸在两个角色当间触发，蓄力加农炮的冲击力比反坦克炮的三发加起来都要强，风景杀顿时被掀得更远，沐雨橙风自己也借着这一击的后坐力继续朝后退开。

后手，还是没能将沐雨橙风贴住，但是杨聪对于目前的状况还算满意，至少他确实将苏沐橙给拖延住了，兴欣无法抢占高点，那么他们的战术意图……

“遇敌！”

谁知这时他们三零一度的频道里，忽然跳出消息，是守护使者选手孙明进发出的。

杨聪心下顿时一惊，这图在他脑中有个大概认识，三零一度众人未到桐木楼就已经遇敌，只有一种可能：对手的目标指向从一开始就不是桐木楼，而是判断了三零一度会如此出击，直接抄近路横插拦截。

如果说兴欣战队从一开始就志不在抢制高点的话，那么他对沐雨橙风的拦截就毫无意义。

可是，沐雨橙风偏偏又出现在这里仿佛要抢制高点的模样。

这是……

“对方几人！”杨聪在频道里匆忙问道。

“4”，一个简单的数字回答，标点都没有，这是已经进入激烈战斗的节奏。

调虎离山！杨聪顿时满脑子都是这个词。

他试图拦截苏沐橙的沐雨橙风，破坏兴欣抢占制高点的计划。

但兴欣抢占制高点的目的又是什么呢？显然就是为了更好地全面观察三零一度的战术举动，察觉他们最近娴熟使用的舍命一击战术。

于是现在，杨聪完成了他的拦截使命，但是与此同时，他们三零一度常用的战术呢？没有他的刺客，哪里还有那一套舍命一击击杀对手关键角色的战术？

将计就计！

荣耀教科书，四大战术大师之一的叶修最擅长的战术风格，第三赛季的选手杨聪已经不止一次地见识，或是亲自领教过。

可是到现在为止，依然防不胜防。

叶修从进入这个联盟第一天起，好像就有着比其他人更高明的技术，更全面的知识，和更精深的战术理论。他就好像一个从未来来的穿越来客似的，什么都走在大家的最前面。他创造了无数的打法，他设计出了无数的战术，他提出了无数的理论。

将计就计，还有什么人能比这个荣耀的先行者更能掌握这种套路呢？

所有人的计算，所有人的意识，都好像无法跳脱他的掌控，然后他就是那么轻轻巧巧地比你多迈一步，一切走在你的前面。当你发现时，恍然大悟，逆推时，觉得一切都是这么简单，可是事先呢？事先你就是想不到这么深远，就是想不到对方绕了这么一个圈子。

三零一度要掩护配合出手舍命一击。

所以兴欣要破舍命一击。

所以兴欣要抢制高点。

所以三零一度为了保护自己的战术不能让兴欣抢制高点。

所以三零一度速度最快的风景杀来到了这里。

而后最适合抢占制高点的沐雨橙风也来到了这里。

风景杀成功地截杀了沐雨橙风，但是同时没了风景杀的三零一度团队，还打什么掩护下的舍命一击？

三零一度打不了舍命一击，兴欣抢占那个制高点还有那么重要吗？

来来回回，一个大圈子绕回来，吃亏的是三零一度。

他们无法使用他们下半赛季所惯用的，让很多战队吃了苦头的战术。

而兴欣破解的理论却是这么简单。

使用舍命一击的那个人不在了，当然就打不了舍命一击了，一个简单到几岁孩子都懂的道理，但偏偏三零一度就上了这个当，杨聪就中了这个计。

风景杀调头就想走，但是这一次，不依不饶的成了沐雨橙风。

近战被远程追杀是件很痛苦的事。

因为你只能拼命地奔跑、闪避，一直到逃出对方的攻击范围为止。你没有办法做出反击，你若反击就要近身，近身和逃走，这分明是一对反义词。

杨聪多年以来的刺客形象都是在正面战场上冲杀的战士，这赛季转型，转出的也是一个为达目的可以慷慨赴死的死士。逃跑这门手艺，杨聪真的不是特别擅长，他的刺客无论怎么打，有的全是热血，猥琐这个暗夜系职业常有的风格，在他身上真的体现不多。

炮火追逐着风景杀的脚步，杨聪逃得很艰难。

他已经放弃完全摆脱沐雨橙风火力的念头了，只是这样一力奔跑，快些和队伍汇合，结合他们的战术体系。

不断的攻击中，移动速度一流的风景杀都被拖慢了许多，终于，他的视野内出现了那边战成一团的身影，有他三零一度的兄弟，还有兴欣的那帮对手。

就快到了！

杨聪心里满怀慰藉，但是很快，看着视角内的这一大团阴影，他突然笑不出来了。

杨聪抬起视角，望向了身后。

这是桐木楼被阳光投射出来的影子，就这样横躺在大地上，前端不远，就是两队的战场。

他现在可以让风景杀冲过去和三零一度的队友会合，但是然后呢？然后他相信一路追杀他的苏沐橙在这个时候一定会放过他，因为她会让沐雨橙风登上桐木楼，从制高点观察三零一度的战术变化。

自己辛辛苦苦一路狂奔回来，所遇的却是这么一个尴尬的局面？这一步，对手也早已经计划到了吗？

原来从一开始，从他有了去拦截苏沐橙的念头开始，他就已经只有一个选择。

干掉苏沐橙！只有这样，才能免除眼下的尴尬，他才能顺利和全队会合，顺利打起他们所擅长的套路。

除此，根本没有别的选择！杨聪主意已定，但是风景杀却还是朝着那边的战团冲去，好像没有意识到这一点似的。

苏沐橙果然如他所料，很快放弃了对他的追杀，果然钻进桐木楼登顶。

杨聪有意放慢了风景杀的移动，估计了一下沐雨橙风的爬楼进度，果断转身，回马枪！

他要把沐雨橙风直接堵在楼里，否则像之前那般直接反身追杀，不知要被苏沐橙的风筝拖到哪去。

但是等风景杀眼看就要冲到桐木楼下时，杨聪忽然愣住，他发现这一次他是真犯了一个不应该的错误。

从这里追上，能把沐雨橙风堵在楼里吗？人到了楼顶，直接跳下……

多么可笑的一个绕圈跑啊！

追不行，不追也不行。

比赛中遭遇这种左也不是，右也不是的尴尬，职业生涯多年的杨聪也不是第一回了。有没有第三种选择？杨聪不知道，或许有，但是他看不出，所以他只能二选一，哪怕两个选项都不好，但也必须做出选择，多一分犹豫，只会让局势变得更糟糕。

追上！杨聪到底还是选择追上，让兴欣占领制高点这是一个更为不利的局面。

所以在一进比赛看到是这图时，三零一度的诸位心里就是咯噔一下，这才有杨聪义无反顾地前来侦查。杨聪现在是发现了，从关注起这图的制高点，让思维陷入这一步时，他们就已经开始犯错。

至于现在自己没有意识到这样堵苏沐橙是堵不到的，只能算是一个小小的细节失误。不犯这失误，也无非是回身试图紧逼沐雨橙风，然后苏沐橙操作沐雨橙风放他风筝，没准也会选择冲进桐木楼和他兜圈子。

所以说，是他们一开始考虑就不周全，忽略了兴欣可以利用这个制高点进行反向操作的可能性。

下次再遇这种情况，该怎么办？

这个念头在杨聪脑海里闪了一下，立刻就被他先删除了。

现在不是想这个的时候，先集中精神把眼下的场面处理了，如果能进季后赛了，再来仔细解决这个问题不迟。

风景杀狂奔，直至冲上楼顶，耳边清晰地传来炮弹飞出的轰鸣声，沐雨橙风这都不知道朝下支援了多少火力了。而她的视角也时时注意着楼顶的出口，风景杀这一上来，苏沐橙立即看到。而后，在根本没有语音的情况下，杨聪觉得好像是听到了苏沐橙的笑声；角色根本没有神情的情况下，他觉得好像看到沐雨橙风朝他微微笑了笑。

一点不带犹豫的，沐雨橙风从楼顶上跳了出去。

杨聪也没犹豫，这早就是他意料之中的事，毫不迟疑地，他也飞身跳出了楼。

疾空踢！

反坦克炮！

跳飞出去的风景杀半空中踩中了沐雨橙风，但同时也又一次被沐雨橙风炮火近距离轰中。

火光在天空中绚烂地炸开，下方兴欣和三零一度的八人却激烈地战在一起，没有时间多看一眼。

他们知道那端在发生什么，相比之下，当然是三零一度更加焦躁一些。没有杨聪，他们的战术缺少了很重要的一环。舍命一击，他们未必要使用，但是在数次使用这一技能得手，将这么一种战术演示给大家看后，杨聪风景杀的存在，本身就成了一种牵制，有他在阵，对手就得时时注意着他的举动，注意着他是不是预谋着要搞这样一击。

三零一度战队，则会借着这种牵制进一步展开攻势。

比赛的目标，终究只是获胜，使用舍命一击只是获胜的一种手段，而不是唯一手段。只是这种手段影响太大，难免会受到高度重视，这让三零一度其他攻势的展开总是很顺利。

但是这一次，杨聪和风景杀干脆就不在了，三零一度下半赛季一直以来的战术完全没有了立身的根本。余下这四位在这和兴欣周旋，打法没有丝毫精妙。不过白庶在团队中的表现，确实比他单挑时要显眼许多。保护、协同，甚至冲锋在前，都做得十分到位。他已是这支队伍运转中不可或缺的一部分，这点已经毋庸置疑。

只可惜单有他这一部分的三零一度，终归只是失去锋利的宝剑。周旋、缠斗，却找不到制胜的方法。

兴欣四人呢？在叶修的君莫笑和方锐的海无量的攻防穿插中，乔一帆一寸灰的鬼阵一个一个地布了下来。

鬼阵是死，人是活，如果是一个菜鸟，大概会觉得鬼阵很好对付：我离它远远的不过去，对方不就没辙了吗？

这样的想法倒也不能算错，但是职业级的阵鬼，当他的鬼阵开始布下时，那就是开始编织一张严密的网，想挣脱，想穿透，绝不是靠一句“我离它远远的”就可以办得到的。尤其是在团队作战中。

鬼阵是死，人是活，这活人，可也包括阵鬼一方的人呢！

团队战斗，想撤，那得保证能全都撤走，这显然不比单挑时一人逃走全家没事那么潇洒。团队赛中配合阵鬼，就是利用这一点。不用将对方的角色全部限制，只要留下他们一人，就等于留下他们全队，对手总不能看着己方一人就这样陷落。

麻烦大了！

眼看鬼阵一个接一个密布在他们周围，三零一度的几位都知情况越来越不妙。他们需要杨聪的支援，可是偏偏现在杨聪又脱不开身。

怎么办？

“注意！”频道里突然跳出两个大字，是白庶。

注意？注意什么？

三零一度的诸位知道现在不是发问的时候，纷纷调整视角注意着白庶的潮汐。

骑士精神！

白庶的潮汐开启了骑士的觉醒技能，而后挥舞着手中的剑和盾牌就是一声咆哮。

牺牲吼叫！

白庶终于等到了一个机会，等到一个可以一次掌控兴欣全部四个角色的机会。他一瞬间抢到了这个点，而后放出这记牺牲吼叫，技能范围刚刚好将兴欣四人全部装了进去。

这个机会他等了很久，他从一开始就察觉到兴欣很注意对他这种仇恨控制技能的防备，偶有出现机会，却都是陷阱。

不愧是叶修！白庶现在对叶修已经刮目相看了，不只有高他一等的技术，所领导的团队也十分默契精巧。

但是白庶相信，机会一定会有，没有人可以像机器一样精密地运转，所以他耐心地坚持，耐心地等待，仔细观察，准备捕捉这一线战机。

现在他等到了。

牺牲吼叫之后，兴欣四人的攻击全部强制集中到他身上。不过吼叫和挑衅不同。挑衅是以时间为单位转移目标仇恨，一次只能针对一个目标；吼叫可以针对范围内的所有目标，但是却是以攻击次数为单位，而且次数有且只有一次。

对于远程职业来说，解除被吼叫的状态真的非常简单，只要快些对目标做出一次攻击就可以了。而对于近战职业就麻烦了，若是有距离，势必要先近身，在未近身的情况下虚放的技能，系统会来裁定这算不算对目标做出的攻击，目前来看，系统不是那么好忽悠的，它会根据目标这一技能的攻击距离来准确判断这一击是否对骑士形成威胁。

叶修、方锐，两人的职业都有距离攻击手段，君莫笑和海无量在中牺牲吼叫的下一秒，立即就对潮汐做出攻击解除了状态，可是即使这样，他们原本进行的攻势终究也被中断了一下，三零一度的另三位，在这一瞬间都可以无拘无束干点想干的事。

而兴欣此时最艰难的是乔一帆。鬼剑士驾驭鬼神之力，能做出的攻击距离比起剑客等等要强出不少，但是此时却也不是站在原地就可以一抬手对潮汐做出有效攻击的，乔一帆只能操作一寸灰快些向前，只可惜白庶主要针对的，就是他这个鬼剑士，他就是要拖着这个距离让一寸灰没法出手，进而破坏他对连环鬼阵的控制。

从这一点上说，吼叫的效果真是有点变态，对手无法做出有效攻击，这种强拽着对手来袭的效果就总会存在。

但是此时场上想维持这种变态的效果可也没那么容易，因为兴欣阵中有两个角色都可以解除这一状态。

气功师的气定神闲。牧师的专注。都是可以解除被嘲讽状态的，兴欣阵中恰巧这两个职业都有。而到了这种地步，三零一度的选手如果还不知道配合一下白庶的话，那可真的妄称是职业选手了。

三段斩！

高杰在潮汐牺牲吼叫放出的一瞬间，就领会了白庶的意图。星辰剑舞动着手中的白光剑，一道道惨白的剑光抹出，立时朝着方锐的海无量杀了去，不给他施展气定神闲的机会。

白庶，则是借着骑士精神，亲自动手，对着安文逸的小手冰凉一个英勇冲锋就冲了过去。

李亦辉的柔道搬山，则是朝着叶修的君莫笑冲了去。

普通技能树下的散人，不会拥有消除被嘲讽状态的技能，但是君莫笑手中的千机伞可以在每个形态上打上技能，那就不能不防备他也预备了这样一个技能了。

果然！三零一度几位看到君莫笑的动作时，立即慌张起来。

只见他手中千机伞已经拆成两截，成东方棍分握左右手，两掌虚合，运气，分明就是气功师气定神闲的吟唱造型。

休想！！李亦辉也真是急了，他的柔道，那攻击距离真是短得不能再短，此时似乎有点来不及。但前全明星级别的柔道选手可也不是这么容易就放弃的。

回旋折脚！

李亦辉的搬山直接飞身而起，急速划出，双腿立在空中看似已要夹人，但此时可夹范围里哪有目标。但是他这么一跳，却恰到好处地跟上了一寸灰的移动，君莫笑要施展这一气定神闲，却被挡了目标，根本没办法选中一寸灰。

这也是一手功夫在场外的小手段了，但却十分有效。

君莫笑的气定神闲终究没法出手，不想浪费最后是打到了自己身上。李亦辉长出了口气，结果就见君莫笑手中两截东方棍已经重新接起，‘咔咔’一翻，瞬时就扩成了一把镰刀。

圣职系武器！

李亦辉的脸色顿时就又变回去了。

圣职系，可以解除嘲讽状态的技能真的太多了。牧师的专注，骑士的不动如山，驱魔师的静心符，守护使者的净化，四个职业全都有这类技能，除了骑士的不动如山是只能对自己加持，其他三个都是可以对目标施加。

这叶修，在千机伞上已经打了一个气定神闲后，居然还在重复添加同效果的技能吗？

变脸色的不只李亦辉，白庶的神色也在此时变得更加凝重了。

重复地打上同一效果的技能？看起来有些浪费，但对于三零一度来说，却是最大的克制。三零一度这套战术体系是白庶带回来的，他比所有人都更清楚这套打法该如何运作，清楚里面的所有技巧。

骑士，在这一战术体系中所起的关键作用是毋庸置疑的，而挑衅和吼叫这两个嘲讽类的技能，在掩护刺客完成舍命一击时大有用处，在进行其他战术时，也有着非同寻常的价值，可说是这套战术体系中最为重要的两个技能。

这套战术在国内的职业赛场上并没有被运用，这一点是白庶归来后确认过的。而后三零一度使用后，确实起到了异军突起的效果。他们的磨合还未到最纯熟的阶段，但已在联盟中取得不错的战绩，很大一部分原因是联盟战队对三零一度这新战术体系的陌生。

但是现在，兴欣的叶修，在他角色的武器上打上了同样效果的技能，所针对的，恐怕正是潮汐的挑衅和吼叫，这足以说明他已经完全把握到了这套战术体系的要点。

引走了杨聪和风景杀，只是兴欣战术设计的一部分，再一部分，就是针对白庶骑士这两个技能的克制。

有气功师，有牧师，再加上君莫笑千机伞上不知打了多少个这类技能，兴欣留了太多克制的手段。

这家伙，真的很强，比我以为的还要强。白庶心下惊叹着。

叶修看穿了他的技术，看穿了他的意识，到了团队赛，连同他带回来的，国内职业圈并未有过的战术也看穿了。

荣耀教科书。白庶听过这个绰号，现在他真的服气了，完全服气了，这人，还有什么地方是不强的吗？有关荣耀，他完全已经具备所有顶尖的素质了吧？还有他角色手里的那个武器，更是白庶在欧洲时听也没听说过的。

自制装备，他们当然也有，但是能做得好像变形金刚一样，这确定不是作弊不是修改了游戏的参数吗？白庶真的一度这样怀疑过。

可是现在，他无话可说了。这样一把匪夷所思的武器，出现在这样一个全能到匪夷所思的选手手中，他真的无话可说。

君莫笑一闪，避过了搬山飞起击过来的那记回旋折脚，镰刀形态的千机伞就地一划，一个升天阵不慌不忙地施展出来，刚施展完回旋折脚的搬山正好悬在阵上空，不及落下，立时就被升天阵掀向了半空。

君莫笑另一只手早已捏起一枚符纸，正是驱魔师可起到消除嘲讽状态的技能静心符，一个箭步冲上。

没有人可以比君莫笑更快了，也没有人可以做出丁点拦截，三零一度目前的这个阵容，还有一个非常明显的弱点：无远程。

在他们的第六人钱文举上场之前，三零一度的这套首发阵容，由刺客、骑士、剑客、柔道组成，再加一个治疗职业守护使者，彻头彻尾的全近战职业。

不过相比之下，全近战职业的团队是得到认可的一种组队方式，并不像全远程团队那么虚。虽然面对对手的远程攻击时会乏力一些，但是在贴身肉搏，近战团会拥有数量上的优势，全近战团队，追求的就是这样一种效果。以防守为主，伺机强打对方近战职业，咬住就不放手。

可是很多时候，没有远程，也会让他们遭遇一些束手无策的麻烦。比如刚才想打断兴欣角色技能时异常辛苦麻烦，此时君莫笑就这样冲上，他们也没有远程火力可以适当地阻挠延缓一下。

啪！

君莫笑的静心符贴到了一寸灰，牺牲吼叫那未完的效果终于被清除了，乔一帆连忙操作一寸灰吟唱鬼阵，他的状态被消得很及时，还可以继续布置之前的阵势。

白庶的骑士，却在此时一转身，对着这边扬起了手，叶修的君莫笑一步跨上。白庶大惊，可是手指已将按键点下，潮汐放出了荣誉挑衅，却被君莫笑一步拦了。这方法，正是和之前李亦辉用来阻挡了君莫笑的那个气定神闲一样的小手段。

君莫笑朝着潮汐冲去了，但叶修怕这个吗？

潮汐都杀到小手冰凉跟前了，白庶就是不挑衅他，他都要过来支援。现在倒好，这一挑衅，他似乎连移动方向的操作都省了，精心操作着技能，一路轰杀过去。

白庶无奈。挑衅和吼叫都已经用了，而且还是在骑士精神下大威力地使用，结果就被对方给阻止，还有办法从这里脱身吗？

技巧性的东西，没有了，只能强突。如果只是自己一人，早可以跑路了，但现在的目标是团队全身而退，一寸灰的鬼阵，是必须要限制的。三零一度还得继续这个主题。

公正的英勇跳跃！

就在这时潮汐飞身而起，直接从君莫笑头顶上飞掠而过，朝着一寸灰砸了去。可君莫笑这时还在被嘲讽状态下呢，系统强行设置的跟随，反应别提多快了。潮汐如此快地飞掠过去，君莫笑却也瞬间跟着完成了转身，叶修再在那里推波助澜地一跳，君莫笑也飞身跳起，而后千机伞一抖落，矛形态，圆舞棍！

噗！

潮汐在半空被捅到了，白庶难以置信地转过视角。这种情况下，居然还能攻击到自己，这人到底是要强成什么模样啊？

轰！

潮汐已经被圆舞棍甩到了地上。一身板甲的骑士重量不轻，这一摔在地上愣是磕了一个坑，大地都在轰隆隆地颤动着。白庶连忙让潮汐翻身而起，结果一看，得，自己技能用不了了。兴欣的牧师大概在潮汐被君莫笑摔落的时候，在那边放了一团神圣之火，潮汐就这样被封住了技能。

转眼，乔一帆鬼阵彻底联结成势，不求将三零一度的角色全部困住，只求能限制住一个角色都好。如此除非对手壮士断腕，否则捉住了一个他们能不来救？

高杰，很遗憾成了这个落网者。他狂攻限制着方锐的发挥，却不知其实是他正被方锐猥琐地引入圈套。一寸灰最终鬼阵连环成型，他被牢牢地锁在了当中。

这下轮到高杰目瞪口呆了，而后就看兴欣诸位朝他冲来，一个个好像都换上了一副狰狞的面孔。

不行了啊……三零一度的诸位完全招架不住了，他们不由得朝另一端望着，这时候他们多么希望他们的队长，杨聪的风景杀可以赶回来。

可惜，没有。杨聪此时和苏沐橙打在了一起，苏沐橙极其耐心地和他周旋着，总之就是一个字：拖。

杨聪完全明白苏沐橙的意图，可是他却毫无解决的办法。此时他倒是盼着白庶他们能想办法过来和他完成会合，大家一起将苏沐橙封锁在桐木楼外，而后他们的战术也就可以全面打开了。他哪知道，那四位现在已经被兴欣锁死，脱不开身了。两端就这么互相翘首以盼，可这时候真的谁也帮不到谁了。

陷身鬼阵当中的高杰终究还是没能被救出来。看到星辰剑的角色突然从队伍列表里灰暗下去，杨聪的心里顿时一沉。

他知道那端终究还是败了，而他最终也未能解决掉苏沐橙赶去助阵，他就这样在明知对方战术设定的情况下，却不得不被对手牵着鼻子走，最终踏入了败局。

高杰已经倒下了，下一个会是谁？杨聪清楚，这种倒下一人的时候，是最危险的。余下其他人会瞬间感觉到压力倍增，第六人入阵之前，所有人都需加倍努力，才能撑住这人数劣势的这一段时间。若有人坚持不住，那对手凭着人数优势，很快就能将所有人肃清。

必须回去会合，杨聪果断决定。风景杀又一次扔下了沐雨橙风返回，苏沐橙继续让沐雨橙风追着轰了一阵，但这次杨聪跑得更果断了。当沐雨橙风转进桐木楼的时候，他都没回一下视角。

这种存亡之秋，战术什么的，也只能先扔一旁了。和队伍会合，哪怕被居高临下的苏沐橙侦破没法打出他们的套路，但是以此为震慑，再做其他攻势，总也好过就这样被兴欣牵着鼻子步步击破。

风景杀终于和大家会合了，三零一度的第六人此时也已经疾速赶到，但是，迟了。

杨聪冲近一看，就见白庶潮汐的生命已无多少。人数劣势下，他凭借强韧的板甲和身躯掩护着己队的另两人，为此承担了大量的伤害。偏偏他们的治疗，孙明进的守护使者零零柒也被对方完全盯死，根本没给出过什么有效的支援。

杨聪也只是一个刺客，不是什么治疗，他的杀回，可以缓解白庶的压力，可是已经杀到这种程度，兴欣就是以血换血，以命换命，也绝对要将潮汐击杀。

骑士潮汐，恐怕是全荣耀生命力最为强大的骑士，就这样为了守护他们的团队，最终倒下了。

轰轰轰！

沐雨橙风也已经又一次登上了桐木楼，送出了火力支援。杨聪抬起视角，望着那端闪耀的炮火，只觉得刺眼极了。

输了啊！

杨聪很清楚，他们已经到此为止了。

只是，到此为止的是这一场比赛，还是这个夏天呢？

不甘心啊！无论如何，输掉比赛总是让人这么不甘心啊！自己，不会再有多少这样的机会了啊！

可是比赛就是这么真实而残酷。团队赛，最终兴欣击败三零一度，总比分6：4。三零一度，必须等待另外两场比赛的结果，才能知晓他们最终的命运。

而兴欣呢？

“居然没让我出场，还说展示进步？”唐柔皱着鼻子抱怨着。

“兴欣和三零一度的比赛结束了，兴欣赢了。”

轮回对百花的比赛直播中，潘林收到重要场次的比赛结果后，立即在节目中说了出来。

“兴欣赢了啊！”李艺博感慨着，语气中充满悲凉。潘林没有接话，也是轻叹了一口气后，继续把目光放到比赛中。

兴欣赢了，这对百花本是一个好消息，但是很遗憾，这次他们终于没有再一次抓住机会。和轮回的团队赛，百花明显处于下风，此时双方战至五打四，百花少一人，常规赛双杀轮回看起来已经无法实现了。

会有什么转折吗？

潘林和李艺博都是默默地看着，如果没有神转折，此时似乎都没有解说的必要了。

“呼啸的比赛怎么样？”李艺博忽然问了句。

“还没结束。”潘林其实也时不时就在关注那边消息，可目前只知比赛并未结束，此外没有任何细节透露过来。

比赛继续，随着百花战队又一人倒下，人们所期待的转折概率已经越来越低。

潘林又一次叹气了。

百花拼尽全力，在轮回这等豪强面前，一直努力保持着希望，终于在擂台赛里抢下2分，反超呼啸，将主动权掌握到了自己手中。

可是命运又一次和他们开起了玩笑。他们拿到了主动权，却没能把握住。眼下，他们终究还是只能看微草和呼啸那场比赛的结果。

结果始终没有传来，轮回对百花的比赛却已经结束。

6：4。对轮回来说虽然不是一个精彩的胜利，但是现场却成了欢乐的海洋。

三十八轮比赛终于全部结束了，轮回累计得319分，从第一轮起领跑积分榜，从未被超越。这个常规赛冠军，他们提前四轮就已经拿下，但为表尊重，不好过分庆祝。但是此时，三十八轮比赛全部结束，再没有什么可矜持的了，这里又是轮回的主场，庆祝常规赛夺冠的仪式早有准备，甚至比赛还未彻底结束的时候，就已经爆发开了。

百花战队的诸位，是在这样的欢声笑语中和轮回的选手握手致意的。轮回的诸位也算厚道，在和百花选手致意完毕后，这才挥舞着拳头，和全场的轮回粉丝一起欢庆属于他们的，这整整三十八轮的胜利。

“我们是冠军！”

现场放起了皇后乐队的这首经典名曲。满场粉丝却也高声喊起了这一口号，在常规赛，这是一个现实，对接下来的季后赛征程，这是一个美丽的祝福。

百花战队的选手就在这样的氛围中失落地走下了台。没有人会为失败者考虑太多，而在这种盛大的欢庆中品尝失落，百花不是第一次。他们的前辈，曾经三次在总决赛的最高舞台上这样失落地走下来。

“结束了吗？”刚刚结束比赛的选手还不知道另一端比赛的结果，下来一问后，却得知微草和呼啸的团队赛还在继续着。

“还有希望吗？”

所有人心中尚有希望，可是这种完全无法靠自己的双手去触及希望的感觉，真的太糟糕了。他们就好像案板上的鱼肉，只能等，傻傻地等。

会怎样？他们每个人的眼中透着期待，透着焦躁，透着很多这样那样的情绪。

直至最终消息送来的那一刻。

“我们进了。”第一时间拿到消息的人说着。

“是吗？”于锋长出了口气，一下子坐倒在了场边的选手席上，那根不知绷了多久的神经，在这一刻终于松下来了。

“进了？”还有人做着最终的确认。

“是的，进了，我们进了，呼啸输给了微草，我们领先1分，进季后赛了！！”拿到消息的人激动地说着。

百花的人你看看我，我看看你。

兴奋？喜悦？这种时候，好像都不是。命运眷顾他们之后，他们感受到的是一种死里逃生般的庆幸。

尚未结束的直播中，潘林和李艺博显然也已经收到了这一消息。

“没想到是这么一个戏剧性的结果。”潘林说道。

“是的，最终的团队赛，三支务必要取得胜利的队伍，最终却都没能拿下胜利。于是比分保持不变。”李艺博说。

“也不能说是保持不变。”潘林笑道，“这一轮之前，可是呼啸第八，百花第九的。但百花本轮取得4分，最终超越了呼啸，跻身前八。”

“很遗憾呼啸战队最终未能进入季后赛。”李艺博说道。

“不过他们还很年轻，来年继续努力吧！”潘林说着。

至于这一赛季，当然就这样结束了……

微草的现场，没有轮回现场那么热闹。毕竟对于微草而言，他们只是结束了一场对他们在积分榜上无关痛痒的比赛。进入季后赛这种事，他们也没必要大肆庆祝。现场只是像结束了一场很普通的比赛似的，对两边选手报以掌声。可是掌声之下，有的却是常规赛最失落的一队人。

输了，结束了。

呼啸战队在比赛结束的一瞬，就已经知道了这个结局。他们才是这一轮里必须胜利，不胜就没有半分机会的队伍，但是他们最后输了。

尤其知道其他两场比赛三零一度和百花都输了的时候，呼啸战队更加懊恼。机会，出现了，只可惜他们没有把握住。

常规赛第三十八轮，呼啸战队结束了他们第十赛季的征程，他们未能闯进季后赛，这对于一支喊出过夺冠口号的队伍来说，算是很彻底的失败。他们都没有想到，他们的夏天会结束得这么早，接下来该怎么办，他们都不知道，每个人的脸上都是茫然，他们就这样默默地离开了赛场。一赛季的努力，一赛季的拼搏，至此全部回归原点。

第三十八轮的十场比赛，渐渐结果都出来了，而这将决定本赛季的最终排名，也将决定之后季后赛的对阵形势。

比赛直播一直没有结束，也就在等这一刻，当最后一场比赛结果出来后，潘林和李艺博迅速整理出来手中材料，对这整个赛季的最终结果进行了一个简单播报。

轮回战队，以319分最终成为第十赛季的常规赛冠军。

他们后面第二名是霸图战队，积278分。他们不像上赛季那么强势，甚至在很多质疑中开始了这一赛季，但是三十八轮之后，他们不声不响，压倒其他战队位居第二。

蓝雨战队名列第三，相差霸图战队仅1分，他们和霸图的位置几经交换，直至这最后一轮，到底还是差了霸图1分。

微草战队270分，名列第四；第五是254分的雷霆战队，之后是兴欣、三零一度、百花三支经过最后一轮才最终确定进入季后赛的队伍。

呼啸战队很遗憾地以1分之差落在了第九，虚空第十，烟雨第十一。再之后是神奇、皇风、贺武、义斩、轻裁、越云、昭华。明青和临海两队是本赛季唯二两支积分未能过百的队伍，最终出局。

结束了！

对于前八以后的队伍，第十赛季彻底结束。而前八的队伍，却将在这之后踏上最终的角逐。根据联盟一贯的对阵表，此时看这八队名次大家就已经可以列出季后赛的对阵形势。

“排名第一的轮回，将在季后赛第一轮对阵百花。”潘林宣布着第一组对阵对手。

“这个真是……两队刚刚打完最后一轮，紧接着就又要在季后赛打两轮，甚至三轮了。”李艺博说道。

“然后是霸图对阵三零一度，蓝雨对阵兴欣，微草对阵雷霆。”潘林说道。

“嗯，再之后轮回和百花的胜者，对阵微草对雷霆的胜者；霸图对三零一度的胜者对阵蓝雨对兴欣的胜者。最后两边胜出的最终队伍，进行最终总决赛的对决。”李艺博补充说完了整个季后赛对阵表。

“李指导能预测一下季后赛的最终走势吗？”潘林问道。

“哈哈，这个可不好说。到了季后赛，常规赛的一切都已经失去价值，尤其季后赛现在是不同的赛制，更不好拿常规赛的表现来预测了。就拿霸图战队来说，常规赛曾一度被质疑过，但是现在所有人都清楚，他们就是为了季后赛刻意留力了。这种情况下，霸图在季后赛会打成什么样呢？没法说。”李艺博说道。

“那么兴欣战队呢？李指导你怎么看？这支队伍作为新队居然首个赛季就杀进了季后赛，这可是史无前例的，李指导您觉得他们能走到什么位置呢？”潘林说。

李艺博顿时肝颤，兴欣，那是他更不敢预测的存在啊！

“呃，兴欣呢……你说他是新队吧，但新瓶里却又装着旧酒，叶修、苏沐橙、方锐，就他们三个的季后赛经验，比起其他七队只多不少。不过除此之外，又是清一色的新人，这么一种掺杂在一起的队伍才是真没见过，他们会打成什么样我也很期待。”李艺博说道。

“哈哈，兴欣那边，刚刚结束了新闻发布会，记者有问到有关季后赛的问题，你猜叶修怎么回答。”

“怎么回答？”李艺博说。

“他说，已经走到这一步了，我可就不会再被甩开了。”潘林说。

“哈，希望如此吧！”李艺博笑道。

Chapter 018

常　规　赛　奖　项

常规赛终于结束。

第三十八轮赛后的新闻发布会上，冲进季后赛的队伍当然都会被问及相对的问题。各队的回答都比较小心谨慎，多就是表个决心，没有人谈及太多。

季后赛开始的时间被定在了6月14日，新一周的开始。由百花主场对轮回为季后赛拉开序幕。两队在休整八天后，就要再度交手。

八天，没有哪支队伍会真在这八天放松休闲。

在确定了季后赛首轮的对手后，进入季后赛的战队各种备战急锣密鼓地即将开始。而为季后赛忙碌也不只是各支战队，联盟，各大媒体，赞助厂商，都在为这赛季的最终高潮安排属于他们的各项工作。

多家媒体派出的记者都希望能拿到各支战队在季后赛前的备战情况，也有战队会借此机会有意放一些烟幕弹给外界。

季后赛的角逐，从第三十八轮比赛结束的那一瞬间就已经开始，从场外到场内，从心理到技战术，这场角逐，可并不只是场上打打杀杀那么点事。

兴欣，因为特别的出身，关注他们的人也是极多。不过最后一轮比赛结束次日，兴欣就宣布进行全封闭训练，即使是和他们关系颇佳的电竞之家记者常先，也被客气地劝回了。

无独有偶，兴欣首轮的对手蓝雨战队，也封闭了战队的备战状况，只是由新闻发言人对媒体喊了一些季后赛经常会用到的那种套路口号。

其他六支战队，看起来不像兴欣和蓝雨这么郑重。

轮回战队慷慨豪迈地表达了他们对于完成三连冠的决心和信心。

霸图战队态度低调，就像他们这个赛季的常规赛似的，继续不显山也不露水。

微草战队，相比他们两夺总冠军时，阵容变化很大，队长王杰希表达了对如今微草的期待。

雷霆战队的队长肖时钦，则提到了雷霆之前数次进季后赛都未能突破首轮的尴尬，这次他希望率领雷霆有所突破。

“走到这一步了，目标只能有一个，冠军！”肖时钦在接受采访时说出了雷霆战队这一整个赛季都没有清晰表现出来的野心。

三零一度，下半程因为白庶的到来奋起直冲这才挤进季后赛。积分虽不高，但下半程表现出的战斗力可不俗。三零一度因此对季后赛充满信心，“这是一支全新的三零一度战队”，三零一度在接受采访时如此表示。

位列第八，险胜呼啸1分跻身季后赛的百花战队，则是先以自嘲的口吻谈了一下他们的好运。“季后赛是一个新的开端，我们可不会浪费这难得的好运。”百花说到运气，总是会让人唏嘘，但是现在却是他们自己不停地提及“好运”“好运”，态度不可谓不积极。

“祝他们在季后赛中取得好成绩。”有关每一支战队的报道，最后都是这样的结语。随后有关各队的分析、预测，也就开始大量地涌现了。

轮回战队毫无疑问依旧是最被看好的那一个，他们在常规赛一骑绝尘的表现实在太霸气。即便是第九赛季四天王聚首士气高昂的霸图，也没有表现出他们如此强势的统治力。

各种报道，各种评论，各种争论。比赛还没开始，玩家圈里就已经闹哄哄地吵成一团，各说各的理由和见解。

各种电子竞技的门户网站也开通各种投票渠道，来统计各大战队的支持率。

6月8日，距离季后赛开打还有六天时间，联盟则在这一天公布了常规赛最终评选出的各大奖项。

单挑之王，兴欣叶修。

守擂之星，轮回孙翔。

一击必杀，轮回周泽楷。

这三项都是完全由技术统计得出的，不参考任何主观情绪，最终结果自然也没什么值得争议。

也就有鸡蛋里挑骨头的家伙，连叶修这样无懈可击的纪录，也要拿大神选手打个人赛什么的磨叽几句。这种存心找茬的，在这样彪悍的纪录面前真是一点市场都没有，偶有持这种观点的人，无不被群起攻之，被喷得体无完肤。

在三项数据统计的奖项之后，就是由联盟评选的各种奖项了，因为主观看法不同，这些奖项历年都会引发一些争议。而今年也依旧是这个节奏，而且引发起的争论可谓是历届最高。因为最佳新人：兴欣唐柔。

联盟最终还是选择了尊重竞技本身这一事实。单以场上表现论，唐柔在兴欣拥有主力的出场机会，出色的擂台赛胜率，在团队赛中的出场表现也可圈可点，纵观第十赛季的新秀，根本没有新秀可以与唐柔的表现相提并论。

在评选报告中尤其有力的一句话是：以强势表现撞破新秀墙的选手。

对唐柔所谓品行方面的质疑，让太多人看待她的角度都不一样了。人们都更愿意找到她的不足之处而后大加批判，以此贬低唐柔的水准。

唐柔当然远没有完美到无懈可击，在这样挑剔的眼光下，方方面面都可以找到很多缺陷。而这些缺陷再被放大来说，唐柔在很多人口中已经完全被塑造成一个只有美貌其他一无是处的花瓶。

奈何与此相对应的是，唐柔在场上出色的表现。哪怕她的优点被自动过滤了很多很多，但一次又一次的胜绩却都被清晰地记录下来。

唐柔撞破了新秀墙。

这点对于一个新秀来说难能可贵的事情，却都在那些过分的诋毁中被人们给忽视了。

纵观联盟这十年，以强势姿态撞破新秀墙的新人只出现过两个，王杰希、孙翔，两人可都是技术顶尖的一流大神。

再之后，上赛季霸图的选手秦牧云，也在他的新秀赛季后不动声色地保持着稳定。可是在霸图战队，四位大神级选手的表现掠夺了太多关注的目光，刷走了太多数据，秦牧云的数据并不精彩，甚至低调到让人觉得就算有起伏也可以忽略不计。再加上他稀薄的存在感，他的稳定，就这样完全没有进入很多人的视野。

乃至于联盟在制作有关最佳新人的评选报告时，撞破新秀墙的选手，都只提了王杰希和孙翔，没有提到秦牧云。

不过如此已经足够体现唐柔事实上是打出了怎样一个了不起的赛季了。

就是因为这样非同一般的表现，让联盟实在无法因为所谓的“品行”，而扣除这个本该是属于唐柔的奖项。从单纯的竞技角度讲，这是绝对不公正的。

最佳新人：兴欣唐柔。

联盟最终就这样决定了这个奖项，而后的争议风暴，他们也是有所预料。但是唐柔有足够说服力的表现，让他们有这个自信，在这里力挺这一奖项归属。

比起这个最佳新人，其他主观评选出的奖项就算有争议，也没有这么大的声势。

最佳第六人，由蓝雨战队宋晓获得。

最有进步奖，百花战队邹远。

最佳搭档，最终颁给了轮回战队那对强势的新搭档，周泽楷和孙翔的组合。

最有价值选手，兴欣叶修。

拥有千机伞的散人角色君莫笑，华丽的个人赛三十七轮连胜，率兴欣这样一支新队直接撞进季后赛。

叶修重返联盟，顿时给联盟带来了一个又一个前所未见的景象。

轮回的强势，经过二连冠后大家已经司空见惯，他们不这样，反倒会让人觉得失常，无形中对轮回的要求自然也就变得更高。而兴欣，这么一个初入联盟的新队，最终达到这样的高度就太让人觉得诧异了。何为价值？这就是价值了，因为他的存在，兴欣才会有这样的高度。这种价值体现，简直就是对“最有价值选手”六个字最有力的诠释了。

第四次！

随即人们发现，这奖给叶修一发，荣耀联盟的又一项纪录就又被刷新了。

三次最有价值选手，原本这个纪录就已经是属于叶修的。谁也没想到这家伙时隔多年后，竟然又一次获得该奖。

四次最有价值选手，而职业联盟到现在不过十个赛季。

叶修身后，是第八、第九赛季连续获评的周泽楷。

再之后，第七赛季的王杰希，第六赛季的黄少天，第五赛季的张佳乐，第四赛季的韩文清，这些列于荣耀顶端的名字，都不过拿到过这个称号一次。四个人加起来，才抵叶修一个。

这是真正的王者归来啊！看着叶修将这个分量最重的常规赛奖项收归囊中，不少人纷纷如此想着。

季后赛的备战期，因为常规赛奖项的颁布起了一些波澜，不过这已经是大家比较习惯的节奏了。每个常规赛奖项都是差不多这么个时间颁布，每年也都会有争议产生。

不过因为一个新人吵成这个样子还是闻所未闻。联盟方面在接受采访时很有准备地阐述清楚了唐柔获选的理由，但终归还是有很多人不服气要拿这样那样的问题说事。

只可惜他们也只能说说而已，联盟的决定，可不是他们能更改的。

获奖选手的战队都会得到联盟的亲自通知，对于唐柔和叶修拿奖，陈果兴奋异常。然后面对其他奖项，陈果也化身为一个不讲理的挑刺者。

比如最佳第六人，陈果认为唐柔经常第六人出场，表现很好，很有资格。

比如最有进步奖，陈果不理乔一帆本赛季才是首次打正式比赛，认为他比在微草时大有进步，应该得奖；方锐转型成功，也是进步，也该得奖。

比如最佳搭档，陈果认为叶修和苏沐橙永远最佳，不解释。

“都该是我们的才对嘛！”陈果对联盟评选的结果，也是很不满意的。

对于陈果的吐槽，兴欣诸位一笑置之。得奖固然高兴，但此时的兴欣战队还没到可以高兴的时候。备战季后赛他们要做的事还挺多，尤其是对新装备的适应。

伪银装四十件！

最后这一周，兴欣技术部加工加点，赶在三十八轮比赛结束后完成了手头的最后四件银装。将兴欣的伪银装数量堆砌到了四十件。

相比起正经银装，伪银装更像是一次性用品，暂时缓解兴欣装备方面的不足，但没有可持续发展的空间。如此的耗费，让陈果挺心疼的。不过她也清楚以兴欣的状况，不使用些非常手段，不可能在短时间内提升这种硬件水平。

其他战队都是数年的积累，兴欣再能干，也不可能在这短短一两年里就达到豪门水准。所以他们只能用这种看起来有些短视的法子。好在这些消耗需要到的稀有材料并不多，总算也没有和兴欣的正经银装开发有所冲突。

而唯一一件正经提升到80级的银装——千机伞。

装备需要等级减5。这一属性终于是被成功地做了出来，而且是分布在了千机伞的每一种形态上。

而每一种形态的基本属性，明显已是超越75级银装一个档次，附加属性也小有提升。千机伞的形态，在50级成型时拥有盾、战矛、步枪、太刀、战镰、法杖、忍刀、东方棍、骑士剑这九种形态，同时具备机械师的机械箱功能。

这之后的提升，在形态变化上都只是延续着这种变化特征。直至这一次，在从70级直接跳成80级的过程中，关榕飞成功地再给千机伞添加了新的变化形态。

在东方棍的拆解形态基础上，千机伞可以再变暗夜系的双剑。

支撑伞面的伞骨可以抽卸，而后装备于手腕成为格斗系的爪类武器。

伞面收起，呈扇面横切开，列于伞杆之上，形状古怪，看似巨斧，但事实上却是剑士系的大剑。

以上三种形态，再加千机伞旧有的九种，共计十二种形态。

关榕飞确实是装备研究方面的天才型人物，千机伞，他没有原封不动地照搬开发者的思路。因为他看得出开发者的思路是止于50级的，50级之后又有了什么新材料？游戏又有了什么新属性？这些开发者恐怕并不了解。

而关榕飞，就大胆地在旧有思路中添加了新东西，于是将千机伞提升至了更高的程度。

以使用初阶技能为目的的话，事实上千机伞只要分别拥有六个职业系的六种武器形态就足够了。不过多几种变化形态，就会多几种表现形式，可以更加丰富散人这一职业变化繁多的战斗。

而且以目前千机伞在不同形态上打不同技能的使用方法来说，多三种形态，意味着多了三个非转职非觉醒的该职业系的技能。

最终十二种形态，剑士系两种、枪手系一种、格斗系两种、圣职系三种、法系两种、暗夜系两种。分布得也算是比较平均了。

包括叶修在内的所有人，都在抓紧时间适应这些新装备。

电竞之家的记者常先，这些天没事就打个电话，时不时还跑来兴欣网吧遛弯。毕竟是记者，搜集信息情报是他的主要工作，虽然知道这种时候没有战队喜欢被打搅，常先却也只能硬着头皮努力，希望套点什么东西出来。

不过来了多次了，除了老板陈果，常先就没见过其他人。

一入战队，直接遇到的就是老板，从这一点上真将兴欣的新队属性暴露得一览无余。没有哪支队伍的老板是像兴欣的陈果这样仿佛一个前台一般，比战队内的任何一名选手都容易见到。

其他跑战队的记者，若是遇到这种情况恐怕都要高兴死了。

但兴欣偏偏是个例外，常先这天又鬼鬼祟祟地溜来兴欣，结果进门就见陈果笑吟吟地看着他，只能是一脸无奈和苦笑了："陈姐……"

"怎么，见到我不开心吗！"陈果说道。和媒体打交道，她也是刚刚开始学习的，不过她最常打交道的记者常先碰巧也是个入行不久的新人，厚道老实，远不如一些老记者那么刁钻，陈果应付他倒一直是绰绰有余的。

"没有没有。"常先连忙应声，他哪敢得罪陈果啊！虽然她像个前台一样一来就能见到，但人真是老板，这点是货真价实的。

"陈姐你看我都来这么多趟了，你就给点内幕消息呗！"常先完全是哀求状。

"真没啥内幕，就是不想被人打扰，封闭苦训，努力争冠呗！"陈果乐呵呵地说着。

这话，常先听了好多次了，但他不能信。

虽然还是个业内新人，但是跑这几年，常先察言观色的本事可也练出来不少，再加上陈果根本就不是一个喜欢藏着心事的人。就看她对常先说这话时那欢快的模样，“我有内幕但我就不说”的心思完全就是写在脸上的。

“唉，陈姐能不能让我见见叶哥他们，问问他们对第一轮对阵的看法啊！”常先快哭了。别看陈果是把“有内幕”这种事直接写在脸上，但她就是不说，常先一点办法没有，人分明就是在享受这种“我有秘密但我就不说”的快感啊！

“他们真的挺忙的，等过几天吧！”陈果这时又认真严肃地答复着。

“那陈姐你怎么看第一轮呢？”常先无奈只好拿陈果将就了。

是的，将就！换是其他战队，能采访到一次战队的真正老板那是多么不容易。但在兴欣这就是将就，因为见陈果太容易了。常先只是在路口的大排档吃炒面的时候就遇到过陈果不知道多少次了。大家熟得跟一家人似的，一点神秘感都没有。所以常先也清楚，陈果这老板有些特殊，有时感觉她根本就是一个名义上的存在，兴欣战队的太多事基本都不是她这个老板拍板做主的。

当然，从兴欣在联盟的注册资料，以及以兴欣俱乐部为名的工商注册资料上看，陈果确实都是货真价实的兴欣拥有者，最大的老板。

只是这个老板吧……有些傀儡性质，但是她又是兴高采烈心甘情愿地当着傀儡。真要让常先拿句话来概括的话，他只能说三个字：真爱粉！

是的，真爱粉！陈果比起嘉世解散后，跳出来将嘉世接手的那个茗乾绿的太子爷夏仲天看着要真爱多了。夏仲天对新嘉世的掌控力可比陈果要强多了，而且也像个正经俱乐部的老板一样。

常先作为驻H市记者站的记者，当然也有跑过现在的嘉世。

对陈果这种老板，常先真不知该怎么说了。

当朋友，当然是很好的，而且也很赏心悦目。可是当采访对象吧，这么犀利的一个身份，采访价值却有限得紧，常先想想都觉得闹心。自己没事就见兴欣老板，但却连一点兴欣的备战内幕都挖不到，这说出去都是笑话吧！

“第一轮啊，击败蓝雨呗，那还用说。”陈果说道。

常先泪流满面，真没营养啊！他早都料到了，所以连录音笔都懒得开了。

“有什么针对性的战术安排吗？”常先问。

“那可是秘密，不能说。”陈果微笑。

什么秘密啊，你是不知道吧！常先继续哭。

“魏老大会在和蓝雨的比赛中出场吗？他可是和蓝雨有很大渊源的啊！”常先又问。

“这个，要看技战术方面的需求了，我们不会为了制造看点特意安排什么对阵。”陈果一本正经。

我去，说得像模像样的，这话是哪个教的吧！常先下意识地左右看了看，仿佛在这个网吧里会有人对陈果传音入密似的。

“小常你先坐啊，我出去买点东西。”陈果这时说着。

常先无奈地点着头，看吧！这就是兴欣的老板，多么的日常。常先望着陈果出了网吧，然后随便进了路边的一家烟酒商店，不大会儿后拿了一条烟出来。

原来是给叶修和魏琛买烟啊！常先对兴欣太熟了，一下子就判断出了因果。

“小常你再接着坐会儿，我把东西拿上去啊！”陈果回来了，对常先晃了一下手里的烟，就又上楼去了。

太熟了！常先继续哭着，这已经熟得不拿自己当外人了。这种关系常先本以为是很好的，能和一支战队混得这么熟，这对一个随队记者来说肯定很便利啊！可是现在常先知道，他混得有些熟过头了。熟到现在再追问兴欣的备战细节，他都有些不好意思，觉得有些对不住朋友了。

自己……没有掌握好工作交际的尺度啊！常先现在明白这道理已经迟了，半晌后看到陈果下来，就当着他的面，一边翻着网吧这段时间的流水账簿，一边和他有一搭没一搭地聊着。

兴欣老板认为常规赛所有奖项都应该是兴欣的……

这是常先从聊天得到的信息。但是……这他能写成稿件吗？能吗能吗?！人家这是把他当朋友，是一种私下的玩笑式的吐槽啊！这当然不能写出去了。

该怎么办啊?《电子竞技周报》就要出荣耀季后赛的特刊了。开赛前这一期就是要各队的备战情况，自己这边怎么交有关兴欣的稿件啊?

常先因为完不成工作任务而烦恼着。

公道来说，这也确实要怪兴欣有些不靠谱。其他战队，比如蓝雨，同样也是全封闭训练，谢绝所有采访，但对方最后就有专门的公关外宣部门给记者提供新闻稿，让他们应付差事，报道蓝雨。兴欣这边呢？只一年，战队主体是有了，但像蓝雨豪门那些完善的俱乐部体系还没有呢！

新闻官？兴欣哪有这东西。陈果经验也不太足，叶修操心队员成长，操心战术安排，操心装备提升，操心材料储备，这些他都会特别上心，但对有关媒体这些完全不会影响到战队实力的东西那就漠不关心了。其他人也理会不到这些方面，所以兴欣战队在这方面是一点的觉悟都没有。

常先这天又是一无所获，兴欣网吧的一些熟客看他的眼神都有些不一样了。常先偶然一次听到这些家伙嘀咕，差点没吐出血来。合着他这隔三岔五跑兴欣网吧围着陈果团团转的风格，已经毫无传说中无冕之王的风采了。在普通人眼里，他就是一个不要脸的，对陈大老板死缠烂打的小白脸。

常先哭死的心都有了。回去上网再看他们电竞之家的记者群里，其他几位跑季后赛队伍的随队记者手里材料都大把大把的，和他一样有点受冷遇的跟蓝雨的G市记者，人至少也有蓝雨方面提供的新闻稿，然后自己再加点主观看法谈论谈论，一篇有关蓝雨的专题也就对付过去了。

自己呢？

自己这次都别想着从诸位同事当中脱颖而出了，最后别给开了天窗就是好的了。

常先急啊，揪头发啊，一晚上睡不着啊！

蓝雨那样的新闻稿他也不指望了，因为他太清楚了，兴欣压根就没这方面的人。诸位选手也是不用指望了，现在都没工夫。

除此以外呢？陈大老板吗？常先想想都觉得不可能，陈果在他心目中的印象是完全无法和写东西联系在一起的。

没办法了，只能靠自己了，编吧！大不了写完之后拿给他们去看一下。

无奈的常先，只能来一篇全靠自己主观推测的稿件了。折腾了两天，再跑兴欣，怀着有可能一见诸位选手的期待，结果楼下再见陈果，期待瞬间就落空了。

“陈姐。”常先打招呼。

“又来啦！”陈果也招呼他，但常先听着这个“又”咋就那么刺耳呢？再看网吧里，不少鄙夷的目光都朝他投射过来，一看到常先望过来的时候，却又连忙收回，各种神情专注地摆弄电脑。

“我这写了篇有关你们兴欣参加季后赛的稿子，你给看看吧，看合适不。”常先无力地递上自己这篇毫无干货，全凭他自己发挥的新闻稿。

“哦？是嘛！”陈果接过，翻看，看得倒也挺仔细，总算让常先得到了些许安慰。

“小常啊！你这个，全是口号，没什么干货啊！”陈果说。

常先泪流满面啊！

自己当然没干货了，你天天把我堵在网吧前台，又不让我采访选手也不给我爆料，我哪来的干货啊！

常先委屈啊，委屈得啥也说不出来了。陈果看他这模样，倒也没蠢到不知道这是怎么回事。

“呃……刚才我是以一个纯读者的角度来说，其实挺好的，你就这样发吧！”陈果说。

“陈姐不能给点干货吗？”常先说。

“其实真没啥干货，就我们兴欣这点底子，你其实也挺清楚的，还能有啥啊！正因为如此，所以我们才要珍惜利用一切时间，在这一周时间里能提高多少就再提高多少。”陈果说。

“陈姐你别蒙我，我知道你们一定有什么手段的，我看得出来。”常先说。

“哈哈，有点当然是有点的，但这不能说啊！说了怎么给人惊喜呢！”陈果说。

“行咧！”常先点了点头，陈果亲口承认他们有手段，这也勉强可算是有点干货了。至于不知道手段的具体内容，这合情合理啊！真要有队伍赛前完全曝光说我们有哪样哪样的手段来对付敌手，大家恐怕反倒要怀疑这是不是故意在迷惑对手了。

常先还是挺有能力的，听到这么点内容，脑子就已经开始滴溜溜地转着，思考着怎么用这一句话来扩充点内容。

很快,《电子竞技周报》季后赛的特刊开始发行了。赛前篇当然就是对本赛季季后赛的各种展望了。除了分派八地的驻站记者送回的第一手稿件，电竞之家也有邀请各路有名的荣耀评论家对这赛季的季后赛进行点评。

比如著名解说嘉宾李艺博，他的专栏好似他这赛季的解说风格一样，小心翼翼，不作预测。李艺博的评论，像是一篇回忆录，将这八支队伍在这个赛季的常规赛中的精彩镜头给回味了一番，当然，这些都是他参与解说的，回顾起来那叫一个清晰立体。以此来阐述了他心目中八支队伍的优点与不足，完了，祝八队统统都有好成绩，就这么圆滑地结束了。

著名评论员茶小夏，早早就宣布过他已是兴欣脑残粉，这赛季没少为兴欣讴歌呐喊。

不过茶小夏所谓的“脑残粉”其实只是戏称，他只是对兴欣更加看好更加有兴趣罢了。只能说他会更花心思从兴欣身上挖掘好的东西。

他对兴欣的赞美，还是有章法有逻辑的。不像以阮成为首的那帮兴欣黑，那就是彻底无脑了，指鹿为马，混淆黑白，基本已经完全丧失节操了。

在专栏里，茶小夏继续倾注着对兴欣满满的爱意，对季后赛八队的评论，有关兴欣的部分占了百分之七十，其他七队却在百分之三十中汇总。

有关要不要约左宸锐的稿子，编辑部里起了一些争执。因为这人在喜爱与不爱的立场那就是真脑残级别了，到时写出来的内容有失偏颇是必然的。

最终，编辑部决定，试着向左宸锐约一篇不对蓝雨和微草做点评的评论稿，结果被个性评论员左宸锐果断拒绝。

其他再如阮成这种名笔，稿件却是专供《电竞时代》的，电竞之家就是想约也约不到。

洋洋洒洒的稿件约了很多，除了这些著名评论员的，还有一些选手的。退役的，现役的，备战季后赛的八支战队的选手当然是没工夫了，但其他队伍的选手，这时候已经开始夏休。媒体约稿通常也是找一些比较著名的大神。

这期就约到虚空李轩、烟雨楚云秀还有皇风田森三人的评论。

三位选手都已经差不多从对这赛季的遗憾中走出了，已然进入看戏模式。对季后赛，也是各有一些看法。

李轩比较看好轮回，这是一个最为大众化的偏向，也没什么可多说的。

楚云秀则是看好兴欣，并且直言不讳主要原因就是好朋友在兴欣战队，当然，随后她也从技战术角度上谈了谈兴欣的优劣。

田森呢，看好的则是霸图。他认为霸图隐忍了一个赛季，季后赛必然会有不同的爆发力。皇风这支昔日豪门走向没落，这让田森深刻感受到那种由盛转衰的悲凉。

霸图的几位老将无疑正在经历这种人生阶段，看着他们，田森虽然是一位年纪正值当打的选手，却颇有感同身受的感觉。他的看好，或者更多的是一种祝福。

《电子竞技周报》就靠这些内容撑起了这一期的内容。而后他们特派记者的稿件，则就是对八支战队的分别评论了。

除了蓝雨和兴欣，其他六队都约到了选手专访，内容充实很多。

蓝雨是战队提供的新闻稿，完了当然也有记者自己的发挥。兴欣的更惨点，等于就是记者常先自己出手给兴欣写了一份新闻稿，然后再拿着和陈果聊天中得到的只言片语发挥。

结果最后这么一看下来，那六家约到专访的内容反倒有点平淡无趣。季后赛的谨慎严肃，似乎从这时候就已经开始了。

虽然面对了媒体，但那六支战队的选手根本都没有多说什么，可以说一样毫无干货。蓝雨是战队给的新闻稿，那更不用说。到最后，反倒是常先的兴欣稿件中，十分确凿地写着兴欣老板陈果坦言兴欣在季后赛中是有手段的。

这手段是什么呢？这就是常先发挥的地方了。至于常先的猜想是什么那也不太重要，这个东西大家完全可以猜的嘛！

于是兴欣到底有什么手段，顿时就成了本期报道之后的热议话题。有猜不一样的战术的，有猜不同寻常的阵容的，也有猜秘密装备的，反正荣耀来来回回也就是这些东西，说什么的都有。

"你怎么看？"

蓝雨战队，放下报纸的黄少天问着在旁边的喻文州，他们是马上要面对兴欣的对手，当然最在意这个问题了。问完了也不等喻文州回答，黄少天就已经在说他的看法："有那个家伙在，我看八成是兴欣在放烟幕弹。"

"是吗？我倒不觉得。"喻文州手里也摊着一份报纸，听黄少天说着话，目光却没有从报纸上离开。

"手段多少还是应该有点的，什么也没有，这样的烟幕弹放着可就有点可笑了。兴欣的人不至于这么幼稚。"喻文州说。

"那会是什么？"黄少天愣。

"别想，想你就上当了。"喻文州说着，已经把报纸放下来，"就当没看见吧！"

"我尽量吧……"黄少天说得有些没自信。

兴欣到底是不是放烟幕弹？玩家们好奇，争论漫天飞舞的。但其他战队除了蓝雨却都没理会。兴欣到底有什么手段？蓝雨就是他们的试金石，和蓝雨一打，什么都看出来了。反正第一轮又不可能遇到，现在介意个啥？

各队都在针对自己的对手积极备战，大战开始前的黎明，一切都显得静悄悄的。再没有什么新闻，也没有什么八卦，所有的队伍只是静静地准备着那一刻的来临。

6月14日，万众期待的季后赛终于开始了它的揭幕战。

K市，百花主场，百花队长于锋早早地就来到了比赛现场，没有人陪伴，只是他一个人。他站在场地的正中央，而这里，通常就是全息投影打下，角色们互相厮杀战斗的地方。

于锋抬着头，望着顶上那些精密的投影设施。

又一次到这里了……

于锋环顾现场。

来百花已经两年了，这是他第二次站到百花季后赛的舞台。去年，他们的对手是霸图，他目睹了百花粉丝对张佳乐的情绪。看起来是恨，可这恨又何尝不是因爱而转化？说到底，这全都是因为重视，于锋也希望得到这样的重视，所以他在百花很努力，他希望带给百花粉丝他们一直都没有得到过的。

冠军！

于锋得过冠军，这让他比圈里的任何人都要幸运得多。但是那个冠军，上面有太多别人的烙印，那个冠军，他的名字并不会被主要提及。于锋希望有一个冠军，当人们提起时，第一个想到的就是他的名字。

所以他站在这里，为此狠狠舍弃了他曾经深爱着的蓝雨战队。为此那个蓝雨脑残粉的左宸锐把他黑得是一塌糊涂，对此于锋却只是一笑置之。

为了他所追求的，这一切都不重要了。世间是公平的，想要得到什么，就必须先舍弃什么，这大概就是等价交换的原则了。

自己如此，昔日百花的张佳乐，不也是如此吗？当然，他对蓝雨远没有张佳乐于百花这般，这也是他会来到百花的原因。

于锋甚至很不好意思地做过一个梦，梦到他离开蓝雨加入百花后，蓝雨的粉丝就像百花粉丝对张佳乐那样。那好像也不是什么美妙的遭遇，张佳乐的痛苦是大家看得到的，但是，于锋就是羡慕，那正是他最想得到的——重视！

他知道自己在百花的地位还远不如张佳乐，甚至昔日的狂剑士孙哲平。不过于锋有信心，因为他已经彻底将自己当作是一个百花人了，他相信他的努力，百花的粉丝们会看得到。而现在，他所要做到的，就是冲过这第一关。

轮回！

无数人心目中的最强战队。对于他们这场对阵，在最终网上的投票中，看好轮回的人达到百分之八十一，完全是压倒性的优势。

但是可笑的是，在常规赛里，他们两队的对阵，百花7：3赢过一次，而后就是刚刚4：6输掉的这次。这要算起小分来，百花可还是11：9领先着呢！由此可见，数据有时候还真是没有什么参照价值，有谁因为百花对轮回两场的小分优势，而觉得他们是强于轮回呢？没有，几乎一个都没有。百花那百分之十九的支持率，大概也不是因为觉得他们强于轮回，只是觉得他们会获胜罢了。

强弱和胜负，这本就无绝对。

强，可以拉高胜的概率，但永远不可能是百分之百，只要不是百分之百，那就总有概率发生别的事情，哪怕是万分之一，那也是一种可能性。

而现在看来，大众似乎认为百花的胜率只有百分之十九。

就让这百分之十九成为现实吧！于锋深呼吸，看了一眼时间，距离晚上八点半还早，他又在赛台上走了一圈后，正准备离开。却看到邹远，这位百花的队员也出现在场馆，正从台阶登上赛台。

“你也来了？”于锋问道。两人虽然离得稍有点远，但此时场馆空无一人，安静极了。于锋稍稍提高点音量，就听到声音在场馆里不住地回荡着。

“是的，我来提前脑补一下气氛。”邹远答道。

“这怎么脑补？”于锋回头看了看身后，场馆空无一人，安静极了。

“我会尽量脑补得无限夸张，无限大，这样当真实来临的时候，我就会觉得，‘哈，不过如此嘛’，这样就会毫无压力了。”邹远说。

于锋笑。他知道他的这位队友，因为当初战队突然强加在他身上的压力，压抑得险些疯掉。这大概就是这家伙在那时候想到的，缓解比赛压力的办法吧！

他看着邹远，就见他站在赛台边沿，望着空无一人的看台，突然闭起双眼，撑开双臂，一脸专注地搞起了他缓解压力的脑补仪式。于锋没有出声，只是静静地看着，连一点脚步声都没有发出。

半晌后，他看到邹远收起双臂，睁开眼，望向他，笑了笑。

“好了？”

“好了。你要不要也试试？”邹远问道。

“我？算了吧！这个不适合我，如果现场最终的气氛不如脑补的热烈的话，那我恐怕会很失望的。”于锋说。

“哈哈，说得是，你和我不一样啊！”邹远感慨道。

是的，他们俩不一样，一点也不一样。

曾经让邹远压抑到几乎疯狂的那个压力，其实就是于锋一直所向往的。邹远惧怕那种压力，而于锋享受这种压力。

所以当于锋来到百花以后，邹远毫不拖泥带水地就将队长、核心统统交给了于锋。

在减轻压力之后，邹远开始努力学着担当，努力抓住强加在身的好运，他渐渐做到了，但他也没有后悔曾经做出的决定。他到底也无法从根本上改变自己的性格，队长、核心，这种承担最大压力的事，于锋远比他适合，交给他，也一定会比自己做得更好。

真是有趣呢！邹远有时候情不自禁也会想想。他们这样两个截然相反的人，居然最后成了队友，成了搭档。是因为这样有反差的两个人，才最容易形成互补吗？这赛季最佳搭档的评选中，他们两个得到的评价可也不低。

重现繁花血景吗？邹远想到俱乐部一开始给他们两人树立的目标。现在看来，完成得只算凑合。

繁花血景那种需要心灵相通的打法，并不仅仅需要技术，和选手的性格也大有关联。很遗憾，于锋不是孙哲平，他也不是张佳乐。他们两人，始终无法重现昔日的繁花血景。他们只能用属于他们的方式，也打造一对狂剑士和弹药专家的组合。

这，大概就是所谓的时代交替了。过去的东西，终究不会再来，勉强复刻所得到的，也永远缺乏过去的那种味道。

人们所怀念的有时并不真是繁花血景，而只是初见繁花血景时的心情吧？这种心情，才是真的永远无法复制的。因为第一次就是第一次，再来一次，那就是第二次，永远不可能是第一次。

用我们的方式！邹远暗暗想着。

一开始，他接过张佳乐留下的百花缭乱，他惊恐，他惊慌失措。战队要叫他继承张佳乐的位置，于是他没命地学习着张佳乐的打法，甚至连张佳乐的行事风格都快要模仿进去了。

可是最后又怎样呢？他到底无法做到那么好，承受不起那么大的压力。那个赛季，百花是靠奋力崛起的唐昊在支撑着，他这个核心，在学习模仿张佳乐中就匆匆走完了那个赛季。

所以他知道不能那么下去。他需要找到一条可以让自己支撑下去的道路。所以他很感激那个时刻来到百花的于锋，是他扛走了原本压在邹远肩上的重担，让他可以没有负担地去摸索，去探究。

果然是个好搭档呢！邹远想着刚刚自己想到的互补论，深以为然。那么接下来，就是一起取得胜利了！

邹远正准备说点什么，忽然听到一阵声响，他和于锋一起扭过头去，就见另一端的出入口，一行人涌进了场馆。

轮回！

是轮回战队！

轮回战队全员到齐，也是一进来就看到了站在赛台上的于锋和邹远。他们的脚步并没有因此而停顿，也是径直走上了台。

于锋看了眼时间，知道轮回这是热场来了。客场作战的战队，经常都会在比赛前在自己比较陌生的场地走走场子，熟悉一番环境。现在是季后赛，轮回当然不会错过任何一个可能对比赛有益的细节。

“是百花的两位当家啊！”轮回的队长周泽楷因为众所周知的原因很少主动招呼别人，上来和于锋、邹远打招呼的是他们的副队长江波涛。

“嗯，你们来热场啊！”于锋搭话，江波涛他并不陌生，他们这种同期的选手大多都有一种新秀时期共同走来的亲密感。

而轮回这支战队，就是以五、六、七这三赛季的选手为成员搭建的战队，和于锋同期的选手可不少。像全明星级别的江波涛和吕泊远，他们就都是第六赛季开始在联盟打拼的。而于锋无疑是他们当中一开始最夺目的一个，同期的最佳新人，当年就随蓝雨获得了总冠军，于锋的新秀赛季是完美的，初入联赛就能取得如此成绩的，除他之外，就只有张新杰了。

可即使这样，也没有改变一点：他们第六赛季的这批选手，都是在各队担当配角。

第一个做出突破的，又是于锋。他离开了蓝雨，来到百花，成为第六赛季的这批选手中唯一一位队中第一核心。

第六赛季开始职业生涯的选手，本赛季入选全明星的有江波涛、于锋、许斌、吕泊远他们四位。除了于锋，其他三位在各自战队当然都算不上是一把手。全明星级别的尚且如此，其他在各队选手的当然就更算不上是腕儿了。

第四赛季的一批新秀拥有黄金一代这么一个响亮的称号，第六赛季的这批人，却因为这种挺巧合的际遇，被称为“帮帮团”，意指他们这一批选手在各队都是辅佐者的身份。

这只是个玩笑，当然不会真有人把这种东西放在心上，不过现在自从于锋去了百花，成了队中第一核心，“帮帮团”叫得自然也就没有那么理直气壮了。第六赛季的这帮选手们都笑称于锋给他们长脸了。

这自然还是玩笑。

于锋纵然成了战队的第一核心又如何呢？

江波涛和吕泊远两个虽然还是“帮帮团”成员，但他们站在周泽楷身边，组成了无比强大的轮回战队，“帮帮团”，帮出了荣耀联盟两连冠。

不过于锋一点也不羡慕他们。

冠军？他早在他们之前就已经拿过了，他想要追求的，正是不以“帮帮团”的身份拿到冠军。

当然，这也就是他个人的执念，他也并不是在否认“帮帮团”们的价值。

“没打扰你们吧？”江波涛继续和他扯着。这位擅长交际的选手，走到哪人缘都不会差的。即便现在双方是即将你死我活的对手，老选手的态度也都很职业，场下相见，没带丝毫火气。

“没事，你们忙吧，我们不打扰了。”于锋说着。

虽然大家都能职业地处理双方的关系，但在这样的生死大战之前，紧张的气氛不至于让双方还言谈甚欢。

“慢走不送。”江波涛说着，目送于锋和邹远一起离开了赛台。轮回的诸位选手也没把这样的相遇太当回事，大家很快就开始他们的热场工作。

晚八点，现场已是座无虚席，季后赛，场场关键，吸引的关注自然要比常规赛多得多。现场照旧有给客场粉丝专留的客场座席，轮回战队的铁粉已经在这里挂起了他们的标语，两连冠是主要词汇，三连冠毕竟还没拿下来，还是不好就做成标语的，当成祝福口号来喊一喊那倒是喊了一整个赛季了。

两队选手此时也终于开始进场。

入场仪式那和常规赛里的倒没多少区别，作为百花主场，那对百花自然要捧得多一些，在现场掀起的声浪也要大很多。

轮回，纵然是如今人气顶尖的连冠队伍，但到季后赛队伍的主场，也只有泯灭的份。能进季后赛的队伍，人气必然也是很有基础的。

电视直播当然不会错过季后赛的任何一场，解说自然又是潘林和李艺博这对招牌组合。原本节目组还想像上次兴欣对微草比赛时那样，邀请个第三嘉宾共同解说。

那次邀请的是一评论员，而季后赛有很多现役选手没有比赛可打，转播方是想邀请点有名的选手来一起解说。

这一场，节目组想到了一个美妙的人物——孙哲平！前百花选手，在本场做客一下百花主场那自然是很有看点。

结果节目组向孙哲平发起的邀请孙哲平想也没想地就拒绝了，上来就吃闭门羹，节目组士气大挫。一时间也没研究出其他合适的人选，季后赛第一场比赛，最后就还是潘林和李艺博的双口相声了。

介绍完双方选手，比赛还未开始，自然是要找话题扯上几句。

“这两队刚刚在常规赛最后一轮交过手，结果过了一星期就又相遇了。”潘林说道。

“连续多场比赛，这两队相互之间的了解将更加深入，在这种状况下互相之间都谈不上有什么秘密，就看各自战术的执行以及变化了。”李艺博说道。

“其实从常规赛里两队的交手记录来看，百花战队是以11：9小分占优；不过在赛前进行的网络投票中，看好轮回战队的玩家多达百分之八十一啊！”潘林说道。

“看来轮回这赛季的出色表现，帮他们收获了不少支持和信心呀！”李艺博说道。

“这场比赛，到底会打成怎样呢？”潘林一副很期待的样子。

“喂喂！你们不看比赛啊？”

兴欣战队，陈果在会议室那边守着电视，眼看着比赛就快开始了，结果却没一个人过来，她很奇怪地冲去训练室，却看到大家都是各自专注地待在自己的电脑前。

“看啊，但不是现在看。”叶修说道。

“那什么时候看？”陈果糊涂。

“回头看录像格式的。”叶修说。

于是陈果懂了。叶修他们看，看的不是胜负，也不是热闹，是要从季后赛的比赛中吸取情报，所以这种电视转播当然不如自己操作录像格式来得自如了。

大家都不看，陈果一个人顿时觉得无聊起来。照说季后赛这种精彩时刻，无论那是不是自己支持的队伍，作为一个荣耀粉可都会津津有味地去关注。

可如今的陈果已经不是一个单纯的荣耀粉，很多事情她已经优先从兴欣角度去考虑。于是听了叶修这样的话后，她顿时也觉得这不再是精彩的表演，而是宝贵的情报，于是也觉得赛后再看录像的效果会更好。

网吧一楼时不时地传来阵阵呼喊声，兴欣网吧转播比赛的习惯并没有丢，季后赛自然是场场不落。陈果轻轻掩上了训练室的房门，让叶修他们继续静心做他们的事去了。

咣！

刚刚关上房门，就听到身后也响了一声，回头一看，是公会部门的伍晨。

他朝着会议室方向扫了一眼，未关的房门里，可以看到已经挂起的投影幕上即将开始的比赛，屋里却好像没有人，而陈果，正在轻轻地关上训练室的房门。

“大家不看比赛吗?”伍晨说道。

“他们之后看录像。”陈果说。

“哦!”职业出身的伍晨，立即明白。

“大家真是用功啊!”伍晨感慨着。

“是啊!”陈果点点头，这时楼下再次响起呐喊，陈果忍不住朝会议室那边望了一眼。

“老板你也不看吗?”伍晨问道。

“我……看啊!”陈果点了点头。她到底还是有一些好奇的。轮回、百花，谁会赢，谁会成为兴欣将来可能的对手呢？如果想要夺冠难度低一点的话，轮回早早淘汰掉是好事吧!

陈果和伍晨一起来到了会议室，此时双方选手已经出场完毕，赛前的高潮算是结束，楼下也恢复了安静，潘林和李艺博在节目里喋喋不休地聊着，这显然是掀不起什么高潮的，直至比赛终于要正式开始。

咯噔。陈果听到身后响了一声，回头一看，关榕飞，这家伙不知何时悄没声息地就摸进来了，随便寻了个位置就坐下来。

今天是和这两位一起看比赛吗？陈果笑了笑，好像她还没有过这样的经历呢!

比赛终于开始，陈果、伍晨、关榕飞，三人一起默默地看着比赛。

“谁赢了?”

兴欣战队的诸位现在作息良好，季后赛如此关键的时刻，更不可能去破坏。约莫快十点的时候，大家从训练室里出来，正看到会议室这边似乎播放的是结束没多久的比赛，随即过来随意打听着。

“轮回。”陈果有些无奈地说着结果。她是盼着百花胜的，有这样的心理期待，比赛看起来自然更揪心，结果这次一揪到底，主场作战的百花，最终擂台和团队赛都输给了轮回。

“比分呢?”叶修问道。

“11∶7。”陈果说。

季后赛赛制，以人头计分，轮回擂台和团队都赢，自然是满分11。百花擂台杀至最后一阵，最后得四个人头分，团队赛败北前，击杀了轮回战队三人，最终得7分。

“唔。”叶修点了点头。

比分差了4分，但从荣耀的比赛形式来说，这不算压倒性。擂台打到最后一场，也算势均力敌了，团队赛输三四个人头，那通常都是一场互有攻防的对战了。

“明天再来分析这场比赛吧!”叶修说着。

百花主场。

观众已经离开，赛后的新闻发布会已经结束，场内只剩些打扫着卫生的工作人员。

于锋，又一次回到场馆，回到了赛台上。

输了呢……

拼尽全力，最后还是输了。

在常规赛那么强势的轮回，在季后赛居然变得如此沉稳，沉稳得让人感觉不到他们是一支攻击性那么强的队伍。

两夺冠军，这支队伍已经彻底锤炼成型了。客场作战，季后赛如此让人激动紧张的赛场，他们打得是那么平静。百花这轮选择了强攻，他们希望在主场打出气势。但是在轮回沉稳的发挥面前，他们的强攻有如石沉大海，就那么无声无息地被对手给化解。

输了！但是输得居然并不遗憾，输得居然没有愤慨，输得好像……理所当然。

这种心情让于锋感到惊恐。

斗志，在一场比赛中就已经被消磨殆尽了吗？这是在潜意识里已经觉得百花确实无法战胜轮回了吗？于锋握紧了拳头，不能动摇，这种时候，绝对不能动摇啊！

Chapter 019

季　后　赛　首　战　蓝　雨

季后赛首战结束，铺天盖地的评论纷纷夸赞轮回的冠军表现。至于百花，比赛中虽然也没有太多值得批评的漏洞，但正因为如此，更显得轮回强劲。

转眼已是第二天，首战尚未完全消化，季后赛第二阵已将来临。三零一度战队将在他们的主场迎来霸图战队。

在常规赛中刻意留力的霸图，到了季后赛，会有怎样的爆发呢？人人都带着这种好奇，这让这场比赛备受关注。不过兴欣战队对于这场比赛的关注可就不只是为了满足这种好奇了。依照联盟季后赛的赛程安排，兴欣若是淘汰蓝雨进入四强的话，对手就将是霸图和三零一度两队之间的胜者。这两队，必遇其一，如果一切顺利的话……

但是当天晚上，兴欣战队还是没有组织队员观看比赛。既没看这场，也没有拿录像文件去回顾上一场。

因为次日就将是兴欣的比赛，这一整天兴欣的训练都是调节型的，到了晚饭后就直接自由活动了。每个人都可以用自己喜欢的方式，去缓解这生死之战前的压力。

会议室，陈果再次支起投影幕准备收看比赛，过来的照旧又是伍晨和关榕飞两个。

选手出场比赛完毕，比赛即将开始，陈果却有些心不在焉。

其他人都在干什么呢？陈果好想知道。

吃完晚饭后，大家就各自散开了，互相也没交代要去干什么了，陈果好奇，但最终还是没有打扰大家。但是说实话，她心里还是有点期待，她期待有哪个选手能和她一起。因为她其实也是很紧张的！而她所希望的，就是这时候能有个打比赛的家伙和大家一起做点什么。

“开始了没有？”正这时，叶修的声音突然响起。

“嗯？”陈果扭头一看，却看到叶修从门外走了进来。

“你要看？”陈果意外。

“对啊，没什么事做，看看。”叶修说着，随便找位置就坐下了。

陈果看了叶修两眼，心里一想，是啊！这个家伙，哪里还需要什么方式来缓解赛前压力呢？对于他而言这一切都已是吃饭睡觉一般的事情了吧？该怎么过就怎么过了。

“马上就开始了。”陈果说着。叶修没压力，陈果却很紧张。但是在叶修过来，一起看起比赛后，陈果忽然觉得自己的心里就轻松了不少。

“这帮家伙还知道留力呢，我倒要看看他们能打成什么样。”叶修这时嘟囔着。

“嗯……”陈果应了声，他当然知道叶修所谓的“这帮家伙”指的是哪些人。

比赛开始。

霸图第一位上阵的选手，林敬言；三零一度方面则由李亦辉上阵。

同是格斗系职业的一番对决，最终胜出的是李亦辉，以比较微弱的优势。

而后霸图第二位由他们的新秀选手宋奇英上阵，灭掉残血的李亦辉后，又将三零一度第二顺位上阵的高杰给击败了。

“这个小子会有前途的。”叶修对宋奇英做出点评。虽然他在最佳新人评选中输给了唐柔，但是身处霸图这种战队，新人新秀赛季不可能像唐柔那样拥有那么多的比赛机会。若不是霸图本赛季三位老将打着轮换，宋奇英的出场机会可能还会更少一些。

宋奇英如果拥有唐柔这样的机会，又或是他像上赛季的卢瀚文那样，被霸图使用，或许在最佳新人的评选中他会给唐柔制造不小的威胁。性格酷似张新杰的他，年纪虽小，但在场上的表现却给人很可靠的感觉。

不过在击败高杰之后，宋奇英很快就被三零一度上阵的第三人钱文举给送下了场。而后霸图张佳乐上台，打下了钱文举，而后三零一度杨聪上阵，结果却也败亡在张佳乐那绚烂的百花光影中。

“这家伙今天状态不错啊！”叶修说着。张佳乐打下的钱文举生命本就不少，而后又击败杨聪满血的风景杀，差不多算是一挑二了。不过再接下来，三零一度的守擂大将白庶上场。这时霸图可还有三个人，优势明显。张佳乐打得也很放松，虽然最后一挑三的壮举没有完成，但也负责任地把少生命的白庶留给了下一个选手。霸图第四顺位，上阵的赫然就是他们的队长韩文清，最终白庶的潮汐倒在了大漠孤烟的铁拳之下。

“一个个都很有精神嘛！”看到霸图在擂台赛就已经5：3领先后，叶修叫着。

而后进行的团队赛，霸图战队终于露出他们不同于常规赛的节奏。常规赛，即便打到最后已经停止轮换，几位老将就像现在这般聚齐出场了，但那完全是为了季后赛养状态，担心总是轮换不让三人同时出场，会搞得配合都生疏起来。

事实证明对这种老将，这样的担心实在有些过分谨慎了。这些经验丰富的家伙，就好像学会了骑自行车就不会忘一样，无论多久没骑，一上手，还是能够迅速掌握。

霸图的老将，有四分之三左右的比赛没有一起出过场，但在开始调整状态后，迅速就找到了默契，根本不用再花时间来磨合。

他们继续压抑着自己的兴奋，节省着自己的气力，留待季后赛才尽情释放。

而现在，到了。

隐忍了一个赛季，听多了那些“这帮家伙已经彻底不行了”的风言风语，霸图在进入季后赛后，终于不再留力，对这样那样的声音，给予了强烈地反击。当然，他们绝不是为了这些才出手，这，本就是霸图这赛季一开始就准备好的节奏。

6：2。

最终团队赛的比分是压倒性的。三零一度这才磨合了半个赛季的战术，在没有了最初的新鲜感后，在这支全联盟经验最丰富的队伍面前一点好都没讨到。

总比分11：5，这胜负差距可就有点大了，而且这还是三零一度的主场……

百花、三零一度，他们千辛万苦，好不容易才挺进了季后赛，结果首轮就已经丢了他们的主场。

有人欢喜有人哭，比赛注定就是这么个结果。

“霸图看来是要赢了。”叶修说着，11：5，这个比分优势很大，三零一度想去霸图主场翻盘，看好他们的人恐怕真不会多。

“好了，回去休息了！”叶修起身宣布着，口气像是要上战场一般。大概在他心目中，今晚的休息就是明天比赛很重要的一个环节了。

几人相继走出会议室，到训练室门外却发现内里有灯光，叶修随手把门推开一看，竟然是莫凡还在训练室里没走。

“在做什么？”叶修问道。

“视频。”莫凡现在总算不会完全无视别人对他说的话了，如果是问题，终归是会回答一下。

“哦？”叶修走上前，这时候陈果也已经凑了进来，两人一起上前围观，而后看到……

“都是蓝雨的选手视频啊！”叶修看出来了，莫凡在看的，全是蓝雨选手在擂台赛中的表现。这些比赛的录像资料兴欣当然都有，而且也有做过整理。将特别有价值的比赛从中挑出，汇总作为最终研究蓝雨的资料，莫凡在看的，就是蓝雨战队在常规赛的诸多单挑场上的表现。

而明天，莫凡要在擂台赛中正式出场，叶修没有把出场阵容留到最后比赛前才说的习惯，一般都在比赛的前一天就说了。

对蓝雨的阵容，今天上午就已经公布，莫凡这一轮会在擂台赛第二顺位出战。现在已经是比赛前夜了，大家都在放松调整，莫凡却还在顽固地研究着蓝雨战队的资料。

“早点休息啊！”陈果挺感动，衷心提醒着。

莫凡没回话，只是点了点头，接着继续仔细地看着视频。几人一看，和莫凡那也不存在聊天的可能啊，于是没再说什么就先离开了。

楼下，比赛结束，兴欣网吧的转播本也该散场，结果此时却好像比正在比赛时还要热闹，叶修他们在楼梯上居高临下这么往下一看，原来是他们的三位选手，乔一帆、罗辑和安文逸被热情地包围了。

“怎么回事？”陈果连忙跑下来问网管。

原来这三位小年轻，偷偷钻在这些玩家堆里一起欣赏讨论了这一场比赛，结果在散场的时候，不慎被发现认出。来这兴欣网吧的玩家，那对兴欣战队会是什么态度那还用说吗？大家果断包围，对三位年轻选手送起祝福来了。

“喂喂！！”陈果直接冲进前台开了网吧广播喊了起来。

“快放我们的选手回去休息！”陈果叫道。

“叶修！！”结果大家用比陈果更大的声音嚷了出来。叶修没走后门，直接就从网吧这边楼梯下来，陈果这一喊吸引了注意力，顿时让大家发现了更让人激动的存在。

“淡定！”叶修果断冲进前台，从陈果手中抢到了广播。

“大家淡定！要加油的话，欢迎大家明天来现场！”叶修叫道。

“加油！加油！”众人激动地喊着。事实上大家的冲动很有节制，因为谁都知道明天就是兴欣比赛，哪里敢在这时过分叨扰。真有难缠的家伙，玩家们都会首先不答应然后为民除害了。所以叶修简单喊了两声，大家就特别理解地压抑住热情。三位小年轻脱了困，也谢了大家的支持后，和叶修一道离开了。

回住处的半道上，几人看到两个熟悉的身影蹲在马路牙子上。一边香烟袅袅，另一边那位手里把玩着一根貌似自行车链条的东西。

几人悄悄凑上去，听到魏琛和包子讲述他的当年。

“老夫当年,那可是蓝雨战队的灵魂骨干,不可或缺的人物啊!”魏琛一脸不堪回首地说着。

魏琛发人深省似的来了这么一句后，居然就没有往后详说了。大家一琢磨，估计是细节已经说过了，这是最后的总结陈词。大家看比赛也看了一个多小时，一直没见魏琛和包子，合着两人就在这马路边由魏琛讲述他的辉煌当年呢？

“灵魂什么啊灵魂，一共就两年！”于是叶修上前毫不留情地戳穿了。

“废话！”魏琛回头一看是叶修，倒还是很从容，“没我，能有蓝雨吗？”

魏琛这话不假。他和叶修一样，在投身荣耀圈的时候还没有荣耀联盟这个职业圈呢！起初大家都只是普通的网游玩家，靠游戏生存的手段，处理的无非就是网游里的一些事务。叶修那时所属的公会是嘉王朝，但公会并非他所建，建立公会的人，恐怕在最初也未想过这会成为未来嘉世俱乐部奠定王朝的根基。

嘉王朝公会，最初和任何一个玩家公会一样，就是由某一个玩家，组织起一群游戏里结交的好友，组建起来的一个大家共同娱乐的游戏团体，在玩耍的过程中越来越壮大。

在荣耀联盟最终组建后，有这么一些公会最终就成了俱乐部和战队的网游根基。嘉王朝公会是这样，蓝溪阁公会也是这样。所不同的是，以嘉王朝为根基最终组建起来的嘉世俱乐部，其老板就是嘉王朝的创始者陶轩。而蓝雨战队，投资创立者另有其人，不过他们的公会根基可真是他们的初代队长魏琛最初从网游里经营起来的，说没有他就没有蓝雨，并不为过。

“明天你们如果连我的这些后辈都打不过的话，那可就太丢脸了。”魏琛瞪着兴欣的诸位说着。

离队后和老东家交手，对绝大多数人来说都是一件比较伤感的事，不过魏琛完成这件事的时间，用了整整八年！八年，他对蓝雨还有怎样的感情？

虽然魏琛平日吹嘘起他在蓝雨的光辉过往时都是一副没羞没臊的炫耀嘴脸，但是所有人都听得出老家伙对过去的怀念。

是怀念青春？还是怀念蓝雨？

没有人去追根问底，因为大家都知道，不管魏琛对过去是什么样的态度，此时，他是兴欣的一分子，他明白无误地站在兴欣这边。

“明天，加油。”叶修说道。

“加油！”几个小年轻一起在大马路边上嚷嚷着。

“方锐呢？”看大家士气高昂完了，叶修随口问道。

“没见那家伙。”魏琛说道。

每个人都有不同的方式为自己备战，这位猥琐流的大师，又是在做什么呢？大家都有点好奇，但也没有人会因为好奇就去打扰。

上林苑小区。

时间虽已不早，不过小区里在外纳凉遛狗之类的人还是有很多。苏沐橙和唐柔一起坐在路边的石凳上，抬头望着天。

“今天白天的天气很好的呀，为什么晚上还是没有星星？”苏沐橙说道。

“星星总是客观存在的，可惜现在大气污染严重。所以不是没有，只是看不到。也或者星光很微弱，城市的这些灯光将它们的光辉给遮盖了吧！”唐柔说。

“唔，真是可惜呢！”苏沐橙叹息着。

“话说。”唐柔忽然道，“你第一次打季后赛，是什么样的心情呢？”

“第一次？我很紧张，很担心。担心自己做得不够好，担心自己帮不到他。”苏沐橙说。

“那后来呢？”唐柔没有问那个“他”是谁，这很明显的嘛！

“后来……我确实做得不好，如果我可以更出色的话，那年的嘉世大概还会是冠军吧……韩文清在季后赛输给过叶修三次，但是那一次他赢了，因为他身边多了个好帮手，而叶修没有……”苏沐橙的神色变得有些黯然。

唐柔暗暗懊悔，她一时间忘了苏沐橙第一次参加季后赛最后是得了亚军。这个貌似是仅次于冠军的好成绩，但事实上却是非常痛苦的，那种只差一步就可以收获成功的感觉，真的足以让一个人直接崩溃。懊恼、自责，没有什么成绩是比这个仅次于冠军的好成绩能更多地带给人这些情绪了。

“抱歉。”唐柔说道。

“没什么，都过去好久了。”苏沐橙说。

是过去好久了吗……唐柔心下又在暗暗想着。那次，嘉世是在总决赛与冠军失之交臂，而那之后，嘉世战队更是连总决赛都没有进过。苏沐橙的自责会不会更重？会不会一直都觉得自己没有好好帮助到叶修？

“这一次我们一定会赢的！”唐柔说。

“你不紧张吗？”苏沐橙笑着问她。

“我原以为我不会紧张的，但是事实上，我发现好像并不是如此。”唐柔说道。紧张？那是什么？一直以来会让人紧张的东西，只会让唐柔感到更加兴奋，更有干劲。但是这一次呢？兴奋、干劲，这些统统都有，但是紧张却没有因此而完全消除，唐柔发现自己的内心深处居然是有一点恐惧感的。她承认这一点。

“是吗?”苏沐橙继续笑着,“那说不定是好事呢！其实我一直觉得你真是太缺乏紧张感了。紧张过头，那当然不是好事，但一点紧张的感觉都没有，好像也不是太好欤!”

“难道叶修也会觉得紧张吗?”唐柔说。

“他当然紧张，其实一整个赛季他都很紧张，要不然，他怎么会这样竭尽全力呢?”苏沐橙说。

“我可看不出。”唐柔嘟囔着。

“紧张也是可以转化成动力的啊！你啊，好好享受这得来不易的紧张吧！这对你来说根本不是障碍，是营养才对。”苏沐橙说。

“这就是消除季后赛压力的方法吗？把紧张当补品吃掉?”唐柔说。

“这个办法不好吗?”苏沐橙说。

“看起来也只能如此了。”唐柔说。她多少有些明白苏沐橙的意思。

“咦，你们两个在这里啊!”正这时，叶修他们那一帮老的少的也回到了小区。沿大道走来，正看到坐在石凳上的二人。

“是啊!”苏沐橙和唐柔站了起来，她们也准备回去了。

至此，兴欣战队的诸位都集合得差不多了，除了还在训练室里看视频的莫凡，还有一直没见去向的方锐。

“方锐那家伙到底跑哪去了?”叶修又是随口嘟囔了一句。

“他？睡觉了啊!”苏沐橙说道。

“嗯?”

“八点多回来，然后就睡了。”苏沐橙说。

“八点多就睡觉了?”众人面面相觑。

八点多，叶修、乔一帆、安文逸、罗辑他们都在看今天晚上的比赛；魏琛和包子在马路牙子上吹牛；苏沐橙和唐柔在小区里散步聊天，结果方锐在这时候就已经睡觉了。

“八点就睡，这货这一觉是想睡多久?”魏琛惊叹道。

“这就是他缓解压力的方式吗?”众人说。

“也没准是怕紧张得失眠，所以才早早上床多些时间来培养睡意。”大家继续议论着。

虽如此，大家可也没有回到住处就因为好奇去查看方锐到底睡没睡着，比赛前的这一夜，就以大家先分开，最后却又基本聚首的节奏结束了。

次日一早，叶修起来，下楼一看，方锐不愧是八点就上床睡觉的人，此时已经在楼下客厅精神抖擞地看着报纸了。

“三零一度输得挺惨呀!”看到叶修下来，方锐和他打了一声招呼后说道。他手里拿的是今天的《电子竞技周报》，这都已经被他买回来了。要知道如今是季后赛,《电子竞技周报》的销量也会变得很紧俏，尤其是在前嘉世俱乐部这一带，这要不是去得特别早，真不一定能买得到。

“是啊，我看了比赛了。”叶修说道。

“霸图那老几位果然还是发力了吗?”方锐说。

“那当然，不然呢?”叶修说。

“可报上还说他们打得有些保守。”方锐说。

“他们的战术有一些改变，不再是过去那个猛打猛冲的霸图了。”叶修说。

“他们放慢了?”方锐说。

叶修点头。

“我们接下来恐怕就是要与他们相遇了，这下可就更难打了。”方锐说道。

两位顶尖高手，根本不用说太多，简单几句，就都对情况了然。

霸图老将居多，以客观条件来说，他们确实不再适合太快的节奏，老将，就适合在稳扎稳打的比赛里充分利用他们的经验与耐性和对手周旋。但是霸图这支队伍，可一直以来都不是这种风格的。他们猛打猛冲了十年，却在这一赛季的季后赛，整体放慢了节奏。

霸图，可并不仅仅是让老将们轮休来保存体力啊！他们从最根本的战术上进行了调整，重新打造了更加适合他们的套路，而不是再按他们既有的节奏。

“会变得可怕的，不只是那几个老家伙。”叶修说道。

“哦?”

“还有张新杰。”叶修说。

“他?”

“他的风格，本来就是更适合这种慢节奏的阵地式打法的，他和霸图，本身从风格上是完全不契合的，也就是他这种性格，才能让自己强行适应根本不适合他的战术，但是现在，霸图的风格正是朝他真正擅长的方向贴近啊!”

霸图毕竟是兴欣过了这一轮才有可能遇到的对手，现在就为此担心有些过早，兴欣当务之急当然还是集中精力打好对蓝雨的比赛。

这一周多的时间，除了磨合新装备，那当然就是积极备战与蓝雨战队的比赛了。不用考虑其他，一心一意，眼里只有这一个对手的备战，而现在，到了将这一切统统拿到场上的时候了。

常规赛，兴欣两遇蓝雨，1：9和2：8，输得真是挺惨的。这一次兴欣拿什么来战胜蓝雨?今天的《电子竞技周报》上正在分析这个问题。

变成日刊的《电子竞技周报》，每天就是两部分内容，一是昨晚刚刚结束的比赛，二是今晚即将开始的比赛。内容详尽又充实，玩家喜闻乐见，但这段时间却是媒体新闻工作者们忙得昏天黑地的日子。

从网上对这场比赛的支持率上来看，蓝雨优势还是比较明显的，他们得到了百分之七十三的支持，兴欣只有百分之二十七。

不过这等数据兴欣可是不会畏惧的。挑战赛面对嘉世时，他们收获的支持率比这还要可怜，但又怎样呢？投票如果真能代表结果的话，那还打什么比赛，投完票颁奖就是了。

比赛日，不会再有什么量很大的训练，不过总也不能让选手们一天都不摸电脑，直到比赛开始才去热手。

当天下午，兴欣诸位都到了兴欣的训练室，各守着一台电脑打着荣耀。有打得比较认真的，也有随意轻松的。这已经不用叶修再去教了，比赛前热热手这种事，常规赛里也一样是要做的。一个赛季下来，每个人喜欢用什么样的方式来给自己热手，那就各随己便了。

一边不紧不慢地这样调节着自己的状态，一边守着时间一分一秒地走过。

五点钟左右的时候，陈果过来招呼大家吃饭，比赛日晚饭通常都会吃得略早一点。此时距离比赛正式开始只剩三个半小时，气氛凝重得不得了，陈果吃了几口就已经开始觉得饱，很辛苦地继续在那装样子，相比之下众选手似乎比她还要轻松一些。

用过饭，各自自由活动，约莫七点多钟，所有人自觉地聚集起来，该到出场的时候了。

从后门离开兴欣网吧，过马路，走选手通道入场……

这条路线兴欣走了一整个赛季，哪一次都不如这次这么认真。好像从这时候开始的每一步都会影响到比赛的胜负似的。

备战室早已经准备好，空调不知打开了多久，室内温度非常舒服。每个人进来后，就找位置坐下，而后默不作声。

太压抑了！

陈果深深感受到了压抑。这种时候，实在应该说点什么啊！陈果看看叶修，看看魏琛，这两位前辈中的前辈，平时都会很注意调节队伍气氛的，今天为什么都不开口？是因为他们也被这种气氛给深深地抑制住了吗？

要我来吗？

说什么呢？

加油？放轻松？

这些口号反复强调也没什么用啊！早知道应该准备几个冷笑话啊，没准这时候可以收到奇效。

陈果胡思乱想着，却还是不知道该怎么开口，终于，叶修在这时候开始讲话了。

“战术都没忘吧？需要我再提一遍吗？”叶修说道。

大家你看看我，我看看你，各自默默摇头，没人说话。

“嗯，关键还在临场变化，这一点上我们优势很大，论打字，我自信能甩喻文州一赤道。”叶修说。

“呵呵呵呵。”众人干笑。

“作为职业选手而言，喻文州，他的手速根本就不及格，但是他却能成为全明星级别的选手，你们知道为什么吗？”叶修说。

众人摇头，说实话，也没人太有心思在这个时候猜测什么东西。

“扬长避短。”叶修说。

“很废话吧？”叶修笑道，“但这是事实，在这个联盟里，没有人比他更擅长做这种事了。这是喻文州的风格，也是蓝雨战队的战术风格，自从他们战队不可或缺的灵魂人物，前队长魏琛退役以后，蓝雨就走上了崛起之路……”

“你滚！”魏琛这次必须出声了。

“哈哈哈。”众人再笑，这次总算不像上次那么勉强了。

“既然这次对手是蓝雨，所以我要号召大家向喻文州同志学习，扬长避短，将你们每个人的长处，狠狠地施展在这个场上。如果能做这一点，心里就不会再留有任何遗憾了。至于不足，不用太在意，每个人都有不足，所以我们才会组成一支队伍。一个人的不足，由其他四个人来补足，这就是所谓的团队了。”

“每个人守好别人的背后，所以每个人的背后就都有人在守护，放心大胆地向前冲吧！”

“兴欣，该出场了。”

叶修话音刚落，就有专人敲开了兴欣备战室的门，通知他们出场。

“上场！”叶修顺势招呼大家，所有人起身，走出备战室的门。对面，蓝雨战队的选手也正从房间里走出。

两队列队，在出场通道里站成了两列。两队的队长站在最前，而叶修刚刚进行了一番从喻文州展开的讲话，让兴欣的诸位不由得都要多看这位手速不及格的蓝雨战队队长。

“猜到我们有什么大招了吗？”叶修在排头和喻文州说话。

“没猜到。”喻文州笑，他根本就没去猜。

“现在倒也不怕告诉你了。”叶修说。

“我也在等这一刻。”喻文州说。

“是装备。”叶修说。

“哦，你的千机伞终于不拉大家后腿了？”喻文州说。君莫笑的千机伞可是用了一整个赛季的70级。现在别说是核心角色了，但凡是有银武的角色，武器肯定会优先提升的，基本都完成到75级的进化了。在武器上，70已经是个要绝种的数字了。

“呵呵，该说你们不要拖我后腿才是。”叶修笑道。

“你不吹能死啊？”就在喻文州身后的那位终于忍无可忍了。

“哎哟，我们刚才聊了几句啊？他居然坚持到现在才插嘴，很不容易不是吗？”叶修十分惊讶地对喻文州说着。

“呵呵呵……”喻文州只是笑，这他还能说什么呢！

“一会看到的时候，别吓哭了。”叶修转身对黄少天说道。

“你输了的时候可也别哭。”黄少天说道。

“我怎么会输？”叶修一脸傲然。

“羞不羞？都输两次了。”黄少天说的是常规赛的事。

“我可没输。”叶修这时抛弃了他总挂在嘴边的团队。以个人为个体的话，他当然没输，连胜三十七轮呢！

“那是你走运。”黄少天当然还要嘴硬下去。

“你走运一个我看看？我只连胜了三十七场呢，特意留了一场，求破！”叶修说。

“……”这话黄少天就是再嘴硬也不敢接了。好在这时前方人员已经示意两队选手开始入场。

“走了。”客队先入，喻文州却还不忘和一旁的叶修招呼一声，随后迈着步子踏入。

非自家主场，能得到点礼貌的掌声就算不错了，尖叫什么的，就算自家随队而来的粉丝团制造出来，也绝对会被主场粉丝给压下去。他们岂会容忍客队的家伙在他们的地盘上放肆撒野？

赛场上打出索克萨尔的全息投影，随便做了几个动作。耍帅这种事当然也不会照顾客队角色，不黑就算有节操了。现场播音对喻文州的介绍也就简单几句，随后就开始召唤下一位出场。

黄少天随即上场，待遇和喻文州也相差无几。这种事司空见惯，谁家主场都会发生。蓝雨选手见过大世面，当然不会把这当回事。选手一个接一个地按节奏上场，上赛台。而后，轮到兴欣出场，那声势顿时不一样。叶修从通道走出的一瞬，尖叫呐喊声瞬间就充满整个场馆了。

君莫笑在赛场上展示着千机伞多端的变化，叶修冲四面观众挥着手，相比蓝雨选手的出场，用时都不一样。现场介绍更不用说，恨不能把他的所有光辉履历用最注水的方式使劲儿阐述一遍。

兴欣选手一个一个上了赛台，而后双方赛前握手，下场。最后却是留下了两人在场上，这无疑是擂台赛首发的选手懒得下去再上来了。

“叶修，是叶修！”解说潘林早已经激动地嚷出来了。

叶修居然是兴欣的擂台赛首发，打到季后赛了，他还要坚持第一个出战吗？赛前的预测，几乎没人想到这种安排。叶修这个单挑战力无比强劲的存在，大家都很公式地将他摆在了第四顺位。

但是现在，首发上场！

而蓝雨这边，第一个出战的，气功师选手宋晓！他们的关键先生，被摆在了擂台赛的第一位，这又是一种怎么样的打算和期待呢？

两人再度互相问候了一下后，各自去了己方战队的比赛席。

“兴欣居然是派叶修在擂台首发，这太出人意料了，李指导你怎么看？”潘林说。

“呃，这个我想，大概还是为了鼓舞兴欣的士气吧！兴欣多新人啊，头回打季后赛，肯定压力超大。叶修第一个上，获胜鼓舞士气，也给后边上的人减轻负担，我想这就是兴欣的

GLORY

打算了。”李艺博硬着头皮猜想着。

两边选手进了比赛席，角色开始载入，比赛即将开始。

但就在这时，现场的观众席上突然起了骚动，然后，直播节目里的潘林也突然叫道：“我没看错吧!!!”

“什么?”李艺博茫然。开始的载入角色那都千篇一律，他没怎么注意。

“……”潘林犹豫了。刚才就是角色载入画面，到君莫笑的时候有装备一晃而过，潘林依稀是在等级的地方看到一个80，立即脱口而出了。可画面一转就过，他不确信自己是不是看串行什么的。角色载入又都是固定的程式，不会有什么抓停特写什么的。于是潘林也没说什么，只是连忙和导播沟通，让对方一进比赛就把君莫笑的装备给切出来。

兴欣现场所起的骚动，也是因为有人在角色载入闪过的画面中，在君莫笑的装备身上看到了等级80的字样。一个人、两个人，可以说是眼花了，可怀疑眼花的人随即发现，今天眼花的人好多啊!

角色载入很快，观众没来得及仔细弄清楚是怎么回事呢，载入已经完毕，角色刷新，比赛正式开始。电视直播的画面在此时迅速切出了君莫笑的装备。

轰!!

比赛现场顿时就炸开锅了。这一次，全场观众可是清清楚楚看到了——装备等级：80级。而且还不只一件。

武器千机伞；

上装乱魂甲；

鞋子折云靴；

腰带续雷腰带；

披风拂晓；

徽章破天；

左指环飓风。

君莫笑一身装备，被点出了这么七件银装，等级显示为80。

“君莫笑身上……80级的装备，这是怎么回事?”潘林这次看得清晰，看得真实，终于不用怀疑自己的眼神，终于可以大声嚷嚷了。

一边的李艺博也完全傻眼，80级装备？这什么状况啊?

现场那就更不用说了，喧闹声久久不停，整个场馆内都是嗡嗡嗡的一片，大家先是惊呆，然后就开始疯狂地讨论了。

就连裁判也是。在看到装备居然是80级的那一瞬间，整个人也木掉了。他接下来的第一个念头就是是不是出什么故障了？比赛是不是需要暂时中断一下?

再来，就是蓝雨战队的选手们了，80级装备出现的一瞬，他们也都惊呆了。

“80级装备？这怎么回事?”黄少天诧异。虽然不至于说吓哭，但是他必须承认叶修这一次带给他们的震撼是货真价实的。

喻文州显然也完全没有料到所谓的装备提升，居然是搞出80级，不过在稍微惊讶了一下后，他已经开始整理思路。

“是不是系统出什么问题了？”蓝雨的其他选手此时纷纷怀疑着。

喻文州却没这么想，比赛用的设备和系统，赛前都要经过检查，以确保比赛可以顺利进行。硬件设备在比赛中突然有点小故障，这种情况倒是有过，但说数据错误这种状况，职业联盟十年可都没有发生过半次，哪这么巧今天就发生了呢？

“角色是75级，这点是不会错的。”喻文州没去想那些意外，他开始从逻辑上分析这事。

“75级角色，拿80级装备，那么装备上必然有‘等级需求-5’的属性。”喻文州很快就已经想到了这一点。

“但是这80级的装备是怎么做出来的，这个可就匪夷所思了。”这点喻文州当然也不清楚了，他如果清楚，蓝雨战队大概也早搞出80级装备了。

“兴欣的技术部这么有能耐？”黄少天惊叹。能做出80级装备，这可是把其他所有豪门都狠狠地甩开了。

到处都是议论。在喻文州之后，解说潘林和李艺博很快也分析出了依靠“等级需求-5级”这一属性实现对80级装备的使用问题，这个推论是显然的。但是这之后，兴欣是怎么在75级的环境下搞出80级装备的，这个可就谁也说不上来了。

“这就是兴欣为季后赛准备的大招吗！”潘林在转播中叫着。

“80级装备？这怎么搞出来的？”

比赛还在继续，裁判在向技术人员确认了一下数据无故障后，自然也无理由叫停。此时赛场上的宋晓也看到了对手身上竟有80级的装备，自然也是大吃一惊。

“怕了吧！”叶修回道。

“那也得硬着头皮上啊！”宋晓回道。

不愧是联盟最有名的大心脏选手，关键先生。面对本赛季单挑连胜三十七场的叶修，面对匪夷所思的80级装备，宋晓虽然表示了惊讶，但情绪很快就不为所动。硬着头皮？说说罢了，他依然把这当普通比赛，依然是想着取得胜利。

“来吧！”叶修招呼着，两人角色各自冲出。

擂台赛，选图当然不能只顾叶修的需求。干干净净的简单图，像他和唐柔可能打得畅快了，可像方锐要猥琐的，那可就不好打了。

所以擂台赛的选图要照顾到队中所有人的需求，一般都是内容比较丰富的类型图。

不过看起来叶修和宋晓都没有要利用类型图的样子，两人直冲场地正中。

眼看就要照面，所有人都期待着这武装有80级装备的角色该是何等风采时，叶修的君莫笑却转弯了。

坚持了三十七轮正面强攻的叶修，在季后赛第一场第一阵的单人赛事中，忽然就打起战术来了。

“叶修避开了正面对决。”潘林说道。

“这是明智的决定。”李艺博说，“擂台赛不同于个人赛，是要在尽可能少损失的情况下拿下对手，所以有条件的话多多利用地形打打战术是很有必要的。强攻型选手其实最不适合擂台赛。在个人赛他们可以强攻一千自损八百，那和一滴血不伤拿下比赛一样都是1分，可在擂台赛，这么两个结果那可就完全是两回事了。”

“不过很多战队的擂台阵容里也依然是有强攻型选手的啊！大家似乎也并没有刻意回避让这种选手进入比赛阵容。”潘林说道。

“强攻是这种选手的风格，但也并不是定式，在擂台赛里，强攻型选手也可以打得聪明一些。就像叶修，常规赛打个人赛他就一直是强攻，但现在一上擂台，立刻灵活起来了。”李艺博说。

“但有的选手似乎在擂台赛也是强攻到底的。”潘林说道。

“嗯，事无绝对嘛！不同的状况，有时也需要不同的态度。”李艺博说道。

两人聊到这儿就不再扯了。此时叶修的君莫笑左转迂回，靠向了宋晓涛落沙明的右侧。但因为叶修是在双方照面后才变向的，君莫笑转去哪里宋晓清楚得很，此时早就在提防着这边了。

叶修却也没像很多猥琐流那样钻起来不现身，耐心地等候机会。从这翼的一个缺口，君莫笑果断露头，轰轰轰，一个反坦克炮，三发炮弹就轰过去了。

宋晓正盯着这边呢，君莫笑刚一露头他就看到了，三发炮弹的攻击那连偷袭都算不上。结果……

轰！

涛落沙明居然被其中一发给击中了。爆炸的气浪将他掀退了几步，但是涛落沙明的身形很稳，很从容地就控制住了。

“他是有意的！”李艺博一下子就看出来了。

“哦？”

“他在测试君莫笑攻击的威力。”李艺博说道。装备更换太多了，属性大变样。基本四围虽然还是能看到，但是攻击力有多少还是需要实测来掌握。宋晓挨这一炮，自己心里有点数，也是给整个蓝雨战队输送情报，接下来他们还会一再面对叶修的君莫笑，需要快点把情报建立起来。

“嗯，君莫笑这次一气换了好几件装备，真是相当给力。所有战队在常规赛对他的研究算是全都废了，一切都要重新开始了。”潘林说。

“更麻烦的是千机伞不同形态属性明显不一样，掌握起来更加麻烦。”李艺博说道。

“兴欣这真是一手狠棋啊！”潘林说。

“现在就是不知道，是只有君莫笑有这样的提升，还是兴欣所有的角色都有提升。”李艺博说。

“这个我们稍后就会知道了。”潘林有点激动。

“嗯，现在叶修让君莫笑攻击了一下后，就再度隐蔽起来了。”李艺博回到比赛。

“宋晓看起来也并不急着有所行动，是在解读君莫笑这一击的伤害吗？李指导您看这一击？”潘林说。

“啊……这一击伤害明显比以前有了显著的提高。”李艺博说着。本赛季的解说，让他越发地觉得力有不逮，他也已经准备加强一下学习。但是你要说从一击上就看出这种变化，其实并不是简单的事。这是由攻方角色的攻击力和守方角色的防御力共同决定的。

李艺博他们和观众一样，也是不知道角色真实属性的，所以让他从这么一击中直接做出精确推断是不可能的事。蓝雨战队的选手至少知道自家的防御力，然后可以从伤害损失上来逆推。其他旁观者呢？在他们眼里，君莫笑遇一百个对手，那就有一百种程度的伤害数据，从中掌握君莫笑攻击力真实属性的难度非常大。

李艺博纵然有心加强学习，但也没可能这么快就把这么难的东西都搞清楚，除非有战队愿意提供资料给他。

很遗憾这当然是没有的。所以他只能做出君莫笑攻击比以前高的结论，而这无疑是个废话，换了这么多80级装备，攻击不变高那是图啥呢？

Chapter 020

眼 都 花 了 !

“现在双方都没有进一步的举动!”潘林叫道。原本这种场面是挺无聊的，但潘林此时特别亢奋，全都是因为他对80级装备的期待。

而李艺博此时却找来了一份君莫笑的资料，在对比着他属性的前后变化。四维属性是有明确数据显示的，李艺博希望快些从这些对比中研究出来点干货。

“君莫笑向深处移动，那边会有什么更好的攻击角度吗？不过这边应该也是在宋晓的视野范围内，貌似没有什么可以偷袭的角度，他会移动得更深一些吗?”潘林滔滔不绝地解说着。这种过程，若非决胜负的时刻，平素都会不大关注的，但此时潘林是恨不得将君莫笑一个指头的动作都详细地分析一下。

“果然！君莫笑要向更深移动，要做大转移呀!”

“啊，宋晓也有了举动!”

“涛落沙明向前移动了，宋晓不愧是有名的关键先生，心理素质相当稳健啊！这种向前可是相当大胆的。不过现在君莫笑已经移开，他的切入不会有什么危险，倒是可以撞穿君莫笑的意图。”

“咦……”潘林纳闷地嘀咕了一声，这下一时没能接下去。刚刚解说叶修的意图，话说得太满，此时叶修居然没有照他的分析做，而是切向了潘林分析的反方向，这让他意外得不知道说什么好了。

只是这反方向一走，宋晓的涛落沙明切入后，君莫笑已经完全没了踪迹。

“算得这么准吗?”潘林持续震惊中。虽然只是不精彩的小过程，但是这种程度的看穿实在有点吓人。

但是这时，导播给切出了一个慢镜头回放。

“哦……”潘林顿时恍然。原来不是算，君莫笑走过刚刚位置的时候，是有一个角度可以看到涛落沙明举动的。

“不愧是叶修啊!”李艺博此时也暂时回到了比赛中，“对地图的运用非常充分。这是很多年轻选手不具备的，对地图的细节，他们抠得实在不够细致，要知道这可是主场作战时很大的一个优势。”

“兴欣的乔一帆在这方面貌似做得不错呢!”潘林提到了一个名字。

“有一个好前辈在身边啊!”李艺博感慨着。

潘林下意识地就想说兴欣其实也有做得没这么好的，比如唐柔，比如包子，在地图的利用上就未够彻底，不过这说了实在有拆李艺博台的嫌疑，还是连忙忍住了。

切入未见君莫笑的宋晓，没有让涛落沙明沿那路直追，而是反向绕行。

“宋晓的经验也很丰富。”李艺博说道，“虽然没看到，但他从这种距离上，大致判断出了君莫笑可能的走向。如果不是这么走，君莫笑不会这么快从地图上消失。”

“唔，现在双方……”直播画面的右下角出现了一个鸟瞰的地形小图，两个人物的小点在图上移动着。主画面则不住地在两人的主视角间切换着，营造这种不期而遇的紧张感。

接近，接近……

双方在小图上不断地接近，下一个路口，似乎就要直接面对面了，所有人都捏了一把汗，忽然，君莫笑一跃而起。

千机伞中忍刀甩出，插墙。原本不可能正常跃过的障碍，叶修以忍者使用忍刀的特殊攀登方式，瞬间翻上，悄无声息。

犯规啊!!!

这是潘林心中的呐喊，散人的这种出其不意，在经历了一整个常规赛后依然让人有这种犯规感。大家的思路到底还无法像叶修那样，对于散人可做的事他们需要花一定心思仔细细数才能完全理清。因此在看着叶修的君莫笑比赛时，“我怎么没想到”的心理体验可是重头戏。

导播在这一瞬间也是手忙脚乱，一时间都不知该用哪一方的主视角才更能表现这一刻的突然。是用叶修这端苍鹰捕食般的视角表现犀利呢？还是用宋晓那端茫然无知的视角表现无助呢？

根本没有时间细想，导播在这一瞬间完全就是下意识地进行了一个画面切换。

宋晓视角。

涛落沙明移动中。

然后，就见一颗手雷，就这样从上到下，坠现到了他的面前。

太棒了!

导播心中呐喊。宋晓的视角，最终就仿佛是这手雷的一个特写，从上到下，再跟随着涛落沙明前冲的步伐变大。四下无声，手雷在下坠，却好像是一种静态的呈现。

能放慢镜头就好了……导播还在如痴如醉。

轰!

手雷已经炸开，君莫笑从天而降的攻击到了。

翻滚，翻滚，翻滚。

宋晓的涛落沙明，连续三个向后的翻滚，一挥手，气波弹!

如此突然的袭击，连上帝视角的旁观者都觉得心惊，直接承受的宋晓，却是没慌没乱，做出了最为妥当，最为稳健的应对。

三个向后翻滚，让涛落沙明最大限度地和君莫笑拉开距离，稍有空当的一瞬，一个气波弹已经出手。

“漂亮!”解说潘林大叫。

叶修偷袭得漂亮，宋晓的应对也很漂亮。不愧是季后赛，不愧是最高水平的对决，只这一交手，潘林就觉得可以值回票价，他只遗憾这样的精彩瞬间他却没有时间继续去赞美，因为战斗还在继续。

气波弹飞出。

但是君莫笑未躲，强吃了这一击，却还要继续保持攻势。

“即使是擂台赛，有时候也需要强硬的表现！”李艺博立即赞叹了一句。

因为强硬，叶修维系住了他的攻势，但是宋晓也因为冷静沉着的应对，这一偷袭没有对他造成太大损伤，战斗顿时已经转为了正面对抗。

“偷袭，对于宋晓这样的大心脏选手来说似乎并不是太好的选择。”潘林如此觉得。

“但至少叶修还是拿到了先手。”李艺博说。

没有人会对此有异议。正面对抗，君莫笑攻防上的攻击要占七成。

“可也不能说宋晓已经落了下风。”潘林说。

宋晓七分守，三分攻，是有一点被动，但要说下风，他的节奏可没乱。

“很稳健的防守反击打法，蓝雨风格。”李艺博说。

治疗角色是可以从一定程度上体现一队风格的。季后赛的八支队伍，轮回、霸图、兴欣、雷霆、百花五支队伍的治疗都是牧师，这是一种攻击性的体现。此外的三支，微草是双治疗角色，算是一异类，再就是蓝雨和三零一度，两队的治疗都是守护使者，而这两队，也确实是要偏防守型一些。

尤其蓝雨。

蓝雨战队可是非常标准的防守反击型战队。

在稳健的防守中，寻找破绽，伺机而动。这是他们团队的风格，最终也成了队中许多选手的风格。想在蓝雨这支队伍中站稳脚跟，没有一手漂亮的防守功夫是很难的。

防守型，那在场面上被压制一些很正常，因为那是他主动让给对手的空间。所以此时看到宋晓攻势稍弱，潘林和李艺博都不认为这是处于下风的表现，这只是选手的风格而已。

所以他们在期待着。防守反击，高潮可全在反击，机会稍纵即逝，抓住了，可就不能再松口，这一瞬间需要极强的爆发力和效率。防守反击，防守要稳，要慢；反击要凶，要狠，要快。

大家死盯着比赛场面，听了解说的兴欣支持者们，一颗心顿时也悬了起来。

宋晓在常规赛没太大存在感，数据也不怎么样，但是他在季后赛的强大，是众所周知的。这不是一个好打的对手，所有人都清楚。所以即便叶修在常规赛拿下了单挑之王，大家也会替他感到担心。

冲拳、击退、手雷、弧光闪、连突、鬼斩、浮空弹……

技能一个接着一个通过君莫笑手中那千变万化的千机伞施展出来，节奏是如此之快，快得有时大家根本还没看清千机伞形态到底是变化成了什么样，一个技能就已经出手，然后，它的形态已经朝着下一个形态变去。

没有停顿。

千机伞几乎就没有在某一个形态上停留超过两秒。

轰！

一记落花掌，忽然按到了涛落沙明的胸口，顿时将他崩飞出去。

“啊！”潘林惊讶地叫了一声，一直以来的平衡，可是被这一掌给拍碎了。

“叶修击穿了宋晓的防守！”李艺博叫道。

千机伞继续千变万变，但是这一次，朝涛落沙明身上的招呼可就多得多了。

“宋晓终于还是没能守住，我们看他能怎么挽回局面。”潘林说道。

这种时候，他们对宋晓还是比较有信心的，因为无论如何，这个选手都是不会慌乱的，他完全具备一个逆转者该有的任何心理素质。

所以他们在期待着。

之前是防守反击，现在的节奏，变成了挨打反击。

但是君莫笑攻势无间断。

于是涛落沙明的挨打也变得无间断。

期待者们的脸色渐渐古怪起来了。

“这个……是要一波带走的节奏吗？”潘林迟疑起来了。他们对宋晓的期待，看起来要完全落空了。

“偷袭先手，攻击压制，击穿防守，一波带走。”李艺博用十六个字总结了这一场比赛的走势，到目前为止，完全如此。所谓的防守反击，防守看到了，挨打也看到了，说好的反击呢？

“找不到反击的机会吗？”潘林这还念念不忘呢！

人们都对宋晓抱有期待，因为他总是临危不乱，因为他总是在关键时刻有出彩表现。

但是这一次呢？在被叶修的君莫笑击穿防守后，宋晓就再没能建立起来成功的防守节奏。如果说之前的防守有刻意让出空间，捕捉反击机会的话，那么现在，就是纯粹为了抵挡对手攻击，为了生存下来而进行的防卫了。

不过即使是这种情况下，防守做得好的选手，也是可以撑破对手的攻势，找到扭转的机会。

宋晓心理素质好，防守水平又高，所以即使他像很多常规赛中的选手一样被散人快打打得很狼狈，大家也总觉得他肯定不会就这样输掉的。

可是现在看起来，大家真不应该抱着这样的期待。宋晓此时，和其他被动挨打的选手也没太大区别。涛落沙明左支右绌，十分狼狈，至于宋晓此时的心情是怎样，那就没有人能知道了。

“还有百分之十的生命。”潘林却还没死心，还希望在最后关头有所转机。不过再看看君莫笑的生命后，有点绝望。

百分之七十三。

君莫笑这有这么多的生命。宋晓这位季后赛选手，今次可是开张不吉，出门就撞门板上了。

不会就这样结束吧？还有人在心里念叨呢！尤其是蓝雨战队的粉丝们，他们对宋晓特别有信心，因为宋晓从未在关键时候让他们失望过。

但是……凡事都有第一次，宋晓也终于迎来了他在季后赛却没关键起来的第一次。

输了。

百分之七十。这是君莫笑的生命血线最终停留的位置，宋晓的涛落沙明就这样无声地倒下了。

现场掌声一片，当然是献给叶修的。一挑五这样奔放的口号，也还是有奔放的汉子在喊的。

宋晓从比赛席里走了出来，电视直播有给他特写，看上去也没有什么特别的表情。

“宋晓今天的表现有点让人失望啊！”潘林叹息着。

“或许是我们对他期待过高了。”李艺博说道，“宋晓的技术水准并不算最好，但因为出色的心理素质，让他在季后赛这种关键的时候更能超水平发挥。而其他选手在紧张的季后赛里可能会过分紧张，可能会过分谨慎，这都是失常的表现。一边失常，一边超水平，所以也不难理解宋晓为什么在季后赛总是会出彩。不过这次他的对手……”

“说叶修在季后赛里紧张，这听起来是不是都有点可笑？”李艺博说。

“嗯。”潘林承认了这一点。

“所以说他被叶修压制住很正常，如果换是一个兴欣新人的话，也许结果就大不一样了。”李艺博说。

“看来蓝雨是没料到叶修居然还是在擂台赛里第一个上阵。他们的本意大概也不是想让宋晓遇叶修的。”潘林也分析了起来。

“嗯，我们看看蓝雨第二顺位的选手是谁。”李艺博开始注意电子大屏幕。季后赛搞得很有悬念。不像常规赛里的擂台赛，两队三位选手的名单和出场顺序一次列出，然后三人直接上台。季后赛的五人擂台赛，是按顺位一个一个来，不到该上场时，没人知道接下来会派的是谁。

卢瀚文，剑客流云。

终于，大屏幕上打出了蓝雨战队接下来要出场选手的名字。

“呃，这个……”李艺博欲言又止。卢瀚文现在依然是职业联盟中最年轻的选手，可他却已经在主力位置上打了两年，两次入选全明星，处子赛季，就因为失误承担起了战队失利的主要责任。

蓝雨对卢瀚文的培养方式真的是太奔放了。现在可没有任何一支队伍会将新人就这样毛手毛脚地扔到场上让他去打打杀杀。大家都是讲究一点循序渐进的。看到蓝雨对卢瀚文的培养方式，有不少评论都曾表示过担忧。

新秀进入联盟，需要适应职业比赛的强度和节奏。有很多有才华的年轻选手，适应能力很强，一上来就让人眼前一亮，顿时方方面面的夸奖就会扑面而来了。

但是新秀往往不知道，他们在这时所面临的，还不是真正的职业圈。因为他们的初来乍到，他们对职业圈固然陌生，职业圈也不熟悉他们。而当他们有了这样出色的表现和发挥后，职业圈也已经关注到他们，各大战队，也会开始针对他们有所行动。这个时候，新秀所要面对的，才是真正的职业圈，为了胜败，用尽一切手段的职业圈。

无数新秀在这时候就被撞得头破血流了，而这，就是所谓的新秀墙了。多少如今顶尖的大神级选手，可都是撞着这墙走过来的。

他们挺过来了，可也有很多有天赋的选手，在新秀墙之后，就泯灭众人了。过重的打击，过大的压力，对于新人成长都是很不利的。

蓝雨的卢瀚文在很多人看来就是处于这样的不利环境中，而且也不出意料地，在各大战队熟悉了他以后，场上表现和数据都有所下滑。但是，卢瀚文却没有因此消沉下去，他继续努力，继续拼杀，他就好像还是初入联盟似的，继续保有着那股新鲜的活力。

表现下滑？失误连累全队？

卢瀚文都经历过，也难过过，但是他的积极性却从来没有因此被消磨过。他是真真正正的一个朝气蓬勃的少年，心里全是阳光，没有一丝阴霾。

蓝雨所用的，就是最适合他的培养方法。他不需要保护，他可以直面所有挫折，摔得越重，他爬起得越快。跌跌撞撞，直至彻底飞奔起来。

“这一局，李指导你怎么看？”潘林看出李艺博似乎有话要讲，却又忍回去了。

“叶修经验丰富，卢瀚文冲劲十足，很有看点。”李艺博笑道。

潘林估摸着李艺博原本想说的恐怕不会是这个，但节目里也不好过于追问，只好一边简单介绍卢瀚文的情况，一边看这少年从选手席上起身，朝赛台上走去。

“这卢瀚文，可也有一颗大心脏呀！”潘林看到他和宋晓途中相遇时，突然说道。

“是的，相比起技术，心理素质可是更难磨炼的，卢瀚文小小年纪，真不容易。”李艺博说道。

“蓝雨的两位选手现在在途中交流，宋晓是在传授刚刚比赛中吸取到的一些经验吗？”潘林猜测着。

“这种经验，蓝雨早该有呀！”李艺博说道。毕竟蓝雨和兴欣在常规赛里已是两度交手了。

“或许又有什么新发现呢？”潘林说话的工夫，宋晓和卢瀚文两个已经分开，卢瀚文上场，宋晓回到蓝雨的选手席。

“很难打吗？”黄少天问他。

“眼都花了。”宋晓坐到座位上，把眼睛闭了起来。

“眼花？”

“那个千机伞变啊变啊变啊的，就没有一秒钟消停的，真心受不了。”宋晓说。

蓝雨诸位面面相觑。他们备战兴欣，叶修和他的散人当然是重中之重，但是有关这一点，他们真是一点准备都没有。

“这都什么事啊？”蓝雨的弹药专家选手郑轩感叹着。干扰视线，他们弹药专家一系可算是最出风头的。张佳乐的百花式打法，其他人虽然可能没办法做到他那么极致，但也已经成了弹药专家多多少少都会利用到的一种手法。

不过叶修这手法，和他们这手法又有不同。他们只是借光影来做掩护，但叶修这直接就是视觉攻击啊！把人都搞眼花了，这简直就是闪光弹一般的效果啊！

“你和瀚文说了什么？”喻文州问宋晓。

“我让他尝试多切侧路，或者绕背，尽量不要正面打，正面打真太恶心了，真的，你们有机会都可以去试试。”宋晓说。

喻文州没有再多问什么，就见着卢瀚文进了蓝雨的比赛席。而后角色载入，流云和君莫笑刷入地图。

卢瀚文当然不是喜欢绕圈子的性子，流云直接朝中路切去。叶修呢？这一次却再次战术走位，而且没走和上次相同的。上次他让君莫笑走左翼，这次却是改走了右翼。

“又玩阴的！”黄少天咬牙，多少也是有点紧张。他当然比队外的人更清楚卢瀚文的风格，猥琐流的话他可不怎么擅长应付，一般的猥琐也就算了，但叶修的猥琐，黄少天觉得揣摩到任何程度都不过分。

“卢瀚文直切，叶修战术走位。”潘林也在介绍开局了。

“叶修看起来不紧不慢的啊！并不打算抢位的样子。”李艺博看君莫笑的移动速度说着。

“这次又准备从哪里发动偷袭呢？”潘林说着。叶修的战术走位，并不像真正彻底的猥琐流那样，一会打一下一会躲起来敌进我退敌退我扰那样让人郁闷得要死。他大多数时候就是借偷袭抢个先手，然后直接正面把人打趴了。不过现在是擂台赛，擂台赛需要尽可能少地消耗，如此背景下，这家伙彻底猥琐起来也不是没可能的。荣耀教科书，大家不会以为叶修还有什么不会的打法。

会不会猥琐呢？所有人望着君莫笑不紧不慢地移动，想着。

君莫笑和流云走着各自的路线，视角里都没有对方，但观众们从上帝视角上，却看到两个角色正不断地接近，虽然他们中间是挡了一些什么东西。

卢瀚文的流云直线移动，先一步抵达地图正中，一看对面没有对手，也没迟疑，继续冲。

“呀，卢瀚文真是果断啊！”潘云惊喜道。

“唔，这样的话，叶修可就没办法在地图正中找位置偷袭了，卢瀚文已经让流云离开了啊！”李艺博说。

“这就是宋晓教给他的办法吗？虽然简单，但挺有效啊！”潘林说道。

几句话的工夫，流云早已经穿越地图中央，向着君莫笑的刷新点方向去了。

“但卢瀚文接下来会怎么打算呢？他总不会期待着可以在刷新点找到君莫笑吧？”潘林疑惑着。

“有了首场比赛，卢瀚文现在对这地图应该更为了解一些，我想他的举动应该是基于这种了解的。也或者，有人对他做出了一些指点。”李艺博说。

“宋晓吗?”潘林看着流云的举动。

“宋晓虽然有在这图实战，但他的了解，未必比得了场下选手。”李艺博说。

“喻文州!”潘林顿时反应过来。场下选手为什么比场上更容易了解地图?因为现在是全息模拟。地图全貌，切割位面等等的全息模拟呈现方式比起电视转播的这种镜头切换方式不知道要完整多少。宋晓上一战也根本没去过叶修君莫笑的刷新点，但是比赛外的现场所有人，却都可以从全息模拟中清楚看到君莫笑的刷新点以及一路走来的地形。

地图蓝雨战队当然不是太熟悉，但是喻文州这等战术高手，却可以在这丁点时间里找到这图中制造点的很多战术，这些点可防备，可利用，蓝雨接下来要上场的选手，都已经可以思考如何运用这些点。卢瀚文，得到了喻文州的某种建议也说不定。

“看看他会怎么做吧!”潘林顿时兴奋期待起来，结果就在这时，君莫笑突然变向。

因为迂回，君莫笑还没有到达地图正中，可就在此时，他突然向左一转，改向地图中路插去。

“这是!”潘林叫着，一时间却分辨不出君莫笑的意图，李艺博也在飞快扫视君莫笑接下来移动方向的选择，看来看去，这都好像是要冲出右翼直接和流云在地图正中相遇的节奏。

“不会吧?给个叶修的主视角!”李艺博叫道。

画面立即切换，主视角中的场景飞快变幻着，君莫笑的移动速度很快，很熟练地在地图中穿梭着。而和他相隔不远的地方，卢瀚文的流云正沿着正中大道，一路向南。

滑铲!

君莫笑突然施展出这个技能，不是攻击，只是以这么一个超低位的移动，从一棵横倒在地表上，下方露出些许空当的粗大树根下穿过。

从树根上跳过，或者一旁绕过，当然也是可以的，但叶修选择了使用这么一个技能，这当然不是为了耍帅。

君莫笑和流云已经近在咫尺，所有人都觉得两人马上就要互相看到对方了。

但是，一记滑铲，君莫笑一下子变成贴地移动。

导播这一次的反应特别快，‘嗖嗖’切出两个视角共同呈现在画面上。

君莫笑在贴地移动，而卢瀚文的视角内，空无一人。

藏住了!

所有人惊叹着，而后就见滑铲后的君莫笑顺势一个翻滚，依然没有站起来，恰到好处地蹲在一簇灌木丛后边。

卢瀚文的视角内依然一片平静，叶修的君莫笑就这样悄无声息地滑动到了他的附近。

没有时间回味惊叹这一切了。

卢瀚文的流云从君莫笑埋伏着的那个灌木丛急速冲过，“嗒嗒”的脚步声，传入每一个人的耳中，更别论叶修了。

就在流云一步踏过那簇灌木时，君莫笑立即跳起。

没沾那灌木分毫，君莫笑直接从那上面飞身而过，为的，只是继续不发出丁点声音。

千机伞在此时已经探出，早已经是变化好的矛形态。

龙牙！

君莫笑就这样背身袭向了流云。

咻！嗒！

两个声音同时发出。

系统赋予龙牙技能的音效，那是玩家靠操作无法完全让其消失的，但是君莫笑做出的这一击龙牙，音效传出时，却正搭在了流云脚步落地出声的那一瞬间。

是巧合？

还是操作？

来不及分析了。这混搭在一起的两声，音量不相上下，谁也别想将谁掩盖。但是因为脚步声的混淆，察觉有异的卢瀚文，反应到底还是稍稍慢了半拍。

噗！

这一声清晰无比，流云后心被君莫笑刺中。

龙牙攻击，僵直效果，接下来的连击自不必说，背身连打，流云的生命飞速下滑。

“君莫笑的攻击力肯定是提高了的。”李艺博总算没白研究，虽然拿不出确切数据，但总算是很有自信地说出了这话。

潘林没接茬。这话，李艺博上一场的时候说过了啊！现在又重复一遍有啥意思？装备都整出80级了，攻击力不提高那才是怪事，能来点干货吗？

“卢瀚文现在被动了！”潘林解说比赛形势。

“想不到叶修竟然是这样的举动，这是吃准了卢瀚文的意图做出的伏击打算吗？”李艺博说道。此时双方已经开打，无法再切换画面去分析之前叶修那一系列的举动了。

“不会又一波死了吧……”这才刚刚开始连击，潘林就已经担忧上了。卢瀚文虽然两次入选全明星，看起来比宋晓高端多了，但要说驾驭大场面的比赛，这个职业生涯才两年的少年，还是无法和有关键先生之称的宋晓相比的。

就连宋晓在正面对抗的情况下，都被叶修压制得那么惨烈，现在的卢瀚文竟然是被背身偷袭，想扭转局面，恐怕更艰难了吧？

转眼间，流云的生命就已经去了百分之十五，背身攻击时的伤害加成是非常可观的，高达百分之二十。刺客由于转职技能“暗杀艺术”的加成，背身伤害的加成更将高至百分之四十，很遗憾转职和觉醒这两个阶段性的技能是无法通过技能卷轴随便往武器上打造的。

“希望卢瀚文可以稳住，冷静地寻找机会。”潘林继续说着。

快！

这是亲历战局的卢瀚文此时的印象。从第一记龙牙攻击开始，到现在，转眼就夺去了自己百分之十五的生命。散人因为没有职业精通还有护甲精通等等，很多属性无法和正职相比，再加上技能低阶，输出不足，一直是大家认为客观存在的问题。可是现在，流云的生命转眼就没了百分之十五，输出不足？速度来补啊！卢瀚文可以感受到多少技能紧密地落到自己身上，他也不知道这散人的攻击怎么就可以这么快的，是不是根本就没有收招出招，千机伞直接挂在流云身上变变变的？

卢瀚文看不到，他在努力，可是叶修比他经验更加老到地调整着位置，不断地将君莫笑摆到他的正身后。

不是遮影步，却也是和遮影步差不多的原理了。

不过这样的话，倒是真不用为了眼花而烦恼了。

积极乐观的少年，到这种时候了，却还是能想到好的地方，哪怕这个好的地方在此时明明已经没什么价值了，但却还是让他欣慰了一把。

然后，就是想办法打破这局面了。

卢瀚文没有多不慌不忙，也没有多冷静从容。他只是有勇气，有勇气尝试，一次又一次失败后，挠挠头，再来！

砰砰砰！

流云其实一直也有出剑的，只不过有些攻击在高水准的眼光看来，挺没水准的。看着像是已经慌乱得没了章法，企图蒙出一个结果。

“这么乱来，恐怕没办法解决叶修吧？”李艺博说道。

加油！

更多的人却在此时为卢瀚文鼓劲，尤其是蓝雨的支持者们。

虽然看起来有些胡来，但是，要说没章法，却未必。至少，卢瀚文一直没有将一样的方法使用两次。也就是说，看似没章法，其实是有思路的，他是在尝试，因为他想不到什么十拿九稳的办法，所以只能赌任何一种他觉得有可能性的方法。

一种不行，换一种；一种又不行，再换一种；再不行，继续换……

砰砰砰砰……

没章法的卢瀚文不断挣扎着，剑光不断错乱地挥舞着。

“好小子！”观看着的黄少天赞叹着。

喻文州笑了笑，没有说什么。

眼光顶尖的他们都看出来了，卢瀚文一直以来的方法虽然有不少是胡来一气，至今没有一个可以精准地破开局面。但是他这接连不断的勇敢尝试，一种又一种的办法，一次又一次地尝试，虽然没能破开局面，却还是对叶修做出了或大或小的影响。而这些影响，随着卢瀚文接连不断地勇敢尝试，慢慢累积，越积越大。

叶修虽然在努力消化，但是黄少天和喻文州都看得出，他终究是会化不开的。

想保持君莫笑这样的攻势不间断，这本身就是非常困难，需要操作非常精准的事。卢瀚文这些不起作用的小办法，终将汇集成一个整体，成为一个可以发生作用的大办法。

砰！

流云的银武重剑焰影最终撞在千机伞上，发出沉闷的一声。

流星式！

75级大招中速度极快的一招，在攻速不高的流云手中使出，也快如闪电一般，但却还是被君莫笑的攻击招架住。

“唉，好可惜，如果流云用的不是重剑，是太刀或者光剑的话，这一击肯定就命中了。”李艺博连忙感慨着。却不想，这一击后，君莫笑虽然用千机伞攻击招架了一下，却还是身子朝后一仰，千机伞竟然是被震到了一边。

“这……”李艺博一怔。流星式虽然是75级大招，但这技能剑走轻灵，是以快为主，所以在攻击判定上并不算太强，君莫笑纵然没有高阶技能，也应该是可以勉强招架住的。可眼下君莫笑的动作，却好像完全无法驾驭住这一击的冲击力。

故意卖出的破绽？

李艺博脑中刚刚闪过这么一个念头，就见流云已经又是一记逆风刺出手，剑尖成圈，噗啦一下，就在君莫笑的胸口卷出一片血花。

“漂亮！”潘林已经在尖叫了，卢瀚文终于破开了叶修的狂攻，而且一招之间直接反击得手。

剑势滚滚而出，夹带着沉闷的剑风声。李艺博看了几招，猛然反应过来。

“流云的攻速虽然不快，但是重剑带给他的技能更强的冲击力。刚才那记流星式，换作是太刀或是光剑君莫笑或许可以攻击招架住，但因为是重剑，反倒因为技能判定不足，被直接撞开了。”李艺博说道。

“这可是好机会啊！希望卢瀚文可以好好把握。”潘林叫道。

攻守双方瞬间完成了转换，但是，流云的连击这才进行到第六招，一记上挑出手时，君莫笑跳起在了半空，吃了这记上挑，顿时飞得更加高，千机伞举过头顶，啪啪啪几下伞面收起伞骨抽长，瞬时嗡嗡嗡旋转开，瞬间就把君莫笑给拉到了一旁。

升龙斩！

卢瀚文连忙操作流云一记对空斩去，但是，慢了。剑光擦着君莫笑的身子抹过，卢瀚文心下遗憾不已，却不料嗡嗡声瞬间停下，君莫笑，已经抬起了他的右腿……

鹰踏！

砰砰砰砰。

接连四脚毫不留情地蹬到了流云身上，而他的升龙斩判定此时早已过期，本想用个银光落刃扭开，却终究还是迟了，顿时被君莫笑踩着朝地上落来。

噌！君莫笑手中太刀从伞柄里翻出，银光落刃！卢瀚文没能来得及让流云使出的，叶修此时倒是施施然地亮了起来。剑尖抵着流云的喉咙，继续落下。

所有观众都看呆了。

这反应，这连招……

卢瀚文破开局面，反击这才刚刚开始呢！现场兴欣粉丝对叶修的担心都还没来得及建立起来呢，这家伙就已经挣回了局面。相比之下，蓝雨的选手真是太让粉丝们操心了。

砰……

被银光落刃抵着的流云也无处可跑，就这样被君莫笑直接碾回了地下，摔得尘土一阵飞扬。君莫笑踏射、地裂波动剑，对着这已经倒地的流云又是一通追加的扫地攻击，卢瀚文，重回下风。

“唉，瀚文没把握好啊！”黄少天叹息着。他也是剑客选手，所以对那一瞬间的判断倒是挺有发言权的，换作是他来的话，他认为这次机会制造得相当不错，怎么也不应该才六段连击就被对手给化解了。

“出招有点慢了。”喻文州说道。

“呃……装备是会有一点影响，不过重剑应付刚才那个局面也足够了，瀚文还是没掌握好，时机没卡准。”黄少天说。

“那倒不如说，是叶修时机卡得太准。”喻文州说。

黄少天一怔，再一想，确实如此。散人君莫笑的攻击节奏本就超快，叶修还操作得如此精准。卢瀚文的流云是重剑剑客，慢的想跟着快的节奏，这本身就是难度很大的事，因为对手是叶修，难度就更大了。

“小家伙，再找机会啊！不要给那家伙嚣张的机会啊！”黄少天咬牙切齿。

唉，好可惜啊！

卢瀚文才打了六段攻击，就又被叶修抢回了局面，心下当然也是很遗憾的。他是积极，是乐观，但也不是转眼就会忘了伤疤。作为职业选手，伤疤可是不能这么轻易就忘掉的，每一次伤疤，那都是一次经验教训，是可以让自己成长的东西。卢瀚文的性格，不是帮他忘了伤疤，而是让他积极地正面伤疤，从不逃避。

如果可以那样，那么或许会更好一些……

卢瀚文，就是这样一次又一次地在“如果”中成长着，从错误失误失败中不断汲取着经验。可这种成长也不是一蹴而就的，不是犯下一次失误，下一次就立即能回避，毕竟以卢瀚文现有的这种水平，会有的失误，也不可能是那种特别明显的错误。有时候很多细节上的东西，都是发生在不经意间，是需要挺长时间来纠正改掉的。

两年时间，卢瀚文的成长是很明显的，现在的他比起刚入联盟时已经成长不少，可是，眼前这个对手……

卢瀚文深吸了口气。

他进联盟时，眼前这位大神已经是传说了，但没想到自己还能在网游里碰到他。那个夏天，卢瀚文跟着蓝雨麾下的蓝溪阁公会在网游里历练，结果在那个夏天得到了不少惨痛的失败。

一个非常非常难缠的对手，甚至，比少天前辈可能还要难缠一些。

卢瀚文那个时候就有那种感觉了，而那时还只是在网游里，两人其实并没有太多的正面较量。他开始只是听公会的带他的蓝河说过一些这人在网游里是如何搅风搅雨从中取利。而后在网游中的接触，也印证了蓝河的说法。卢瀚文清晰地记得，连他这个明明是代表着蓝溪阁和他作对的人，最后居然都在抢BOSS的过程中成了那家伙的助力。

太厉害了！

卢瀚文只能如此感慨了。在技术上，他还可以努力提高，但是那种布局应该是谋略层面的东西吧？就和他们的队长喻文州一样。

卢瀚文可以将黄少天视为自己追赶，甚至超越的目标，但是队长喻文州……算了吧！那样的家伙，自己怎么可能做得到呢？卢瀚文从来不认为自己有这样的头脑。

网游里的接触，卢瀚文领教到的是叶修这方面的水准，这就已经让他叹为观止了。而后，兴欣进入了联盟，这位传说中的大神又回到了职业赛，再然后，个人赛连胜三十七轮。

这样的人，怎么能战胜呢？

无论头脑，还是技术，自己都比不上吧？

对比叶修，卢瀚文只能很遗憾地得出这样的结论。他是很勇猛，是无所畏惧，但他不是分不清实力的高下。他只是在意识到自己和叶修还有很大差距的时候，也能奋勇与之一战。

还有差距！

卢瀚文很清楚这一点，至于这个差距能不能被抹杀，卢瀚文并不会去多想。胜负，并不是由一个差距就能决定的。卢瀚文心中有这么一个念头，而每个出身蓝雨的人，心中大多都会有这么一个念头：差距并不可怕，差距并不一定能决定一切！

因为他们有一个队长叫喻文州，因为他们的队长有着对于职业选手而言很致命的缺陷。

而喻文州却在用他的事迹告诉蓝雨的队员，蓝雨训练营那些渴望成为职业选手的学员：差距并不可怕，可怕的是因为差距而放弃。

“连我这样都没有放弃，你们有什么理由呢？”

卢瀚文至今仍记得喻文州某次在训练营中对学员们讲的话，即便他很稚嫩，也能明白这个并不太深的道理。而喻文州从蓝雨训练营走出的事迹，更是对他们所有人鲜活的激励。

在训练营，他们不会放弃理想；在比赛场上，他们不会放弃胜利。

他们看得到差距，但是，不会畏惧差距。

继续这样上吧！

面对差距，卢瀚文心思很坚定。输还是赢，结果他不会太去想，他只知道要拼尽全力做自己可以做到的一切。

这些付出可不是无意义的，因为这是擂台赛，这也是一个团队的项目。他所击杀的君莫笑的生命，他所耗费的君莫笑的法力，接下来的队友都将获益，这会成为他们拿下胜利的铺垫。

所以，尽情地战吧！

“卢瀚文真是好样的，虽然被叶修全面压制，但是他一点没有退缩，也没气馁。”李艺博夸奖着。

“他一定会有一个光明的未来的。”潘林也很感动地说着。

两人虽是赞不绝口，不过话说到这份上，都谈到未来，很显然，当下，两人已经不看好卢瀚文了。

百分之四十四！

这是卢瀚文的流云倒下时，君莫笑的剩余生命。蓝雨两位选手已经上阵完毕，却只打了叶修一半多点的生命。

“兴欣已经领先两个人头分了。”潘林宣布目前的比分。

“一挑二，而且是在季后赛……叶修真的不愧是本赛季的单挑之王，就冲这样的表现，那些质疑他在常规赛是因为没遇强手才连胜的声音应该闭嘴了。叶修是有能力用更小的消耗取得胜利的，只不过在个人赛里没有那个必要罢了。”李艺博说。

“不过这阵他想一挑三的话，好像有点难度，君莫笑的法力消耗比生命要大多了。”潘林说道。

“现在还有百分之十一。”李艺博查看后说。

“呃……他这次总不至于还背了法力装上的场吧？”潘林对去年挑战赛中发生的事都还有印象。

未完待续

图书在版编目（CIP）数据

全职高手. 15 / 蝴蝶蓝著；猫树绘. — 广州：羊城晚报出版社, 2017.10（2025.11重印）
ISBN 978-7-5543-0454-9

Ⅰ. ①全… Ⅱ. ①蝴… ②猫… Ⅲ. ①长篇小说－中国－当代 Ⅳ. ①I247.5

中国版本图书馆CIP数据核字(2017)第170021号

全职高手 15

Quanzhi Gaoshou 15

责任编辑 黄捷生　张灵舒
特约编辑 曹　杰　李伊琳
责任技编 张广生
责任校对 杨　群
出版发行 羊城晚报出版社
（广州市天河区黄埔大道中309号羊城创意产业园3-13B　邮编：510665）
发行部电话：（020）87133824
出 版 人 吴　江
经　　销 广东新华发行集团股份有限公司
印　　刷 恒美印务（广州）有限公司
规　　格 787毫米×1092毫米　1/16　印张 18.5　字数 280千
版　　次 2017年10月第1版　2025年11月第11次印刷
书　　号 ISBN 978-7-5543-0454-9
定　　价 45.00元